도망자 이치도

도망자 이치도

성석제 장편소설

문학동네

| 차례 |

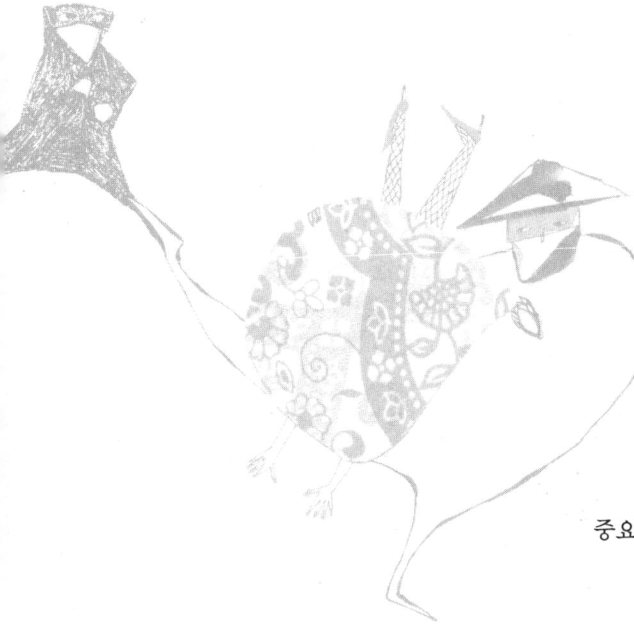

눈물의 맛

"야, 이 도둑놈아!"

누가 뒤에서 그렇게 부른다면 백 사람 가운데 아흔아홉은 돌아볼 세상이건만 한 사람만은 묵묵히 자기 길을 갈 것이니 그의 이름은 바로 이치도(李致道)다. 제대로 도둑질도 못 하는 도둑놈들이나 남들이 소리치고 떠드는 소리에 신경을 쓴다. 진짜 도둑이 무서워하는 건 뒤에서 소리나 버럭버럭 지르는 사람이 아니다. 한창 신나게 도둑질을 하고 있을 때 소리없이 다가와 바로 귓전에 따뜻한 입김을 내뿜으며 "바쁘니?" 하고 속삭이는 사람이다.

누가 부르거나 말거나 지금 이치도는 바쁘다. 쫓아오는 사람이 있기 때문이다. 누가 이치도를 쫓는가. 이치도가 삼십여 년을 살아오면서 만난 대부분의 사람들이다. 쫓는 이유? 천하의 도둑인 이치도가 그들에게서 뭔가를 훔쳤기 때문이다. 도둑질당한 물건이 포기할 만한 것이면 잊어버릴지도 모른다. 그러나 이치도가 타고난 도둑놈이고 보면 남들에게 있으나마나 한 물건을 훔칠 리는 없다. 그리고 훔친 건, 이치도에게 이미 없다. 훔칠 때까지는 열심이지만 훔치고 나면 써버리는 게 도둑의 천성이다. 모든 도둑의 운명이 그렇듯 이치도 역시 죽을 때는 땡전 한푼 남기지 못할 것이다. 이치도의 스승이자 그 자신이 나라를 뒤흔든 큰 도둑이었던 왕확(王確)이 갈파한 도둑의 운명철학이니 틀림없다.

도둑에 대해서 이치도보다 많이, 잘 알고 있는 사람은 드물다. 또 그는 바로 그 도둑들의 물건을 훔쳐온 도둑이다. 왕 중 왕이 있다면 도둑 중의 도둑도 있는 법.

그렇지만 그는 이때까지 인간 각자에게 단 하나밖에 없는 것, 생명은 훔치지 않았다. 한 사람의 생명처럼 이 세상에 유일무이하면서 다른 무엇과 바꿀 수 없는 것은 훔치면 안 된다. 그게 그의 철학이며 세계관이며 도둑질의 좌우명이다. 그러나 시시한 도둑들, 병아리 도둑들, 진정한 도둑의 심오한 세계를 모르는 엉터리 도둑들은 그런 철학을 알 리도 없고, 안다 해도 실행에 참고하지 않을 것이며, 참고한다 하더라도 제대로 실천할 수 없다. 그러니까 시시하고 엉터리인 도둑이 아니겠는가. 바로 그런 도둑들이 이치도를 쫓고 있는 것이다. 어쩌면 그의 하나밖에 없는 생명을 앗으려고.

이치도는 지금 대한민국의 수도 서울 하고도 번잡한 종로 거리를 걷고 있다. 남이 목숨을 훔치러 온다면 어디 사람 없는 조용한 곳으로 숨지 왜 환한 대낮에 날 잡아잡수셔 하고 활보를 하고 있느냐. 말했다시피 이치도를 쫓아오는 이들은 저질 도둑이라서 남의 이목을 불편해한다. 대낮의 도심 한복판 사람 많은 거리는 그들의 본산, 조용하고 더럽고 어두워 저희 맘대로 할 수 있는 익숙한 환경과 정반대다. 물론 그렇다고 그들이 이치도가 밝은 도심 한복판에 있는 한 절대 죽이지 못한다는 뜻은 아니다. 한다면 한다. 까라면 까서 먹는다. 그게 그들의 신조니까.

이치도는 횡단보도 앞에 선다. 물론 신호가 바뀌기를 기다리는 사람들 가운데 수상쩍은 자가 없는지 미리 살펴보았다. 그리고 자신보다 뒤에 서는 사람들 가운데 수상쩍은 자가 섞이지 않았는지 살펴보고 있다. 눈알을 굴리느라고 머리가 따라 돌 지경이다.

갓 구운 빵냄새가 풍겨나오는 빵집 앞의 신호가 바뀌며 "때르르륵 때르르륵" 소리를 낸다. 이치도는 세상에서 가장 아름다운 여인인 왕두련(王杜蓮)이, 때르르륵 소리로만 건너야 할지 말아야 할지를 결정해야 하는 장애자를 수용하는 시설에서 그 아름다운 손과 발로 남의 손과 발이 되어주고 있다는 것을 상기한다. 그 손과 발이 자신의 손발이 되어주면 얼마나 좋을까마는 왕두련은 그럴 생각이 당연히, 전혀 없을 것이다. 이치도는 왕두련만 생각하면 멀쩡한 눈을 후벼파서라도 장애자 수용시설에 들어가 보살핌을 받고 싶다.

생각을 하는 도중에 왕복 이차선밖에 되지 않는 횡단보도를 다 건넜다. 이치도는 왼쪽으로 기어갈까, 오른쪽으로 날아갈까 망설인다. 아무데로 가도 상관없다. 땅으로 꺼져도 되고 하늘로 날아올라도 된다. 할 수만 있다면. 며칠 전까지만 해도 이치도에게는 분명히 그렇게 할 능력이 있었다. 땅 속으로 가고 싶으면 굴착기를 불렀고 하늘로 날고 싶으면 헬리콥터를 불렀다. 하지만 지금은 안 된다.

이치도는 빠른 걸음으로 인도를 따라 올라가 벽돌색의 대형 건물로 들어간다. 건물 지하에는 대형 서점이 있다. 서점 역시 다른 사람의 목숨을 훔치려는 인간들에게 상당한 불편을 느끼게 할 것이다. 거기에는 어린 학생들이 많으니까. 학생들 보는 앞에서 탕탕, 총을 쏘거나 칼로 옆구리를 푹 찌르거나 같이 좀 갈까, 하고 팔을 비틀어 잡고서 여기서 죽여달라고 악을 쓰는 사람을 끌고 나가기는 쉽지 않을 것이다. 그것보다도 이치도가 믿는 건 거리보다 서점이 훨씬 더 길이 복잡하고 번잡하다는 점이다. '책 속에 길이 있다.' 서점 안에는 이 말을 적은 종이가 곳곳에 늘어뜨려져 있다. 책 속에 길이 있다니 수십만 권의 책마다 길이 있을 것이며 그 길 때문에 서점은 이치도가 걸어온 종로통의 뒷골목보다 수십만 배는 복잡할 것이다.

그 길 가운데 하나를 고르려는 사람들로 서점은 복잡하다. 으악, 소리쳐도 누가 그랬는지 모를 정도다. 이치도는 서점 안에 있는 햄버거집에서 닭튀김과 감자칩을 먹고는 트림을 하면서 밖으로 나온다. 나오면서 북적거리는 인파를 향해 "으악" 하고 속삭여본다. 아무도 자신의 말에 관심을 가져주지 않은 것에 용기가 나서 "크아악" 하고 조금 더 크게 발성하며 가래를 뱉는다.

'이 공원은 서울시에서 시민의 휴식과 편의를 위해 제공한 것입니다' 라는 글귀가 새겨진 매끈한 돌 위에 이치도는 엉덩이를 내려놓는다. 일 년에 몇 번 있을까 말까 한 화창한 봄날씨다. 이치도는 안경을 잃어버린 사람처럼 눈을 가늘게 뜨고 막 닦은 렌즈처럼 맑은 세상을 바라본다. 그러다가 입을 쩍 벌려 하품을 한다. 눈물이 괴어 뺨으로 흘러내린다.

이치도는 눈물에 젖은 눈으로 갑자기 추적자가 닥쳤을 경우에 퇴로가 있는지를 확인한다. 십육차선은 됨직한 넓은 차도가 현재 이치도의 가장 유력한 퇴로다. 이치도는 또 주머니 속의 가스총도 확인한다. 그건 임시방편밖에 되지 않지만 한두 명의 적을 무력화시키는 데는 효과가 있을 것이다. 세 명이 온다면? 이치도는 옆구리에 매달린 제2의 가스총을 확인한다. 오른쪽 안주머니에서 하나, 왼쪽 허리에서 또하나를 꺼내 쌍권총식으로 빵빵 쏘고 차도로 뛰면 된다. 다섯 명이나 여섯 명이 몰려온다면? 그건 알아보기 쉬우니까 귀찮게 가스총 꺼낼 필요 없이 그냥 차도로 뛰면 된다.

이치도는 하품 끝에 흘러나온 눈물을 닦는다. 눈물은 미지근하다. 이치도는 그걸 손가락으로 찍어 입으로 가져간다. 눈물을 흘리고 난 뒤, 그것을 닦아 맛보는 게 이치도의 버릇이다. 언제나 그렇듯 약간 짜고 미지근하고 별맛이 없다. 하품 끝에 흘린 눈물이나 서러워서 흘린 눈물이나 분통이 터져 흘린 눈물이나 다 비슷한 맛이다. 이치도가 흘린 최초의 눈물은 배가 고파 환장할 지경이 되어도 젖을 주지 않았을 때 흘린 눈물일 것이다. 그때 눈물 맛을 보았는지 안 보았는지 이치도는 기억하지 못한다.

이치도는 최초의 눈물을 기억하지도 맛보지도 못했지만 이치도의 어머니 성춘매는 이치도의 눈물을 기억했다. 그 눈물은 둥그렇고 영롱하고 탐스러워 그대로 굳힐 수만 있다면 보석으로 팔아 한 살림 장만할 수 있을 텐데 하는 이야기까지 두고두고 했던 것이다. 이치도를 배기 직전 성춘매 여사는, 아니지, 그때는 그저 춘매라는 이름의 작부였다, 용한 꿈을 꾸었다.

꿈에 하늘에서 사다리가 내려왔다…… 사다리에는 바가지가 매달려 있었고 바가지 속에는 싯누런 콩이 가득 담겨 있었다…… 춘매는 콩으로 메주를 쑤리라 작정하고 콩을 삶았는데, 삶다보니 메주를 띄워 된장을 만들고 된장찌개를 끓인다 한들 같이 나눠 먹을 식구가 없었다…… 그래서 삶는 것을 중단하고 콩을 볶기 시작했다…… 볶아서 오도독오도독 씹어 먹으면 좋겠다고 생각했다…… 볶다보니 콩은 반쪽도 나눠 먹어야 하는데 볶아놓은들 반쪽을 나눠 먹을 인간이 있나…… 춘매는 볶는 것을 중단하고……

"뭐 그렇게 꿈이 처음부터 뒤숭숭한 기야."

춘매가 꿈 이야기를 할 때 춘매의 샅 사이에 손가락질을 하던 이봉달, 미래의 아기 이치도의 호적상 부친이 되는 땜장이 봉달은 핀잔을 주었다.

"꿈이 하도 신통해서 그래요. 아이, 그만 하면 어떡해요. 난 한 삼십 분 더 해줘야 되는데……"

직업이 직업이니만치 춘매의 몸은 어지간해서는 달아오르지 않아 봉달이 잘 모르는 어려운 한자말로 전희(前戱)라는 게 남들 두어 배는 더 필요했다.

봉달이 작부 주제에 교양 있는 주부들이나 보는 고급 여성지에나 나오는 그놈의 전횐지 손가락질인지가 남들 두어 배는 더 필요한 춘매를 찾아오는 건 무엇 때문이냐. 지금은 절인 상추처럼 살짝 시들기는 했지만 나중에 아기 이치도가 빼다박은 부드러운 피부에 천연의 오뚝한 코, 역시 손대지 않은 서늘한 눈매가 주는 춘매의 아름다움이 첫번째 이유였다.

“꿈이라면 나도 남부럽지 않게 꿔본 놈이여. 한번은 용 여섯 마리가 끄는 구루마를 타고 허연 돼지들이 수천 마리나 버글버글하는 축사로 땜질하러 간 적도 있다니까. 그 다음날 길바닥에서 땡전 한푼 주운 줄 아남. 아, 빨리 좀 들어가자구!”

“아퍼요, 정말 아파서 그런다니까 봉달씨이…… 조금만 더, 응? 내가 꿈 이야기 다 할 때까지만이라도……”

봉달이 춘매를 거듭 찾는 또다른 이유. 꿈과 함께 구멍의 전문가인 봉달은 한 구멍만 파면 언젠가는 그 구멍으로 볕 들 날이 있으리라 믿었다. 설령 볕은 안 들더라도 구멍만은 제 것이 되지 않겠는가. 이 구멍, 저 구멍 파느니 한 구멍에 꾸준히 쌀과 보리를 계속 쏟아붓는 것이 이득이다.

춘매가 어디서 나서 어떻게 살다가 은척(銀尺) 같은 시골 소도시까지 떠돌아왔는지는 춘매 자신도 정확히 모르지만, 춘매는 시골에서는 보기 힘든 전문 작부였다. 춘매가 오기 전까지만 해도 보통 은척의 대폿집에서는 작부를 두지 않았다. 두어봐야 거지 콧구멍만한 읍내에서 본전 건지기도 힘들었던 것이다. 보통은 대폿집 주인인 여자들이 술꾼들에게 한두 잔씩 술을 따라주기도 하고 젓가락 장단도 맞춰주었다. 그것만 해도 눈에 쌍심지를 켜는 여편네들이 많아서 하루저녁 어느 술집에서 젓가락 두드리는 소리가 좀 났다 하면 다음날은 그 소리의 오만 배쯤 시끄러운 바가지 긁는 소리로 온 읍내가 시끄러웠다.

그러나 춘매는 은척에 오기 전부터 전문가였다. 어설픈 술집 여자들하고는 격이 틀렸다. 같은 재료로 만드는 밑반찬 하나만 해도 남달랐다. 대야만한 접시에 내놓는 시금털털한 김치 쪼가리만 먹던 사내들은 작고 고소한 배추를 골라 야무지게 손질하고 선연한 빛깔의 양념을 쳐서 꼭 익을 만큼 두었다가 간장 종지만한 새하얀 그릇에 담아낸 김치를 보고는 처음에는 입이 벌어져서, 다음에는 귀해서 먹을 생각도 하지 못했다. 간이 맞는 나물무침, 제철의 싱싱한 야채가 빠지지 않으니 대포(大砲)만 없지 없는 것이 없는 왕대포(王大匏) 집이라 소문이 났고, 소싯적에 좀 놀았다 하는 인간들에게는 대도시의 관청 뒷골목 요정에 간 듯한 착각을 불러일으키기도 하는 것이었다. 게다가 춘매의 눈웃음, 춘매의 콧소리, 춘매의 보일락 말락 한 살결은 어떠했으며, 작부의 재능을 알아보는 시금석이요, 팔자를 말해주는 잣대인 젓가락 장단은 또 어떠했는가.

입에서 군내가 나도록 불러제친 그 노래가 그 노래이듯, 수천년을 변함없이 은척을 싸고 흐르는 냇물처럼 서로가 지겨워진 사내들은 감칠맛 나게 짝짝 달라붙으며 때로는 어머니 손처럼 부드럽게, 때로는 애간장이 녹도록 처연하게 사잇소리까지 넣는 세계적 수준의 솜씨 앞에 녹아나지 않을 도리가 없었다. 따라서 춘매옥에서 노래를 하지 않으면 술을 마시지 않은 것이요, 술을 마시지 않았으면 춘매옥에 가지 않은 것이며, 춘매옥에 가지 않았으면 은척에 사는 사내라고 할 수도 없는 것이었다.

춘매는 은척에 입성한 지 한 달 만에 가히 은척의 대포계에 혁명을 가져왔고 니나노계에 풍운을 몰아왔으며, 인생이란 무엇인가, 청춘은 즐겁다는 노래 가사마냥 은척 사람들의 말짱하던 인생관에 슬금슬금 금이 가게 만들었다.

따라서 봉달이 아는 바 처자식 있고 숨겨놓은 첩도 한둘 있는 놈들까지 최소한 스무 명은 춘매를 넘겨다보고 있었다. 그러나 춘매가 은척에서 최초로 몸을 허락한 사람은 어디까지나 봉달이었다. 또한 춘매가 자신 말고도 여러 남정네들하고 사업상 관계를 가졌음을 알고도 하루도 빠짐없이 꾸벅꾸벅 찾아드는 단골도 봉달밖에 없었다.

사내들이란 건 이상해서 오토바이든 작부든 올라타서 구르기만 하면 제 집의 헌 물건이라도 되는 듯 여기는 동물이다. 남에게 빠지지 않으려고, 자랑을 하기 위해 올라타는 짐승들이니, 그전에 빨아낼 걸 한껏 빨아내는 것이 장땡이라는 건 춘매가 굳이 일기장에 써가며 다짐을 하지 않더라도 잘 알고 있는 사실이다. 그래서 그렇게 한 작부가 얼마나 되더란 말이냐. 너도나도 다 다이아몬드 반지 끼고 열두 자 자개장 앞에서 뜨끈한 고기국밥 먹어가면서 사느냐. 그렇지 않으니, 춘매는 춘매로 살았고 꾸준히 찾아오는 봉달에게는 딴 사람의 반값만 받고도 몸을 내주었다. 일단 봉달의 생각이 들어맞는다는 징조가 아니겠는가. 봉달이 이따금 반편이라는 소리를 듣는 까닭에 몸값도 반값만 받자는 희한한 계산을 했는지 안 했는지는 몰라도 하여튼 반값만 받을 춘매는 꿈 이야기를 계속했다.

춘매가 나무 끝에 거의 다다를 무렵 위에서 무엇인가 덩실덩실 떨어져내려오고 있었다…… 사람 얼굴처럼 보이기도 하고 엉덩이처럼 보이기도 하는 그것은 점점 더 가까이 내려왔다……

"택도 없다, 택도 없어……"

봉달은 어금니를 우드득 갈아붙이며 공격을 퍼부었다. 춘매는 꿈 이야기를 계속하면서 봉달의 흔들림에 맞추어 엉덩이를 흔들기 시작했다.

일 초 일 초가 지나가면서 점점 더 가까워졌다…… 가까이서 보니 그건 두 쪽으로 갈라진 엉덩이가 아니라 누런 호박이었다. 호박이 하늘에서 내려오고 있었던 것이다.

"아흠…… 좋다, 좋아."

춘매는 좋아라 호박을 안았다…… 그러자 하늘에 연결된 덩굴까지 뚝 떨어져 춘매는 덩굴째 호박을 안게 됐다…… 호박의 무게를 이기지 못하고 춘매의 몸은 아득한 지상으로 떨어져내리기 시작했다…… 떨어지고 또 떨어지고 또 떨어졌다…… 무한히 쉬지 않고 떨어지고 또 떨어졌던 것이다……

이윽고, "아휴우우" 하고 길게 한숨을 쉬며 봉달은 흔들림을 멈추었다. 그리고 이제까지 꿈 이야기를 들어준 대가를 받아야 하겠다는 듯 고소하다는 어조로 갖다붙였다.

"볼만했겠구만그랴. 그 높은 곳에서 떨어졌으니 이 없이도 먹을 호박죽이 됐겠네."

춘매는 후일 이치도가 빼다박았듯, 이야기를 좋아했을 뿐 아니라 남들이 그 이야기를 솔깃하게 듣게 하는 무구한 힘에 끈기까지 갖추었다.

"그런데 그 호박이 아주 말짱하더라구. 꼭 누런 금덩어리 같은 게 쇠

꼬리 같은 덩굴을 달고서 내 배 위에 턱 하니 얹혀 있지 뭐요."

그 순간에 봉달의 정자들은 수정을 위해 기나긴 여행을 시작했고, 바라지도 않던 아기를 갖게 되었다고 아기를 낳고 난 뒤 춘매는 기억했다.

"그 택도 없는 꿈이 태몽이었단 말이더란 말이나?"

그 밤이 지나간 뒤 일곱 달 만에 떡두꺼비 같은 아들을 본 봉달은 고개를 몇 번 갸웃거리더니 아이를 자신의 호적에 입적시켰다. 총각으로 삼십 년을 살다 어찌어찌 자신과 마찬가지로 이름도 쓸 줄 모르는 여자에게 장가를 들었다가 한 달 만에 집에 불이 나는 바람에 아내를 잃고 홀아비로 다섯 해를 살아온 봉달이었다. 아이가 몇 달 만에 어디로 나오는지 알지도 못하였거니와 주변에서 일러줄 사람도 없었고, 일러준다 한들 "택도 없는 소릴! 나도 일곱 달 만에 났는데, 뭘!" 하고는, 말한 사람이 열 달 만에 난 걸 이상하다는 양 꼬나보니 모두들 너 참 장하다 할 뿐이었다.

읍사무소에 가서 무슨 이야기를 어떻게 했는지 알 수는 없지만, 담당 공무원이 아기 이름으로 적어넣은 것이 이치도였다. 봉달은 자신이 어떻게 해서 이치도의 이름을 짓게 되었는지에 대해서는 한 번도 이야기한 적이 없지만, 자신의 이름을 포함 한자라고는 전혀 모르는 봉달이니만큼, 게다가 왜 자신의 이름을 그렇게 획수가 많은 글자로 지었는지 부모를 원망하기까지 하는 봉달이니만큼, 오얏 이(李), 보낼 치(致), 길 도(道), 뜻한 바대로 하면 오얏나무 아래를 지나가는 도로공사 공사판 십장은 너끈히 하고도 남을 좋은 이름을 즉석에서 한자로 지었을 리는 만무하다. 그러므로 "택도 없는 소리 하지 말고 빨리 써넣기나 하소!"

하고 봉달이 소리를 버럭 질러대자 읍사무소 서기가 얼떨결에 '이택도' 라고 쓰려다가 '아, 그래도 한 사람의 일생을 좌우할 이름인데 모범 공무원인 내가 이래서는 안 되지' 하고 잠깐 명상에 잠긴 뒤 '이치도' 라고 써넣지 않았을까.

"내가 회충이란 말여? 내가 네넌 똥뱃구럭 속에 든 회충이여? 아, 술 안 가지고 와. 나는 너 때문에 내 청춘을 다 조졌는데 그런데 나한테 딴 놈 처먹다 남은 막걸리 한잔 안 주어?"

식은커녕 정안수 앞에 마주 서서 절 한 번 하지 않고 한 결혼이나, 어쨌든 아기가 빌미가 되어 호적상 부부가 된 지 만 여섯 해, 이치도가 일곱 살 먹던 해 여름의 어느 저녁이었다. 그날따라 봉달은 낮부터 술이 취해 있었다.

봉달은 춘매가 몸을 풀고 같이 살게 되자, 같이 사는 게 무슨 벼슬이나 되는 듯 땜장이 일을 나가지 않았다. 그 벼슬에 딸린 직무는 일차 춘매가 다른 남정네들과 젓가락 장단 외에 다른 장단을 얼마나 쳐주느냐 하는 걸 감시하는 일이었다. 땜질 가방을 메고 일을 나가는 척하다가 먼지 나는 읍내 대로를 고양이 걸음으로 돌든가 술집이 내다보이는 성당 종각 뒤에 숨어서 대낮부터 술을 마시러 오는 사내들의 면면을 확인했다. 그러고는 그 사내들과 낮부터 술집 뒷방에라도 가서 무슨 색다른 영업을 하지나 않는지 귀를 쫑긋 세우고 있다가, 아무 일이 없으면 사흘 안에, 무슨 수상쩍은 일이 있다 하면 그 바람에 내달아 싸움을 하는 게 봉달의 직업이었다.

싸움을 해서 이기느냐 하면 그렇지도 않았고, 바짓고름을 제대로 챙기지 못해서 허둥거리는 사내들과는 일승 일패 정도, 진단서를 끊어서 손해배상을 청구하네 뭐네 하는 너저분한 싸움은 삼판 양승 정도의 승률을 가지고 있었다. 마지막의 싸움 같지도 않은 싸움으로 한두 해 양식을 사다 먹더니, 그걸 필생의 업으로 삼아 술집에 찾아오지도 않는 사람들에게까지 닥치는 대로 시비를 걸어 부러진 이만 해도 여덟 개, 갈빗대가 도합 여섯 대, 턱뼈 이탈이 다섯 번, 코뼈 주저앉은 게 세 번이었고, 그 외에 할퀴고 찢긴 사소한 부상은 일일이 들 것도 없었다. 임자 있는 작부에 대한 정복욕이라면 세상 어느 고을의 사내들과 견주어도 뒤지지 않는 은척의 사내들도 결국 넌더리를 내기 시작했고, 왕대폿집의 대명사 춘매옥이 파리를 날리는 날이 늘어갔다. 춘매 역시 왕년에 보들보들하던 피부에 주름이 슬슬 그어지고 코밑이며 종아리에 굵은 털이 나기 시작했으며 때 이르게 흰머리까지 돋아나는 판이니, 청춘을 돌려달라고 시원하게 소리라도 질렀으면 하는 생각이 굴뚝같았다. 돌려달라고 할 사람이 마땅히 없어서 참고 있었지만.

결혼까지 한 춘매가 정절을 지킬 의무가 있지 않느냐고 물을 사람도 있을 것이다. 그러나 춘매는 결혼식을 하지 않았고 결혼을 하자고 한 적도 없으며 아이를 호적에 올려달라고 한 적도 없었다. 봉달에게 술집 뒷방에서 같이 살자고 한 적도 없고 날이면 날마다 그곳을 엿보라고 한 적도 없었다. 대낮에 겁탈을 하러 온 사람이 있었다 치더라도 봉달을 부르기보다는 스스로의 힘으로 상대를 때려죽일 능력이 있었다.

해가 넘어가고 술꾼들의 목젖에 굵은 침이 넘어가는 시간이 되자, 은척에서 유명한 봉달의 주정도 궤도에 오르기 시작, 옥내의 1절에 이은 옥외의 장쾌한 2절이 시작되었다.

"아아아, 지미랄 것, 너희 똥도 못 처먹는 개새끼들, 다 나와. 너 술도가 나와. 너 농약가게 하는 놈 나와. 너 고무신 장수 나와. 너 기름 팔아 처먹는 놈 나오고 떡쳐서 파는 놈, 말고기를 소고기라고 속여 파는 놈 나와. 쌀 배달 하는 놈, 소리사 하는 놈 다 나와. 철공소, 목공소, 철물점, 대장간, 대서방, 도장집, 문방구, 성냥공장, 엿도가, 고물상 나와라. 우체국, 경찰서, 읍사무소, 세무서, 소방서 다 나오란 말이다. 개새끼들아, 나왔으면 일렬로 서. 이놈의 새끼들, 내 마누라하고 재미 본 그 대가리들, 잘 놀게 내가 그냥 놔둘 줄 알았냐. 야, 너 흔들거리는 놈, 똑바로 서! 내가 땜장이라고 우습게 봤어. 사나이 봉달이를 우습게 봤다 이 말이야. 내가 오늘부터 너희 대가리에 헛구멍 난 걸 몽땅 때우겠다 이 말씀이야. 너희 마누라들, 그 구멍도 다 때워버리겠어. 이눔의 새끼들, 똑바로 안 서! 차렷, 열중쉬어, 차렷, 경례!"

봉달이 주정하는 성당 앞 삼거리는 일요일이면 늘 사람들이 북적거리는 곳이었다. 그러나 그날은 평일이었고 봉달이 지목하는 읍내의 권력자 내지 부호, 바람둥이들은 코빼기도 비치지 않았다. 봉달의 앞에서 있는 사람은 양조장, 정미소, 농약가게, 신발가게, 제재소, 떡집, 소리사, 기름집, 그리고 공무원이 아니고 그들의 아이들이었다. 그리고 그 속에는 이치도도 포함이 되어 있었다.

이치도는 명색이 아버지인 봉달의 다 떨어진 사타구니에서 벌레 먹은 고추처럼 불그레하게 비어져나온 성기를 가리키며 아이들이 시시덕거리는 소리를 잠자코 듣고 있었다. 이치도에게는 봉달이 아버지라거나 보호자라는 생각은 들지 않았다. 이치도와 그의 어머니와 봉달 가운데 가장 무능하고 보호받아야 할 사람이 봉달이었고, 가장 권위가 없는 사람이 봉달이었다. 이치도의 어머니는 이치도에게 봉달을 아버지라고 부르라고 한 적이 없었고, 이치도도 봉달을 아버지라고 부르지 않았다. 나중에 이치도가 "아버지가 있어도 아버지라고 부르지 못하고 형이 있어도 형이라고 부르지 못한다"는 『홍길동전』의 한 대목에서 크나큰 감명을 받은 것은, 그래서 자신이 홍길동보다 더 훌륭한 도둑이 되어야겠다고 결심한 것은 봉달의 영향이라고 보아야 할 것이다. 이치도는 아버지를 아버지라고 부르지 못한 게 아니라 부르지 않은 것이지만.

봉달은 정해진 수순의 주정을 마치자, 역시 정해지기라도 한 듯 아이들이 기다리던 순서를 진행하기 시작했다. 한때 그의 자랑이었던 성기를 꺼내 오줌으로 땅바닥에 꽃을 그리는 것이었다. 그러면서 늘어놓는 사설이 있었으니 그것이 애국가처럼 전체 4절의 주정가 가운데 3절이었다. 발산과 포효의 2절에 이어 호흡을 조절하는, 비교적 예술성이 높다는 평판을 받고 있었다.

"봄이 오면 꽃이 핀다. 꽃 중에 제일 먼저 피는 꽃은 매화로다. 매화는 절개니라. 절개가 있으니 고요한 달밤에 향기가 천리를 건너간다. 꽃가지에 새가 앉았으니 매조 아니냐. 새가 날아가면 벚꽃이다. 봄밤에 벚꽃 그늘 아래 청춘 남녀 쌍쌍이 산보하니……"

어디 노름판에서 배운 노름꾼의 주문인지 꽃노래를 씨부리며 딴에는 열과 성을 다해 꽃을 그려나가고 있었는데, 그날따라 유난히 힘이 뻗쳤는지 땅바닥에 꽃을 그린 게 아니고 보통 사람처럼 담벼락에 오줌을 갈겼다. 그러니 그 사설을 다 완성하도록 담벼락의 주인이 기다려주지 않았다. 담벼락이 보통 담벼락이 아니라 성당에 붙어 있는 사택의 담벼락이었던 것이다. 성당 사택이면 성당에 거주하는 사람들이 생활하는 곳이고 성당에서 거주하는 사람들이면 천사 내지는 하느님의 사자들인데, 하느님의 사자들은 하느님과 아주 가까운 사이이니 성당 사택의 담벼락은 보통 담벼락이 아닌 것이다.

일단 담벼락 뒤에서 구정물 벼락이 날아와 봉달의 쑥대머리를 함빡 적셔놓았다. 봉달의 머리에서 콩나물 대가리에 멸치 꽁댕이, 썩은 배춧잎 같은 음식찌꺼기가 천천히 땅으로 떨어지기 시작했다. 봉달은 일 주일이 멀다 하고 읍내의 부호와 권력자와 일반 시민을 상대로 공연을 했지만 그렇게 노골적인 물벼락을 맞기는 처음이라, 황소처럼 커다랗고 시뻘건 눈을 꿈뻑거리며 서 있었다.

아이들도 처음에는 영문을 몰랐지만 그게 곧 성당 종지기 아내의 짓임을 알게 되었고, 침을 삼키며 손에 땀을 쥐었다. 이윽고 성당의 철대문 아래에 달린 쪽문이 열리더니 은척에서 가장 큰 덩치로 알려진 종지기가 만사 귀찮다는 표정으로 말없이 빠져나왔다.

그는 말없이 봉달의 멱살을 잡았고 솥뚜껑 같은 손으로 봉달의 양쪽 뺨을 좌우로 후려치기 시작했다. 봉달의 얼굴이 좌우로 돌아갈 적마다 비 오는 날 멍석을 터는 듯한 소리가 났다. 왜 말이 없었느냐 하면 종지기는 벙어리였기 때문이다. 곧 물벼락을 덮어씌운 종지기 아내가 양동이를 든 채 뛰쳐나와 축일의 성당 종소리보다 더 시끄럽게 봉달의 죄를

꾸짖기 시작했다.

그러나 봉달은 읍내 사람들과 수백 회 이상 싸우면서 단련된 불세출의 맷집이 있었다. 하루 정도 맞아서는 끄떡없었다. 맞을수록 제정신이 드는 게 봉달이기도 했다.

"오냐, 쳐라 쳐. 너 종 쳐서 돈 많이 벌었나본데 오늘 나 죽고 돈 벌자."

종지기 아내는 또 어떤 여자인고 하니 성당에서 대축일이라고 하는 부활절, 성모 승천 대축일, 성탄절 같은 날에 나타나 옷을 찢고 거품을 뿜으며 이 세상의 모든 죄를 자신이 덮어쓰겠다고 부르짖다가 들려나가곤 해서 모르는 사람이 없었다. 결혼을 하고 난 뒤에 미친 증세가 사라졌고, 게다가 자신보다 살짝 미친 여자들을 처리하는 데 일가견이 있었으므로 물정을 잘 모르는 외국 신부가 성당 사택에 들어와 살게 했던 것이다.

종지기는 제 아내가 허리에 손을 얹고 지켜보는 가운데 땀을 뻘뻘 흘리며 봉달을 두들겨패고 있었다. 봉달은 코와 귀에서 피를 흘리면서 종지기를 잡으려고 애를 썼지만 종지기가 머리 하나는 더 큰데다 온몸이 잡을 데 없는 바위처럼 넓적했으므로 두 팔은 허공만 저을 뿐이었다.

종지기 아내도 어느새 목이 쉬었다. 뒷일이 걱정되는지 종지기 앞으로 가서 "그만 때릴래?" 하고 말했지만 종지기는 애초에 귀머거리였다. 말을 알아들을 리가 없었다. 오히려 아예 반쯤 죽여놓으라는 것으로 알아듣고 젖 먹던 힘까지 다해 봉달을 공중에 들어올렸다.

종지기 아내는 싸움이 난 것을 알고 구경하러 나온 사람들에게 봉달이 어떤 짓을 했나 일러주기도 하고 말려보라고 부탁도 했는데, 사람들은 고개만 크게 끄덕일 뿐 나서려고 하지 않았다. 그들은 구경거리를 밥 먹는 것보다 좋아했다. 구경거리를 없앤다는 다른 사람들의 비난을 무릅쓰고 나설 리가 없었다. 하다못해 자전거 뒤에 빈 도시락을 매달고 집으로 돌아가던 순경까지 똑같았다. 그 모든 광경을 어린 이치도는 차분하게 바라보고 서 있었다. 그런데 전에 없던 일이 벌어졌다. 이봉달의 호적상 부인인 성춘매가 빗자루를 들고 등장한 것이다.

나중에 밝혀진 바에 의하면, 춘매는 이치도를 잡으러 나선 길이었다. 아침을 먹고 나가서 저녁까지 코빼기 한 번 비치지 않고 시장 먼지구덩이 속에서 놀기만 하는 것이 걱정이 되었다는 것이다. 실은 이치도가 집에서 밥을 먹은 것은 평균 하루 한 번도 되지 않았다. 나머지 두 끼는 훔쳐먹고 뺏어먹고 빌어먹었다. 그러므로 그날따라 춘매가 이치도를 걱정하고 찾아나섰다는 것 자체가 이상한 징조였다.

춘매는 봉달이 맞는 광경을 목격하고, 내 호적상 낭군이 오랜만에 열심히 돈을 벌고 계시구나, 하고 그냥 지나치려 했다. 그런데 상대를 보니 성당 종지기가 아닌가. 춘매도 읍내 사람들과 마찬가지로 일 년에 서너 차례 성당에 들르는 처지였다. 성당에서는 일 년에 서너 번, 읍내 사람들이 구경하기 힘든 외국에서 온 구호물자를 나눠줬으니까. 그래서 성당 종지기 얼굴을 알고 있었는데, 성당 종지기라면 성당 종이나 다름없고 하루 세 번 온 읍내에 울려퍼지는 성당의 종소리는 곧 성당을 대표하며 성당은 곧 선물을 주는 하느님이니, 하느님에게 맞아서 돈을 벌고 있는 게 봉달이라면? 그래서 봉달이 치료비를 받아내면 이후로 영영 선물을 못 받게 되는 것은 아닐까. 그런저런 생각 끝에 춘매는 앞으로 나서서 종지기와 합세해서 빗자루로 봉달을 두들기기 시작했다. 어리둥절한 종지기는 춘매를 구경하느라 주먹질을 멈추었다. 그 누구도 말릴 수 없고 그 누구의 말도 듣지 않던, 아니 듣지 못하던 종지기가.

"아이구, 이 고구마 봉다리만도 못한 인간아. 차라리 너 죽고 나 살자. 죽어라, 죽어."

모두들 새로운 사태에 놀라고 또한 좋아서 서 있는데 춘매는 바닥에 빈 마대처럼 쓰러진 봉달의 온몸 구석구석을 찌르는 날렵하고 화려한 빗자루질을 보여주기 시작했다. 봉달은 머리를 두 손으로 가렸다가 다시 사타구니를 가리다가, 한 손은 머리, 한 손은 사타구니, 한 발은 등, 한 발은 배를 가리다가 결국 견뎌내지를 못하고 엉금엉금 기어 춘매옥으로 움직여갔다. 구경꾼들은 천천히 춘매옥으로 따라갔지만 이미 재미있는 장면은 대충 지나간 것으로 판단하고 있었다. 뒤를 따르며 사람들은 서로의 안부를 묻고 의견을 교환했다.

"자네 아들이 월남 가서 테레비라는 걸 보냈다면서. 그거 전기세가 어지간한 집세만큼이나 나온다는데 부담되지 않는가."

"야, 이놈아. 거기서 레슬링하는 거 한번 봤냐. 이런 시골 개싸움 평생 보는 것보다 훨씬 낫다. 네가 어물전 꼴뚜기를 얼마나 팔아야 테레비를 장만하니. 네 딸들 열을 갖다줘봐라. 월남 가는 배 꼬랑지 구경이라도 하는가."

"서곡 사는 차서방이 딸을 여윈다는데? 그 집 딸내미가 곰보라는 거 신랑 집에서 아나?"

"신랑은 폐병쟁이랴. 서로 밑질 거 없는 혼사라던걸."

춘매는 집 안으로 봉달을 몰아넣고 헐떡거리며 마루에 앉았다. 헐떡거리긴 봉달도 마찬가지였지만, 봉달은 의외로 웃고 있었다. 그 웃음은 봉달이 치료비를 받은 돈을 세면서 짓는 만족스러운 웃음도 아니요, 치료비를 받기 전에 "에라이, 순 도둑놈아. 잘 처먹고 잘살아라" 하고 돈을 집어던지는 상대를 바라볼 때의 비굴한 웃음도 아니었으며 춘매의 몸 위에 엎어져 있던 양조장 주인의 살찐 목덜미를 낚아채고 이를 드러내고 웃을 때의 살기 어린 웃음도 아니었다. 그것은, 춘매로서는 낭패스러운 감정인지도 모르지만, 사랑스러운 사내의 애교 어린 웃음이었다.

"웃긴 왜 웃어, 이 등신아."

"자네한테 맞으니까 이렇게 온몸이 시원하네. 새로 태어난 사람 같어."

"차라리 죽어. 그러면 온몸이 녹아날 거니까."

그렇게 말하면서도 춘매도 기분이 그리 나쁘지는 않았다. 그게 또 이상한 징조였다. 호적상 부부가 되어 동거를 하기 시작하면서 그런 감정을 처음 느꼈던 것이다. 한 번도 사내를 백년해로할 남편으로 여긴 적도 없었고 사랑으로 여긴 적은 더구나 없었으며 떼어버릴 수 없는 가래 같은, 곤고한 삶에 으레 따르는 병균쯤으로 여겨왔던 것이다.

"하여튼 술 좀 주어. 이런 기분은 처음이니께."

"너 처먹을 술이 어딨어."

"아, 술집에 술이 왜 없어. 돈 주고 먹을 터이니 비싼 소주로 주어."

"정말 돈 주고 먹을 테?"

"아, 술집에서 돈 주고 술 먹지 술 주고 돈 먹남."

"아나, 오늘따라 말반죽까지 따박따박 오복이 나발 불듯 하네. 그런데 이 돌콩 같은 새끼는 여직 어디 가서 안 오는 거야. 빌어처먹을 놈. 오기만 해봐라. 다리몽댕이를 똑딱 부러뜨려놓을 거야."

오복이가 어디 사는 누구인지, 성은 무엇인지, 장가는 갔는지, 살았는지 죽었는지 어쨌는지 아는 사람은 하나도 없었지만, 하여튼 말 좋아하고 말 만들어내는 데는 선수인 은척 사람들은 가진 건 없으면서 담배만 줄창, 신나게 피워대는 사람을 두고 "오복이 나발 불듯 한다"는 말을 썼다. 춘매가 은척에 온 지 일곱 해, 은척의 말을 배우긴 배웠어도 정확한 의미는 알지 못했다. 반편으로 알던 남편이 전에 없이 말장난까지 하는 것을 두고 얼결에 자신도 모르게 그 말이 튀어나왔던 것이다. 춘매는 다시 이치도를 찾아나섰다. 그런데 이치도는 온데간데없었고 아이들은 일제히 모른다는 대답이었다.

돌아와보니, 일이 벌어져 있었다. 봉달이 석유를 먹고 쓰러져 있었던 것이다. 석유는 소주 됫병에 담겨 마루 위의 벽에 늘 걸려 있었다. 봉달이 애초에 그걸 소주로 알고 먹기 시작했다 치더라도, 한 모금만 맛보았어도 석유인 줄은 알았을 것인데, 소주병에 든 석유를 반 되 넘게 마셨다. 그것으로 미루어 자살을 기도한 것이라고 사람들은 수군거렸다. 그러나 춘매는 성당 종지기 부부에게 사주를 받은 사람들이 지어낸 이야기라고 말했다. 봉달은 자살이란 말조차 몰랐으니 자살을 기도할 리 없다는 것이었다. 봉달이 회충을 없애기 위해 석유를 마셨다는 말도 있었다. 그렇지 않고서는 그렇게 많이 먹을 리는 없다는 것이 회충을 없애려고 석유를 먹고 반쯤 죽었다 살아난 사람들의 중론이었다. 춘매는 봉달이 평소에 오복이 나발 불듯 담배를 피워댔던 까닭에 회충을 가지고 있지는 않았다며 자못 분개했다. 그럼 왜 죽었는가.

일곱 해 동안 하루도 빠짐없이 술을 마셔와서 피로가 누적된데다 유난히 힘센 주먹에 맞기도 했고 평소와 달리 빗자루질이 보태졌다. 죽어도 괜찮을 나이였고 저승사자가 심심했는지도 몰랐으며 석유를 먹은 다음, 마루에서 마당으로 굴러떨어지며 머리를 부딪히기도 했다. 사람들은 약자에 대해 배려하지 않았고 저 살기에 바빴다. 이 모든 것들에 대해 어느 한 사람에게 책임을 지울 수는 없는 것이고 책임을 나눠 가지기도 어려운 일이었다. 무엇보다 산 사람은 계속 살아야 한다는 진리 앞에 모두 머리를 숙일 수밖에 없었으니 봉달을 검진한 의사, 지나가던 경찰, 종지기 아내, 춘매, 기타 말 좋아하는 은척 사람들은 곧 그 이야기를 입에 담지 않게 되었다. 그건 나중 일이고 춘매는 쓰러진 봉달을 일으켜세우다가 왈칵 끼치는 석유 냄새를 맡고 반사적으로 뒷걸음질을 치며 아들의 이름을 불렀다.

"치도야, 치도야, 아이고 치도야."

봉달이 죽어가던 그 시각, 읍내에서는 불길한 고요가 저녁 안개처럼 깔리기 시작했다. 하루 한 번도 그냥 지나치는 법이 없이 악다구니를 벌이는 사람들이 살았지만, 십수 년 전 전쟁이 끝난 뒤로 제 손으로나 남의 손으로나 사람에 의해 목숨이 끊긴 이는 없었다. 대기는 셈하고 있었고 나무들은 기억하고 있었다. 벌레들도 그런 사실을 알았다. 바람이 멈추고 나무들은 잎을 낮추었으며 벌레들은 번식을 위한 울음을 멈추었다. 이제 은척에서 나서 은척에서 자라 은척에서 살며 호흡하고 부덫치며 짓뭉개지던 한 생명이 스러져가는 것이다.

자신이 사는 거리가 어떤 전조에 휩싸이는지도 모르면서 이치도는 읍내를 빠져나가고 있었다. 이치도가 또 모르는 것은 자신이 왜 읍내를 빠져나가느냐 하는 것이었다. 슬픔, 부끄러움, 회한, 고독, 절망, 좌절, 무작정. 그런 감정 가운데 결정적으로 어느 하나는 아니지만 그런 것들이 야채라고 하면 골고루 버무린 뒤, 한 조각을 입으로 쏙 가져갔을 때 혀에 배어드는 어떤 감정이라고 하면 맞을까. 작은 아이 하나가 주머니에 손을 찌른 채 고개를 숙이고 빨갛게 노을이 스러지는 서녘을 향해 타박타박 걸어갔다.

은척의 읍은 사방을 돌아 흐르는 냇가가 외곽 지역과 자연스러운 경계선을 이루어주고 있었다. 이치도는 한 번도 그 경계선 밖으로 빠져나간 적이 없었다. 그러나 이번에는 냇가를 건넜다. 돌다리를 건너 왼편으로 돌아 둑방을 따라 걷던 이치도는 땅거미가 짙어졌다는 것을 깨닫고 잠시 멈칫거렸다. 읍내의 전기 불빛, 시골 마을에 켜지는 호롱 등불의 중간쯤에 자리잡은 둑방길은 양쪽의 불빛 어느 쪽도 미치지 못해 밤이면 먹줄을 쳐놓은 듯 어두웠다. 어린 이치도는 감당할 수 없는 두려움에 휩싸였다. 설상가상으로 둑방 가운데 어떤 물체가 우뚝 서서, 아니 앉아 있는데도 우뚝한 모습을 하고 이치도를 향하고 있었다. 이치도는 그걸 깨닫는 순간 걸음을 멈추었다.

그 물체는 있는 듯 없는 듯했다. 없는가 하면 있고 있는가 하면 엷은 어둠 속으로 스며들었다. 이치도는 눈을 한껏 크게 뜨고 코를 벌름거리며 귀를 세웠다. 그런데 눈, 코, 귀가 훨씬 더 발달된 존재가 이치도에게서 이십여 미터밖에 떨어지지 않은 곳에 있었으니, 바로 이치도가 정체를 알려 하는 그 물체였다.

그건 개였다. 아니 늑대였다. 아니 여우였다. 아니 은척 근처에만 산다는 호랑이의 새끼, 지나가는 나그네의 머리 위를 건너뛰며 혼을 빼고 결국은 간만 빼먹고 간다는 개호주였다. 이치도는 온몸의 털이 곤두서는 것을 느꼈다. 일 분, 이 분, 이 분 삼십 초, 서로가 무엇인지 알아차리는 데 충분한 시간이 흘렀다. 그리고 두 존재는 각자 행동을 개시했다. 이치도는 주먹을 쥐고 오던 길로 내달리기 시작했다. 개호주는 이치도를 좇았다. 한 가지 다행스러운 것은, 개호주는 특기가 머리 위를 날면서 혼을 빼는 것이지, 일직선으로 좇아오는 것은 아니라는 것이었다. 이치도는 젖 먹던 힘을 다해 달렸다.

이치도는 어머니가 남정네들 대폿잔에 술 채우고 까르륵 웃고 노래하느라 바빠 충분히 얻어먹지 못한 젖의 힘을 금방 다 쓰고, 할 수 없이 죽, 밥에서 나온 힘까지 쓰고 애를 쓰고 용을 쓰고 죽을힘을 다해 달렸다. 귀 밑으로 바람이 휙휙 지나갔다. 이치도는 자신이 바람을 만들고 있다고 느꼈다. 가슴이 풍선처럼 부풀고 팔은 날개처럼 가벼워지며 길게 뻗쳐졌다. 날벌레가 탁탁 얼굴에 부닥쳤다. 조금만 더 달리면 날 수 있을 거라고 생각했다. 어머니에게서 물려받은 사슴처럼 긴 다리의 힘을 빌려 이치도는 달리고 또 달렸다.

그 시각에 춘매는 겁에 질려 말도 제대로 못 하면서 말을 타고 지나가던 경찰을 붙들었다. 소식을 들은 사람들은 라디오를 끄고 장례에 필요한, 집에서 쓰던 물건을 들고 하나씩 둘씩 묵묵히 모여들었다.

얼마나 달렸을까. 거의 한 바퀴를 다 달린 건 아닐까 싶은 지점에서 더이상 달릴 수 없게 된 이치도는 목을 잡고 꺽꺽거리면서 주저앉았다. 그러다가 다시 일어서서 걷기 시작했다. 뒤를 돌아보지 않았다. 뒤를 돌아보는 순간, 사람과 짐승과 귀신의 얼굴을 섞어놓은 넙데데한 얼굴이 쫙 갈라지면서 거대한 혀가 뻗어나와 자신을 말아삼킬 것 같았다. 이치도는 타박타박 걷기만 했다. 뒤돌아본다고 살려둘 것인가. 걷지 않는다고 잡아먹지 않을손가. 이치도는 걷고 또 걸었다.

이치도의 왼편으로 멀리 읍내의 전깃불이 별처럼 깜박거렸다. 오른편은 크나큰 들이 있었고 시커먼 산 위에 샛별이 반짝였다. 산 아래의 마을에 누군가 마루에 켜둔 남폿불이 흔들렸다. 그럴 리는 없지만, 한 바퀴를 돌았으면 원래 그 짐승을 만났던 자리로 돌아온 셈이었다.

이윽고 이치도는 둑방에 의지해서 지은 조그만 초가집에 다다랐다. 마을에서 뚝 떨어져 외따로 동그마니 앉은 집은 상여를 넣어두는 집처럼 보였다. 하지만 이치도는 상여가 뭔지 몰랐다. 어쩌면 그 집은 나병이나 간질처럼 사람들이 천형으로 여기는 병을 가진 사람들이 마을에서 떨어져 사는 집일 수도 있었다.

무리를 짓고 사는 늑대 가운데 강력한 권위를 가진 대장이 있으면 반드시 천대받는 약한 존재가 있다. 대장의 권위가 강력하면 강력할수록 그 무리의 생존 가능성은 높아진다. 약한 존재는 무리의 평화를 위해서는 죽는 일 빼고는 어떤 일이든 한다. 대장을 비롯한 무리는 모두 그 존재를 구박하지만 그 존재의 입장에서는 외톨이인 것보다는 낫다. 또 그 존재가 없으면 다른 누군가 그런 역할을 대신해야 한다. 그러므로 그 존재를 인정하고 보호하며 또한 천대하는 것이다. 이렇게 현명한 늑대를 멸종에 이르게 한 위대한 영장류, 그중에서도 은척의 사람들은 조금 더 고차원적인 방법으로 늑대 무리의 규칙을 받아들이고 있었다. 일곱 살밖에 안 된 이치도가 그런 걸 알 리는 없었다. 이치도는 사람이 살 수 있는 집이라는 것밖에 몰랐다. 그것이면 충분했다. 그리고 그곳에는 사람이 살고 있었다.

그 집의 바람벽에는 이치도의 머리가 들어갈 만한 작은 들창이, 이치도의 머리 높이쯤에 나 있었다. 거기서 노란 호롱 불빛과 도란거리는 말소리가 흘러나왔다. 하나는 남자 어른의 굵직한 목소리였고 하나는 어린 여자아이의 목소리였다.

"무서워요, 무서워요, 아버지. 냇가에서 아기 울음소리가 나요. 무서워요."

"홍역을 앓는 아이들이 있다. 심하게 앓으면 그 아이들이 죽은 것처럼 보이기도 하지. 그 아이들을 광주리에 담아서 오래 묵은 뽕나무 가지에 걸어놓는단다. 그러면 깨어나서 우는 아이들이 있어. 넌 홍역을 일찍 했지. 한 번 하면 평생 다시 하지 않아."

"그래도 무서워요. 애기 귀신이 나오면 어떡해요."

"애야, 그것도 다 사람이 내는 소리란다. 무서운 건 사람이 아니라 사람 사이의 일이다. 이 애비가 십 년 전에 천년 묵은 무덤 속에서 금관을 훔쳤을 때의 이야기를 해주마."

"그 이야기는 더 무서워요. 하지 말아요, 아버지."

"그래도 처음 들을 때보다는 덜 무섭지 않으냐. 골백번도 하지 않았는데 내 이야기가 벌써 지겨워진 거냐."

이치도는 들창에 고개를 기대고 자신도 모르게 긴 한숨을 내쉬었다.

"엄마야, 누가 왔나봐요, 아버지."

"바람 소리겠지. 내가 죽을 둥 살 둥 모르면서 땅을 파들어가는데 말이다. 사람 키로 여섯 길쯤 팠는데 파란 병이 하나 나오더란 말이다. 이게 무슨 보물인가 싶어서 촛불로 비춰보니까 그게 소주병이 아니냐. 어떤 개아들 같은 놈이 우리 먼저 왕릉을 파다가 소주를 처먹고……"

이치도는 다시 포옥 하고 한숨을 내쉬었다. 들창에 자그마한 손 그림자가 비쳤다. 그리고 살며시 들창이 열렸다. 들창 안에서 공주처럼 동그란 소녀의 얼굴이 나타났다. 소녀의 윗입술은 토끼처럼 둘로 갈라져 있었다. 동화 속 주인공 같은 그 얼굴을 보는 순간 갑자기 이치도의 눈에서 왈칵 눈물이 쏟아져내렸다.

"어마, 아버지, 애가 있어요. 애기가 울어요."

이치도는 제 또래밖에 안 되는 여자애에게 아기 취급을 당하는 게 분했지만, 분한 것 때문에 눈물을 흘리는 게 아니라 눈물을 멈출 수가 없어 약이 올라 계속 울었다.

이젠 살았다는 안도감, 단란한 가정, 인자로운 아버지, 따뜻한 불빛, 배고픔, 인간 본연의 서러움, 그 어느 것 중 하나가 결정적인 이유는 아니지만 그 모든 것들의 속성이 조금씩 들어 있는 비빔밥 같은 감정인데, 어린 이치도로서는 그런 걸 비빌 수도 없었고 비빌 생각도 하지 못해서 막무가내로 눈물을 흘리며 구색을 맞춰 이잉잉, 소리까지 냈다.

그렇게 줄기차게 우는 아이를, 산적처럼 수염이 텁수룩한 어른과 눈이 은행알처럼 둥근 여자아이가 어리둥절해서 내다보고 있었다.

그렇게 해서 이치도는 스승이 되는 왕확을 만나게 된다. 그 스승은 교사자격증이 없었고 다른 아이들을 가르치지도 않았으며 알다시피 이름도 스승이 아니다. 그런데도 이치도는 그를 스승으로 생각한다. 단 하나의 스승, 옛날이야기에 나오는 그 스승. 그 이야기는 나중에 필요하면 몰아서 하기로 하고 그날 이후에 이치도가 어떻게 되었는지 좀더 살펴본다.

남편을 상여로 갖다묻은 뒤, 춘매는 얼마 동안 넋을 놓은 사람 같았다. 춘매가 봉달을 정말 사랑했는지는 본인만이 알 일이었다. 그러나 장례식에서 온 읍이 떠나갈 정도로 서럽게 운 것이나, 사흘도 되지 않아 봉달이 없는 술집 문을 두드리는 사내들에게 "남편 무덤에 풀이나 나거든 오시오"라고 말했다는 것은 사실이어서 한때 은척에서는 "대폿집에서 열녀 났다"는 말이 "개천에서 용 났다"라는 속담과 나란히 쓰이기도 했다. 당시 춘매가 정신이 나가 있었다는 것은 매일 한 끼도 빼지 않고 이치도에게 밥을 해 먹였다는 사실에서도 나타난다. 때에 맞춰 밥을 하고 반찬을 마련해서 상을 차린 뒤, 이치도의 턱에 수건까지 받치고 한 입 한 입 밥을 떠먹여주었다. 생선은 가시를 바르고 고기는 뼈와 힘줄을 갈라 부드럽고 맛있는 부분만 먹였다. 그 다음에는 부뚜막이 닳도록 힘껏 설거지를 하고 나서 다시 밥과 반찬을 생각하는 것이었다.

그래도 이치도는 즐겁지가 않았다. 어머니가 그렇게 하는 것이 전에 없던 일이었고 이치도를 위해 그렇게 한다기보다는, 이치도가 모르는 어머니만의 어떤 이유가 있는 것 같았다. 그보다도 한층 더 이치도를 기분 나쁘게 하는 것은 다하지 못한 누군가와의 사랑을 이치도에게 쏟아붓는 듯한 느낌이었다. 그 대상이 이치도가 가장 경멸하는 봉달이라는 느낌이 들 때마다 이치도는 밥상을 멋지게 발로 걷어차고 싶은 충동을 느꼈다. 그건 봉달의 특기이기도 했다. 멋지게 차지는 못했지만 가끔 걷어찬 건 사실이었다.

그러나 이치도는 그렇게 하지 못했다. 그랬다가는 더 큰일이 벌어질지도 모른다는 본능적인 예감 때문이었다. 더 큰일이 뭔데. 글쎄, 어머니가 봉달의 뒤를 따라 죽으려고 목을 맨다든가, 이치도를 기둥에 묶은 뒤에 산해진미를 삽으로 처넣는다든가 하는 일이 아닐까. 생전 처음으로 밥다운 밥을 지성으로 지어 먹이는 어머니의 사랑을 이치도는 그렇게밖에 생각하지 못했다.

정성껏 밥을 하고 지성껏 먹이고 힘껏 설거지를 한 다음, 자신만의 시간이 나면 춘매는 부엌 바닥에 쭈그리고 앉아 나지막하고 느리게 노래를 불렀다. 밥사발에 소주를 따라 먹어가며. 가만가만 주먹으로 부뚜막의 솥뚜껑을 두드리는 소리를 장단 삼아 부르는 뜻 모르고 이름 모를 노래들은 모두 슬펐다.

그때 춘매가 불러서, 어린 이치도의 머리가 아닌 가슴으로 기억된 노래들은, "사공의 뱃노래 가물거리고" "아네모네는 피는데 아네모네 지는데" "타향살이 몇 해더냐 손꼽아 헤어보니"로 시작하는 가요가 아니었다. "옛날의 금잔디 동산에 메기 같이 앉아서 놀던 곳" "어제 온 고깃

배가 고향으로 간다 하기 소식을 전차하고 갯가으로 나갔더니" 같은 가곡이었던 것이다. 춘매가 그 노래를 어디서 어떻게 배웠는지, 왜 그런 노래를 했는지는 아무도 모른다. 어쩌면 춘매 자신도 모를 것이다.

하여간 춘매가 부엌에서 젓가락이든 부지깽이든 구리반지 하나 끼어 있지 않은 손가락이든 간에 자신만의 노래에 장단을 맞춰가면서 자신을 위해, 자신도 어쩔 수 없이 부르는 슬픈 노래를 들으며 이치도는, 목이 메이고 눈물이 흐르는 것이 꼭 서러운 경우를 당했거나 실연했을 때만은 아니고, 그랬던 것, 그럴 것을 상정하는 인간 보편의 정서에 의해서도 가능하다는 고급스러운 체험을 했다.

세월이 흐르고 계절이 바뀌어 눈이 함빡 쌓인 겨울 어느 날, 잠에서 깬 춘매는 이불을 반쯤 걷은 채 새하얀 세상을 내어다보며 입술을 깨물었다. 그러더니 얼굴을 활짝 펴서 웃고 또 심각한 표정으로 입술을 깨물고 이를 갈아붙이다가 파리한 얼굴을 거울에 이리저리 비춰보고 또 살며시 웃기도 했다. 이치도는 진작 잠에서 깨 있었지만 숨을 멈추고 가만히 춘매를 살피고 있었다.

'드디어 엄마가 미쳤구나.'

이치도는 생각했다.

읍에는 미친 사람들이 해마다 서너 명씩 봄철에 나타나서 여름내 돌아다니다가 날이 추워지면 어디론가 가버리곤 했다. 이치도는 다른 읍내 아이들과 마찬가지로 그 사람들이 어디에서 와서 어디로 가는지 궁금증을 가지고 있었다. 아이들은 길고 심각한 토론 끝에, 개나 사람이나 마찬가지로, 미친 사람들은 미치지 않은 사람들 사이에서 미치지 않은 채 있다가 꽃이 피듯 봄이 되면 미치는 것이고 겨울이 되면 얼어 죽으면서 후배들에게 바통을 물려주는 것이라고 결론지었다. 그러니까 어른들이 걸핏하면 "아이 썅, 술 허기져서 미치겠네" "마누라 때문에 정말 돌아버리겠어. 나이가 들면서 더 밝히니까 말야" 하는 말을 하는 게 아니겠는가.

이치도 역시 어머니가 "너만 안 생겼으면 내가 진작에 팔자를 고치는 건데, 너 때문에 정말 미치겠다"라거나 "이 빌어처먹을 자식아. 어디 가서 개지랄을 떨고 왔길래 옷이 그 모양이야! 내가 도는 꼴을 봐야 시원하겠니" 하고 미친개처럼 입에 거품을 무는 일이 잦았으므로 결국 미친 증세가 나타났구나 생각했던 것이다.

엄마가 미치면 나는 어떻게 되나. 북문거리에 있다는 고아원으로 가나. 고아원에는 매일 아이를 하나씩 잡아먹어서 입이 새빨간 원장이 있다는데 나는 며칠이나 있다가 잡아먹힐까.

북문거리에 고아원이 있는 것은 사실이었고 그 고아원에 한때 백여 명 가까운 아이들이 수용되어 있었다는 것도 사실이었으며 그 아이들이 이십여 명으로 줄어들었다는 것도 맞았다. 그렇지만 아이들의 숫자가 줄어든 것은 원장이 잡아먹어서가 아니라, 전쟁 후에 급격히 늘어났던 고아들이 부모를 찾아서 가기도 하고 자라서 고아원을 나서게 되었던 까닭이었다. 다만 아이들이 적거나 많거나 간에, 비가 오나 눈이 오나 나이가 들거나 줄거나 간에, 여원장의 크고 두꺼운 입술에는 언제나 새빨간 입술 연지가 듬뿍 발라져 있어서 아이들 사이에 그런 소문이 돌법도 했다.

이불이 획 들쳐지며 춘매의 앙칼진 음성이 들렸다.

"그래, 가보자! 갈 데까지 가보는 거다."

관자놀이에 새파란 정맥이 불거진 춘매는 다짜고짜 이치도의 목을 잡아끌어 부엌으로 데리고 갔다. 부엌에는 양철로 된 솥이 있었고 그 안에는 언제부터인지 물이 김을 뿜고 있었다. 춘매는 솔기마다 서캐가 부옇게 슬어 있는 이치도의 내복을 벗겼다. 삽시간에 이치도는 알몸이 되었다. 이치도는 단호한 어머니의 손놀림에 저항할 생각도 못 하고 아랫도리를 가린 채 추위로 벌벌 떨며 서 있었다. 춘매는 자신도 저고리를 벗고 가슴까지 치마를 올려 바짝 묶었다. 빨래판을 솥 위에 얹은 뒤 이치도에게 올라가 앉으라고 명령했다.

"뜨겁잖아……"

"뜨겁긴 뭐가 뜨거워. 빨리 올라가지 못해."

춘매는 대뜸 바가지에 물을 퍼서 이치도에게 퍼부었다. 이치도는 잽싸게 몸을 피했다. 춘매는 다시 물을 퍼서 이치도의 머리에 퍼부었다. 이번에는 정통으로 가슴에 맞았다.

"앗 뜨거! 거짓말쟁이! 미친년!"

이치도는 도망을 가기 시작했다. 춘매가 이치도를 잡으려고 달려들었지만 홀딱 벗은 이치도의 몸은 잡혔다 해도 미끈둥거리며 빠져나갔다.

"이 새앙쥐 같은 놈의 새끼!"

이치도가 도망다니는 것은 실제로 물이 뜨거워서라기보다는 목욕을 하기 싫어서였다. 왜 목욕을 하기 싫었느냐 하면 입 빨간 고아원 원장에게 잡혀갔을 경우에, 때가 없이 깨끗하면 일찍 잡아먹힐 거라고 생각했기 때문이다. 두어 평도 되지 않는 좁은 공간에서 모자는 씨근거리며 쫓고 쫓기는 싸움을 벌였다. "이리 안 와!" "안 가." "너 잡히기만 해봐." "십 년을 따라다녀봐, 내가 잡히나." 이런 대화가 오가는 중에 솥뚜껑이 날았고 숟가락이 나뒹굴었으며 훌러덩 미끄러져 자빠진 춘매의 오른발이 아궁이로 들어갔다.

이런 식으로 훌륭하게 가정교육을 받았으므로 이치도의 도망 실력이 뛰어날 수밖에 없었고 거기다 좁은 공간에서 쫓길 때는 홀딱 벗는 것이 유리하다는 깨달음까지 그의 뇌리에 입력되게 되었다. 그러나 결국 이치도는 솥 위에 올라가게 되었다.

춘매가 자신을 고아원으로 보내려는 게 아니라는 걸 알았기 때문이다. 쫓고 쫓는 것을 포기한 춘매가 자신의 몸부터 씻기 시작하면서 이제 네 애비를 만나러 간다고 속삭였던 것이다.

"아버지는 죽었잖아."

이치도는 주먹을 쥐고 식식거렸다.

"봉달이는 죽었어도 네 잘난 애비는 안 죽었어."

이치도는 그게 무슨 말인지는 몰라도 아버지가 죽지 않았다는 게 좋았다. 갑자기 몸에 힘이 풀리면서 알몸으로 이도령, 아니 춘매에게 안겼다.

"아야, 이 때 좀 봐라. 까마귀가 형님아 인마, 하겠다."

씻겨놓으니 이치도의 훤한 얼굴이 드러나면서 침침한 부엌에 보름달이 뜬 것 같았다.

"그래, 너는 역시 그 자식의 새끼가 틀림없어. 팔푼이 봉달이한테 너 같은 새끼가 생길 리 없다."

이치도를 씻긴 후 춘매는 치맛말기를 무릎 사이에 말아넣은 뒤, 머리를 감고 젖가슴이며 어깨에도 비누질을 했다. 이미 방에 들어와 마른버짐을 긁고 있던 이치도는 역시 뭐가 뭔지는 몰랐지만 어머니의 몸에서 풍겨나오는 냄새와, 전에 없는 동작에서 질투 비슷한 감정과 불길함을 느꼈다.

춘매는 언제 준비를 했는지 이치도에게 앙증맞은 양복을 입혔다. 머리는 어른들이 바르는 포마드 기름을 발라 양쪽으로 빗어넘겼다. 그 자신도 때에 전 한복을 벗어젖히고 연보라색 벨벳 투피스로 단장을 했다. 귀부인처럼 머리를 둥글게 틀어올리고 가짜 진주로 장식된 핸드백까지 든 춘매와, 읍내에서는 보기도 힘든 서양식 예복을 입은 이치도가 거리로 나서자 구경이라면 환장을 하는데 텔레비전이 대중적으로 보급되기 전인 은척 읍내 사람들의 눈길이 한곳으로 몰릴 수밖에 없었다.

"치도야, 너 엄마하고 어디를 가느냐."

막 토끼를 사들고 오던 누군가 물었다. 이치도는 걸으면서 대답했다.

"아버지 만나러 가요."

막 토끼를 팔고 돌아오던 사람이 말했다.

"오냐, 산소에 가는구나. 이렇게 추운데 어린 네가 고생이다."

토끼와는 전혀 관련이 없고 개털로 만든 목도리를 두른 어느 여인이 말했다.

"그래, 그 옷 보니까 더럽게 춥게 생겼다. 네 엄마도 그렇고. 비싼 옷은 원래 그렇지. 주제를 알고 옷을 입는 사람들은 모진 바람 한설에도 뜨, 뜨읏하지."

"에췌이, 그저 여편네들은 트집거리만 잡을라고 나서. 아, 얼마나 보기 좋아. 내가 테레비로 귀경을 해보니 팔등신 미인들이 비키니 수영복이라나 뭐 그런 홑껍데기 같은 걸 입고 떼거리로 나와서 돌아다니는데, 춥다는 사람 하나도 없던걸. 암만, 저거 반의 반의 반도 안 입었어. 춥기는커녕 열이 확확 나지."

"그런데 자네 아들이 이번에는 월남에서 스키를 사보냈다매?"

이런저런 이야기가 길옆에 팔짱을 끼고 선 사람들의 입에서 흘러나오는데, 누군가 이치도의 귓가에 대고 이렇게 속살거렸다.

"너, 엄마가 그렇게 차려입혀가지고 고아원에 데려다준 다음에 도망가버린다."

이치도가 팔짝 뛰면서 늘어선 가게, 그중에서도 유리가게의 유리가 쨍 울릴 정도로 소리쳤다.

"아니야, 고아원 가는 거 아니란 말야. 우리 엄마가 새아버지 찾아준댔어. 진짜 아버지."

춘매는 걸음을 멈췄다. 우리에게 무슨 볼일이 있느냐는 듯 사람들을 둘러보았다. 길가에 늘어선 사람들 사이에선 침묵이 흘렀다. 춘매의 도도한 콧날 위로 겨울의 인색한 햇살이 흘러내렸다. 어색한 침묵을 깬 것은 이치도 옆에서 콧물을 훌쩍거리던 친구, 전당포집 아들 성억제였다.

"치도야, 너 가면 다시는 안 올 거지? 어제 나한테 홀딱 따간 딱지 안 주고 갈래?"

그러면서 은척은 다시 돌아가기 시작했다.

"이 녀석아, 넌 왜 내복 바람으로 나와서 코를 찔찔 흘리고 있어. 썩 들어가지 못해?"

"저 망할 놈의 개새끼가 지금 처먹는 게 뉘 집 애 똥이여."

"엄마야, 난 몰라. 된장찌개 다 탔겠네."

뭇 사람들의 눈길을 뒤로하고 모자는 시장 중심부를 가로지르는 길을 따라 걸어내려갔다. 점점 작아지는 두 사람의 등뒤로 내리는 눈인지 날리는 눈인지 희끗희끗 뿌려댔고 전깃줄에서 윙윙거리는 소리가 나는 중에 털썩, 하고 추녀에서 눈이 떨어지는 광경은 오래도록 은척읍 사람들의 뇌리에 남았다.

돈의 맛

지하도로 내려가는 계단에서 이치도는 거지를 본다. 스포츠 신문을 펴서 깔고 거기에 막 터치다운이라도 한 듯, 온몸을 던지고 있다. 신문의 절반을 채운 커다란 얼굴은 별명이 '아시아의 황금 다리'로 스페인 축구리그에 진출해 활약하고 있는 차세찬의 것이다. 거지는 '이적료 1천만 불'이라는 주먹만한 타이틀 아래 활짝 웃고 있는 차세찬에게 입이라도 맞출 듯하다. 새카맣게 때에 전 손을 머리에 대고 앙상하지만 날카로운 손가락을 치켜든 거지는 전혀 얼굴이 보이지 않는다. 하긴 서울 하고도 심장부인 광화문 지하도에서 거지 노릇을 하자면 얼굴이 알려져서는 곤란할 것이다. 다른 나라도 아닌 대한민국에서는. 한 다리만 건너면 대통령도 아는 사람이 되고, 두 다리 건너면 백 년 전에 죽은 사람과도 악수를 하게 되며, 세 다리를 건너면 자기 자신을 만날 수 있을 정도로 관계가 발달한 나라이니까. 지연, 혈연, 학연에다 좁은 나라에 사람은 많고 보면 옷깃을 스치는 인연은 또 얼마나 많은지, 그런저런 인연을 합치면 새로운 나라, 새로운 우주를 만들 수 있을 정도다. 이렇게 인연이 많은 나라에서 거지꼴로 거지짓을 하다가 인연 있는 사람에게 들킨다면 어떻게 될까. 사흘도 되지 않아 거지만도 못한 신세가 되었다는 말이 자기 귀에까지 돌아올 것이었다. 그러니까 완벽하게 자신을 가릴 필요가 있었다. 이치도가 걸음을 멈춘 것은 바로 그 완벽한 위장 때문이었다. 이치도는 사방을 한 번 살펴보고 거지 곁에 쪼그려앉는다.

"어이, 형씨."

불러놓고 보니까 또 나이를 신분이나 인격, 계급으로 착각하는 사람의 비율이 세계에서 가장 높은 나라의 중심부에서 나이가 얼마인지도 모르는 사람에게 반말을 하게 된 셈이었다.

"아, 아저씨, 나 좀 봅시다. 내가 딱 한 가지 물어볼 게 있는데."

거지는 죽은 척하는 무당벌레처럼 꼼짝도 하지 않았다. 거지하고 무당벌레는 옷을 입고 있느냐, 아니냐 하는 정도의 차이밖에 없었다. 이치도는 주머니에서 동전을 몇 개 꺼내들어 짤랑거리는 소리를 낸다.

"아, 이거 어디다 놔야 하는 거야. 주고 싶어도 줄 데가 없네."

거지의 손끝에서 삼십 센티미터 정도 되는 곳에 '모금함'이라고 쓴 플라스틱 바가지를 보고서 이치도가 하는 말이다. 거지는 거지이지 모금을 하는 사람이 아니기 때문이다. 그제야 거지가 얼굴을 살짝 움직인다. 신문지에 대고 있던 얼굴을 몇 도 정도 위치를 바꾼 것이다.

거지지만 머리칼은 남부럽지 않게 많다. 그 머리칼이 또 얼굴을 들었다고 든 거지의 신분을 알 수 없게 한다. 그러나 거지는 머리칼 사이로 얼마든지 상대를 볼 수가 있다. 이치도는 거지가 되려면 머리부터 길러

야겠다고 다짐한다. 거지의 손끝이 살짝 움직인다. 모금함 쪽을 가리켜 보인 것이다.

"이게 아저씨 거 맞아? 이건 장애자용인데. 아저씨는 장애자가 아니잖아."

플라스틱 바가지에는 '모금함'이라는 글귀 아래 조금 작은 글씨로 '장애자를 도웁시다'라는 문구가 삐뚤빼뚤 적혀 있다. 거지는 답답한지 손끝을 계속 까딱거리다가 이치도가 "그냥 가야겠어, 가야지" 하고 소동을 부리자 기어이 얼굴을 들고 만다. 그러곤 부시시 일어나 앉는다. 머리칼을 쓸어올리면서 눈을 살짝 보인다.

"마, 나도, 장애자요."

"어디가?"

이치도와 비슷한 연배 같은데 얼굴이 더러우니까 눈만은 이상할 정도로 깨끗해 보인다. 검고 흰 경계선이 뚜렷하고 속눈썹까지 제대로 갖춘 예쁜 눈이다. 이치도는 또 왕두련, 왕두련의 그윽하고 깊은 눈동자를 떠올리면서 두뇌 회전이 느려진다. 거지는 손을 들어 머리를 가리켜 보인다.

"돌았다구? 응? 돌았어?"

거지는 귀찮은 듯 고개를 끄덕인다.

"돈 사람이 어떻게 돈 줄 알아? 거짓말이네. 오늘 점심 한 끼 굶고 적선 좀 하려고 했는데 안 되겠어."

굶을 점심이 비밀요정의 두당 백만원짜리라는 말을 해줄까. 이치도는 그 생각만으로도 즐거워진다.

"마, 돈 게 아니고…… 머리를 다쳤단 말요."

"왜?"

"마, 사고로. 공사판에서 마, 벽돌 나르다 떨어졌걸랑요."

"언제?"

"마아, 그라니까네 삼 년 전에……"

"그래서 거지가 됐어? 그때부터?"

거지는 도대체 이치도가 어떤 사람인가, 무슨 의도를 가지고 있는지 알고 싶은 눈치다. 이치도는 겉모습은 말짱한 신사다. 잘생긴 것만 가지고 말하자면, 어느 조그만 섬나라의 왕자라고 해도 속을 사람이 있을 정도라고 이치도는 생각하고 있다. 기자, 사복경찰, 자선사업가, 부랑자 단속반원, 세무관리, 종교인, 의원 보좌관, 대화를 좋아하는 평범한 시민…… 그런 사람과도 비슷하지만, 그중 어느 것도 아니다. 그러니까 거지가 아무리 머리를 굴려봐야 알 수가 없을 것이다.

"마, 마, 마아…… 왜 그러는데요?"

"뭐가?"

"아, 마, 왜 자꾸 꼬치꼬치 물어보느냐……"

"아냐, 정말 궁금해서 그래요. 어떻게 하면 거지가 되는지 말야."

거지는 그제야 시들하게 말을 한다.

"마, 부모 잘못 만나서 물려받은 건 땡전 한푼도 없지, 마, 배운 거도 없고 일할 데도 없는데다가 마, 나라에서 잘못하니까 거지가 되는 거지, 마, 내가 뭐 별수 있소?"

이치도는 어쩌면 그 거지의 신세가 자기와 똑같은가 하고 놀란다. 물려받은 것 하나 없고 배운 것도 없으며 제대로 일해본 적도 없다. 나라에서 잘못하는 것? 그건 잘 모른다. 신경 써본 적도 없다.

"마, 도둑질이라도 하면 모를까."

그 말을 듣자마자 이치도는 발딱 일어선다. 너무 오래 지체한 듯했고, 지나가는 사람들은 물론, 아래쪽에서 행상을 하는 사람들까지 두 사람을 흘끔거리기 시작했기 때문이다. 무엇보다 결정적인 건 도둑이라는 말에 제 발이 저렸기 때문이다. 이치도는 거지를 내려다보며 훈계하기 시작한다.

"아저씨 말야, 아저씨는 지금 땡전 한푼도 없는지 몰라도 나보다는 부자야. 나는 지금 빚이 마, 백억쯤 되거든. 그러니까 아저씨는 나보다 백억이나 더 많은 사람이란 말야. 그리고 마, 아저씨한테 내가 해줄 말이 있는데, 도둑질은 아무나 하는 게 아니야. 그렇게 세상을 쉽게 보니까 마, 개인의 발전이 없는 거라구."

말하다 말고 이치도는 웃음을 터뜨리고 만다. 도둑이나 거지가 발전하면 큰 도둑이나 상거지가 되겠구나 싶어서. 이치도는 영업방해에다 때아닌 충고까지 듣고서 입이 튀어나오기 시작하는 거지에게 "땡전도 없댔지. 여기 있수" 하고 십원짜리 동전을 골라서 던지고 돌아선다.

이치도는 거지 되기도 쉽지 않구나, 하고 걸음을 옮긴다. 공사판에 나가서 짐을 나르는 일은 해본 적이 없다. 일부러 실수하는 척하고 떨어지는 일은 더욱 무섭다. 떨어지는 도중에 심장이라도 멈추면 어떻게 하는가. 성공적으로 잘 떨어졌다 치고, 머리를 다치지 않고 이치도가 몸에서 가장 소중하게 생각하는, 그러니까 입이나 발가락을 다치면 어떻게 하는가. 다치기만 하고 거지가 못 될 가능성이 높다. 그러고 보면 그 거지는 운이 좋은 셈이다. 이치도가 그렇게 결론짓고 거지를 슬쩍 돌아보니 거지는 십원짜리 동전을 통로 아래쪽으로 집어던지고 있다. 재수가 없다는 뜻이리라. 그러나 그 십원짜리 동전으로 하루 종일 만화를 보고 저녁때는 꿈의 궁전인 텔레비전도 보던 시절이 있었다.

"에이 씨, 이게 무슨 맛이야."

"돈맛이라는 거야. 계속 깨물어봐."

이치도가 돈맛을 알기 시작한 건 그 십원짜리 동전 때문이었다. 언젠가 어떤 십원짜리 동전은 금보다 비싸다는 소문이 아이들 사이에 퍼졌다. 그 구리 동전에 금이 섞여 있다는 것이었다. 그 땡전은, 아니 동전은 십원의 수백 배의 가치가 있다는 소문이 어쩌다가 돈을 깨물어보고도 돈맛을 모르는 아둔한 성억제의 귀에 들어오고, 따라서 이치도의 귀에도 들어오게 되었다.

성억제가 얼마나 아둔하냐 하면 제 아버지인 성배출보다 아둔하다는 말로 정리가 되겠다. 성배출은 은척에서 가장 번화가인 시장통에서도 드문 삼층 건물의 소유자로, 건물 이층에 전당포를 열어두고 있었다. 저당 잡은 물건을 값싸게 삼키려고 돌려주지 않다가 채무자가 기한 직전에 돈을 들고 쫓아오자 옥상에서 뛰어내린 인물이다.

뛰어내린 것 자체는 과감하다 할 수 있지만 낙하산도 우산도 준비하지 않았다는 게 아둔하다는 것이다. '자물통'이라는 별명처럼 한번 그 집으로 돈이 들어가면 나올 줄 몰랐다.

자물통의 외아들 억제는 학교에서 가장 가난한 아이들처럼 점심을 굶었다. 보통으로 가난한 아이들은 학교에서 빵이나 강냉이죽을 나누어주어서 굶지는 않았다. 가장 가난한 아이들은 점심은 물론 저녁도 굶어야 했기 때문에, 혹은 학교에 다니지 않는 어린 동생에게 갖다주기 위해, 그 빵을 집으로 가져가려고 점심은 굶는 게 보통이었다. 그렇다면 억제는 왜 굶었는가. 아버지인 성배출이 읍에서 가장 알부자로 알려져 있는데다 억제가 선생들도 쉽게 갖지 못하는 진짜 가죽 가방을 들고 다녔던 까닭에 빵을 받지 못했던 것이다. 그래서 보통으로 가난하면서 식당을 하는 어머니 덕분에 도시락은 싸갈 수 있는 아이인 이치도가 제 몫으로 돌아오는 빵을 억제에게 주는 대신 등하굣길에서 가방을 들게 했다. 억제가 가방을 드는 것을 당연하게 생각하는 이유가 또 한 가지 있었는데, 이치도가 국군의 대장, 곧 장군의 아들인 줄 알았기 때문이다.

"우리 아버지는 지금 월남에 가서 베트콩들을 때려잡고 있다. 베트콩을 하나도 남김없이 다 죽이고 나면 군함을 타고 은척 냇가까지 들어올 거다. 그때가 되면 너희는 다 죽었다."

그게 이치도가 아이들에게 하는 말이었다. 똑똑한 아이들은 그 말에 웃지도 않았고, 평범한 아이들은 군함은 냇가로 올 수 없다, 있다 가지고 저희끼리 말다툼을 했다. 모자라는 아이들은 그 군함에 한번 올라가게 해달라고 이치도에게 은근히 부탁했다. 억제는 좀 모자란 편에 속했으므로, 이치도의 가방을 들게 됨으로써 자신은 군함 위에 가는 표를 확실히 확보한 것으로 여겼다.

이치도가 아버지, 죽은 아버지 봉달 말고 한 번 보지도 못한 새아버지이자 진짜 아버지를 장군으로 여기게 된 경위는 이렇다. 이치도 모자가 한때 은척을 떠나 왕비와 왕자 같은 복장으로 찾아간 곳이 군부대가 많은 어느 도시였다. 이치도와 어머니는 그 군부대의 사령관을 만났다. 어깨에 반짝거리는 별을 단 사령관이 바로 이치도의 아버지였다. 이치도는 사령관에게 어머니가 미리 준 거울 반쪽을 내밀었다. 사령관은 칠 년 전에 어머니에게 그 거울 반쪽을 건네주고 대부대를 이끌고 북쪽에 진지를 건설하러 떠났던 것이다. 사령관이 품속에서 거울 반쪽을 꺼내서 맞추니 거울이 완전한 하나가 되었다. 사령관은 이치도를 들어올려 얼굴을 부비면서, 내 아들이 이제야 날 찾아왔구나, 하고 감격스럽게 외쳤다. 그날부터 이치도와 어머니는 사령관의 호화찬란한 관사에서 행복하게 살게 되었다. 거기에는 없는 게 없었다. 텔레비전, 전기 다리미, 스키, 재봉틀, 전화, 전기난로, 열두 자짜리 자개장, 토끼, 기관단총, 수류탄, 전차, 로켓포, 군함, 낙하산까지.

그러던 어느 날, 사령관은 나라를 위해 다시 떠나야 한다면서 어머니에게 거울을 다시 주었다. 월남에 가서 베트콩을 다 무찌르고 돌아오겠다, 내 아들을 훌륭하게 키워다오. 단, 내가 베트콩을 무찌르러 가는 것은 비밀이니까 누구에게도 말하면 안 된다. 내 아들에게도. 그리고 사령관은 전차에 이치도 모자를 태워 은척까지 와서 입구인 영빈교에 내려주고 태극기를 휘날리며 떠났다. 그래서 모자는 다시 은척으로 돌아와 아버지를 기다리며 살게 되었다. 대충 이런 것이 이치도의 이야기였다. 그때 본 것과 나중에 들은 것, 왕확에게 들은 옛날이야기가 섞이고 타고난 거짓말 기술이 보태진 동화였지만, 이야기를 되풀이하면서 이치도는 비현실적인 것을 고쳐나갔다. 세월이 가면서 이치도가 어렸을 적에 실제로 본 것은 희미해지고 이치도는 결국 그 이야기를 거의 사실로 믿게 되었다.

그러나 사실은 이치도의 이야기와 조금, 아주 조금 달랐다. 은척의 이웃 도시에 군부대가 많은 것은 틀림없었다. 거기에 새로운 부대가 들어와 주둔하게 되었다. 춘매는 그걸 알고 찾아간 것이었다. 버스 정류장에 내리자 춘매는 흙먼지가 이는 길을 따라 걸어갔다. 간간이 병사들을 태운 트럭이 지나갈 때마다 춘매를 향해 휘파람이 쏟아졌다. 부대 주변의 허름한 마을에는 사나운 개와 헐벗은 아이들밖에 보이지 않았고, 군불 때는 연기가 방에 사람이 있음을 알려주었다. 뾰족구두를 신고 아이까지 데리고 힘겹게 십릿길을 걸어간 춘매는 위병소에 가서 헌병에게 무슨 말인가 건넸다. 헌병들은 한결같이 반짝이는 구두와 반짝이는 단추가 달린 제복, 반짝이는 철모 차림이었다. 무슨 말인가 오가고 나서 춘매는 땅바닥에 털퍼덕 주저앉아버렸다. 헌병들은 사나운 몸짓으로 춘매를 일으켜세웠고 소총으로 춘매의 등을 떠밀었다. 이치도는 헐벗은 나무 뒤에서 그런 광경을 오들오들 떨며 보고 있었다. 그때 마침 안으로 들어오던 군인이, 그것도 아주 잘생긴 군인이, 그 광경을 보고는 침을 바닥에 찌익 뱉었다. 성냥개비를 입에 문 그의 입에서는 피시식, 하는 웃음소리가 새나왔다.

"저게 여기는 어떻게 알고 왔을까."

그 군인의 어깨에는 갈매기가 몇 마리 그려져 있었다. 겨울의 찬바람을 아랑곳하지 않는 듯, 군복 윗도리의 단추가 몇 개 풀려 있었고 숭숭

난 털이 러닝셔츠 위로 삐죽삐죽 솟아 있었다.

"야, 너 잘 만났다. 내가 너를 못 찾을 줄 알았니. 저기 서 있는 게 네 새끼다. 책임져."

춘매는 그 군인을 향해 내달으며 소리쳤다.

"아니, 이 쌍년이 여기가 어디라고 와서 떠들어. 내 새끼가 어디 있어. 그때 우리 부대에서 너를 올라탄 게 몇 명인데 내가 왜 재 애비라는 거야. 당장 꺼지지 못해."

헌병들은 반짝이는 이를 드러내며 미리 연습이라도 한 듯 일제히 소리내어 웃었다. 춘매는 갑자기 태도를 바꿔 공손하게 말했다.

"딴 건 몰라도 저애가 당신 애라는 건 틀림없어요. 저애 생긴 걸 봐요. 자자, 이 귀를 잘 보라구요. 쪽박귀잖아. 당신 귀하고 똑같애요."

그 바람에 이치도는 귀를 잡혀 그 군인 앞에 세워졌다.

"하하, 그래애. 잘 보자. 야, 이거 귀가 두 개네. 야, 김상병, 너 지금 보니까 귀가 두 개다? 네 새끼 왔다. 절 받아라."

"에이, 선임하사님. 저는 아직 딱지도 못 뗀 총각인데요. 너무하십니다아."

다른 헌병이 이치도를 향해 손짓을 했다.

"야, 나도 귀가 두 개야. 내가 네 애비 하자. 이름이 뭐냐. 이리 와라. 아부지가 건빵 줄게."

춘매의 눈꼬리가 다시 치켜져 올라갔다. 주춤거리며 그 헌병을 향해 다가가는 이치도의 목덜미를 잡아채면서 소리를 질렀다.

"×대가리 껍질도 안 벗겨진 새파란 것들이 보자보자 하니까……

내가 누군 줄 알아. 너희 대대장이 중대장 시절에 미장원 차려준 사람이야."

그러나 춘매는 세상에서 제일 점잖은 동네인 은척에서 참고 참았던 욕을 오랜만에 시원하게 해볼 수는 없게 되었다. 선임하사인지, 갈매기인지가 대뜸 따귀를 갈겼던 것이다.

"이 개×× 같은 년이 어디서 주둥아리를 까고 자빠졌어. 뒈지고 싶어."

춘매의 코에서 피가 흐르기 시작했다. 이치도는 저도 모르게 어머니의 종아리를 쓸어안았다. 엄마, 가, 얼른 가. 무서워. 그러나 이치도의 입에서는 아무 말도 흘러나오지 않았다. 땅에 입이라도 맞출 듯 고개를 숙이고 있었다. 춘매는 피를 닦으면서 귀신처럼 웃었다.

"오냐, 이제 와서 내가 못 할 말이 뭐 있어. 나 니들 대대장 만날 거야. 만나서 너희가 날 어떻게 했는지 다 이를 거야. 내가 죽기밖에 더 해. 중대장님이 차려준 미장원으로 쳐들어와서 돌림빵 놓고 애까지 만들어서 나를 이 모양으로 만들었지. 이제 와서 뭐? 난 이제 죽는 거 안 무서워. 죽여봐. 죽여보라구."

군인은 말도 없이 또 몇 대를 더 때렸다. 춘매도 지지 않고 악을 쓰며 대들었다. 그러다 문득 군부대 안쪽에서 경례를 올리는 소리가 들렸고 복창하는 소리가 연이어 났다. 헌병들이 부동자세가 되더니 총에 손을 갖다댔다. 군인은 당황한 기색으로 춘매를 길 옆에 있는 큰 나무 뒤로 끌고 가서 종이상자를 우그러뜨리듯 주저앉히고 입을 틀어막았다. 이윽고 먼지를 일으키며 지프가 나타났다. 헌병들이 절도 있는 동작으로 충성을 다짐했다. 지프 위에는 말똥, 아니 중령 계급장을 단 군인이 앉아 있었다. 그는 가볍게 손을 들었다 내렸다. 이치도의 가슴이 쿵쾅거렸다. 이치도가 후에 사나이의 모범으로 꿈꾸게 된 인물이 바로 그였다. 이치도가 그를 실제로 본 것은 몇 초도 되지 않았지만 절도 있는 동작과 앞을 응시하는 위엄 있는 태도, 단정하면서도 중후한 풍채는 이상으로 자리잡기에 충분했다.

"중대장님, 중대장님! 저 춘매예요! 저 좀 보세요! 중대장니임!"

춘매가 군인을 뿌리치고 길로 뛰쳐나갔지만 이미 지프는 멀리 사라지고 있었다. 군인이 우악스럽게 춘매를 붙잡았다. 그리고 그만이었다. 춘매는 군인에게 계속 맞으면서 군인이 사는 부대 앞 마을로 끌려갔다. 밤이면 술 취한 군인들의 노리개가 되었고 낮에는 사나운 개와 헐벗은 아이들, 한때 자신과 비슷한 처지이면서도 동정심보다는 적개심이 훨씬 더 강한 여자들에게서 감시를 받으면서 몇 주일을 붙잡혀 있었다. 그러다가 그 군인이 월남에 가는 바람에 간신히 그 지옥을 빠져나올 수 있었던 것이다. 춘매의 벨벳 투피스, 이치도의 양복은 빠져나오는 대가로 여자들과 아이들에게 주었다. 은척으로 돌아온 춘매는 '춘매옥'이라는, 자신의 이름이 든 술집 간판을 서둘러 내렸다. 그리고 '해장국'이라고 쓴 종이를 유리문에 붙였다. 그러고는 그 집을 그만둘 때까지 새로운 간판을 달지 않았다. 다시는 화장도 하지 않았고 투피스도 입지 않았다.

이치도와 억제가 막 깨물었다 놓은, 이를테면 맛을 본 동전 한 면에는 한국은행과 '10'이라는 표지, 그리고 생산된 해가 적혀 있었다. 어느 해에 주조된 십원짜리 동전 가운데 극히 일부가, 조폐창 직원의 실수로 인해 순도가 대단히 높은 연구용 구리로 제조되었고, 금보다 더 비싼 그 구리를 회수하기 위해 정부에서 비밀리에 그 동전만을 모아들였다는, 어른들이 납득할 만한 이야기가 뒤늦게 퍼지기는 했다. 그렇다 해도 그건 일부였다. 복권에 당첨될 확률보다 낮은 극히 일부의 동전만이 그랬다.

하여튼 소문이 아이들 사이에 퍼지면서 시퍼런 백원짜리 지폐를 용돈으로 받던 부잣집 아이들도 십원짜리 동전으로 용돈을 받으려 했고, 해당연도가 표시된 십원짜리를 찾으면 갈색 나는 십원짜리 지폐 이십원과도 바꾸었다.

뒤늦게 십원짜리 동전을 찾아나선 이치도에게 그렇게 귀한 십원짜리가 기다렸다가 나타나줄 리가 없었다. 누군가 거대한 흡입구로 하고많은 돈 중에 십원짜리 동전만 쫙 빨아들인 듯 꼬리도 볼 수가 없었다. 하긴 동전은 도마뱀이나 가오리연이 아니니까 꼬리가 있을 리는 없지만.

그러던 차에 억제가 와서 문제의 십원짜리 동전을 쌓아놓은 곳이 있다고 신고했다. 바로 텔레비전이 설치된 만화방이었다. 십원을 내면 하루 종일 만화를 볼 수 있고 읍내에 몇십 대 되지도 않는 텔레비전도 실컷 볼 수 있다는 만화방. 그 만화방이 얼마나 좋길래 백원짜리보다 보기 드문 십원짜리를 들고 아이들이 그곳으로 가는가. 거기에 텔레비전이 있었기 때문이다.

은척 읍내에서 집 안에 텔레비전을 들여놓은 사람은 읍내의 부자들이었다. 텔레비전 한 대 값이 귀하고 비싼 쌀 스무 가마 값에 해당했기 때문이다. 그 뒤에 월남에 파병된 군인이 있는 집 안에 하나 둘씩 텔레비전이 배달되기 시작했다. 전기가 들어오지 않아 텔레비전을 볼 수 없는 집에서는 그 텔레비전을 읍내에 내다팔았다. 만화방 몇 군데에서 그 귀물(貴物)을 싼값에 사들였고 유리창에 '테레비 이씀' '테레비존 보여줌' 같은 글귀를 써붙여서 아이들을 유혹했다. 아이들은 만화보다는 텔레비전을 보러 만화방에 갔다.

텔레비전은 신과 인간 사이의 중계자였다. 텔레비전 속에서 달나라에 착륙한 우주선은 달에 토끼가 없다는 우울한 소식을 보냈다. 동시에 빨리 자라기만 하면 신혼여행은 달나라로 갈 수 있다는 기쁜 소식도 전해주었다. 신은 인간을 만들고 한동안 무심했다. 인간은 심심해서 도시를 만들었다. 신은 뒤늦게 인간에게 텔레비전이라는 선물을 보내 자신이 그 동안 놀고먹은 것만은 아니라는 것을 입증했다. 텔레비전 속에서는 매일 매시 매분 매초 기적이 일어나고 있었다. 그러니 아이들이 만화방으로 가지 않을 수가 없었다.

만화방 주인이 동전 먹는 귀신처럼 아이들 손에서 십원짜리를 훑어내고 있다는 말을 듣고 이치도는 애가 탔다. 애가 타는 만큼 본 적도 없는 만화방 주인에 대한 적개심이 학교 뒤에 있는 대장간 굴뚝의 연기처럼 무럭무럭 피어올랐다. 마침내 때가 왔다. 조각도값, 크레파스값, 공책값, 그것도 모자라 육성회비마저 횡령하여 아예 학교에 갈 수 없게 된 이치도는 횡령한 돈을 주머니에 넣고 착한 아이들이 학교에 가고 없는 아름답고 텅 빈 거리를 걸어 문제의 만화방으로 갔다. 그리고 거기서 꿈에서도 그리던 십원짜리 동전이 산더미처럼 쌓여 있는 것을 발견했다.

착한 아이들이 학교에 가는 바람에 아침나절의 만화방에는 아무도 없었다. 아니 뭐가 하나 있긴 했는데 그건 착한 아이들이 무서워하는 귀신이었다. 다행히 이치도는 착한 아이가 아니었으므로 귀신을 두려워하지는 않았다.

만화방 주인은 아무도 없는 만화방에 귀신처럼 혼자 앉아 있었다. 무릎에는 때에 전 이불을 덮었는데, 손은 갈퀴처럼 마르고 길었다. 손가락 끝에는 귀신들의 특징인 긴 손톱이 자라 있었고 손톱 밑에는 새카만 때가 끼어 있었다. 그 손가락에서 한 뼘도 떨어지지 않은 곳에 불그죽죽한 돼지저금통이 배에 구멍이 난 채 놓여 있었는데, 바로 그 안에 수백개가 넘어 보이는 십원짜리가 쌓여 있는 것이었다. 이치도는 누리끼리한 그 동전 더미를 보는 순간 손으로 눈을 비볐다. 눈에서 불이 나는 것 같아서였다. 이치도는 그로부터 며칠, 아침부터 저녁까지 착한 아이처럼 만화와 텔레비전을 보는 척하면서 그 동전 더미에만 눈독을 들였다.

문제의 동전, 아니 보물 동전은 닦아보면 다른 동전과는 달리 유난히 붉은 기운이 많이 돈다고 했다. 그러다보니 동전을 닦는 광약까지 불티나게 팔렸고 광약은 보물을 찾는 아이들의 필수장비가 됐다. 이치도에게는 그런 광약이 없었다. 가방을 드는 아이, 열쇠도 아니면서 자물통의 아들인 억제에게도 광약이 없었고, 광약 살 돈을 자물통이 줄 리가 없었다. 그런 까닭에 보물을 찾으려면 눈물을 머금고 그 동전통을 통째 훔치지 않을 수가 없었다.

물론 훔쳐가라고 주인이 때를 맞춰 낮잠을 자주는 것도 아니고 만화와 텔레비전을 가지고 장사를 하는 사람이 장님일 리도 없다. 돈을 닦아 주겠으니 돈통을 달라고 하면 "아, 그래. 나는 아이들 코 묻은 동전이 비위생적으로 관리된다는 것이 늘 안타까웠지. 깨끗하게 닦인 동전이 앞으로 나라를 짊어지고 갈 아이들 손에서 손으로 돌아다닌다면 질병 발생률도 낮아질 것이니 애국하는 게 뭐 다른 일이겠니" 할 리도 없었다. 그 모든 것을 다 아는 영민한 이치도는 일 주일 가까이 만화방 주위를 맴돈 끝에, 주인이 바깥에 있는 세상에서 제일 더러운 곳으로 알려진 변소에 하루 세 번을 꼭 간다는 사실과 그중에 한 번은 꽤 시간이 걸리는데 그때에는 서랍에 돼지를 집어넣고 돼지 불알만한 자물통을 잠근 뒤에 간다는 것, 그리고 열쇠꾸러미에는 만화방의 출입문 열쇠와 텔레비전 장식장 열쇠가 함께 달려 있다는, 쓸데없는 것까지 모두 알아냈다.

엿새째 학교를 빼먹던 날, 그날은 토요일이었다. 이치도는 만화방 앞에서 가방을 들어주러 온 억제에게 그런 사실을 모두 말했다. 말만 했지 어떻게 하라고 한 것도 아닌데 억제는 오리가 날개의 물을 털 듯 요란하게 고개를 흔들었다. "저는 자물통의 아들이지만 유감스럽게도 열쇠가 아닙니다. 안타깝지만 다른 길을 찾아봐야겠습니다. 사거리에 있는 은행을 터는 건 어떨까요? 거긴 자물통이 안 보이던데." 그렇게 말한 건 아니지만, 억제에게 그런 말주변이 있을 리도 없지만, 그런 뜻도 들어 있었을 것이다, 기계충 때문에 머리를 박박 깎아 유난히 더 울퉁불퉁해 보이는 머리를 흔드는 행동에는.

그래서 두 사람은 그 돼지 뱃속에 든 십원짜리 동전 가운데 어느 특정한 해의 연도가 새겨진 동전을 반짝반짝하게 닦아서 세계적인 부자가 되는 길을 눈물을 머금고 포기했다. 눈물을 아무 때나 흘리는 일이라면 이치도의 주특기이니 정말로 이치도의 눈에 아깝고 억울해서 나오는 눈물이 그렁그렁 고이고 있었다. 그런데 그 눈물이 마르기도 전에 텔레비전 속에나 있을 줄 알았던 기적이 현실에서도 일어났다. 세상에서 제일 지저분한 변소 앞에, 세상에서 제일 지저분한 열쇠꾸러미가 떨어져 있는 것이 아닌가.

"엄마야, 이게 뭐냐."

"아코, 깜짝이야."

이치도와 억제는 동시에 소리쳤다. 한 사람의 목소리는 외마디 비명에 가까웠고 한 사람의 목소리는 억제할 수 없는 만세 삼창에 가까웠다. 비명은 짧지만 만세는 길다. 만세를 부르는 쪽보다 비명을 지른 쪽의 손이 조금 더 빨리 열쇠꾸러미로 뻗었다. 억제는 토실한 엉덩이를 이치도 앞으로 돌려대며 열쇠를 집었다. 그길로 억제는 총알처럼, 그것도 보통 총알이 아니라 기관총탄처럼 만화방으로 뛰어들었다. 아니, 발사되었다는 게 맞는 표현이겠다. 발사한 주체는 물론 진짜 기관총은 아니었다. 억제를 만화방으로 쏘아보낸 총의 부품은 모험심과 욕심, 아버지의 무관심, 인색함, 시골의 시장통에서 잔뼈가 굵은 아이다운 민첩함, 살다보면 만날 수도 있는 복권 당첨과 같은 행운, 또는 역시 살다보면 맞이할 수 있는 손재수 같은 불운, 기타 등등이었다.

허무해진 이치도는 세상에서 제일 지저분한 변소 안에서 피똥을 싸고 있는—왜 피똥을 싸느냐 하면, 세상에서 제일 지저분한 변소에도 자주 갈 겨를이 없이 어두운 만화방 한구석에서 이불로 허리 아래를 덮고 앉아서 매일을 보내느라 변비에 걸린데다 먹는 것은 기름기 많은 자장면에 닦는 건 질 나쁜 신문지였으므로 치질에 걸렸다—만화방 주인에게 진상을 일러주려고 입을 열었다. 막 빨갛게 빛나는 작은 입술을 열고 "재 보래요, 재 좀 보래요. 아저씨 가게 돈을 다 훔쳐가요"라고 외치려는데 안에서 꾸웅, 하는 신음 소리가 들려왔다. 그 순간 이치도는 입을 다물고 말았다. 그 신음 소리는 "얘들아, 변소 안에서 인생의 비애를 느끼는 사람한테는 장난을 걸지 말아요. 잘못하면 변소에 빠질 수도 있거든. 그러니까 너희 할 일이나 똑바로 하려무나" 하는 뜻으로 들려왔기 때문이다.

이치도가 바닥에 떨어진 억제의 가방을 들고 낯선 무게를 느끼며 어깨에 메는 짧은 시간 동안, 억제는 서랍의 자물통을 열고 돼지를 옆구리에 낀 뒤, 광속을 방불케 하는 속도로 만화방을 빠져나왔다. 약 십여 분 후, 두 아이는 읍내의 중심지를 차지하고 앉아 결정적으로 발전을 막고 있으면서도 볼 만한 건 아무것도 없어서 뜻있는 사람들로부터 지탄을 받고 있는 남산 한구석에서 돼지 뱃속에 든 동전 전부를 쏟아붓게 되었던 것이다.

"야, 너 정말 대단하다. 너한테 그런 용기가 있는 줄 몰랐어. 앞으로도 잘 부탁한다."

이치도는 감탄을 거듭했다. 억제는 대단한 일을 해낸 아이답게 의젓하게 고개를 끄덕이고만 있었다. 땟국물이 흐르는 땀을 흘리면서.

숨을 고르고 난 뒤에 광약을 사오자고 주장한 건 이치도였다. 그러나 억제는 그 취지에는 찬성하면서도 좀처럼 일어설 생각을 하지 않았다.

"광약을 사오려면 이 동전 중에 몇 개를 가지고 가야 하는데 그중에 보물이 섞여 있으면 어떻게 하느냐."

그것이 억제의 논리였다. 그러나 하나가 광약을 사러 간 사이 하나가 돈을 가지고 튀면 남은 아이는 광약만 가지게 된다는 명백한 진리를 깨달은 게 분명했다.

이치도는 평소의 억제답지 않은 교활한 눈빛을 발견하고 깊은 감명을 받았다. 그렇다고 자신이 광약을 사러 갈 생각은 전혀 없었다. 그래서 두 아이는 돈맛을 실컷 보게 되었다. 그들이 본 돈맛은 시고 떫고 딱딱하고 계속 침을 뱉게 만드는 그런 더러운 맛이었다.

둘은 거듭 동전을 앞니와 송곳니로 깨물었다 놓았다. 깨물 때 느낌이 상대적으로 부드럽고 깨문 자국에 붉은 빛이 도는 동전이 있으면 골라 놓고 마지막으로 연도를 확인하는 작업이 계속되었다. 왜 마지막에 연도를 확인하는가 하면, 그렇게 영민하며 판단력이 뛰어난 이치도도, 소문이 빠르고 실행력이 뛰어난 억제도 그 위대한 동전이 정작 몇년도에 생산된 것인지 몰랐던 것이다. 그런데 이치도가 골라놓은 느낌이 좋은 동전은 연도가 제각각이었다. 이치도가 그러하니 억제는 말할 것도 없었다. 두 아이의 쥐이빨 같은 이로 깨문 동전이 백 개를 넘어설 무렵,

"하하, 요놈들 봐라."

문득 머리 위에서 그런 말소리가 들렸다. 이치도는 도둑질하다 들킨 사람처럼 깜짝 놀라 고개를 들었다. 아카시아꽃이 흐드러진 숲 사이에 고등학생 교복을 입고 단추를 다 풀어헤친 청년들이 두 아이를 내려다보고 있었다.

"너희들 그거 어디서 났어?"

담배를 피우러 온 게 틀림없는 청년들에게서는 아카시아꽃 향기를 능가하는 독한 담배 냄새가 났다. 그리고 그들은 손가락 사이에 담배를 한 대씩 꼬나들고 있었다. 이치도에게 두번째 질문을 한 청년은 막 연기를 코로 내뿜고 있었다.

"마, 왜 그러는데요?"

이치도는 일단 신중하게 대꾸했다. 당시 은척의 어른들이 그랬듯, 일본식의 발어사 '마' 까지 갖춰서.

"왜 그러긴 인마, 수상해서 그러지. 너희들 그 돈 쌔빈 거지. 그렇지."

"요 새끼는 생긴 것부터 완전히 도둑놈인데. 대낮에 산에 와서 돈 세는 거 보니까 산적 아니면 간첩이야."

비록 가난한 해장국집의 아들이지만 한때 군부대 주변에서 최고의 인기를 구가하던 어머니와, 월남에 간 장군을 반씩 닮은 이치도는 부잣집 도련님으로 봐줄 수 있었다. 어디를 보아서 도둑이며 산적, 간첩인가. 그러니까 그건 억제를 지목한 말이 분명했다. 그러나 이치도가 억제를 보니 억제는 이치도를 보다가 미안하다는 듯 고개를 돌리는 것이 아닌가.

산 아래에는 은척에서 유일한 5년제의 전문학교가 있었다. 3년은 고등학교 과정이고 2년은 전문 과정인데 전문 과정의 학생들은 담배를 피우기도 했다. 그러나 그들은 전문 과정의 학생은 아니었다. 전문 과정의 학생이 뭐 하러 산에 올라와서 으슥한 곳을 찾아 담배를 피우겠는

가. 수업 빼먹고 제 아버지 쌈지에서 훔쳐온 게 틀림없는 담배를 피우는 저희야말로 앞으로 도둑, 아니면 산적, 간첩이 될 가능성이 많아 보였다.

그로부터 한두 해 전에 은척 아닌 다른 세상에 무장공비가 침투하는 바람에 간첩이라는 말은 어떤 범죄자보다 더 흉악한 범죄자를 지칭하는 대명사가 되어 있었다. 간첩이 정말 어떤 일을 하는지 알건 모르건, 그 일 중에 대낮에 아카시아 숲에서 돈 세는 일이 포함되어 있든 말든. 이치도는 화가 났다.

"마, 남이야 전봇대로 이빨을 쑤시든 말든, 왜 그래요. 할 일도 더럽게 없나봐."

말이 끝나기도 전에 이치도의 이마 위에서 딱, 하고 야무진 알밤이 떨어지는 소리가 났다.

"대가리에 피도 안 마른 새끼가 말하는 거 보니까 영 글러먹었네. 쌔꺄, 너 이름 뭐야. 어느 학교 다녀? 너 같은 놈은 학교 끌고 가서 퇴학시켜버려야 되겠어."

너희나 퇴학시켜라. 서로 끌고 가서 담배 피웠다고 일러바치면 되겠다. 우리 학교에는 퇴학이 없단다. 기껏해야 전학이지. 그런 것도 모르는 걸 보면 이것들이 혹시 간첩인가. 확 신고해서…… 하지만 이치도는 말은 그렇게 하지 않았다. 이마를 감싸쥐고 우는 소리를 했다.

"학교 안 다녀요. 이 돈, 우리 둘이 아이스케키 장사해서 번 돈이에요. 그런데 왜 때려요?"

"요 콩알만한 새끼가 입에 침도 안 바르고 쌩을 까네."

그들은 약속이나 한 듯 침을 찌익 뱉었다. 그리고 먹을 걸 본 뱀처럼 혀를 날름거렸다.

"이 명찰은 뭐야. 응, 은척국민학교 4학년 4반 이치도. 너 거짓말했으니까 이거 다 압수야. 억울하면 선생님 데리고 찾아와."

이치도는 중과부적이라는 말뜻을 그때서야 깨달았다. 이치도식의 사전을 펴보면 '중과부적'을 이렇게 해석해두고 있다. '아무리 도둑질을 잘 했어도 물건을 지키지 못하면 소용이 없다. 도둑놈의 물건을 훔치러 오는 도둑놈은 꼭 떼로 오며 변소 냄새가 섞인 담배 냄새를 풍긴다.'

"에이 씨, 오늘 장사 망했네."

이치도는 자리에서 벌떡 일어섰다. 그러고는 차마 떨어지지 않는 걸음을 옮겨 숲을 벗어나 산꼭대기로 올라갔다. 억제는 가방을 들고 고개를 푹 숙인 채 뒤를 따랐다.

"야, 이거 오늘 완전히 복터졌다" "우히히, 담배가 몇 갑이냐" 하고 낄낄거리는 소리가 치도의 가슴을 한층 아프게 했다. 이치도는 그들이 내려다보이는 바위 위에 다다라 숨을 골랐다. 그러곤 손나팔을 하고 희뿌연 세상에 대고 외쳤다.

"야, 이 치사한 도둑놈들아. 내 돈 먹고 피똥이나 싸라! 똥독이나 올라라. 똥통에 빠져 죽어라. 똥벼락 맞아 뒈져라. 내 똥이나 처먹어라."

이치도의 맑고 아름다운 외침은 시시덕거리던 고등학생은 물론, 산 아래 운동장에서 공을 차던 농업 전문 과정의 학생들, 그 학생들이 키우는 돼지 소 칠면조 오리 닭, 지나가던 우체부, 우체부가 막 입영통지서를 집어넣은 가게의 뒷방에서 노름하던 건달들, 빨래를 널던 건달의 연상의 애인, 애인의 개, 개에게 놀러 온 동네 개에게 골고루 잘 들렸다.

"너 이 새끼, 잡히기만 해봐. 죽여버려. 너 얼굴 봐놨어! 어느 학교인지도 다 알아!"

불량 고등학생들이 마주 고함을 질렀다.

"와봐라, 쫓아와봐. 이 똥덩어리들아. 이거나 먹고 올라와라."

이치도는 바위 위에서 왼손으로 오른팔 손목에서 오금까지를 훑어올리며 팔딱팔딱 뛰었다.

"똥, 똥 하는데 무슨 소린고. 산에서 똥 누고 종이를 달라는 건가. 그 많은 나뭇잎은 어디다 쓰고."

우체부가 고개를 갸웃거리며 중얼거렸고,

"뉘 집 새낀지 욕 한번 시원하게 잘 가르쳤다."

"자자, 똥 뻥! 육, 바가지!"

건달들의 대화.

멍멍멍, 왈왈. 개들이 짖었다.

그렇게 이치도의 생애 최초의 공식적인 도둑질은 끝났다. 다음날 이치도는 오랜만에 학교에 가자마자 담임 선생님에게 귀를 잡혀 교무실로 끌려갔다. 교무실에는 동전 귀신, 아니 만화방 주인이 와 있었고, 언제 불려왔는지 이치도의 어머니가 눈물을 찍는 체하며 의자에 앉아 있었다. 이치도는 실컷 욕을 해준 고등학생들이 아니라는 데 안도했고 또한 실망했다.

"어쩌자고 네가 도둑질을 했니. 이 사람 말이 거짓말이지?"

이치도는 어머니의 말을 건성으로 들으면서 어머니의 옆자리에서 출석부를 접으며 걱정스러운 얼굴로 넘겨다보는 3반 담임인 여자 선생이 변소의 낙서대로 정말 자기 담임 선생과 백 번이나 잤을까 생각했다. 운동회 때 기계체조반을 지도하는 여선생은 기계체조하는 아이들의 타이즈 입은 다리를 다 합친 것 이상으로 소문에 시달렸다.

"너 지금 어디다 한눈 파는 거야. 또옥바로 대답해!"

이치도의 담임 교사로 말할 것 같으면, 그 당시 어느 학교에나 하나쯤은 존재하던 '미친개' 라는 별명의 당사자였다. '미친개' 라는 별명을 가진 교사들의 특징 가운데 하나는 처음에는 기이할 정도로 냉정하다는 것이다. 무슨 일이 마음에 들지 않아, 너 이리 나와, 할 때는 오히려 웃는다. 그러고는 논리적으로 학생이 잘못한 점을 지적한다. 그런데 그 논리라는 것이 애초부터 논리적이지 않다. 그럼으로써 그는 자신이 틀렸다는 걸 알게 되는 게 아니라 자신을 제외한 세상이 틀렸다고 한번 더 확신하게 된다. 왜 나는 맞는데 세상은 틀리기만 하는가. 그 모순 때문에 그는 흥분한다. 그래서 그만 아이를 살짝 때리게 되는데, 때리면서 점점 더 모순이 심화되고 모순이 커지는 만큼 그것을 잊으려고 뺨을 때리는 속도가 빨라지고 힘이 세진다. 결국 그는 그 모든 모순을 잊기 위해 때리는 일에만 열중한다. 그 단계를 지나면 무방비 상태로 맞고 있는 아이를 향해, "좋다, 네가 반항한다 이거지" 하면서 양복 저고리를 벗어젖힌다. 그후에 일어나는 일은 미친개가 발광해서 아무나 물어뜯는 광경과 거의 같다.

당시의 아이들은 대체로 맷집이 우수했다. 맷집으로 세계적인 권투 선수가 된 사람도 많았으니까. 그리고 반항을 할 줄 몰랐다. 맷집을 단련해준다는데 반항을 해서야 되겠는가마는, 그런 이유보다는 반항이라는 단어 자체를 몰랐다. 이치도의 반에서 미친개에게 반항한 유일한 아이가 억제이다.

언젠가 부잣집 아들인 줄 알고 부반장을 시켜줬는데 더 큰 부자의 아들인 반장보다 모든 면에서 부잣집 아들로서의 성의가 부족하다는 이상한 이유로 교단 아래에 끌려나와 맞고 또 맞던 억제가 갑자기 잠깐, 하고 손을 들더니 휙 돌아서서 자리로 돌아가는 것이었다.

"너 어디 가?"

미친개가 물었다.

억제는 씩씩거리면서 "난 더 못 맞아요" 하고 소리를 질렀다.

"왜? 왜? 왜?"

전례에 없던 사태에 놀란 미친개는 묻고 또 물었다.

억제는 반 아이들 모두에게 들리도록 거세게 콧김을 뿜으며 대답했다.

"왜 뼈다귀를 때려요, 씨."

그후로 한동안 억제의 별명은 '뼈다귀'가 되었고, 전학 온 아이들에게 '우리 반 부반장은 미친개에게 반항한 뼈대 있는 집안의 아이'로 소개되었다.

"아주머니, 얘가 틀림없어요. 일 주일 동안 하루도 빼놓지 않고 아침부터 와서 얼굴을 잘 안다니까. 너 돈 훔칠 때 만화방에 아무도 없는 줄 알았지. 내 조카가 숨어서 다 봤단 말야. 내 조카도 여기 학교 다녀."

귀신 같은 만화방 주인이 미친개와 사람 사이에 끼어들었다. 이치도는 그 조카가 잘못 봤다, 훔친 건 내가 아니고 억제인데 억제로 말하자면 성배출이라는 자물통의 아들로서, 왜 자물통이냐 하면 한번 들어간 돈은 절대 나오는 법이 없기 때문이다. 예를 들어 아들 억제는 학교에서 가난한 아이들에게 빵배급을 하기 시작한 이후 한 번도 도시락을 싸오지 못했는데 나라에서 공짜로 주는 것이면 내 아들도 당연히 받아먹어야 한다는 자물통의 방침에 따라 그런 것이며, 그만큼 억제는 동전 한푼 없이 가난하게 살며 열쇠가 아닌 것을 유감으로 생각해오다가 열쇠를 보고는 그만…… 어쩌고저쩌고 사실대로 일러바치려다가 말았다. 만화방 주인이 자꾸 눈을 흘끔거리고 다리를 떠는 것이 거짓말을 하는 게 분명했기 때문이다. 후일 입만 열면 거짓말을 주워섬기게 될 이치도이니 비록 어리다고는 하나 그 정도의 단순한 거짓을 알아보는 건 간단했다. 그 조카는 애초부터 만화방에 없었던 게 분명했다.

돈을 받을 때는 학교를 땡땡이치고 만화방에 출입하는 걸 알면서도 가만히 있다가, 그 돈을 잃어버린 지금에 와서 텅 빈 만화방에 아침부터 오던 착한 아이의 명찰에 적힌 이름을 우연히 기억해낸 것이고, 텔레비전의 〈수사반장〉 같은 연속극에서 참고한 무슨 공식에 따라 학교로 찾아온 게 틀림없었다. 귀신처럼 생긴 값을 하는지 귀신같이 알고 찾아왔다 싶었는데 전혀 아니었다.

이치도는 그 조카가 남자인지 여자인지, 몇학년 몇반인지, 이름은 뭔지, 과외활동으로 기계체조를 하는지, 눈뜬 장님인지, 억제 같은 바보인지 물어볼까 말까 하고 입을 옴짝거렸다. 입을 열고 아무 말이나 주워섬기기 시작했다면 그 과정에서 무언가가 미친개에게 드러났을 것이고 그후 이치도의 운명은 달라졌을 것이다. 그런데 해장국 냄새를 사방에 퍼뜨리면서 앉아 있던 어머니가 퉁퉁 불은 손으로 퉁퉁 부은 얼굴을 가리면서 괴롭게 울부짖는 바람에 그의 운명은 도둑으로 결정되고 말았다.

"선생님, 얘는 거짓말은 밥 먹듯 해도 뭘 도둑질한 적은 한 번도 없어요. 잘 살펴주세요."

담임 교사는 입을 한일자로 굳게 닫고 팔짱을 낀 뒤 눈을 지그시 감더니 아래위로 천천히 고개를 끄덕였다. 판사와 염라대왕, 수사반장에 피곤하게 종교인까지 겸한 사람처럼. 그의 막강한 고갯짓이 주변 사람을 침묵 속에 풍덩 소리도 없이 빠뜨리기에 충분했다. 그러나 예외가 있었으니 그게 바로 이치도였다. 이치도는 본성 깊숙이 우러나는 충동을 이기지 못하고 거짓말을 주워섬기기 시작했다.

"아이, 엄마. 내가 언제 거짓말했다고 그래요. 선생님, 저 거짓말 못해요. 아저씨, 내가 그거 쌔벼온 거 맞아요. 그런데 그게 고등학교 다니는 형들이 시켜서 그런 거예요. 형들이 아저씨 안 계실 때 그거 안 집어오면 죽여버린다고 해서요. 그 형들요, 아이스케키 팔아서 돈 번 애들은 전부 다 삥을 치구요……"

모두들 입을 쩍 벌리고 이치도가 말하는 불량학생들의 비행을 듣기만 했다. 그 사람들 속에는 수업 들어가는 것조차 잊어버린 기계체조 선생님이 끼어 있었음은 물론이다. 그해 이치도의 학적부에는 이런 말이 적혔다. '남의 물건을 잘 훔치고 상습적으로 거짓말을 한다.' 그 말은 그후에 이치도가 가게 되는 길을 미리 예언한 듯 간명하고도 정확했다. 아무리 '미친개'지만 교사는 교사였던 고로 자신이 가르치는 학생이 어떤 인간인가 하는 정도는 알고 있었던 것이다.

"도둑에게도 다섯 가지 도가 있나니라. 먼저 훔칠 물건이 어떤 것이며 자물통은 어떤 게 걸려 있는지 잘 살펴 알아두는 것이 거룩함(聖)이다. 앞장을 서서 훔치러 들어가는 건 용감함(勇)이며 물러날 때 맨 뒤에 서는 것이 의로움(義)이다. 알맞을 때를 보는 게 슬기(智)이니라. 도둑질한 걸 공평하게 나누는 것을 어질다(仁)고 한다. 이 다섯 가지에 정통하지 않고서는 천하에 이름난 도둑이 될 수 없다."

후에 왕확이 갈파한 '도둑의 도'를 이치도의 공식적인 생애 첫번째 도둑질에도 적용해볼 수 있겠다. 훔칠 물건이 어떤 것인지 일 주일 동안 학교를 빼먹어가며 살폈으니 성스러움은 이루었다. 앞장을 서서 훔치러 들어가지는 않았지만 그건 자물통의 아들이 핏줄의 부름에 따라 미친 듯이 쫓아갔기 때문이다. 나중에 자신이 혼자 도둑질을 했다고 덮어쓴 것은 충분히 용감하다고 할 수 있다. 물러날 때 맨 뒤에 서는 의로움이라면 가방을 들고 따른 것으로 형식을 갖추었고, 잡히는 것을 두려워하지 않았던 것으로 내용을 갖추었다. 알맞을 때를 보지 못한 것은 만화방 주인이 바보같이 열쇠를 흘린 탓이다. 도둑질한 것을 공평하게 나누려고 한 건 명백하다. 결국 이치도의 도둑질은 장래가 촉망되는 도둑의 첫번째 도둑질로 나무랄 데 없이 훌륭했던 셈이다.

왕확은 이치도의 도둑질을 가지고 이러쿵저러쿵 품평하지는 않았다. 할 계제가 아닌 것이 자신의 경험과 인생관에서 우러나온 듯 멋있게 말하는 '도둑의 도'는 진시황의 아버지인 여불위가 식객 삼천 명에게 밥값을 하라고 편찬케 한 『여씨춘추 呂氏春秋』의 「당무當務」편에서 훔쳐온 것이기 때문이다. 직접 훔친 것은 아니고 훔쳐온 사람에게서 배운 것을 배운 사람에게서 훔쳐 배워서 자기 것인 양 말하는 것이지만.

후에 이치도는 남들 앞에서 왕확에게서 주워들은 것을 자기 이론인 양 떠벌리다 똑똑한 사람들에게 망신을 당할 뻔한 일이 더러 있었는데, 이처럼 왕확의 이론은 몇 가지만 빼고는 모두 남에게 훔쳐 배운 것이었다. 훔친 물건이 그렇듯이, 가짜도 많았고 정밀하지 못했으며 시의에 벗어난 자기 도취적인 것들까지 섞여 자가당착, 자화자찬의 자자(自字) 돌림으로 흐르는 경향이 있었다.

이치도는 만화방 주인 앞에서 죄를 자백한 이후 사흘 동안이나 만화방 주인의 손에 이끌려 문제의 고등학생을 찾아 시내며 학교, 남산을 쏘다녀야 했다. 천사 같은 표정의 미소년을 갈퀴 같은 손으로 붙잡고 가는 꾀죄죄한 범죄형의 사내가 당장 사람들의 눈에 띌 수밖에 없었다. 그러니 그 문제의 고등학생들이 숨어버린 것은 당연했고, 빙과를 팔던 아이들의 돈을 뺏고 담배를 사피운 사소한 비행을 저지른 다른 고등학생들까지 자취를 감춰서, 지친 이치도가 아무나 일러바치려 해도 그럴 듯한 고등학생은 씨가 말랐다. 나흘째 되는 날, 마침 왕확이 딸을 데리고 춘매, 아니 이치도 어머니의 해장국집 앞을 지나갔다. 이치도의 어머니가 제발 그 원수 같은 만화방 주인이 오기 전에 이치도의 대부인 왕확에게 이치도를 끌고 가달라고 부탁했다.

이치도가 왕확을 '대부(代父)' 라고 부르는 것은 왕확이 그로부터 십여 년 후에 나오는 갱영화 〈대부〉에 출연했다거나 감독을 했다거나 원작의 모델이 되었다거나 하는 시시한 이유 때문이 아니었다. 예전처럼 구호물자를 나누어주지는 않았지만 이치도의 어머니는 전보다 더 자주 성당에 갔다. 그러면서 이치도에게도 세례를 받게 했는데, 그때 이치도의 대부가 되어준 사람이 바로 왕확이었다. 왕확은 성당에 다니는 사람들로부터 신앙이 깊은 사람으로 인정받고 있었다. 성당에 다니는 사람 중에 집이 가장 멀다는 이유 때문이었다. 또한 냇가 너머의 미개지에서 제 발로 찾아온 최초의 신자라는 이유도 있었다.

왕확이 사는 냇가 건너에서는 비라도 좀 많이 오면 냇물이 넘쳐서 성당에 가지 못했고, 눈이 오면 눈이 깊어서 성당에 가지 못했다. 핑계가 아니라 사실이 그랬다. 그러나 왕확은 폭설이 내려서 꿩도 미사에 못 갈 것 같은 날, 홍수가 나서 떠내려가는 바람에 돼지도 성당 앞을 그냥 지나쳐갈 것 같은 날만 골라서, 딸의 손을 잡고 성당에 나타났다.

도인(道人)처럼 수염을 기르고, 낡았으나 깨끗이 다려 입은 옷을 입은 아버지와, 공주처럼 레이스 달린 옷을 입고 별같이 반짝이는 눈동자, 그린 듯한 눈썹에, 오뚝하고 작은 코, 그리고 결정적으로 윗입술이 갈라진 언청이 딸이 악천후를 뚫고 성당에 나타날 때 감명을 받지 않을 사람이 어디 있겠는가. 어쩌다 한번 본 사람들도 이 기이하면서도 진지하고 우연적이며 필연적인 생과 일상, 불운과 노력의 조합에 감명 이상의 동정과 존경심을 느낄 수밖에 없었다. 그러나 그들을 가까이하려는 사람은 아무도 없었다. 당연히 귀한 제 자식의 세례에 대부로 모시는 사람도 있을 리 없었다. 왕확은 그런 사람들을 이해한다는 듯 겸손했고 또한 오만했다. 그러니 자기가 가고 싶은 날만 골라 성당에 가는 것이었다.

그런저런 사정을 어쩌다 성당에 가는 춘매가 알 리 없었다. 그리고 이치도를 데리고 갔다가 세례에는 대부가 필요하다고 했을 때 대부가 되어달라고 부탁할 사람이 없는 것도 당연했다. 마침 그날 왕확이 성당에 들렀다. 수십 년 만에 기록적으로 추웠기 때문이었다. 대부감을 못 찾아 쩔쩔매는 춘매에게 종지기 아내가 다가가 왕확에게 부탁해보라고 친절하게 말해주었다. 그래서 왕확은 난생처음 대부가 되었다. 그러나 이치도가 대부를 대부라 부른 것은 바로 그때, 즉 첫번째 도둑질에서 성자처럼 스스로를 몸바쳐 자물통의 아들을 구하려다 벌을 받고 시장 바닥을 개처럼 끌려다니던 그 무렵이 처음이었다.

대부가 된 이후 왕확은 성탄 전야에 빠짐없이 세상에 하나뿐인 대자(代子)를 찾아갔다. 이치도가 학교에 들어가던 해 왕확은 크리스마스 선물로 연필을 가져왔다. 아이들이 '문둥이 연필'이라고 부르는, 심이 딱딱해서 글씨가 잘 안 써지고 나무 역시 문둥이의 피부처럼 딱딱하고 구멍이 숭숭 뚫린 연필 한 다스. 그 연필은 싸고 저질인데도 심은 강철처럼 단단해서 연필심 부러뜨리기 시합에서는 언제나 왕좌를 차지했다. 잘 써지지 않아서 공책을 찢기 일쑤였고 지우개로도 잘 지울 수 없었다. 그래서 필기 기피증을 불러일으켜 한 다스 열두 자루면 이치도가 다음해 크리스마스까지 충분히 쓸 수 있었다. 그 다음해에도 그 다음해에도 왕확은 이치도에게 지긋지긋한 문둥이 연필만 가져왔다. 이치도에게 크리스마스 전야는 문둥이 연필 열두 마리와 떼거리로 조우하는 악몽 같은 밤이었다. 그래서 그 밤에 왕확이 잊지도 않고 찾아오면 이

불을 뒤집어쓰고 자는 척했다.

이치도의 어머니는 왕확을 크리스마스 전야에만 찾아오는 사람, 곧 산타클로스라도 되는 듯 여겼다. 사슴이 끄는 썰매는 타지 않았지만 수염이 있고 선물도 있고 무엇보다 성탄 전야에 유일하게 찾아와주었기 때문에. 그래서 이치도를 깨워 일으켜 앉히고 고맙다고 인사를 하라고 했다.

"고맙습니다."

눈을 부비며 마지못해 인사를 하고 이치도가 이불을 다시 뒤집어쓰면 춘매는 성탄 전야에 혼자라는 감상을 섞어 눈물까지 지으며, "이렇게 버릇이 없어서…… 대부님 은혜를 어떻게 갚을까요" 하는 것이었고, 왕확은 "아이들이 다 그렇디요. 내래 오히려 밤늦게 와서 죄송하디요" 하고 응답했다. 그리고 이불 밖의 두 사람은 말없이 앉아 있었다. 연탄화덕에서는 아침에 팔 우거지 해장국이 설설 끓으며 김을 뿜어올리고 전기는 어두웠다 밝아졌다를 반복했다. "뭐 해장국이라도, 참, 술은 없고." 어색하게 춘매가 권하면 낮은 목소리로 괜찮다고 왕확이 대답했고, 또 긴 침묵이 이어졌다. 어디선가 성탄을 찬양하는 찬송가 소리가 들려오고 눈은 소리없이 내리는데, 이윽고 왕확은 자리에서 일어서며 중절모를 들었다.

"애, 대부님 가신다. 인사드려."

대부는 무슨 대부야. 다른 애들 대부는 옷도 사주고 크레파스도 주고 영화도 보여준다는데. 오도독, 하고 조그만 이를 갈아대는 이불 속의 아이가 있고, "그냥 두십시오. 이만 가보겠습네다" 중절모자를 슬쩍 들었다 다시 깊이 쓰며 인사를 하는 중년의 사내가 있으며, "따님이 참 귀엽더군요. 이거 아무것도 아닌데 좀 전해주세요" 하고 억지로 타이즈나 장갑, 모자가 든 보따리를 안기고는 "그럼 안녕히 가세요" 하고 깊이 허리를 숙여 인사하는 여인네가 있는 밤. 이윽고 싸르락싸르락 눈 위에 신발을 끌며 방으로 돌아온 여인이 깊이 한숨을 쉬고, 자는 척하다 정말 잠이 들어 색색거리는 아이를 들여다보며 코를 대고 부비는 밤. 밤길을 대낮보다 더 거침없이 걸으며 냇가 건너 한없이 긴 둑방을 따라가는 사내. 그게 은척의 크리스마스 전야였다. 그들이 있어서 예수가 태어난 곳에서 한없이 떨어진 동방 어느 나라, 어느 지방의 크리스마스가 비로소 크리스마스다워졌고 그 밤은 기름으로 씻은 듯 풍요로워졌다.

이치도는 처음부터 왕두련을 눈여겨보았다. 그럴 수밖에 없었다. 두련은 아이들이 흔히 '째보'라고 부르는, 천연두의 후유증으로 얼굴이 얽은 '곰보'와 쌍벽을 이루는 언청이였다.

곰보가 가면 아이들은 뒤에서 따라가며 이런 가사가 들어 있는 노래를 불렀다. "곰보 째보 만난 것도 인연이라네." 나이 든 곰보를 놀리던 아이들도 제 또래의 째보가 가면 노래를 부르지 않았다. 언청이는 왜 언청이가 되는지 아이들은 몰랐다. 실은 의사들도 정확히는 모르고 있었다. 모른다는 것이 아이들에게 공포를 불러일으켰다.

선천성인 언청이는 '토끼 입술(兎脣)'이라고 부르지만 토끼처럼 인중에서 코를 향해 정중앙으로 찢어진 경우는 극히 드물고 양옆으로 찢어져 있는 경우가 많다. 대략 출산아 천 명당 한 명꼴로 발생했는데 남자아이에게 많았고 여자아이는 드물었다. 당시 은척의 인구가 삼십만에 육박했으니 수백 명의 언청이가 있게 마련이었다. 우두가 보급되면서 이치도의 또래에 곰보는 없어졌다. 언청이도 무료로 시술하는 의사들의 도움으로 극적으로 줄어들었다. 그건 도시에서의 이야기이고 은척에서도 시골, 그 시골에서도 외따로 떨어져 사는 왕확 일가 같은 사람들에게는 의사를 만나는 일조차 쉽지 않았다. 언청이 수술은 빠르면 빠를수록 좋은데, 수술할 수 있다는 사실조차 모르고 지나가는 부모가 많았다. 그래서 학교에 다니는 아이들 가운데도 언청이가 있는 것이었다.

어쩌면 왕확이 아무도 살지 않는 뚝방에 집을 짓고 딸과 단둘이 산 것은 두련이 다른 사람과 접촉할 경우에 마음의 상처를 입을까봐 그랬는지도 모른다. 그 자신도 언청이 같은 병, 가령 천형으로 일컬어지는 문둥병에 걸린 적이 있었을까. 그래서 부러 수염을 기르고 외따로 떨어져 살며 신비한 도인인 양, 괴벽한 은자인 양 꾸며 다른 사람들이 가까이 오지 못하도록 했을까.

아무도 그들 부녀에게 '문둥이' '째보', 또는 버림받은 사람이라고 말하지 못한 것은, 성당이 바로 그런 사람들에게 축복을 내리는 장소였기 때문일 것이다. 미사보에 가려진 어린 공주의 살짝 찢어진 입술은 그 비밀을 엿본 사람들에게 경외심을 불러일으켰으면 일으켰지, 그걸 가지고 놀리거나 비웃거나 소문을 낼 일은 되지 못했다. 소문이라면 자다가도 벌떡 일어나는 은척 사람들이기는 했지만, 이 이상한 비밀은 최소한 성당 안에서는 굳게 지켜졌다.

그랬음에도 불구하고 이치도라는 어린 소년이 어느 날 미친개인지,

개호주인지, 그냥 제가 마음대로 지어낸 괴물인지는 몰라도 무엇인가에 쫓겨 두 사람이 사는 집에 뛰어듦으로써, 두 사람이 나름대로 이룩한 공고한 성곽의 한 귀퉁이가 어이없이 허물어지게 되었다. 방으로 들어선 이치도는 수정 같은 눈물을 매단 채 아하하, 하고 웃으면서 두련을 향해 손가락질을 했던 것이다.

"이야, 째보다, 째보!"

다행인지 불행인지 두련은 그 말을 알아듣지 못했다. 생전 처음으로 자신의 집에 발을 들여놓은 제 또래의 사내아이를 신기하게 바라보았을 뿐이다. 이치도는 곧 제가 본 것과 제가 알고 있는 것을 연관시키기 위해 시장바닥에서 배운 노래, "곰보 째보 만난 것도 인연이라네" 하는 노래를 부르기 시작했다.

하여튼 그날 밤, 왕확은 이치도를 읍내까지 데려다주었다. 집 근처에 이르렀을 때 왕확은 주먹을 들이대며 이치도에게 숨을 그르렁거렸다.

"너, 이 호랑말코 같은 새끼야, 다시 한번 째보라고 말해보라. 네 아가리를 찢어줄 터이니."

그런데 이치도는 그 말을 듣고 있지 않았다. 집에 불이 환히 켜져 있고 춘매옥의 전성기처럼 수많은 사람이 드나들고 있었기 때문이다. 한참 동안이나 집에 눈을 팔던 이치도는 천진하고 티 없는 눈으로 왕확을 올려다보며 인사를 했다.

"아저씨, 고맙습니다."

그 인사는 왕확이 어린아이든 어른이든 사람에게 들어본 인사 가운데 가장 진실한 인사였다. 이치도가 빨리 왕확의 손에서 벗어나 집으로 달려가려고 한 것이긴 해도. 이치도는 집 앞에서 다시, 노루가 뒤를 돌아보듯 왕확을 돌아보고 커다란 눈을 껌뻑이며 인사를 했다. 그러곤 제 아버지가 죽어서 불이 환하게 밝혀진 집으로 들어갔다.

왕확은 그 바람에 말할 수 없이 무안해졌다. 수염만 없었더라면 콧속까지 빨개진 모습이 볼만했으리라. 곧 왕확은 자신의 집에 저녁놀처럼 잠시 왔다 달려간 소년의 아버지가 죽은 것을 알게 되었다. 왕확은 집으로 돌아가는 십릿길을, 제 가슴을 치면서 걸었다.

"야, 너희 아버지는 왜 월남도 안 가고 놀아?"

이치도는 코끝에 땀방울이 송글송글 솟도록 열심히 공주 그림을 그리고 있는 왕두련에게 물었다. 왕확은 냇가로 나가 권투선수처럼 허공에 주먹질을 하며 돌아다니고 있었다. 열여남은 살 먹은 아이들이 그렇듯이 입으로 쉭쉭 소리까지 내는 것이, 이치도에게는 한마디로 잘 놀고 있는 것으로 보였다.

왕확은 아침에 일어나자마자 집의 동쪽에 나 있는 냇가로 나갔다. 잠들어 있던 우주 만상을 깨우려는 듯 이를 딱딱 부딪치든가 손뼉을 치고 진저리를 쳤다. 좌우로 몸을 뻗쳤다가 오므렸다 하다가 해가 떠오르면 책상다리를 하고 앉아 진짜 도인처럼 명상에 드는 게 오래된 버릇이었다. 낮에는 특별한 운동을 하지 않았는데 이치도가 무슨 권투 시합 이야기를 하자 홍이 난 듯 갑자기 몸을 일으켜 냇가로 나갔던 것이다. 두련은 이치도를 슬쩍 한번 보고는 여전히 손을 놀려 그림을 그렸다. 마당은 물에 젖어 축축해졌고 그 위에 두련이 땅바닥에 꼬챙이로 그린 공주가 막 옷을 입고 있었다.

"우리 아버지는 지금 월남 가서 베트콩을 때려잡고 있단 말야. 너 알아?"

두련이 그런 걸 알 리 없었다. 같은 학년으로 같은 학교에 다녔지만 한 번도 서로 이야기를 한 적이 없었으니까. 두련은 원체 말이 없이 혼자서 다녔고 한 반에 있는 아이들과도 많은 말을 하지 않았다.

"월남에 가야 테레비도 보내고 스케이트도 보낸단 말야. 너 스케이트는 뭔지 알아? 모르지? 얼음 위에서 타는 썰매가 바로 스케이트야. 너 썰매 있어? 은척 저수지에 가본 적 없지? 냇가에서 타는 건 너무 시시해……"

두련은 결국 이치도의 수다에 공주를 그리던 동작을 멈추었다. 갑자기 할 일이 생겨난 듯이 쌀독에서 쌀을 꺼내 담아 펌프 앞으로 가져갔다. 그러곤 갈래머리를 뒤흔들며 뛰었다 내렸다 펌프 손잡이를 눌렀다. 그러고 보니 어느새 저녁이었다. 둑방에 엷은 막이 낀 듯 노을이 비쳤다. 뒤창에서 비쳐드는 놀빛에 방 안은 공주의 방처럼 신비해졌다.

그러거나 말거나 한동안 쓰지 않은 낡은 펌프는 고집 세게 끽끽거리다가 결국 소가 후련하게 방귀 뀌는 소리를 내더니 물이 완전히 내려가 버렸다. 두련은 부엌으로 가서 바가지에 물을 담아왔다. 물을 펌프 안에 부으려다가, "얘, 이거 좀 자아줄래?" 하고 이치도에게 말했다.

이치도는 그때 한참 저수지에서 철사 썰매를 타다 빠져 죽을 뻔했던 소년이 스케이트를 보내는 병정이 되고, 그 병정을 지휘하는 장군 휘하에 얼마나 많은 부하들이 있는가, 병정은 얼마나 많은 계급을 거쳐 올라가야 장군 신발을 닦을 수 있는가를 신나게 설명하고 있는 중이었는데 아직 소위까지 가기도 전이었다. 말이 끊기니 기분이 나쁠 수밖에 없었다.

"네가 해."

"내가 한꺼번에 두 가지를 어떻게 해."

"왜 손이 두 갠데."

"한 손으로는 자아야 되잖아. 넌 뽐뽀도 안 써봤니?"

그러고 보니 이치도는 펌프를 써본 적이 없었다. 읍내에는 공동 우물에 모터를 달아 간이수도를 만들어서 썼다. 수도가 닿지 않는 집에서는 펌프를 썼고 펌프도 없는 집에서는 남의 펌프를 빌려 쓰든가 원래 있던 우물을 쓰든가 했다. 이치도의 집, 그러니까 남에게 빌린 콧구멍만한 가게와 가겟방에는 펌프가 있을 리 없었고 주인집에 수도와 우물이 있었다. 있다 한들 이치도가 그 물을 길어나를 리도 없었고 어디서 물이 나오는지, 어떻게 물이 생겨서 제가 씻고 먹는지조차 몰랐다. 펌프도 모르면서 펌프를 존경할 줄 몰랐다.

"난 그런 고물딱지는 안 써. 너나 많이 써."

"고물이 더 좋은 거야. 바보야."

몇 마디를 나누기도 전에 바보라는 소리를 들으니 이치도의 큰 눈이 더 커지지 않을 수 없었다.

"바보는 네가 바보면서. 바보 눈에는 바보만 보인대. 네 아버지가 아까 그랬잖아. 도둑놈 눈에는 다른 사람도 다 도둑놈처럼 보인다고."

두련도 지지 않았다. 물이 든 바가지를 팽개치듯 내려놓았다.

"그래, 넌 바보 도둑놈이야. 왜 병신처럼 만화방 주인한테 끌려다니고 그래."

이치도는 연속으로 욕을 먹은데다 약점을 찔려 허둥거렸다.

"끌려다니기는 누가 끌려다녀. 따라가주는 거지. 너 같은 바보는 내가 왜 그러는지 죽어도 모를 거야. 너는 학교도 일 년 늦게 갔잖아. 네가 바보니까 네 아버지가 한 해 늦게 보낸 거잖아."

언제부터인지 왕확이 냇가에서 뚝방으로 올라와 두 아이의 논쟁을 듣고 있었다. 두 아이는 그걸 몰랐다.

"그럼 너는 왜 나를 누나라고 안 불러? 내 나이가 너보다 많은데?"

"학년은 같잖아, 이 바보야. 같은 학년인데 누가 누나라고 불러."

두련이 한 해 늦게 학교를 간 건 취학하기 전에 극적으로 언청이 수술을 하게 되었기 때문이었다. 성당 신부의 주선으로 교회에서 운영하는 대도시의 병원에서 수술을 한 뒤, 두련의 입술 위에는 희미한 수술자국이 남았다. 왕확은 그 자국마저 거의 안 보일 정도로 옅어지기를 기다렸다가 두련을 학교로 보냈다. 그런 사정을 이치도가 알 리 없었다.

"난 너같이 어린애하고는 말 안 해."

"그래, 너는 고물딱지 할망구니까 고물딱지 뽐뿌도 좋아하고 월남도 못 가는 등신 아버지도 좋아하고 신식 테레비는 없는 거구나. 전화도 없고 냉장고도 없고 전기도 안 들어와. 얘는 거지래요. 있는 게 고물딱지 뽐뿌 하나래요……"

그때 왕확이 날개, 아니 팔을 흔들면서 둑방에서 뛰어내렸다.

"자, 방으로 들어가자우. 너희한테 보여줄 게 있으니."

그러면서 두련을 흘낏 보았는데 딸의 눈가에는 귀족이 반란을 일으킨 농노를 보듯, 노한 기색이 등등했다.

"나이 들어서 귀한 것도 있다. 오래되어서 소중해지는 것도 있다. 백년 묵은 산삼을 아느냐. 천년 묵은 여우를 아느냐. 바로 여기 있다."

왕확은 그렇게 말하지는 않았지만 비슷한 말을 하긴 했다. 이치도가 알아듣지 못하자 예를 들기 위해 천년 묵은 여우의 털로 만든 목도리를 꺼내려다가 그런 게 이젠 세상에 없다는 걸 깨닫고, 백년 묵은 산삼을 꺼내려다가 그런 게 있었으면 예전에 먹어치웠을 거라고 생각하고 뒷방에 들어가서 자신이 가지고 있는 물건 중에 가장 오래되고, 가장 고귀한 그 무엇을 꺼냈던 것이다.

그것이 무엇이냐. 천년 혹은 천오백년 전의 어느 태자가 쓰던 관이었다. 관은 성인인 왕이 쓰는 금관보다는 작았다. 또 그런 금관처럼 금빛으로 휘황찬란한 것도 아니었다. 이마를 두르는 테두리는 거무튀튀한 녹이 잔뜩 끼었다. 게다가 곧 부러질 듯 심하게 휘어 있었는데 애초에 그 관을 발굴한 사람, 그러니까 왕확이 쓸모없는 쇳조각인 줄 알고 버린 뒤 재수없다고 밟아버렸기 때문이다. 그러다 차츰 다른 부속이 나오자 함께 모아 조심스럽게 원형에 가깝게 조립했던 것이다.

이치도는 태자관을 보고는 별다른 흥미를 나타내지 않았다. 태자관이라는 말을 듣고도 마찬가지였다. 그러나 관 위쪽에 달린 수많은 출자형(出字形) 장식, 조그맣고 뾰족한 산이 두 개 겹쳐진 듯한 쇳조각을 보더니 눈을 반짝였다. 왕확이 떨어져나온 것 가운데 하나를 건네주자 냇가로 달려나가 모래로 열심히 문질러 닦았다. 이윽고 냇가에서 춤을

추며 "금이다, 진짜 금!" 하고 목메인 소리로 외쳤다.

그날 밤 이치도는 꿈을 꾸었다. 새끼를 너무 많이 낳아 홀쭉해진 엄마 돼지, 불알만 커다란 아빠 돼지 뒤에 허연 새끼 돼지들이 트럭을 타고 군가를 부르며 집으로 들어오는 꿈이었다. 그 군가가 "전우의 시체를 넘고 넘어 앞으로 앞으로……"였던가. "아느냐 그 이름 맹호부대 용사들……"이었던가. 그건 중요하지 않다. 그 새끼 돼지들이 모두 머리에 녹슨 관을 쓰고 있다는 게 중요하다. 이치도는 그 관에서 떨어지는 쇳조각들을 열심히 주워모았다. 광약을 듬뿍 발라 뽀득뽀득 닦았다. 모두 찬란한 황금으로 변했다. 이치도는 손아귀 가득 황금 조각을 움켜쥐었다. 손에서 황금 조각이 뚝뚝 떨어졌다. 만화방 귀신이 제발 하나만 달라고 애걸했다. 미친개가 거품을 흘리면서 애원했다. 3반 담임 여선생은 흰 타이즈를 신고 나타나 하나만, 하고 콧소리로 말했고 억제는 가방을 여러 개 지고 나타나 가방마다 하나씩만 넣어달라고 했다. 심지어는 어머니도 가마솥 속의 해장국을 젓는 국자를 들고 나타나 그 안에 채워달라고 빌었다. 이치도는 "싫어, 엄마, 저리 가!" 하고 어머니를 떠밀었다. 어머니는 벌러덩 넘어지며 해장국을 끓이는 솥에 풍덩 빠졌다. 그러자 어디선가 "에밀레, 에밀레"—어미를 미느냐고 묻는 듯한 종소리가 들려왔다. 달라는 놈들이 많아서 안 되겠다. 나 혼자 다 먹자. 이치도는 황금 조각을 먹기 시작했다. 황금 조각은 입에 들어가자마자 사르르 녹아 저절로 목구멍으로 넘어갔다. 꼭 복숭아 통조림처럼 향긋하고 아이스케키처럼 달고 엄마의 젖처럼 부드러웠다. 신나게 먹고 있는

데 공주옷을 입고 공주의 관을 쓴 두련이 가소롭다는 듯 자신을 바라보고 있는 것이었다. 언제 갔는지 두련의 발치에 새끼 돼지들이 편을 짜서 축구를 하고 있었다. "꺼져!" 말을 하자 이치도의 입에서 녹아넘어간 줄 알았던 황금 조각이 튀어나왔다. "꺼져, 꺼지란 말야." 그러자 목구멍 깊숙한 곳에서 황금 물줄기가 쏟아져나왔다. 두련이 말했다. "넌 어린애가 주둥아리만 살았구나." 이치도는 대답을 하지 않으려고 입을 꾹 다물었다. 그러다보니 약이 올라서 이치도는 눈물이 났다. 그런데 눈물에도 황금이 섞여 나오는 게 아닌가. "문둥이 코딱지, 고물딱지, 재수없는 할망구!"

"아이구, 아주 쌍놈 하나 났구나. 자면서도 제 에미 욕을 하네. 이런 걸 키워서 내가 무슨 덕을 보자고 하나. 빨랑 못 일어나?"

이불이 확 날아갔다. 눈을 뜨니 국자를 든 춘매가 성난 얼굴로 이치도를 내려다보고 있었다.

옛날의 맛

이치도는 가로수 그늘 아래에 들어선다. 정오를 막 넘어선 시각, 남중한 해는 곳곳에 자신의 위엄을 걸고 단호한 그림자로 기록한다. 잿빛 빌딩은 잿빛으로, 흰 빌딩은 희게 빛나고, 낡은 빌딩은 긴 테라스 곳곳에 먼지와 거뭇한 시간을 끌어안고 있다.

이치도는 나무에 한 손을 짚고 신발을 벗는다. 발바닥이 뜨겁다. 도시에서는 조금만 걸어도 발바닥이 피곤하다. 발바닥은 도시인의 몸에서 가장 약한, 약해진 부분이다. 하지만 그 약한 발바닥으로 도시에 산다는 실감을 할 수 있다. 까치발을 하고 한쪽 발바닥을 쓰다듬다 말고 이치도의 눈은 맞은편에서 양산을 쓰고 오는 젊은 여자의 가슴에 머문다. 팔락거리는 검정 스커트에 검정 블라우스 차림인데 거기다 검정색 선글라스를 끼고 있다. 이치도가 특별히 검정색을 좋아하는 건 아니다. 가슴을 조금 좋아한다. 어렸을 적에 어머니의 젖을 실컷 만져보지 못해서 그렇다. 어머니의 젖은 그때 참 바빴다…… 여자의 가슴은 검어서 더욱 유혹적이다. 이치도는 신발을 한 손에 든 채 여자의 가슴을 따라 시선을 돌린다. 이치도가 바라보는 것을 의식한 여자는 조금 걸음을 빠르게 해서 지나간다. 콧망울에 엷게 화장이 번져 있다. 그것만 빼면 나무랄 데 없는 도시풍, 귀족풍이다. 여전히 까치발을 한 채 이치도의 눈은 멀리 솟아 있는 산으로 향한다.

옛 왕조의 수도였던 서울 북쪽의 산 아래에는 궁궐이 있다. 그건 서울에 사는 사람이면 다 아는 사실이다. 그 궁궐의 뒤에 산이 있다. 그것도 다들 알고 있다. 그 산 뒤에 산이 있는 것도 다 아는지? 마치 목을 살금 빼고 남의 후원, 혹은 뒤꼍을 넘겨다보는 듯한 홀쭉한 형상의 산이다. 그 산의 이름은? 서울에 산다고 해도 다 알고 있지는 않을 것이다. 그런 형상의 산을 틈산(闖山)이라고 한다. 산의 이름이 그렇다는 게 아니라 남을 엿보는 듯한 산을 부르는 이름이 그러하다는 뜻이다. 그 역시 왕확에게서 배운 것이다. 제기랄, 그렇다. 이치도는 고개를 흔든다. 그러나 아무리 고개를 흔들어도 왕확에게 배운 것은 잊혀지지 않는다.

도둑질 중에서 가장 복잡한 것은 역시 나라를 도둑질하는 것이다. 나라를 도둑질한 왕 가운데 유명한 사람은 스스로를 틈왕이라고 부른 중국의 이자성이다. 나라가 위란에 빠진 틈을 타서 도둑처럼 쳐들어가서 결국 임금 자리를 도둑질한 왕들은 왕조는 세우지 못한다. 도둑이기 때문이다. 그것은 도둑의 잘못은 아니다. 운명이라고나 해야 할까. 왕조를 세우고 역사를 기록하기 시작하면 도둑이 왕조의 창건자로 바뀐다. 그때부터는 도둑이 아니다. 도둑이었으면서 도둑이었음을 부정하는 왕들은 저 같은 도둑을 겁낸다. 그래서 하다못해 산이나 강의 모양을 보고 거기에 도둑의 기미가 있으면 싹을 없애버리는 법이다. 그런데 어째서 조선의 건국자는 자신의 궁전 뒤에, 자신을 보호하는 산을 엿보는 산을 그냥 내버려두었을까. 도둑이 아니었던가. 도굴이라는 직업 때문에 풍수에 통달하게 된 왕확보다 풍수를 몰랐던 것일까.

틈산은 틈산이고 도둑은 도둑이니 사실 이치도와 틈산이 아무런 상관이 없을 수도 있다. 이치도의 눈이 보는 것은 서울의 틈산이 아니라 머나먼 고향, 시간과 공간이 합쳐져 도달할 수 없도록 멀어져버린 어린 시절 고향의 틈산이다.

이치도는 신발을 신고 단호하게 걸음을 옮긴다. 규칙적으로 걷는 그의 마음속에서 무엇인가 결정이 되어간다. 조개를 파고든 이물질이 진주의 핵이 되듯, 이치도에게도 무엇인가 이물질이 들어왔다. 진주의 핵보다 좀 큰, 고향의 산, 뭐, 그런 것. 그것을 둘러싸는, 이치도의 마음속에 분비되는 어떤 느낌, 의지가 있다.

이치도가 살던 곳, 은척의 북쪽에 자리잡은 주산은 두장산이다. 두장산 뒤에서 두장산 앞의 너른 들과 내를 슬쩍 넘겨다보는 듯한 형상의, 왕확이 말하는 틈산인 독산(禿山)이 있었다. 뭘 좀 아는 사람들은 그게 순전히 돌로 만들어진 산이라 그렇게 불리다가 아는 척하는 사람들에 의해 대머리를 뜻하는 엉뚱한 한자로 표기되었다고 말했다.

하늘에서 장난으로 돌을 던져 포개 쌓은 듯이 험악한 형상을 한 독산 정상에는 독수리처럼 뾰족한 바위가 있다. 독수리의 부리처럼 튀어나온 부분이 두장산의 어깨 언저리에서 은척 읍내를 호시탐탐 엿보고 있다.

두장산은 한여름에 더위를 피할 수 있는 너른 계곡이 있고 사시사철 맑은 물이 흘러내리는 덕이 높은 산이지만, 독산은 길이 험하고 좁아서 접근하기조차 쉽지 않았다. 올라간다 하더라도 언제 떨어질지 모를 바위들이 아슬아슬하게 버티고 있고 이따금 어디서 풍겨오는지 모를 악취가 풍기는데다 바람 한 점 시원하게 내보내는 법이 없어 표독한 악산이라는 욕을 얻어먹기 일쑤였다. 은척에 간혹 전염병이나 집단 식중독이 돌거나 홍수라도 지면 바로 저 망할 놈의 독한 산 때문이라고 사람들은 손가락질을 하곤 했다.

산이 무슨 뜻이 있어서 그렇게 생겼으랴. 그러나 사람들이 의미를 붙이고 이름을 붙이니 은척의 학교란 학교는 미리 짜기라도 한 것처럼 교가마다 '두장산 줄기 벋은……' '두장의 빼난 정기……' '날마다 두장을 바라보며……' 같은 가사를 집어넣고 아이들에게 두장의 영기를 받으라고 다그쳤다. 다른 아이들은 몰라도 이치도는 조회 끝에 교가를 부르며 두장산을 바라볼 때마다 두장산의 영기인지 정기인지는 받을 생각도 하지 않고 두장산의 뒤쪽에 강퍅하게 솟아 있는 독산을 우러러보곤 했다. 산의 모범답안처럼 밋밋하고 푸르른 두장산보다는, 흉포한 독수리의 부리처럼 날카롭게 빛나며, 혹은 남의 먹이를 넘보는 비열한 표범 같은 형상으로, 혹은 아찔하게 아이들의 눈을 자극하는 독산이 훨씬 관심을 끄는 건 어쩌면 당연했다.

바로 그 독산의 정기를 받았는지 어쨌는지 이치도의 도둑질은 일취

월장 발전했다. 만화방을 턴 도둑놈이라는 명성을 온 읍내에 드날리게 된 이후, 이치도는 드러내놓고 도둑질을 할 수는 없게 되었다. 하긴 드러내놓고 도둑질을 하면 그게 무슨 도둑질이며, 한다 하더라도 무슨 재미가 있겠는가. 이치도는 눈에 잘 띄지 않는 사소한 것, 있으나 없으나 사람들이 관심을 기울이지 않는 것부터 손을 대기 시작했다.

그때는 전후 베이비붐 세대를 수용하기 위해 학교마다 경쟁적으로 증축을 했는데, 학부형들로부터 이른바 찬조금이란 걸 받아냈다. 찬조금은 말 그대로 학부형이 자발적으로 돕기 위해 내놓는 것이었다. 수백 원, 당시 쌀 반 가마 정도에 해당하는 찬조금을 기분좋게 낼 여유가 있는 학부형은 한 반에서 삼분의 일 정도였다. 그것까지는 좋았는데 각 학급마다 찬조금 납부 목표액을 정해놓고 교실 뒤편에 아이들의 고사리 같은 손으로 그래프를 그리게 하여 매일 납부 실적을 확인하게 한 게 문제였다. 한 걸음 더 나아가 증축회비를 못 내는 학부형의 아이들로 하여금 날이면 날마다 벌로 청소를 하게 함으로써 평등성을 극대화하려는 교사도 있었다.

이치도는 당연히 증축회비를 내지 못하는 삼분의 이에 들었다. 불운하게도 그리스 식 금권정치를 극단적으로 실천하려는 교사의 반에 들어 있었던 탓에 교사(校舍) 증축을 하는 이 년 가까운 기간 동안 교실 바닥, 복도, 운동장, 변소, 담장, 교사용 변소, 교사 전용 정구장, 교장 사택까지 초등학교에서 있을 수 있는 갖가지 청소를 다 경험해보게 되었다.

그건 개인적인 불운이다, 그 당시에는 어쩔 수 없었다, 다들 그렇게 했다. 이렇게 말하는 사람도 있을 것이다.

그렇다면 이치도가 남과 다르게, 이를테면 갖가지 청소를 하다가 해가 뉘엿뉘엿 넘어갈 때 학교를 나서다가 담장 한구석에 쌓여 있던 철근 가운데 한두 개를 집어들고 간 건 개인적인 요행이라고 해도 될까.

그 당시에는 은척 저수지에서 스케이트를 타는 것이 대유행이었다. 덩달아 초등학교 아이들도 스케이트를 타러 다녔는데 스케이트가 없는 아이들은 썰매라도 타야 했다. 썰매의 날은 철사로 만든 것, 대장간 제품, 드물게는 신발 부분이 떨어져나간 스케이트 날로 만든 것이 있었다. 가장 향토적이며 전통적인 철사날은 속력이 나지 않는데다 철사가 쉽게 망가졌다. 철사로 만든 썰매를 가진 아이들은 대장간 제품으로 바꾸는 데 목숨을 걸기도 했다.

어떻게 거느냐. 집에 있는 쇠, 가령 말짱한 곡괭이나 도끼를 대장간으로 가져가면 대장간에서는 적당한 수수료를 받고 그 쇠를 썰매날로 만들어주었다. 수수료를 낼 수 없으면 썰매날에 들어가는 쇠보다 더 많은 쇠를 가져가면 되었으니 쟁기, 화로 같은 게 그런 예였다. 쟁기를 훔쳐 가지고 나오다 아버지에게 삽자루로 맞아 죽은 아이도 있었다. 신문에는 나지 않았지만 소문은 무성했다. 그 이야기를 듣고도 여전히 대장간에 쟁기를 가져온 아이들이 있었으니 목숨을 건 것이라 아니할 수 없다.

이치도의 집에서는 농사를 짓지 않았고 낫도 괭이도 삽도 없었다. 다행히 목숨을 걸지 않아도 되었다. 그렇다고 썰매날을 포기했는가. 삶을 포기했으면 했지 그럴 리가 없었다. 증축을 하느라 학교에 흔해빠진 철근을 한 개만 집어가면 대장간에서는 썰매날을 한 쌍 만들어주었다. 두

개를 집어가면 세 쌍, 세 개를 집어가면 다섯 쌍을 만들어주었다. 한꺼번에 다섯 쌍씩 날을 다는 썰매는 없다. 한꺼번에 썰매를 다섯 대씩 타는 사람도 없다. 몸이 다섯인 사람이 없고 썰매로 기차놀이를 하는 것도 아니니까. 그런데 왜 다섯 쌍이 필요했는가 하면, 이를테면 억제 같은 아이에게 주어야 했기 때문이다. 부모가 부자라서 증축회비를 내니 청소를 하지 못하고 청소를 못 하니 조용하고 어둑한 분위기가 되기 전에 학교에서 나가는 바람에 철근을 훔칠 수가 없었던 아이들이 있었다. 또한 그 부모는 눈에 흙이 들어가기 전에는 스케이트를 사주지 않는 사람들이었다.

물론 이치도가 썰매날을 그냥 준 것은 아니다. 대장간에 철근을 훔쳐다준 대가를 조금 받았다. 이치도는 대장간 주인처럼 대가를 쇠로 받지 않고 과자나 사탕, 구슬, 방패연, 귀싸대기를 마음껏 세 번 치기, 돈 따위로 받았다. 그런 식으로 자재가 없어지니 증축회비는 한 번이 아니라 두 번 세 번에 걸쳐 모금이 되어야 했다. 이치도는 시대의 변화에 부응하여 스무 번, 서른 번 철근을 훔쳤다.

우여곡절 끝에 증축이 완료되고 아이들은 새 교실에서 공부를 하게 되었다. 그러나 습관이 되어 하루라도 운동장 청소를 하지 않으면 몸살이 나는, 예컨대 이치도 같은 아이는 새 교실을 그다지 좋아하지 않았다. 청소도 돌아가며 하게 되었다. 청소당번이든 아니든, 이치도는 청소시간 후에 고독과 슬픔에 싸여 운동장 곳곳을 돌아다니는 버릇이 들었다. 혹시 공사를 하다가 떨어뜨린 철근 토막이라도 없나 찾아헤매는 것이었다. 정구장 바닥을 고르는 롤러가 연구 대상이 되었고 철봉이 요주의 대상이 되었다.

"야야, 이런 걸 가져오면 어쩌냐?"

대장간 주인은 훌떡 벗어젖힌 온몸에서 김을 뿜어올리며 손을 흔들었다.

"왜요. 썰매날 두 개는 확실하게 나오잖아요."

"당장 오늘 저녁에 소사가 알면 난리가 날 건데, 미쳤다고 이런 걸 가져와?"

이치도가 대장간에 가져간 건 롤러나 철봉이 아니라 학교 대문에 달린 빗장이었다. 롤러에 붙은 철판을 벗기려다, 철봉을 뽑다 포기하고 나오는 길에 낡아빠진 대문의 빗장이 덜렁거리는 게 보였던 것이다.

"아이 씨, 그냥 빨랑 만들어줘요. 딴 때는 암말도 안 하더니."

대장간 주인은 고개를 흔들었다.

"너 요새 소사가 여기 얼마나 자주 오는지 아니. 이런 건 금방 걸려."

"소사가 뭐라고 해, 자기는 나보다 백 배는 더 훔쳤으면서."

그랬다. 소사는 철근을 다발로 빼돌려서 다섯이나 되는 아이들 옷, 학용품을 사주었던 것이다. 소사의 아들에게 썰매날을 팔아먹은 이치도는 그 사실을 알고 있었다. 소사도 이치도 같은 아이들이 그런 사실을 안다는 걸 알았다.

"암마, 이거는 학교에 딱 하나밖에 없는 거 아냐. 이거 없어지면 욕먹는 건 소사란 말야. 이때까지 딴 건 봐줬어도 이런 건 안 봐줘."

"안 봐주면? 뭐라고 그러기만 해봐. 확 찔러버릴 거야."

"어디다가?"

"교장 선생님한테 갔다가 경찰서 들러서 육성회장님한테 가죠."

"아이고, 요 같잖은 놈 말하는 뽄새 좀 보소. 그 따위로 지랄할 거면 다시는 여기 오지도 마. 너부터 콩밥 먹고 싶은 모양인데 네 마음대로 해봐. 이거 들고 당장 꺼져. 순경 부르기 전에."

대장간 주인은 돌아서서 뒷짐을 지고 커다란 알통을 만들어가며 씨익씨익 풀무질을 하기 시작했다. 이치도는 낙심했다. 어린 이치도는 장물아비라는 말을 몰랐고 대장간 주인이 일종의 장물아비라는 것, 장물아비 역시 도둑이나 마찬가지로 취급받는다는 것은 더더욱 몰랐다. 그러므로 경찰을 부르지 못한다는 것을 몰랐다.

세상살이는 무지한 어린 도둑에게 험난했다. 먹고 싶은 건 많고 하고 싶은 것, 가지고 싶은 것도 많은데 녹슨 대문 빗장 하나 어떻게 할 수 없다면 앞으로 어떻게 냉혹한 세파를 헤쳐갈 것인가.

"그럼 난 문화교실을 어떻게 봐요."

대장간 주인은 덩치에 어울리지 않게 핼끔 뒤를 돌아보았다.

"네가 문화교실 보는 거하고 나하고 무슨 상관 있어, 인마. 오냐 오냐 했더니 어른 수염을 잡으려고 기어오르고 있어."

문화교실이란 읍내 극장에서 아이들을 상대로 일요일 아침마다 저렴한 입장료를 받고 보여주는 영화를 말했다. 문화하고는 별 상관 없이 〈암흑가의 황제〉 〈돌아온 외팔이〉 같은 성인용 영화를 주로 틀었기 때문에 아이들에게 인기가 좋았다.

그때였다. 밀짚모자를 깊숙이 내려쓴 고물장수가 얼굴을 쓱 들이밀었다.

"여기서 이런 것도 받나."

고물장수가 내민 것은 놋쇠덩어리였다. 처음에는 어떤 용도로 제작되어서 어떤 형상을 하고 있었을 터인데, 고물장수에게 팔아먹기 위해서 형태를 알 수 없도록 짓이겨놓은 것이었다.

"뭐야, 그게."

"신쭈잖어."

신쭈는 구리에 아연을 섞은 것으로 놋쇠라고 부르는 황동이었다.

"신쭈를 왜 여기로 들고 와. 땜장이나 갖다주지."

"누가 모르나. 한 오 년 전부터 땜장이 보기가 힘들어졌잖나. 혹시 안 필요해?"

"에이, 이 사람. 딴 거나 내놔봐. 그건 저 앞에 주물공장에 갖다주든지 하고. 작아서 받지도 않겠다."

그때 세상에서 가장 불행한 열두 살짜리인 양 서쪽 하늘의 별을 올려다보고 있던 이치도가 물었다.

"많이 가져오면 받아요?"

"왜?"

"우리집에 있거든요."

"많으면야 누가 안 받아. 그게 말이다, 요새 도둑놈들이 많아서 비싸졌단다."

고물장수가 대꾸했다. 대장장이가 짜증을 냈다.

"야, 야, 야! 그 쇠좆 같은 쇳덩어리 들고 있다가 소사 오면 어쩌려고 그래. 곧 온다고 그랬으니까 빨리 그거 들고 꺼져."

이치도가 발길을 돌리려는데 고물장수가 지나가는 말처럼 중얼거렸다.

"참, 몇 년 전에 미쳐서 지랄하다가 죽은 땜장이가 있었지. 그 집 꼬마가 아주 희한한 놈이었어. 그애가 컸으면 재만하겠다."

은척 사람인 대장장이가 은척 사람 아니랄까봐 그러는지 은척 사람답게 잽싸게 물었다.

"뭐가 희한했어?"

"제 애비가 됫병짜리 소주병에 담긴 석유를 먹고 죽었다는데 애가 그 병을 들고 와서 엿을 바꿔달라더라구. 내가 보는 앞에서 눈도 깜빡 안 하고 엿을 쪽쪽 빨아먹는데, 공동묘지에서 여우가 해골을 빠는 것 같더라니까. 내 참 기가 차서."

은척에 태어나서 은척에서 자라고 은척에서 살고 있으며 은척에서 죽을 대장장이는 이미 일과에는 관심이 없었다. 털썩 주저앉으며 장기전을 치를 태세로 엿장수, 아니 고물상, 아니 고물장수를 주저앉혔다.

"개 에미가 한때는 기가 막혔지. 풀무질을 몇 번만 하면 안에서 슬슬 녹여줬다니까."

"맞어. 정말 그때 환장 안 한 놈은 불알도 좆도 없는 놈이었어. 안 그래? 몇 번 갔어?"

그 대목에서 이치도는 다족류 곤충처럼 소리도 없이 어디론가 가버렸다. 스르르르르르.

다음날 학교 서쪽 계단에 붙어 있던 놋쇠가 몽땅 없어지는 변괴가 일어났다. 그 다음날 그 놋쇠는 형체를 알아볼 수 없게 짓이겨져 학교 맞은편에 있는 주물공장에서 녹아버렸다. 그 다음의 다음 다음날 동쪽 계단의 놋쇠가 행방불명되었다. 놋쇠와 상관이 있는지 없는지는 몰라도 어느 고물장수의 리어카가 통째로 사라져서 가슴을 치며 돌아다니는 고물장수의 모습이 한동안 구경거리가 되었다.

그 다음날은 일요일이었으므로 여지없이 문화교실이 상영되었다. 이치도는 '월남방망이'라는 이름의 장난감 수류탄 모양의 사탕을 쭉쭉 빨면서, 이소룡이 쌍절봉을 휘두를 때마다 "야우우이이이" 하고 귀신 같은 소리를 질러댔다. 그리고 변소에 갔다가 난생처음 은척 하고도 독산의 정기를 제대로 받은 일류 깡패를 만났다.

일류 깡패는 얼굴이 가무잡잡했고 빡빡 깎은 머리통은 독산 꼭대기처럼 울퉁불퉁했다. 눈이 쭉 찢어진 게 성깔깨나 부리게 생겼다. 세상에서 여섯번째로 더러운 변소에서 조금 깨끗한 변기를 골라 오줌을 누고 있던 이치도는 누군가 덜미를 잡아채는 바람에 오줌을 하늘로 흩뿌리며 뒤로 벌렁 나자빠졌다. 왜 그런지는 알 수 없고, 왜 그렇게 생각하는지는 알 수 없지만 몸에 오줌이 묻은 사람은 오줌 한 방울 묻지 않은 상대에게 일단 기가 죽는 모양이다. 일류 깡패는 바로 그런 수법을 이치도에게 사용했다.

변소 바닥은 급해서 밖으로 흘린 오줌, 칠칠찮게 나자빠지면서 흘린 오줌, 처음부터 바닥에 갈기기로 작정하고 눈 오줌, 어른 오줌, 애 오줌 등등, 여러 사람의 오줌으로 질펀했다. 거기에 나자빠지면서 등을 적시고, 자빠지는 동작과 상관없이 흘러나오는 제 오줌으로 앞섶을 버려서 오줌덩어리가 된 이치도는 치를 떨며 부르짖었다.

"어떤 놈이야!"

"내가 그랬다. 떫어?"

일어나려는 이치도의 얼굴을 표독하게 생긴 얼굴이 굽어보며 말했다.

"엇, 누구야?"

상대는 이치도의 어깨를 밟아서 오줌판에서 못 일어나게 하면서 히죽거렸다.

"누구 맘대로 통시(변소의 은척 북쪽 변두리 사투리) 쓰라고 그랬어."

"퉁소를 언제 불었다고 그래요?"

"극장 통시는 돈 내고 쓰는 거야, 마. 돈 없으면 그냥 조용히 좌석에 앉아서 싸고. 이 새끼 이거 완전히 촌놈 아냐."

그러고 보니 언제부터인지 은척의 변두리에서 온 아이들 대부분은 오줌이 마려워도 참았다가 극장 밖 담에 누곤 했다. 문화교실 하는 날 변소에서 아이들 보기가 드물었던 데는 유료 사용이라는 이유가 있었던 것이다. 물론 어른들은 그런 걸 상관하지 않았겠지만, 문화교실에는 어른들이 오지 않았다.

"너 오늘 벌써 세번째 오는 거지. 마, 양심이 있으면 돈을 내야지."

극장 앞 빵집에서 이치도는 오렌지 맛이 나는 분말을 탄 음료를 마시고 들어왔다. 변소인지 돈 내고 퉁소 부는 덴지, 통시인지는 몰라도 한 번은 확실히 왔다. 이치도는 바닥에 괴어 있던 오줌이 옷을 타고 속살까지 젖어드는 것을 느끼고 다급해졌다.

"맞아요. 저 세 번 왔어요."

"그럼 돈 내."

"저 일어나서 내면 안 되나요?"

"돈부터 내, 새꺄. 아, 불편할 테니까 내가 꺼내주지."

일류 깡패는 일류의 솜씨로 이치도의 주머니에 손을 집어넣었다. 그러더니 눈이 휘둥그레졌다.

"야, 새끼 요거 생각보다 빵빵한데."

그의 손에는 시퍼런 지폐가 한 장, 갈색 나는 지폐가 예닐곱 장 잡혀 있었다. 어려운 계산을 하는 듯 그의 눈동자가 뱅뱅 돌기 시작했다. 한참 후에 일류 깡패는 갈색 지폐를 한 장 이치도의 주머니에 도로 집어넣으며 말했다.

"한 번 누는 데 오십원씩이거든. 내가 이십원 깎아줬다."

이치도는 겨우 일어날 수 있었다. 그런데 계산을 해보니 한 번에 오십원이면 백오십원인데 깎아줬다는 깡패의 손에 들려 있는 돈은 백육십원이나 되는 것이었다. 그 계산만 틀린 게 아니었다. 일어서보니 깡패는 이치도보다 반뼘은 작고 빼빼 말랐다. 게다가 문화교실 입장료에 비해 변소 입장료가 많으니 잘못돼도 뭐가 잘못되었다. 가장 결정적인 것은 깡패의 얼굴이 어디서 많이 본 듯한 것이었다. 이치도는 주먹에 흠뻑 침을 바른 뒤 돈 세느라 정신없는 깡패의 마빡에 힘차게 알밤을 먹이며 소리쳤다.

"야, 조창용, 너 죽을래?"

딱, 하는 야무진 소리가 나는 순간 이치도는 창용의 머리통이 울퉁불퉁한 것은 주제넘게 입장료를 받다가 어른들에게 알밤을 많이 맞아서 그렇게 된 것이라고 확신했다. 그러나 조금 지나보니 그게 아닌 것 같았다. 상대의 얼굴이 천천히 일그러졌다. 눈썹 사이가 독사처럼 세모꼴로 좁아지며 미친개 같은 이가 드러났다. 손에 들려 있던 돈은 어느새 주머니로 들어가고 주머니에서 빠져나온 손에는 제 손바닥만한 길이의 칼이 들려 있었다. 칼이 접혔다 펴졌다 하며 착착, 하는 소리가 변소를 울렸다. 이치도는 주춤 뒤로 물러섰다.

"아이 참 나, 돌아버리겠네, 돌아버려. 쥐쌀만한 놈이 어른 이름을 팍팍 부르네."

그때 조창용은 분명 일류는 아니었다. 그로부터 십여 년 후 일류로 성장하긴 했지만. 하긴 극장 변소에서 조무래기들을 위협해서 코 묻은 돈을 뜯던 시절에는 그 누구도 일류라고 하긴 어렵다. 일류 깡패는 그런 장면에서 말을 하지 않는다. 칼이든 주먹이든 먼저 나가서 상대를 쓰러뜨리고 난 다음에 손을 털며 뭔가 비평을 하는 게 일류 깡패다. 초일류는 비평마저 과감히 생략한다.

그나저나 산에는 산적, 들에는 초적, 만주에는 마적, 바다에는 해적, 강에는 수적인데, 변소에 숨어 있다가 똥 누는 놈 주저앉히고 오줌 누는 놈 자빠뜨려서 돈을 뺏는 도둑은 뭐라고 부르는 게 좋을까. 변적? 분적? 똥도둑?

"야, 또 해봐. 또 불러보란 말야, 응? 네 아가리를 찢어서 째보를 만들어줘, 콕콕 찍어서 곰보를 만들어줘?"

벽에 몰린 이치도는, 나이는 몇 살 위지만 한때 같이 공을 차며 학교를 다니다가 갑자기 학교를 그만두고 사라져버린 뒤, 변소에서 돈을 뜯는 어엿한 도둑으로 변신한 친구 뒤에 붙을 직함에 대해 필사적으로 생각해냈다. 몇십 초 동안 이치도의 머리는 섣달 그믐날의 떡방앗간 원동기처럼 윙윙 돌아갔다.

"저, 조창용 선생님 아니세요?"

보람이 있었는지, 조창용의 눈가에 희미한 웃음기가 돌기 시작했다.

"선생 좋아하네, 병신 새끼. 내가 선생을 얼마나 싫어하는데."

고물장수의 엿가위처럼 경쾌한 소리가 조창용의 손에서 났다. 조창용은 그로부터 한 해 뒤, 성인용 영화를 보는 아이들을 단속하러 나온 어느 선생에게 들켰다. 극장 앞에서 선생과 마주 선 조창용은 계단을 도약대로 삼아 환상에 가까운 발차기로 단속 나온 선생을 쓰러뜨렸다. 그 일을 계기로 조창용은 은척을 떠나 드넓은 도시에서 구두닦이로 새 인생을 개척하게 되고 어느 유력한 조직에 들어가 행동대장이 되며 십여 년 뒤에는 은척으로 돌아와 밤을 지배하는 실력자가 된다. 그건 그렇고, 바로 그런 조창용의 머리에 알밤을 먹인데다, 조창용이 가장 싫어하는 선생님이라고 불러버린 이치도의 운명은 과연 어찌 될 것인가.

"너 그 돈 어디서 났어?"

이 돈이 아닌 그 돈이란, 이치도의 주머니에 잠시 머물다 조창용의 주머니로 이사간 돈을 의미하는 듯했다.

"용돈인데요."

"용돈 좋아하네. 도둑놈의 새끼, 너 어디서 쌔볐어? 또 만화방이야?"

일찍이 만화방에 있는 돼지저금통을 터는 바람에 만화방 주인과 어깨를 나란히 하고 사흘이나 읍내를 순례하며 도둑놈이라고 광고를 한 바 있는 이치도였다. 조창용은 이치도를 확실히 기억하고 있었다.

"안 쌔볐어요오…… 요새 그 만화방 장사 안 해요오……"

"요 쌔끼가 입에 침도 안 바르고 공갈을 치네. 야, 너 기는 놈 위에 뛰는 놈 있단 말 알아, 몰라? 너 같은 놈은 딱 보기만 하면 어디서 언제 누구하고 왜 얼마나 어떻게 쌔볐는지 착 보인다 말야, 인마. 아까 네가 나를 선생님이라고 불렀는데 말야, 난 선생이라는 말 싫다 이거야. 앞으로 나 만나면 사부님 할부지 하고 불러, 알았어? 내가 오늘 하나 가르쳐주는데 너는 내 제자니까 문화교실 할 때마다 여기 와서 사부님한테 번 돈 바치고 한 수씩 배워가, 알았냐? 내가 가르쳐주는 거 한 가지만 제대로 배워도 너는 출세하는 거야, 알어……"

조창용의 연설이 지겨워질 무렵에 이치도는 제정신을 차렸다. 정신을 차리는 데는 등뒤에서 우연히 손에 잡힌 문이 한몫을 했다.

"야, 조창용, 뛰는 놈 위에 나는 놈 있다는 말 들어봤냐?"

"뭐어?"

창용의 눈이 다시 커졌다가 순간적으로 작아지며 앙칼진 독기를 뿜었다. 그와 동시에 이치도는 문을 등으로 밀치며 밖으로 달아났다. 극장 변소 문은 극장에서 자주 상영하는 서부영화의 바처럼 아래 위가 멋있게 툭 터졌다. 이치도가 밀치고 나간 문에 달려들던 조창용이 코를 찧고 나둥그러졌다. 이치도는 내처 달아나려고 두 주먹을 쥐고 팔을 축지법, 아니 달리기 자세로 허리에 올려붙였다. 그런데 언제 생겼는지 변소 앞에는 철벽이 형성되어 있었다. 언제 모였는지 문화교실에 온 아이들 거의 전부가 변소 앞 통로에 숨소리도 내지 않고 모여 서 있는 것이었다.

가슴에 손을 얹은 놈, 손가락을 빠는 놈, 삶은 계란을 먹는 놈, 눈을 부비는 놈, 이치도를 보자 얼굴을 가리는 놈, 잡담하는 놈, 코딱지 먹는 놈, 껌 씹는 놈, 뒷전에서 기웃거리다 집에 가는 놈…… 요것들이 관람료도 안 내고 구경을 하고 있었구나. 십원씩만 받아도 뺏긴 돈 본전을 하겠는데. 이치도는 엉성한 문을 붙들고 창용이 못 나오게 하면서 그런 생각을 했다. 일어난 조창용은 아래로 굴러서 나오거나 위로 날아서 나올 생각은 하지 않고 한사코 이치도가 붙들고 있는 문을 밀어서 나오려고 용을 썼다.

"비켜!"

이치도는 뒤를 돌아보며 외쳤다. 그러나 구경에 얼이 빠진 아이들이 오히려 고개를 더욱 기울이고 침까지 흘리며 더욱 공고하게 철벽을 형성하는 것이었다. 밀고 당기기를 몇 분이나 했을까. 멋만 있었지 엉성하던 문이 견디지 못하고 부서져나갔다. 이치도는 문을 놓고 벽으로 딱 붙어섰다. 그 바람에 조창용은 문을 안고 그 위에 엎어졌다. 조창용의 손에 있던 칼이 날아올랐다.

약 0.45초 후에 정신을 차린 이치도는 칼을 쥐고 조창용의 머리통을 엉덩이로 깔고 앉은 자신을 발견했다. 아직 조창용은 정신을 못 차리고 있었다. 이치도는 창용의 불룩한 뒷주머니에서 시퍼런 지폐 두 장과 갈색 지폐 열 장, 동전 스무 개쯤을 꺼냈다. 잠시 전에 이사간 자신의 돈을 주머니에 쑤셔넣고 칼을 재래식 변소 속으로 던지는 과정까지 불과 오 초도 걸리지 않았다. 창용이 정신을 차리고 일어서려고 하자 이치도는 아이들 머리 위로 손에 든 지폐와 동전 전부를 흩뿌렸다.

"돈이요, 돈, 돈. 줍는 놈이 임자요!"

그렇게 완강하던 대열이 삽시간에 무너졌다. 이치도는 돈을 줍느라 정신이 없는 아이들 사이를 비집고 도망을 갔다. 창용은 돈을 줍느라 정신이 없는 아이들의 엉덩이에 막혀 도망가는 이치도를 땅을 치며 바라볼 수밖에 없었다. 아이들이 아니더라도 창용이 이치도를 잡기는 어려웠을 것이다. 이치도는 도망질 하나만큼은 아동과 성인을 불문코 초일류 수준에 도달해 있었다.

이치도가 중학교에 들어가면서 이치도의 주변에 있던 사물과 사람들이 짜기라도 한 듯 사라지기 시작했다.

월남전이 끝났는데 사령관은 돌아오지 않았다. 그러니 영영 사라졌다고 할 수밖에 없었다. 이치도도 더이상 사령관에 관한 이야기는 입밖에 내지 않았다.

미친개들이 사라졌다. 보건 수준이 향상되고 예방활동이 강화되었기 때문이었다.

매주 일요일 극장의 문화교실 시간에 변소에서 근면하게 일하던 조창용은 정말 사라졌다. 기차를 타고 도시로 나갔다는 말도 있었고, 기찻길을 따라 걷다가 잠이 드는 바람에 기차에 치여 죽었다는 소문도 있었다.

곧 두 극장 가운데 하나가 사라졌다. 문화교실은 여전히 있었지만 파리를 날렸다. 중학생이 되었으므로 이치도에게는 초등학교 아이들이 이용하는 문화교실은 갈 일이 없었다. 구태여 성인영화를 보고 싶으면 단속을 무릅쓰고 밤에 가는 편이 늠름한 중학생다운 행동이었다.

춘매의 해장국집에서 쓰던 질그릇이 사라지고 스테인리스 그릇이 들어왔다. 네 개였던 탁자 가운데 둘이 사라지고 바 형태의 긴 탁자가 들어와서 동시 수용인원이 두 배로 늘었다. 가마솥이 사라지고 양은솥이 들어왔다.

언제부터인가 통행금지 시간을 알리는 소방서의 사이렌 소리가 사라졌다.

무슨 운동인가 한다고 아침마다 노래를 틀어대더니 초가집이 사라지기 시작했다. 마을 안의 좁은 길들이 사라지고 신작로의 흙먼지가 사라졌다. 시커먼 연기를 뿜으며 돼지 멱 따는 소리를 내던 증기기관차—은척의 아이들은 그걸 '영감차'라고 불렀는데, 노인들이 담배연기를 뿜으며 잔소리를 해대는 것에서 유래한 것 같다—가 사라지고 더 빠르고 덜 시끄럽고 더 많은 사람을 실어나를 수 있는 디젤기관차가 다니기 시작했다. 그 기관차를 타고 수많은 사람들이 사라졌다.

세상 어딘가에서 날이면 날마다 새로운 굴뚝들이 생겨나고 공장이 섰다. 그 공장에서는 옷을 나눠주고 밥을 먹여주고 잠을 재워주며 공부도 시켜준다고 했다. 돈이 없어 중학교, 고등학교를 가지 못하는 아이들은 소문만 듣고 기차를 탔다. 그중 몇은 실제로 공장에 들어가 편지를 보내오기도 했다.

"보고 싶은 갑순이에게. 내 친구 갑순아. 너는 지금 고구마를 캐고 있겠구나. 그 고구마를 쪄먹고 고구마를 심어서 또 고구마를 캐겠지…… 내가 고향을 떠나오기 전날 너랑 나랑 손을 걸고 맹세했지. 우리의 우정 영원히 변치 말자고…… 여기는 밤이면 골목마다 기타 소리가 울려퍼지고 생맥주가 강물처럼 흐르는 낙원이란다…… 회사에서는 밥도 먹여주고 공부도 시켜주고 기숙사에 잘 수 있게 해준다. 우리는 오늘도 최신식 연탄으로 따뜻하게 자고 있다. 연탄 화덕이 얼마나 좋은지 모르지. 물을 데워서 머리도 감고 라면도 삶아먹고, 계란도 쪄먹을 수 있단다…… 부모님한테 잘 말씀드려서 너도 여기로 오렴. 부모님이 허락하지 않으시면 나처럼 그냥 토껴버려. 나중에 용돈을 보내드리면 다 용서해주실 거야……"

편지 한 통에 고구마밭에서 고구마 캐던 아이들이 서너 명씩 사라졌다. 그중 하나가 요행히 공장에 취직하면 다시 비슷한 편지를 보냈다. 그러면 또 몇 명의 아이들이 어머니의 비녀를 훔치고 아버지의 노름 밑천을 훔쳐가지고 기차를 탔다. 기차는 들뜬 아이들을 태우고 매일 사라졌다가 다시 오곤 했다. 그러나 한번 사라진 아이들은 다시 돌아오지 않았다.

읍내 곳곳에는 충치가 빠진 자리 같은 흉측한 공터가 생겨났다. 그 공터에서 차력이며 연극 공연을 하면서 약을 팔던 사람들도 사라지기 시작했다. 미친 사람, 바보, 거지, 상이군인, 나병환자, 노름꾼, 술꾼도 사라졌다. 그 대신 대여섯 집에 하나씩 앙상한 텔레비전 안테나가 생겨나고 안테나를 타고 오는 전파가 극장과 바보와 약장수를 대신했다.

사라지지 않는 것도 있었다.

성당은 사라지지 않았다. 초등학교 때보다 작아지고 예쁘장해졌다. 나무들이 자라고 아이들이 자라면서 성당을 드나드는 어른들은 점점 작아지는 것 같았다.

읍내 말고 농사를 짓는 마을들은 인구가 반 이하로 줄었다. 그러나 읍내도 아니고 마을도 아닌, 외딴 곳에서 사는 사람들, 특히 왕확과 그의 집은 사라지지 않았다. 이치도의 대부가 왕확이라는 사실도 사라지지 않았다. 한번 대부는 영원한 대부니까.

부잣집 아이들은 모두 서울이나 인근의 대도시에 있는 중학교로 진학했다. 하다못해 억제까지 기차로 한 시간쯤 걸리는 도시에 있는 중학교로 갔다. 일 주일에 한 번씩 집에 다니러 오면서 뭐가 그렇게 그립고 보고 싶은지, 말끝마다 고향, 향수, 친구, 우정을 거론하는 편지를 하루가 멀다 하고 이치도에게 보냈다. 나중에 억제는 소설을 써서 제법 이름을 얻게 되는데, 어느 해 쓴 산문에서 중학교 유학 시절 고향에 있는 친구에게 편지를 쓰면서 단련한 노가리가 큰 밑천이 되었다고 고백했다.

이치도가 중학교에 들어가기 전에 이른바 '뺑뺑이'라는 무시험 추첨 입학이 시행되었다. 왜 그 제도가 생겼느냐 하면, 중학교 입시가 과열되어서 과외가 성행하고 어린 학생들이 밤늦게까지 공부를 하느라 성장이 저해되며 균형적이고 전인적인 교육을 할 수 없다는 결론이 교육정책 당국에 의해 내려졌기 때문이다. 그런데 그게 하필 대통령의 딸, 아니 아들인가, 대통령이 직업인 그 사람에게는 딸이 많으니 역시 딸일까, 아니 아들이 틀림없는 것이 아들의 나이가 이치도와 비슷하다, 하여간 딸인지 아들인지가 중학교에 입학하는 해에 전격적으로 시행되는 바람에, 고심 어린 교육정책은 뒷전이고 그의 아들을 쉽게 중학교에 보내기 위해서 시행한 것이라는 소문이 돌았다. 그의 아들이 고등학교에 진학했을 때 다시 고등학교 입시가 손쉬운 뺑뺑이로 바뀌었기 때문에 그 소문은 사실을 능가하는 진실성을 갖추게 되었다.

정확히 그의 아들과 일치하는 학년의 아이들은 한문 공부를 하지 않았다. 하고 싶어도 하지 못했다. 그만큼 교과과정이 자주 바뀌었기 때문인데 그의 자식이 한문 공부를 싫어했기 때문이라고 했다. 그 위대한 자식이 한문을 공부할 시점이 되면 한문 과목이 없어졌다가 졸업을 하면 생겨나는 식이었다. 그 덕분에 한문 선생이 영어를 가르치기도 하고 영어 선생이 체육을 담당하기도 했다. 이로 미루어, 아니 미룰 것 없이 소문은 진실이 되었고 진실은 소문이 되며 그 낙차 에너지로 세상은 끄덕끄덕 돌아갔다.

하여튼 이치도는 입시 중에서도 가장 맵다는 중학교 입시를 치르지 않고 중학교에 입학했다. 은척에는 중학교가 두 개 있었다. 하나는 이치도가 진학한 공립중학교로 입시가 있을 때는 상위권 성적의 학생들이 진학했다. 하나는 입시가 있었다면 이치도가 가야 했을 사립중학교였다. 그 당시 은척 사람들은 수준이 낮은 학교를 가리키는 말로 '똥통'이라는 말을 썼다. 그런데 이치도가 똥통인 사립중학에 비해 똥통 자체는 훨씬 웅장하지만 '비똥통'인 공립중학교에서, 시험을 봐서 1등을 차지했으니 사건이었다. 그 일을 두고 이치도는 후일 소년원에서 '아이큐 200의 천재 도둑'이라고 자신을 소개할 수 있었다.

비록 공부 잘하는, 잘하게 되어 있는 부잣집 아이들, 가령 반에서 1등에서 5등까지를 차지할 만한 아이들 대부분이 도시로 빠져나갔다고는 하지만, 초등학교 때 한 번도 한 자릿수의 석차를 기록한 적이 없는 이치도가 반에서 1등을 했다는 것은 본인의 강한 의욕, 엄청난 노력, 그리고 믿을 수 없는 운이 수반되어야 했다. 물론 이치도는 1등을 하면 좋겠다는 희미한 의욕은 있었다. 약간의 노력도 했다. 거기에 좀 지저분한 행운이 따랐다.

과거와 비할 수 없이 수준 낮은 아이들이 시험도 보지 않고, 그나마 알맹이는 다 대도시로 빠져나가고 쭉정이만 중학교에 들어오자 수준 높은 교사들은 매우 당황했다. 상당히 고심도 했을 것이다. 또한 중학교가 초등학교 같은 놀이터가 아니라는 것도 보여줘야 했다. 그 결과 첫번째 시험에서 아이들은 전혀 배우지도 않은 문제를 만났다. 세 과목 평균 0점짜리가 반을 넘었다. 교사들은 그 성적을 토대로 반 넘는 아이들은 전혀 희망이 없다는 결론을 내리고 반이 안 되는 아이들의 수준에 맞추어 수업을 진행했다. 이치도의 성적은 세 과목 평균 33.3점이었다. 석차는 앞서 말한 대로 반에서 당당 1위였다.

중학교에 입학해서 일 주일이 채 지나지 않아 이치도는 졸업식장에서 헤어진 초등학교 동창, 특히 여자 동창들을 그리워하기 시작했다. 처음에는 살짝살짝 궁금하더니 어느 시점부터는 여자 아이들의 목덜미가 갓 구워낸 찐빵의 속살처럼 희더라, 눈망울은 찐빵의 '앙코' 처럼 검더라는 터무니없는 상상이 생겨났다. 게다가 자신이 다니는 중학교에 여교사가 단 한 명밖에 없다는 것을 알게 되자 여교사와 여자 동창들이 우글거리는 학교를 사모하는 마음이 걷잡을 수 없이 더해갔다.

여자중학교는 여자고등학교와 같이 있었고 이치도가 다니는 중학교와는 논을 사이에 두고 백 미터쯤 떨어져 있었다. 이치도는 동창들이 그리워질 적마다 여학교의 담장이 바라다보이는 학교 뒤꼍으로 갔다. 그곳에서는 희미하게나마 여학생들의 소리가 들렸다. 소리로 만족할 수 없다, 혹은 귀에 문제가 있다, 죽어도 좋으니 꼭 보아야겠다는 사람은 담장 위에 올라가야 했는데, 교사들의 눈에 띄지 않고 담장 위로 올라갈 수 있는 유일한 통로에는 전교생이 변소에 배설하는 오물을 모아 자연 발효 및 건조하는 시설, 곧 똥통이 자리하고 있었다.

그 똥통은 사춘기에 접어든 공립 은척중학교 학생들의 이성에 대한 호기심을 가로막고 자연정화하는 장치였다. 그 똥통으로 말미암아 은척중학교는 '비똥통'이 되었던 것이다. 그러거나 말거나 이치도는 다른 아이들이 일찌감치 포기한, 후미지고 냄새 나고 벌레가 득시글거리는 그곳에 끈질기게 갔다. 훔쳐보는 것 역시 훔치기의 일종일진대, 훔치기라면 무조건 시도하고 보는 이치도이고 보면 가지 않을 수가 없었는지도 모른다.

이치도에게는 망원경이 있었다. 그게 월남에 간 사령관이 보내준 것인지, 이치도가 신쭈를 판 돈으로 산 것인지, 그냥 훔친 것인지는 확실하지 않다. 쌍절봉이나 스케이트, 야구 글러브도 마찬가지다. 언제부터인지 이치도의 소유가 되었고 그것으로 충분했다.

똥통에 매일 신선한 똥오줌을 가져다붓는 것은 아니어서 자세히 보면 똥통 위에는 딱딱한 거죽이 생긴 곳도 있었고 운이 좋다면 그런 부분만 밟고 가면 담장에 접근할 수 있었다. 의욕이 있는 자는 노력하게 되고 노력하는 자는 스스로를 돕는 것이며 스스로 돕는 자는 하늘이 돕는 법이다. 어느 날 이치도는 똥통의 가장자리 부분에 전에 없이 완벽하게 딱딱한 거죽이 생긴 것을 발견했고, 조심스럽게 그곳을 따라간 끝에 담장 밑에 도달했다.

이치도는 담 위에 올라 몸을 최대한 담에 붙였다. 그 순간 용사를 맞이하는 미인대회라도 열린 것처럼, 여학생들의 함성 소리가 맞은편에서 들려왔다. 이치도는 흐뭇한 심정으로 망원경을 꺼냈다. 그런데 이게 웬일인가. 담은 은척중학교에만 있는 게 아니었다. 은척중학교보다 높은 곳에 자리잡은 사립 은척여자중고등학교에도 담장이 있었던 것이다. 이치도는 학교를 그 따위로 배치한 작자, 중학교를 남녀로 구분해서 들어가게 한 작자, 담장을 세운 작자, 이런 작자, 저런 작자를 원망하면서 한동안 담장 위에 엎드려 있었다. 그런데 여학교의 담장 위로 함성과 함께 검은 머리통들이 팔짝팔짝 솟구쳐오르며 손을 흔들어대는 게 아닌가. 이치도는 덮어놓고 감격했다. 아, 은척여자중고등학교에도 나와 같이 뜨거운 염통을 가진 인간들이 있구나.

그때 은척여중에서는 배구대회가 열리고 있었다. 스파이크를 하기 위해 뛰어오른 선수들의 머리와 팔이 이치도에게 그렇게 보였던 것이다. 스파이크를 할 때마다 질러대는 여학생들의 응원 소리가 마치 자신에게 보내는 성원처럼 들렸던 것이고. 이치도는 납작한 망원경을 다시 꺼내 눈에 댔다. 갸륵한 인간들의 얼굴이나 익혀두자고 생각했다.

망원경은 이치도의 생각만큼 그렇게 성능이 우수하지는 않았다. 그러나 담장 위로 솟구쳐오르는 얼굴, 그리고 손짓이 의미하는 바가 무엇인지 깨닫게 해줄 정도는 되었다. 이치도는 그 동작이 배구 때문이라는 것을 깨닫자 침을 탁 뱉은 뒤, 다시 학교를 그렇게 배치한 작자, 남녀를 구분해서 중학교에 진학하게 한 작자, 담장을 세운 작자에다 배구대회를 연 작자, 배구를 만든 작자, 이런 작자, 저런 작자에게 돌아가며 욕을 하고 망원경을 주머니에 집어넣었다. 그때 학교에서 일하는 인부가 휴대용 똥통을 담은 수레를 끌고 등장했다.

당황한 이치도는 구렁이가 담을 넘듯이 담장을 넘었다. 담장 바깥은 미나리를 키우는 논이었다. 미나리를 키우는 논, 곧 미나리꽝은 원래 우물 곁이나 물이 괸 곳에 있는 법이어서 바닥이 없다는 전설이 있었다. 한마디로 정체 모를 늪지에 정체 모를 물풀이 자라고 정체 모를 냄새와 김이 솟아오르고 정체 모를 벌레, 정체 모를 양서류, 정체 모를 파충류가 서식하는 고약한 곳이었다. 이치도는 인부가 가기를 기다리며 담에 매달린 채 죽을힘을 다 썼다.

인부가 새로운 똥오줌을 버리고 간 뒤에 다시 구렁이가 담을 넘듯 담장 위에 기어오른 이치도는 생애 최대의 딜레마에 봉착했다. 새로운 똥오줌이 추가됨으로써 똥통의 지형이 변화했던 것이다. 길이 없어졌다.

담장 밖으로 가자니, 거기서 길까지 깊이를 알 수 없는 미나리꽝 논둑 백여 미터를 걸어나가야 했다. 게다가 학교 안으로 다시 들어올 때 수위가 "야, 담치기 재미있지. 열심히 하면 높이뛰기 선수도 될 수 있어. 소년체전에 나오는 높이뛰기 선수가 다 그렇게 해서 탄생한 거다. 빨리 가서 또 해라, 응?" 하고 순순히 보내줄 리가 없었다. 똥통의 너비는 사오 미터에 불과하니 운이 좋아 두세 걸음만 잘 골라 딛는다면 무사할 수가 있었다.

평상시의 이치도라면 전자, 곧 담을 다시 넘어가서 억울하지만 논둑으로 가는 편을 택했을 것이다. 그게 이치도가 보통 사람, 아니 보통 도둑과 다른 점이다. 확실하지만 어렵고 힘들게 훔치는 길과, 불확실하나 빠르고 쉽게 훔치는 길이 있으면 망설임 없이 전자를 택하는 게 이치도의 체질이다. 그게 큰 물건을 훔치는 큰 도둑들의 체질이기도 한 것이다.

그런데 그때 이치도는 재능이 만개하기 전인 중학생에 불과했다. 담장 위에서 욕을 좀 많이 한데다 막 가져다놓은 신선한 똥에서 나는 냄새와 가스 등등으로 판단력이 흐려져 있었다. 이치도는 코를 감싸쥐고 아까 디뎠던 곳을 어림해서 발을 디뎠다. 운이 좋아 첫번째 걸음에서는 빠지지 않았다. 두번째 걸음이 닿은 곳은 원래 디뎠던 곳인데도 새로운 똥이 첨가되면서 빙산처럼 떠내려온 다른 조각들 때문에 지형이 달라져 있었다. 거기서 발이 조금 빠졌다. 세번째 걸음에서는 운이고 뭐고 작용하지 않았다. 발목까지 흠뻑 빠졌다.

만약에 두번째 걸음에서 빠지지 않았다면 급하게 세번째 걸음을 옮기지 않았을 것이다. 세번째 걸음을 급하게 옮기면서 주머니에 있던 망원경이 떨어졌다. 망원경을 줍기 위해 손에까지 똥을 묻히게 된 이치도는 겹쳐지는 불운에 기절할 지경이었다. 그때 믿을 수 없는 행운이 찾아왔다. 새롭게 추가된 똥에 무엇인가가 섞여 있었다. 그것은 종이였다. 무엇인가 적힌 종이.

은척중학교의 어느 수준 높은 국어 교사가 시험문제를 출제하고 나서 갑자기 화장실에 가고 싶어졌다. 당시에는 화장지를 쓰는 일이 드물었다. 웬만하면 휴지를 구겨서 들고 가는 법인데 그 교사가 집어든 휴지가 문제를 적은, 그러나 이미 문제를 확정해서 옮겨놓았던 까닭에 쓸모가 없어진 문제의 시험지였다. 그 교사는 교사 전용 화장실에서 볼일을 보고 그 종이를 쓸 만한 데 적절히 썼다. 평상시라면 태우는 것이나 다를 바 없는 완벽한 뒤처리였다. 그런데 그 종이가 재래식 변소의 구조상 맨 위에 얹히게 되었고, 그날따라 변소를 치는 인부가 그 종이를 다른 오물과 함께 퍼서 똥통에 가져갔다. 믿을 수 없는 우연의 일치로 며칠 후에 시험을 보아야 하는 아이가 그걸 입수했다.

아이는 문제의 종이가 뭔지 본능적으로 깨달았다. 똥물에 잉크가 번진 종이를 말려 문제를 다시 베꼈으니 노력이 적었다고 할 수가 없다. 그러나 그건 노력의 시작에 불과했다. 그 문제의 해답을 찾는 데 이제까지와는 비교할 수 없는 엄청난 노력이 필요했다. 아이는 자신이 책을 보고 찾아도 풀 수 있는 문제가 반의 반의 반도 되지 않는다는 것을 알았다. 아이는 그걸 제가 아는 여중학교 1학년 가운데 가장 똘똘한 아이, 즉 왕두련에게 가져갔다. 기어코 똥통을 넘고 담을 넘어 미나리꽝을 건너 또 담을 넘어 여중학교로 능구렁이처럼 잠입한 건 아니고 그냥 왕두련이 사는 집으로 밤에 찾아간 것이다.

"어머, 이건 2학년 책에 나오는 문제들인데."

그러면서도 두련은 문제를 쓱쓱 풀어주었다. 이치도는 해답을 모조리 외웠다. 그 과목에서 만점을 맞았고, 다른 두 과목에서는 0점을 맞았다. 그렇게 1등을 차지했다.

이치도는 새롭게 맞이한 인생의 각 국면에서 처음에는 늘 분에 넘치는 평가를 받곤 했다. 우선 눈에 띌 정도로 잘생기고 영리해 보이는 것이 점수를 후하게 받게 만든다. 한편 중학교 시절의 첫 시험처럼 본때 있게 실력을 보여준다. 그러고 나서 본색이 탄로날 때까지는 인정을 받았다.

첫 시험에서 1등을 차지한 뒤, 이치도는 학교에서는 우등생으로, 집에서는 뜻하지 않게 철이 든 아이로, 그 동안 무시당하던 왕두련에게조차 늘 1등만 하는 인간의 고독을 함께 논할 만한 상대로 인정받았다. 그런 것들이 소년의 내면과 외면에 극적인 전환을 가져오고 상승효과를 일으켜 두번째 시험에서는 남의 도움이나 운과는 상관없이 자신의 노력과 실력만으로 놀랍게도 3등을 차지했다. 세번째 시험은 과목이 많았다. 아쉽게도 5등을 차지했지만 주변 사람들은 여전히 이치도를 모범생, 우등생으로 보았다. 실제로 그랬다.

은척을 긴 팔로 감싼 듯 돌아흐르는 긴 방죽을 따라 은척여중에서 1등을 맡아놓고 하는 소녀와, 비뚱퉁 공립 은척중학교의 우등생 소년이 함께 인생과 사랑과 자연, 희망과 역사, 전쟁, 고독 따위에 관해 이야기를 나누면서 걷고 있다. 소년은 자전거를 끌고 있는데 자전거 핸들 양쪽에는 소년과 소녀의 가방이 매달려 가볍게 흔들린다. 제비가 서로를 쫓으며 날아간다. 방죽 아래 냇가에는 연초록의 부드러운 풀들이 자라나고 있다. 염소들이 풀을 뜯다 말고 이따금 매에에, 하고 소리를 낸다. 방죽 안쪽 끝이 잘 보이지 않는 밭에서 머릿수건을 쓴 여인네들이 끝없는 일을 하고 붉은 해가 변전소로 뻗은 철탑 사이에 걸려 있다. 소년은 이곳 저곳을 가리켜 보이기도 하고 자전거를 세운 채 이야기에 몰두하기도 한다. 소녀는 풀을 빳빳이 먹인 교복 칼라를 매만지며 소년의 말을 듣다가 이따금 아스라이 뻗친 방죽 위를 바라본다.

소년과 소녀는 거의 한 학기 동안 매일 방죽을 함께 걸었다. 비가 올 때도 있었고 몸이 떠밀리도록 바람이 불 때도 있었으며 자전거가 고장 날 때도 있었다. 둘 중 하나가 소풍을 갈 때도 있었고 소녀의 아버지가 마중을 나올 때도 있었다. 그렇게 되어서 두 사람이 같이 걷는 길이 힘들어지면 그것은 다음에 걸을 때의 즐거움을 더해주었다. 두 사람 모두 그걸 알고 있었다.

방학이 왔다. 소년은 학교에 나가 도서관에서 책을 읽었다. 천성을 못 이기고 도둑을 다룬 책에 빠지기도 했지만 소녀와 함께 이야기할 고전적인 책도 읽었다. 소녀가 고전을 좋아했기 때문이다. 소년은 '성문 앞 우물 곁에'로 천천히 시작되는 〈보리수〉 같은 우아한 노래를 배웠다. 소녀에게 불러주면 좋아할 것 같아서. 소년은 달리기를 했다. 얼마나 빠른지 소녀에게 보여주려고. 오후가 되어 그림자가 길어지면 방죽을 혼자 걸었다. 소년은 그 방죽 위에 서면 늘 소녀를 생각했다. 원래 소년의 집은 방죽을 경유하지 않아도 갈 수 있었다. 그러나 방죽을 한참 돌아가는 비효율, 도로(徒勞), 노력은 행복이라는 수식어 때문에 행복 그 자체보다도 달고 짜릿했다.

소년은 하루 두 번 방죽을 볼 때마다 소녀를 생각했다. 한 달을 못 보았으니 다시 만날 때의 기쁨은 서른 배가 되리라 확신했다.

방학이 끝나고 등교를 하던 날 오후, 소녀는 방죽에 나타나지 않았다. 자전거를 세워두고 방죽 위에서 기다리던 소년은 저녁이 되어 소녀의 집으로 찾아갔다. 소녀와 방죽을 함께 걸으면서부터는 한 번도 들르지 않았던 그 집으로. 서쪽 하늘에 푸른 꽃떨기처럼 별이 떴다. 웃통을 벗고 수제비를 혼자 먹고 있던 소녀의 아버지는 소녀가 전학을 갔다고 했다.

"왜요, 왜? 나한테는 아무 말도 안 했는데."

"제가 가고 싶다고, 보내달라고 했다. 기차 타고 서울 가자면 들르는 도시 있잖느냐. 중간시에 제 이모가 있어. 거기로 보냈다. 걔가 전학을 가면 너한테 말하고 허락을 받아야 되느냐."

말하기 싫은데 마지못해 말을 해야 할 때 왕확은 고향 사투리를 쓰지 않았다.

"왜 가고 싶었대요?"

"여기는 아이들 수준이 너무 낮아서 친구가 없단다. 얘기할 상대도 없고 경쟁할 상대도 없고 못생기고 더럽고…… 한심하고 심심해서 못 견디겠다더라. 큰 고기는 큰 물에서 놀아야 하는 법이다. 내가 생각하지도 못했던 걸 제가 먼저 말하더구나. 그 아이도 이젠 다 컸다."

한 학기 동안 친구처럼 거의 매일 만나 이야기하고 경쟁하고 즐거워하던 이치도는 놀랍고 황당하고 억울했다. 이윽고 어른만이 느낄 수 있는 감정, 치욕이 찾아왔다. 이치도는 낯선 감정에 맞서 눈을 크게 뜨고 이를 악물었다.

"치도야. 너도 눈을 크게 뜨고 이를 악물고 노력해야 된다. 이제 은척은 희망이 없다. 여기서는 공부를 제대로 할 수가 없어요. 노는 아이들이 많아서 거기에 휩쓸리다보면 다 같은 돌대가리가 돼버린다. 너희 어머니 형편이 어떤지는 몰라도……"

거기까지 말하고 왕확은 깨래랙, 하고 게트림을 했다. 시큼하고 역겨운 냄새가 이치도의 콧구멍 깊은 곳을 포격했다.

"별걱정 다 하세요, 대부님. 울 엄마는 죽었다 깨나도 그런 생각 못 해요. 나한테는 고모도 이모도 없는데 돈도 없어요. 도둑질이라도 하면 몰라도. 엄마가 못 하니까 내가 해야 하는데요, 도둑질해서 번 돈으로 학교 다니면 뭘 해요. 우리집은 부자가 아녜요."

왕확이 허허, 하고 웃었다. 이치도는 머리를 쓰다듬으려고 하는 왕확의 손에서 홱 떨어졌다. 그때 이치도의 키는 거의 왕확과 비슷해져 있었다.

"옛날에 말이야, 내가 젊어서 산에 따라다닐 때 말이다. 처음 스승님하고 여러 선배들을 따라가서 보물을 하나 얻었다."

왕확은 이치도가 듣거나 말거나 이야기를 하기 시작했다. 이치도는 허망함과 분노를 삭이기 위해 마당을 서성거렸다.

"태자관 도둑질한 거 말이죠. 그 이야기는 백 번도 더 들었어요."

"아니다. 천년 묵은 비취 이야기다. 그 아이한테 그걸 줬다. 그래서……"

왕확은 젊은 시절, 도굴꾼을 따라다녔다. 단신으로 월남한 뒤, 서울역 앞에서 지게꾼으로 연명을 해나가고 있던 어느 날, 우연히 어떤 사람의 짐을 나르게 되었는데 그 사람이 도굴업계의 사람이었던 것이다. 처음 무덤에 들어갔을 때, 왕확의 스승과 선배들은 왕확에게 관뚜껑을 열라고 지시하고는 자신들은 주변을 살피고 있었다. 힘겹게 관뚜껑을 열어젖힌 왕확은 해골의 앞니 사이에 물려 있는 보석을 보았다.

"시집갈 때나 주려고 했는데, 그게 뭐 그런 데 가져갈 만한 것도 아니지 않니……"

그렇다. 수백 년 전에 영혼의 극락왕생을 빌며 노잣돈으로 입에 물려준 보석을 패물로 가져갈 신부는 많지 않을 것이다. 왕확은 그 비취를 집어 다급한 김에 제 입에 처넣었다. 그때 "뭐가 나왔느냐" 하면서 스승과 선배들이 돌아왔다. 왕확은 비취를 삼키려고 했지만 목으로 넘어가지가 않았다. 왕확은 급한 김에 시신 주위에 괴어 있던 물을 두 손으로 움켜 입에 콱 털어넣고 비취와 함께 꿀꺽 삼켜버렸다.

"이놈 이거 뭐 하는 거야."

의혹에 찬 눈길이 쏟아졌다. 여차하면 때려죽일 기세였다.

"무시기 이게 천년수 아임매."

왕확은 더듬거리면서 말했다. 천년수란 무덤에 자연적으로 괸 물이 항아리에 들어 있는 것을 말하는데 그 물을 먹으면 천년만년 무병장수한다는 말을 얻어들었던 것이다.

"어허, 이 미친놈 봐라. 그건 천년수가 아니라 시체 썩은 물이란 말야. 하여간 먹성은 퍽 좋은 놈일세."

"이놈 이거 처먹고 죽는지 사는지 한번 봅시다요. 죽으면 여기 놔두고 살면 데리고 다니자구요."

왕확은 내내 구역질을 참으면서 꾸벅꾸벅 일을 했다. 집으로 돌아온 왕확은 삼킨 비취를 찾으려고 목구멍에 손을 집어넣고 똥물까지 토해냈다. 그러나 비취는 이미 아래로 내려가고 없었다. 왕확은 설사약을 사다먹었다. 조그만 비취를 찾기 위해 제 몸에서 나온 똥물을 손가락으로 반나절을 헤집었다.

천신만고 끝에 비취가 나왔다. 오래 되어서 그런지 흠이 있어서 값이 많이 나가지 않았다. 게다가 무덤에서 비취를 훔친 것이 탄로가 나면 스승과 선배들에게 맞아 죽기 십상이었다. 왕확은 그 비취를 자기만이 아는 곳에 감추었다. 나중에 어엿한 도굴꾼으로 자리를 잡은 뒤에도 왕확은 그 비취를 팔지 않았다. 자신의 인생을 바꾼 계기가 된 비취를 팔고 싶지 않아서였다. 그런데 이번에 딸의 학비를 대기 위해 그 비취를 이모인지 고모인지에게 선뜻 가져다주었다는 것이 아닌가.

왕두련을 은척 최고 수준의 여중생으로 키운 사람은, 실상 아무도 없었다. 그 자신의 천성과 타고난 용모, 노력 덕분이었다. 아버지라는 작자는 사이즈가 큰지 작은지도 모르고 인형이나 입을 공주 같은 옷을 사다가 안길 정도로 여자아이, 또는 여자의 생각에 대해 무지몽매했다. 동네 아주머니들도 홀아비가 사는 외딴집을 들여다보지 않았는데 가까이에 동네가 없었으니 동네 아주머니도 없었기 때문이다. 다만 이치도의 어머니만이 일 년에 한두 번, 두련을 만날 때 이것저것 일러주고 여자아이에게 꼭 필요한 물건을 사주기도 했다. 이모나 고모가 있었으면 어째서 그토록 아이를 내버려두었는가. 비취를 받을 사람은, 이모나 고모가 아니라 이치도의 어머니였다. 이치도는 그것조차 분했다.

"그런데 그 물 맛이 어땠어요. 시체 썩은 물 말야."

이치도가 밥맛이 떨어지라고 하는 말인 줄도 모르고 왕확은 손바닥 반만한 수제비를 꿀꺽 삼키고 눈을 지그시 감은 채 대답했다.

"그게 인생의 진미가 아니겠슴. 생각해보이 아득히 흘러가버린 옛날이구나야. 바로 그게 옛날의 맛이디."

이치도는 구역질이 나는 것을 간신히 참았다. 방학 전에 같이 왕두련과 다니던 그 길 위의 이야기, 추억 따위가 목으로 도로 넘어오려고 했던 것이다. 어떻든 그것은 이치도가 경험한 가장 감미로운 순간, 그의 옛날 가운데 가장 소중한 시간이었다.

왕확의 집에서 천년 묵은 태자관이 사라진 건 그 무렵이었다.

소금의 맛

기차역이다. 살찐 비둘기와 노숙자의 잠을 쫓아다니는 칼날 같은 햇빛, 휴가병, 그리고 이별의 고장.

이치도는 주머니에 손을 찌르고 고개를 숙인 채 가재눈으로 주변을 살핀다. 기차역 어딘가에 그를 잡으러 온 사람들이 진을 치고 있을지도 모른다. 버스 터미널과 기차역, 공항, 톨게이트, 항구 같은 출입구만 지키고 있으면 모든 도망자들이 제 발로 그 앞으로 가서 "아이고, 정말 도저히 빠져나갈 구멍이 없군요. 죄를 짓고는 개미 새끼 한 마리도 못 빠져나가겠습니다. 감동해서 자수합니다" 하면서 순순히 오랏줄에 두 손을 내밀 것이라고 믿는 사람들이 더러 있는데, 그 사람이 이치도에게 뭔가를 도둑질당한 도둑이고 제법 높은 자리에 앉아 있으면 기차역에도 사람을 풀었을 수 있다.

이치도는 오랏줄을 들고 있는 사람들이 없나 살펴본다. 없다. 경찰 비슷한 사람들이 경찰 비슷한 옷을 입고 경찰이 찰 법한 몽둥이를 차고 경찰처럼 순찰을 하고 있지만 오랏줄을 든 사람은 눈을 씻고 보아도 없다. 이치도는 그늘을 따라 걸어가서 역 구내로 접어든다.

신문 가판대가 있다. 이치도는 자신의 얼굴이 신문마다 대문짝만하게 실리지는 않았을까 궁금해하면서 손으로 얼굴을 살짝 가리고 그 앞을 지나친다. 수배자 전단이 벽에 붙어 있다. 대부분이 범죄형의 얼굴이다. 하긴 성인(聖人)의 초상도 그 안에 끼워넣으면 범죄자로 보일 것이다. 강도, 살인, 폭력, 사기, 절도, 특수절도, 강간, 횡령…… 갖가지 범죄가 열거되어 있다. 어떤 가엾은 얼굴에는 '검거'라는 붉은 도장이 찍혀 있다.

자신이 공식적으로 수배되었다 해도 불과 사흘도 지나지 않았을 것이다. 명단에 넣고 사진을 구해서 인쇄를 하고 전국 각지에 뿌린 뒤 벽에 붙이는 데 적어도 사흘의 스무 배는 걸릴 터이니 수배자 얼굴이 실린 포스터는 자신과 아무 상관이 없는데, 없다는 것을 알면서도 눈꼽을 떼는 체하며 얼굴을 가리고 잽싸게 그 앞을 지나친다.

이치도는 화장실에 들어선다. 서너 명이 오줌을 누고 있다. 이치도는 변소 문을 열고 들어가서 옷도 내리지 않고 변기 위에 앉는다. 멍하니 앉아 있다. 오른쪽 칸에서 우렁찬 방귀 소리가 난다.

왼쪽 칸에서 냄새가 유난히 심하게 난다. 질 나쁜 음식이 질 나쁜 소화기관에서 머물다가 질 나쁜 냄새만 묻혀나온 것 같다. 그것도 요란한 반주음과 함께 나오는 바람에 생경하기까지 하다.

이치도는 후각기관이 남달리 예민하다. 미식가는 아니지만 미취가는 시켜주면 할 생각이다. 그런 게 있다면 말인데. 따라서 얼떨결에 들이

켠 생똥 냄새를 가시게 하려고 숨을 급히 내쉬고 반대편으로 고개를 돌려 비교적 냄새가 덜 나는 공기를 들이켠다.

이치도는 숨을 참는다. 한 번의 호흡으로 수회, 심지어 수십 회의 호흡을 대신할 수 있는 기술. 그것은 무덤을 제 집처럼 드나들었던 왕확의 특기이기도 하다. 더이상 무덤 출입을 안 하게 되었으면서도 왕확은 매일 아침저녁으로 책상다리를 하고 앉아 숨을 들이쉬었다 내뱉었다. 그것만 가지고도 만병이 없어지니 약국이나 병원에 갈 일이 없다…… 세상이 조용해지니 심신이 평안하다…… 적은 숨을 가지고 오래 쓰니까 공기도 아낀다…… 운동이 되니 살도 찌지 않는다…… 기분이 좋아지고 만사가 형통해진다…… 자신을 알게 되고 사랑하게 된다…… 마침내 우주와 한몸이 된다…… 이것이 도통이고 열반이고 신선의 경지다. 왕확은 무슨 호흡 비전, 무슨 신선도 비법을 전도하는 사람처럼 그렇게 말하지는 않았다. 몸으로 보여주었을 뿐이다. 아이들은 말로 가르쳐서 배우는 것이 아니라 아이들 스스로 어른의 행동을 배워간다. 이치도는 시키지도 않았는데 언제부터인가 왕확의 곁에 앉아 왕확의 흉내를 내기 시작했다. 왕확은 별말을 하지 않았다. 그렇게 몇 년 지났다. 서당개가 풍월을 읊을 정도의 시간.

호흡 단련의 최고 수준으로 인정되어온 것이 뱃속의 태아처럼 배꼽으로 호흡한다는 태식법(胎息法)이다. 실제로 배꼽으로 호흡하는 것은 아니고 일 분에 한두 번, 그것도 숨결이 있는지 없는지 모를 만큼 가는 호흡을 하는데, 심지어는 피부로 호흡한다고 해서 피부호흡이라고도 한다.

무덤 속에 수백 수천 년 동안 정체되어 있는 공기를 호흡해야 하는 직업을 가졌다면 호흡법을 익힐 필요가 있다. 무덤으로 판 통로가 무너져버렸을 때, 숨이 긴 사람이 몇 분이라도 더 오래 산다. 정말 피부로 호흡할 수 있다면, 오가는 지렁이를 잡아먹으면서 천수를 누릴 수도 있겠다. 그렇지만 태식법은 일반인이 쉽게 도달할 수 있는 경지도 아니고 억지로 그렇게 하려다간 위험한 부작용이 생긴다고 한다. 왕확이 직업 때문에, 또 평생의 취미이며 특기로 수십 년 동안 수련한 호흡법을 이치도는 불과 서너 해 만에 완벽하게 익혔다.

지겨운 수업시간에, 잔소리를 들을 때, 그냥 심심할 때 호흡을 연습했다. 숨쉬는 데만 열중하여 보되 보이지 않고(視而不見), 듣되 들리지 않고(聽而不聞), 냄새를 맡되 느껴지지 않는(臭而不覺) 상태에 이르렀다. 그런데도 수업태도가 좋다, 내 말을 듣고 깊이 뉘우치는 거구나, 아니면 무슨 깊은 생각을 하는 것으로 여기는 사람들이 재미있어서 이치도는 하루도 빠짐없이 호흡을 연습했다. 어느 결에 자연스럽게 스승을 능가하는 수준에 이르렀다.

타고난 재능에 수련을 재미있어하니 그의 숨은 나날이 고르고(均), 조용하고(靜), 가늘고(細), 길어졌다(長). '마음속에 아무것도 없으니 비었고(虛), 머릿속에 일어나는 생각이 없으니 고요하다(靜)' 는 경지를 거쳐 세상만사를 잊고 마음을 완전히 비우는(恬淡虛無) 극오의 경지에 도달하여 저절로 태식이 이루어지는, 이른바 도통을 할 수 있었을지도 모른다.

그러나 이치도는 그렇게 하지 않았다. 제가 재미있을 때까지만 하고 더이상은 흥미를 가지지 않았다. 그 감탄할 만한 태식법을 도둑질할 때 천장에서 숨죽이고 기다리는 데 써먹었다. 애인의 남편이 수첩을 찾아서 가버릴 때까지 옷장에 숨어 있을 때 써먹었다. 그게 이치도에게는 자연스러웠다. 남들이 가지기 힘든 재능, 도달하기 힘든 경지, 얻을 수 없는 것을 가졌어도 오로지 도둑의 관점으로 도둑질만 생각하는 것, 그게 그의 운명이라면 운명이고 인생이라면 인생이었다.

이치도는 참았던 숨을 천천히 내뿜는다. 나쁜 냄새를 덜 맡는 것이 나은가. 아니면 오랫동안 나쁜 냄새가 섞인 숨을 내쉬지 않는 게 나은가. 이치도는 머리가 어지럽다. 한동안 거짓말과 도둑질을 못 했더니 간단한 문제에 맞닥뜨려도 골치가 아파진다. 휴지가 없는지 신문지를 오래도록 구기는 소리, 물 내리는 소리가 난다. 이치도는 변기에서 일어선다. 물을 내리고 물과 함께 나선을 그리며 내려가는 것들을 물끄러미 내려다본다.

기차를 타야 한다. 그러려면 표를 사는 게 상식이다. 그러나 이치도는 표를 사서 개찰을 하고 자리를 잡고 삶은 계란을 까먹어가며 기차를 타본 적이 없다. 기차를 많이 타던 시절에는 기차역 주변의 개구멍을 통해 공짜로 기차를 탔다. 최소한 남이 표를 사주어야 기차를 탔다. 그러나 이제는 표를 사줄 사람이 없다. 개구멍은 있을까. 현대식으로 바뀐 기차역은 기차가 달리기 시작하면서부터 유구하게 내려오던 개구멍들을 다 막아버렸다. 개가 기차를 더 많이 타는 것도 아니고 그렇다고 표를 사서 기차를 탈 것도 아닌데. 규칙과 규격의 대명사 같은 기차역의 숨구멍인 개구멍을 몽땅 없애버린 것이다. 물론 공식적인 개구멍은 없지만 보이지 않는 개구멍은 더 크게, 초현대식으로 냈을 수 있다.

예컨대 이치도가 박태정 회장의 개를 데리고 용하다는 의사를 찾아갔을 때 그랬다. 박회장은 그 개가 불임증세를 보이자 시집보낼 딸이라도 되는 양 걱정했다. 부산에 용한 수의사가 있는데 숨이 붙어만 있다면 새끼를 낳게 해줄 수 있다는 말을 들었다. 그때가 마침 명절 무렵이라 모든 길이 꽉 막혀 있었다. 박회장의 한숨 소리를 듣고 누군가 헬기를 주선해주었는데 개가 고소공포증이 있다는 게 문제였다. 또다른 누가 리무진과 선도차를 붙이겠다, 제발 그렇게 하게 해달라고 호소했지만 박회장은 복순이, 그러니까 개가 번쩍번쩍 주변이 요란하면 잠을 못 잔다고 거절했다. 그전부터 어떻게 줄을 댈까 고민하고 있던 누군가 목숨을 걸고 새마을호의 특실 좌석을 구해왔다.

개 한 마리와 사람 하나에 좌석은 넷이었다. 좌석 네 개를 붙이고 개가 먼저 자빠져 자고 이치도도 누워서 코를 골면서 부산까지 갔다. 밖에서는 입석표도 못 사서 발을 구르는 사람들이 수십만 명은 되었다. 개를 데리고 탔다고 뭐라고 하는 사람도 없었고 표를 보자는 사람도 없었다. 일설에 의하면 그런 좌석은 좌석에 목숨을 거는 사람들을 위해 늘 준비해둔다고도 했다.

이치도는 지갑 속의 돈을 헤아려본다. 난생처음으로 내 돈으로 표를 사서 기차를 탈 것인가. 서성거리며 고민하던 그는 어느새 자신이 대합실 안에 들어와 있는 것을 깨닫는다. 대합실에서 사람들이 가장 많이 모인 곳은 텔레비전 앞이다. 화면에 등장한 것이 흥미로우면 흥미로울수록 사람들은 생기가 없어진다. 이치도는 얼이 빠진 사람들을 돌아 제

정신 차린 사람들을 주의하면서 매표구로 다가간다.

"어디 가세요?"

이치도가 가만히 서 있자 안에서 재촉한다.

"여기서 제일 먼 기차역이 어디죠?"

문득 매표원 얼굴이 피곤해 보인다.

"어디로 가실지 정확하게 말씀하세요."

"서울역……"

어린 시절 서울은 언제나 아득한 곳이었다. 가장 먼 곳이 서울이었다. 매표원의 얼굴에 피곤의 더께가 쌓여 있다. 그 위에 '너 같은 놈은 하도 많이 봐서 우습지도 않다'는 글자가 전광판처럼 새겨진다.

"장난하지 말고 비키세요. 다음 분."

이치도는 가볍게 쫓겨난다. 역시 경험은 중요하다. 표를 진작에 한 번이라도 사봤으면 이런 일은 없을 것이다. 이치도는 이마에 손을 얹어 얼굴을 가리며 벽에 높다랗게 걸린 시각표를 바라본다. 수많은 역이 있다. 익숙한 지명도 몇 군데 있다. 그러나 이치도가 늘 놀던 기차역은 들어 있지 않다. 지선에 들어 있는 역 따위는 표시되지 않은 것이다.

이치도는 기차 선로를 표시한 지도 같은 손바닥을 들여다본다. 하늘 한 번 쳐다보고, 손바닥 한 번 바라보고. 굵은 선들, 운명선과 지능선과 감정선은 이름 지어지지 않은 수많은 선과 교차하며 사연을 만들어낸다.

은척역을 지나 서울로 가는 중간역으로 가는 기차는 화물차를 빼고는 하루 네 번 있었다. 두 번은 급행이었고 두 번은 완행이었다. 완행은 객차뿐만 아니라 화물칸을 달고 다니기도 했다. 때에 따라 화물칸이 많거나 객차가 많거나 했는데 대부분은 화물칸이 많았다. 이치도는 물론 화물칸과 객차가 함께 달린 기차를 이용했다. 어차피 개구멍을 통해서 무임승차를 할 거면서 뭘 겸손하게 완행을 타느냐고 물을 사람이 있을지도 모르겠다. 그 사람은 그 시절에 무임승차를 못 해본 사람이다.

급행은 간선을 운행하는 특급보다는 느렸지만 완행보다는 훨씬 빨랐다. 그 급행을 타고 가다보면 표검사를 받을 수 있다. 그럴 리는 없지만 숨을 곳이 없을 때가 있다. 모든 화장실의 문이 잠겨 있는 경우도 있다. 그럴 리는 없지만 도망을 가야 할 때, 급행은 빨라서 뛰어내리기에 적당치 않다. 급행에서 뛰어내리다가 죽은 사람들이 인구 증가율을 낮추는 데 상당히 기여하던 시절이었다. 그러므로 완행을 이용한다.

화물칸과 이어져 있다는 것도 완행을 이용하게 하는 이유 가운데 하나다. 완행이건 급행이건 뛰어내리는 건 무조건 싫다는 사람은 화물칸으로 옮겨가면 된다. 공짜 승객을 잡으러 위험하기 그지없는 화물칸까지 쫓아오는 철도원이 있다면 박수를 쳐서 환영해줘야 한다. 실제로 그런 경우에는 박수와 환호를 보내며 환영했다. "축하합니다. 정말 대단한 사명감을 가지셨구려. 내 보기에 당신은 백 일 안에 틀림없이 화물칸에서 시체로 발견될 것 같소." 화물칸에 있는 사람들이 이구동성으로 그렇게 말하는데도 다시 화물칸까지 곡예를 해가면서 공짜 승객을 잡으러 온 사람은 없었다.

화물칸은 화물을 싣고 눈물을 싣고 객차에서 도망쳐온 공짜 승객을 싣고 때로 '대열차강도단'을 실었다. 어느 외국 영화의 제목에서 이름을 딴 이 강도단은 당연히 자칭 대열차강도로 구성되었다. 아쉽게도 이들에게는 말도 총도 없었고 화끈하게 열차를 털어오기를 손꼽아 기다리는 통나무집의 절구통 같은 마누라도 없었다. 하다못해 열차조차 대열차가 아닌, 완행열차였다. 영화는 현실과 다른 법이니까. 그러나 이들은 어떤 대열차강도보다도 강한 자부심을 가지고 있었다.

농촌 지역을 오가는 지선 열차의 대열차강도단은 농사꾼처럼 인내심이 강했다. 대상을 애정으로 지켜보며 충분히 익기를 기다려서 털었다. 정상인들은 그들의 존재를 몰랐고 안다 해도 별일이 없었다. 대열차강도들은 정상인을 터는 법은 없었다. 그 불문율이 깨지면 대열차강도단도 깨진다는 불문율이 있었다.

이치도는 개구멍을 통해 역으로 들어갔고 문이 열린 화물칸으로 냉큼 올라탔다. 손에는 중요한 화물, 어머니가 늘 밥상을 덮어두는 데 쓰는 보자기로 싼 상자를 들고 있었다. 그 화물이 어쩌면 자신보다 더 중요한 것일 수도 있었다. 그래서 경우에 맞게 화물칸에 탔는데, 말로만 듣던 대열차강도단을 마주치리라고는 생각하지 못했다.

이치도가 조우한 대열차강도단은 삼 년째 소리 소문 없이 은척에서 인근의 도시로 가는 지선의 완행을 무대로 활약하고 있었다. 그들은 쉽게 옮길 수 있는 가재도구까지 화물칸에 갖춰놓고 화물칸에서 일하고 화물칸에서 놀고 화물칸에서 사랑하고 번식하고, 아니 번식은 확실하지 않다, 먹고 자고, 하여간 살았다.

"너 몇살이야?"

"열일곱인데요."

두목이 물었을 때 이치도는 본능적으로 거짓말을 했다. 두 살을 슬쩍 올렸던 것이다. 화물칸 안에는 어디로 실려가는지, 무엇이 들었는지 모를 상자가 한구석에 차곡차곡 쌓여 있었다. 쥐처럼 몇 오라기의 수염을 기르고 앞니에 금테를 두른 두목은 상자 가운데 하나를 깔고 앉았다. 한 손에는 수영복 차림의 여배우의 천연색 사진이 실린 주간지를 들고 있었다.

"열차는, 국가에서 운영하는 아주아주, 중요한 교통수단이야. 표를 사가지고 타야지, 건방지게 열일곱 살밖에 안 처먹은 놈이 벌써부터 공차를 탈려고 그래? 그리고 말야, 표가 없으면 그냥 객차에서 얻어터지고 말지 어딜 감히 남의 집에 노크도 없이 들어오는 거야. 하여간 요새 애들은 겁대가리가 없어서 큰일났어. 초보자가 객차하고 화물칸 사이를 왔다갔다하다가 떨어지면, 그게 누구 책임이야. 결국 죄 없는 우리한테도 심각한 피해가 온다 이 말씀이야. 앞으로 그런 일이 생기면 넌 그냥 떨어져서 뒈지든지, 맞아서 죽어버려, 알았어? 너 손에 들고 있는 거, 그거 뭐야. 말하지 마, 가만히 있어, 인마 당장 죽기 싫으면. 내가 알아맞힐 거야. 그거 네 엄마가 기차 타고 가면서 먹으라고 싸준 개떡이지. 히히, 맞지, 맞지. 목 메일까봐 김치까지 넣어줬구만. 내 코는 못 속여. 김치 냄새가 싸악 나거든. 난 일터에 반찬 냄새가 나는 걸 못 참아. 엄마 생각 하면서 사나이가 무슨 일을 하느냐 말야. 엄마들이 제발 그런 짓 안 했으면 좋겠어. 오늘 집에 가거든 엄마한테 얘기해, 알았어?"

이치도는 미안해서 어쩔 줄을 몰라하는 듯한 표정으로 "네"라고 한

단어로 대답했다. 두 단어 이상의 대답을 죽도록 혐오하는 두목이 국가와 기차, 기차와 보건, 기차와 경제, 인생과 기차, 기차와 역사, 기차와 기찻길, 인구 증가와 기차의 관계에 관해 거품을 물고 떠드는 동안 드디어 기차가 중간시 중간역에 도착했다. 이치도가 공손히 절을 하자 두목은 사타구니를 주물럭거리던 손을 빼기도 귀찮은지 골반뼈 전체를 흔들어 답례했다.

이치도는 생전 처음 방문한 역의 널찍한 개구멍을 통해 밖으로 빠져나왔다. 역 광장은 낯선 비둘기와 낯선 구두닦이, 낯선 자전거 보관소, 낯선 사투리를 쓰는 낯선 사람들의 고장이었다. 서울 어디선가에서는 눈만 감으면 코를 베어간다고 했으니 중간시의 중간역에서는 딴 걸 베어갈지도 몰랐다. 이치도는 한 손에는 보따리를 들고 남은 손으로는 사타구니를 가렸다. 그러고는 즐비하게 늘어선 택시 가운데 하나로 다가가 운전사에게 물었다.

"아저씨, 여기 중간여중이 어디 있어요."

"중간여중은 없어. 어중간여중고는 있지만. 중간중학은 남자중학교야."

"그게 저 일 년에 백 명씩 서울에 있는 학교로 진학한다는 그 여중학교 맞죠?"

"타면 가르쳐주지. 타. 여기서 기본요금밖에 안 나오니까."

"어느 쪽인데요."

"저 뒤쪽으로 해서 오른쪽으로 돌아서 가면 시청이 나오거든. 타, 빨리."

"그 다음에는요?"

"타서 이야기하자니까. 시청 앞에서 이백칠십 도 회전해서 좁은 길 따라 오백 미터 올라가서 왼쪽 언덕으로 가면 돼."

"고맙습니다."

"지금도 타면 되는데."

이치도는 운전사가 가르쳐준 길을 따라 뙤약볕을 받으며 걸어갔다. 익은 조의 고개가 숙여지듯, 해는 하루 동안 주어진 백팔십 도의 각도 가운데 백오십 도 가량을 쓰고 겸손하게 빛을 거두고 있었다. 은척으로 돌아가는 안전한 완행은 이미 끊어졌고 급행만 남았다.

이치도는 어중간여중학교 교문 옆에 있는 시계를 계속 올려다보며 왕두련이 나오기만 기다렸다. 과연 은척과는 비교할 수 없는 수준의 여학생들이 떼로 몰려나왔다. 은척 같은 시골에서 서울로 가는 중간 기착지가 중간시였다. 흔히 말하는 '지방 중소도시(中小都市)'의 중(中)에 해당하는 중간시의 여학생들은 서울 말씨에 근접한 말투에, 곧 서울을 따라잡을 듯한 옷차림에, 서울을 박살낼 듯한 웃음소리를 냈다. 그들은 교문 옆에 멍청하게 서 있는 이치도를 힐끔거리다가 자기들끼리 까르르 웃음을 터뜨리곤 했다. 이치도는 그럴 때마다 얼굴이 벌게졌다.

해가 졌다. 도서관에 있던 학생들이 빠져나오기 시작했다. 그 속에도 왕두련은 없었다. 이치도는 점점 초조해졌다. 뛰어내리기에는 다소 위험한 급행기차마저 탈 시간을 넘겼다.

"저기 저 말씀 좀 묻겠습니다. 혹시 왕두련이라고 아세요? 2학년인데요."

갈래머리에 수다스러워 보이는 여학생이 가방을 앞으로 돌려서 들며, "몇 반이에요?" 하고 되물었다.

"모르는데요."

"이과예요, 문과예요?"

"그게 뭔데요?"

"그럼 나도 몰라요."

제법 새침하게 돌아서는데, 곁에 서 있던 여학생이, "얘. 혹시 여중 이야기하는 거 아니니?" 하고는 "맞아요?" 하는 것이었다.

"예, 여중이요."

"무슨 관계예요?"

"고향에서 같이 자란 친군데요."

두 여학생이 같잖은 듯 이치도를 아래위로 훑어보았다.

"중2면 애잖아."

"그러게 말야."

"우리가 지금 애하고 이야기하고 있었던 거야?"

"그러게."

"얘, 가자."

"그래."

이치도는 무안해서 가만히 서서 다시 생각하니 자신이 잘못한 건 하나도 없었다. 다른 중학생보다 키가 커서 숙성해 보이는 게 잘못인가. 고향에서 함께 자란 아이를 찾아온 게 잘못인가. 나이가 어린 게 잘못인가.

"무식하게 한학교에 다니는 애도 모르다니. 그러고도 고등학생이냐. 얘들아, 대머리 깎아라. 군대 가면 건빵 준단다."

마지막에 가락까지 붙여 욕을 하고 나니까 마음이 좀 가라앉았다. 그러고는 중학생처럼 보이는 여학생을 기다렸다 물어보려고 했는데, 중학생이고 뭐고 더이상 여학생들은 나오지 않는 것이었다. 결국 이치도는 수위실로 찾아갔다. 중간시 최고의 명문 여중고의 수위는 은척 최고의 명문 은척중 수위하고는 조금 다를 것 같기도 했다. 다르긴 했다. 더 늙었고 더 지쳐 보였다. 수위는 주름진 눈을 반은 감고 덥지도 않은데 부채질을 하고 있었다. 이치도는 일단 공손히 인사를 했다.

"안녕하십니까. 오늘도 야심한 시각까지 얼마나 고생이 많으십니까. 말씀 좀 묻겠습니다. 여기가 어중간여중고 맞지요? 여기 다니는 학생 중에 왕두련이라고 있습니까. 이학년인데 몇반인지, 어디 사는지, 지금 어디에 있는지 궁금하군요. 꼭 만나서 전해줄 게 있습니다. 저는 여기서 만날 때까지 기다리려고 합니다. 혹시 연락을 할 수 있으시면 제 뜻을 전해주십시오. 감사합니다."

그렇게 말하려고 했다. 그런데 숙였던 고개를 들기도 전에 수위는 대뜸 "뭐 하는 놈이 오후부터 밤까지 교문 앞에서 어정거리고 있는 겨. 너는 집도 절도 없어? 옛날 같으면 매가지를 끌고 파출서로 가는 건데. 내가 아까부터 쭈욱 지켜보고 있었다, 이 말씀이야. 내 눈은 절대 못 속여" 하고 호령과 수다의 중간쯤 되는 말투로 을러댔다. 이치도는 할 수 없이 "사람 좀 찾아왔는데요" 하고 뻣뻣하게 말할 수밖에 없었다.

"사람 찾으려면 파출서에 가봐. 나는 학교를 지키는 수위야, 수위."

"아이 씨, 왜 말도 못 꺼내게 소리를 질러요. 그러고요, 파출서라는 건 없어요. 파출소는 파출소, 경찰서는 경찰서 이렇게 부르는 거라고요."

"앗, 요놈 보소. 사람을 찾는담서 큰소리를 치네."

"아 참 나, 이럴 시간 없는데. 빨리 사람 좀 찾아주세요."

"찾아서 뭘 할 겨. 빼쭉하고 뺀질뺀질하게 생긴 놈이."

"아, 정말, 왜 욕을 하고 그래요. 걔 아버지 부탁으로 뭘 전해주러 왔다니까요."

"뭐여. 일루 내봐여. 얼릉. 수상한 건지도 모르니께. 혹시 연애편지 같은 거 아녀? 여긴 천주교에서 운영하는 핵교여. 연애편지는 적발되면 곧바로 퇴학이여."

그 대목에서 수위는 눈을 가늘게 뜨고 능글능글한 웃음을 흘렸다. 이치도는 기뻐서 소름이 끼쳤다. 이렇게 간단히 퇴학시킬 수 있는 방법이 있을 줄이야. 그러나 연애편지는 준비하지 않았다.

"이건 걔 아버지가 전해주라는 가보예요."

"갑오고 구삥이고 간에 내가 먼저 봐야지."

"남의 가보는 왜 봐요. 섰다도 아닌데."

"그렇게 빳빳하게 나올 거면 일찌감치 수돗물 먹고 가보아."

"아니 사람 좀 찾아달라니까요."

"쓰잘데기없는 소리 계속 지껄일 겨? 뜨거운 맛을 봐야 꺼질 겨?"

수위는 전화기를 왼손에 들었다 오른손에 들었다 수선을 피웠다. 이치도는 수위가 사람을 을러대는 것 말고는 아무 권한도 능력도 없다는 것을 새삼스럽게 확인하고 발을 쾅쾅 구른 다음 돌아섰다. 그런데 언제부터인가 갸름하고 흰 얼굴을 한 일류 여학생이 자신을 바라보고 있는 게 아닌가.

"어라, 언제 왔지. 그렇게 기다려도 안 오더니."

이치도는 입 속으로 그 말을 굴리면서 반갑게 꼬리를 흔들며, 아 그러고 보니 이치도는 개가 아니었다, 단숨에 일류 여학생 앞에 이르러 급정거, 그러고 보면 자전거가 아니었다, 멈춰 섰다.

"넌 어디서도 말썽이구나."

고향의 학생들과 수준이 맞지 않는 것을 절감하고 중간시로 유학 온 여학생은 서글픈 어조로 말했다. 이치도는 바로 그런 말투에 제일 약했다. 차라리 선생들처럼 때려주든가, 어머니처럼 욕을 하든가, 수위처럼 말도 안 되는 소리를 해주면 좋으련만. 염려하는 건지, 비난하는 건지, 둘 다인지 죽어도 알 수 없는 처연한 그 어조에 이치도는 저도 모르게 주눅이 들었다.

"말썽은 뭐, 그냥 기다리기가 심심해서 그랬지…… 저 아저씨도 심심해하는 것 같았거든."

교육도시 중간시의 최고 명문 어중간여중의 일류 여학생은 걸음걸이부터 달랐다. 때맞추어 불어오는 바람에 머리를 가볍게 흩날리면서, 자그맣고 검은 구둣발을 규칙적으로 내딛었다. 그럴 때마다 시멘트 바닥에 또각또각 하는 소리가 군더더기 하나 없이 명확하게 났다.

"저, 저, 저어…… 너는 매일 이렇게 어두울 때 다니냐? 무섭지 않아?"

뒤에서 경중경중 따라 걸으며 이치도는 말을 건넸다. 정작 이치도가 하고 싶은 말은 그게 아니라 "쬐끄만 계집애가 눈만 감으면 코 베어간다는 도시에서 이렇게 밤늦게 다니다니 간덩어리가 단단히 부었구나"였다.

"무섭긴 뭐가 무서워."

"왜 도깨비나 개호주나 뭐 그런 것도 나올 수 있고……"

웃음은 웃음이되 비웃음, 코웃음, 헛웃음, 냉소를 합친 뒤 코로 픽, 하고 가볍게 공기를 내보내는 소리가 났다.

"여기가 은척인 줄 알아? 도깨비가 어디 있어. 그 따위 이야기를 하러 온 거야? 여긴 왜 왔어?"

이치도는 다시 슬퍼졌다.

"여기가 어딘데?"

"몰라서 물어?"

"몰라."

"읽어봐, 뭐라고 써 있나."

일류 여학생은 자그맣고 흰 성당 앞에서 멈췄다. 성당 대문에는 '중간 황금동 천주교회'라는 현판이 걸려 있었다. 가엾게도 이치도는 그 글자를 반도 읽지 못했다. 한자로 씌어 있었기 때문이다. 그게 한자교육이 있었다 없어졌다 하는 바람에 생긴 일이 아니겠는가.

"음음음…… 중……금……천…… 음음……회. 좋은 뜻이구나."

일류 여학생은 한심하다는 눈으로 이치도를 올려다보았다. 이치도는 무안한 얼굴로 한없이 매정하고 끝없이 아름다운 일류 여학생을 내려다보았다. 여학생은 가볍게 머리칼을 쓸어올리고 가방을 옮겨쥐었다.

"할말 있으면 빨리 해. 난 들어가야 돼."

"너 여기 살아?"

"그러면 어떤데?"

"네 아버지가 그러는데, 네가 고모인가 이모 집에서 자취를 한다고 하던데…… 성당에는 신부하고 수녀 말고는 안 살잖아. 그러니까……"

"네가 신경 쓸 거 없어. 여기 왜 왔는지나 말해. 빨리."

여학생은 차갑게 말을 잘랐다.

"나? 나 오늘 오입깠어."

은척의 열다섯 살 미만의 사내아이들은 부모의 동의 없이 혼자, 혹은 여럿이 은척에서 다른 도시로 가는 것을 "오입깐다"고 말하곤 했다. 일류 여학생은 상스러운 어감에 얼굴부터 찌푸렸다.

"그게 무슨 말이야?"

이치도는 하늘을 향해 길게 한숨을 내쉬었다.

"내가 학교를 팽개치고 기차에서 떨어져 죽을지도 모르는 위험을 감수하고 여기까지 온 건 네 진심이 뭔지 알고 싶어서였다. 늙고 외로운 네 애비와 쓰러져가는 집과 헐벗은 고향과, 불쌍한 나를 두고 떠났던 네 마음을 알고 싶어서. 네 수준에 맞지 않다고 해서 하루아침에 더러운 허물을 벗듯이 벗어버리고 떠날 수 있는 것이냐. 너와 내가 만나던 몇 달 동안의 그립고 아름답던 추억은 정말 아무것도 아니었더란 말이냐. 네가 그렇게 가고 난 다음에 내가 어떻게 생각하든, 어떻게 되든 아무 상관도 없느냐. 내가 가슴이 새카맣게 타들어가도록 기다리는 줄 알면서도 여섯 달 동안 단 한 번도 편지 한 장 하지 않은 이유는 무엇이었더냐. 아으, 너는 정녕 내 마음을 모르는 것이냐."

그렇게 말하면서 속시원하게 붙잡고 울고불고하고 싶었지만, 그렇게는 하지 못하고 그저, "집에서 나왔다구" 하고 간단하게 말했다.

"가출했어?"

"응."

"왜?"

"그냥."

그렇게 말하고 나니 저 자신의 표현력이 한심해서 다시 한숨이 나왔다. 이치도는 땅을 보며 다시 땅이 꺼져라 하고 한숨을 쉬었다.

"그래서 날 찾아왔다구?"

"네가 성당에 얹혀사는 줄 몰랐지. 참 성당은 넓으니까 어디 성당 한 구석에서라도 자게 해주면…… 기차는 끊어졌지. 돌아가도 반겨줄 사람도 없지. 이 옷을 봐라. 숨어서 기차 타고 오다가 거지 같은 깡패 자식들 만나서 맞아 죽을 뻔했다."

이치도는 불쌍해 보이려고 다시 한번 나발을 불듯 한숨을 내쉬었다. 그런데 아무 대답도 들리지 않았다. 성당 처마의 어둠 속에서 무엇인가 푸득, 하고 날았다. 이치도는 고개를 돌렸다. 은척에는 밤에 활동하는 새들이 있다. 올빼미, 부엉이 같은 것들이 그렇다. 하지만 세상에서 가장 어여쁜 일류 여학생이 안전하게 밤길을 오갈 수 있을 만큼 개명한 중간시에 그런 새가 있을 리는 없었다. 올빼미와 부엉이를 제외하고 밤에 활동하는 새가 있다면 그건 박쥐였다. 이치도는 새롭게 발견한 사실을 이야기하려고 두련에게 고개를 돌렸다. 그런데 두련은 그런 말을 듣고 싶은 표정이 아니었다. 옛날처럼 어떤 이야기를 해도 즐거워하던 그런 모습이 아니었다.

두련은 암팡진 주먹을 가슴께로 들어올렸다 내렸다. 입술이 파르르 떨렸다.

"넌 나를 어떻게 보는 거니? 내가 네 엄마야? 너는 거지야, 깡패야, 뭐야? 왜 여기까지 나를 따라와서 괴롭히는 거니? 누가 찾아오랬어? 성당 한구석에라도 재워달라구? 네가 무슨 장발장이라도 되는 거야? 지금 내가 어떤 처지인 줄도 모르면서 그런 이야기를 할 수 있어? 난 정말 너한테 절망했어. 다시는 꼴도 보고 싶지 않아. 가, 가란 말이야. 꺼져버려."

연속적으로 갈고리 같은 물음표를 달고, 말에는 물음표를 달지 않고 억양을 들어올리는 거지만, 이치도의 턱밑에서 치받을 듯 쏘아붙이다가, 마지막 문장, 아니 마지막 두 마디 말로 결정타를 먹인 뒤 두련은 휙 돌아서서 성당 안으로 들어가버렸다. 철렁, 하고 철문이 닫혔다. 그 소리는 이치도에게 두 사람 사이를 영원히 떨어지게 만드는 판사의 선고처럼 들렸다.

두련이 중간시로 전학을 간 뒤, 이치도는 제멋대로 학교를 빼먹기 시작했다. 남들처럼 가방을 자전거 뒤에 매달고 학교로 가다 구렁이 담 넘듯, 학생이 교문으로 들어가듯 자연스럽게 스르르르 냇가로 내려갔다.

냇가에는 이치도 말고도 학교에 가지 않는 중학생들이 있었다. 그들은 대체로 떼를 지어 다니면서 천변에 심어놓은 과수원에서 설익은 과

일 서리를 하거나, 표범도 아니면서 염소 같은 초식동물을 쫓아다니고 닭, 거위, 오리, 비둘기같이 사람이 기르든 안 기르든 날개가 달린 것이면 무조건 달려들어 잡아먹었다. 뱀, 두꺼비, 개구리, 지네도 먹었고 들일 하는 사람들의 새참도 훔쳐먹었다. 사람들은 그들을 무슨 록그룹 이름처럼, 하긴 은척 사람들의 대부분은 그때 은척 밖 다른 세상에 록이라는 게, 그룹이라는 게 있는지 없는지도 몰랐겠지만, '인간 살쾡이들'이라고 불렀다. 얼마나 날래고 눈치가 빠른지 진짜 살쾡이보다 잡기 힘들었다.

학교에 가지 않으니 배우는 게 없고 배우지 않으니 시험을 제대로 볼 수 없었다. 성적은 수직으로 떨어져서 학년말 시험 성적은 제 이름도 못 쓰는 백치를 제외하면 사실상 꼴찌였다. 그래도 펜을 잡았다 하면 단 한 번에 일장서를 휘갈겨서 주변의 감탄을 샀다. 그렇게 무수한 편지를 썼지만 단 한 번도 부치지 않고 냇가에 띄워보냈다. 이치도가 그 편지를 물에 띄워보내지 않고 놔두었더라면 후일에 성억제 같은 삼류 소설가가 설치는 꼴을 보지 않아도 될 것이었다. 때묻지 않은 순수한 영혼의 출혈, 열정과 고뇌의 순결한 결정체인 그 편지 가운데 단 하나만 있었더라도 억제는 꼬리를 돌돌 말았으리라.

이치도는 가을에서 겨울까지 매주 토요일 역에 나가서 모퉁이를 돌며 기적을 울리는 기차를 기다렸다. 거기서 내리는 행복해 보이는 도시풍의 아이들을 하나하나 세며 누군가 오기를 기다렸다. 그 누군가는 오지 않았다. 방학이 되어도 그 누군가는 오지 않았다. 연휴에도 오지 않고 명절에도 오지 않았다. 역에 마지막 열차가 떠나면 어둠이 깔리기 시작했다. 이치도는 자전거를 타고 바람처럼 달려갔다.

왕확은 혼자 있을 때는 밤에 불을 켜지 않았다. 도굴을 오래 하다보니 어둠에 익숙해져서 불을 켜지 않아도 그다지 불편을 모른다는 것이었다. 행여 그 집에 촛불이 켜지지 않을까 가슴을 졸이며 방죽을 달려갔다가, 건너편에 우두커니 서서 기다리다가 돌아오는 소년은 바람이 빠진 공처럼 보였다.

역사에 붙어 있는 화물창고에 개구멍이 있고, 그 개구멍만 이용하는 사람들이 있다는 것을 알게 된 이치도는 그 뒤부터 플랫폼까지 나가서 그 누군가를 기다렸다. 철로를 따라 걸어가면서 기다리기도 했다. 그러면서 대부분의 개구멍을 알게 되었다. 그러나 그 누군가는 코빼기 한 번 비치지 않았다.

애초에 소년의 가슴속에 피어오른 것은 인간과 인간의 교감이 자연스럽게 피워내는 꽃봉오리처럼 단순한 것이었다. 그런데 그것이 느닷없이 목째 잘려나가 상처를 만들었다. 상처가 난 자리에서는 집착의 진물이 흘렀다. 상처는 상처의 대가를 받아내기를 원했다. 그래서 소년은 어른이 되었고, 대가를 찾으러 기차를 탔다.

이제 닫힌 대문 앞에 서 있는 사람은 소년이 아니다. 사타구니와 겨드랑이에 털이 돋기 시작한 청년이다. 그렇지 않아도 알 수 없는 충동에 온몸이 근질근질한 살쾡이 같은 청년이다. 제 할말만 하고 들어가버린 여학생, 그것도 일류의 여학생 때문에 냄비에 물이 끓듯 청년의 피도 끓기 시작한다.

청년은 대문을 때려부술까, 타넘어갈까 잠시 생각한다. 시원하게 불을 질러버릴까, 전투기로 폭격을 할까도 생각한다. 온갖 방법을 다 생각해낸다. 그러나 그럴 필요가 없어진다. 성당은 대문만 번듯했다. 담은 타넘으려고 마음만 먹으면 언제든지 타넘을 수 있을 정도로 낮았다. 소년에게는 높을지도 모르지만 청년에게는 문젯거리가 아니다. 또한 조숙한 소년에게도.

이치도는 가볍게 담을 넘었다. 낮은 담 위에는 하다못해 유릿조각 하나도 꽂혀 있지 않았다. 그래봤자 피끓는 청년에게는 상관없지만. 이치도는 사제관이라고 짐작이 되는 불 켜진 양옥 건물을 한 바퀴 돌았다. 서양식으로 지어진 벽돌집이었다. 동화 속의 식탁을 연상케 하는 아늑한 불빛이 흘러나왔다. 고소하고 달콤한 음식 냄새가 났다. 이치도로서는 생전 처음 맡아보는 냄새였다. 스튜, 수프, 빵, 케이크를 합쳐놓은 듯한 냄새였다.

이치도는 엷은 커튼이 내려진 창에 귀를 바짝 붙였다. 알 수 없는 말들이 흘러나왔다. 이치도의 귀는 세 사람을 분별해냈다. 한 사람은 굵은 목소리의 남자로 외국어를 거의 모르는 이치도가 듣기에도 유창한 외국어, 영어였지만 이치도에게는 그냥 외국어로 느껴졌다, 를 구사했다. 또하나는 나이 든 여자의 목소리인데 외국어는 떠듬떠듬, 한국말은 유창하게 섞어서 쓰고 있었다. 또 한 사람은 조금 어린 여자의 목소리로, 두 종류의 말에 모두 익숙한 듯 남자와 여자 사이에서 통역을 해가며 대화를 하고 있었다. 대화의 내용은 전혀 알아들을 수 없었다. 그러나 이따금 우하하하, 호호, 하하 하는 행복한 웃음소리는 너무나도 분명히 알아들을 수 있었다.

맞은편에 있는 사택의 문이 열렸다. 된장찌개 냄새가 풍겨나오고, 여자가 나왔다. 여자는 코를 팽, 하고 푼 뒤에 낮은 목소리로 무어라 욕을 하고는 사제관으로 다가가 문을 두드렸다. 문이 열리고 어린 여자의 목소리가 들렸다. 그건 완전한 한국말이었다. 은척 사투리가 하나도 섞여 있지 않지만 그건 두련의 목소리였다. 잠시 가라앉는 듯하던 이치도의 피는 다시 끓기 시작했다.

"네, 곧 할게요. 안녕히 주무세요."

사택에서 나온 여자가 돌아섰다. 문이 닫혔다. 여자는 이치도의 귀에까지 들리게 중얼거렸다.

"어린 게 여우를 꼭 빼닮아가지고. 신부님한테 찰싹 붙어서 주둥아리만 놀리면 단 줄 알아. 내 이년을 그냥 놔두나 봐."

불빛이 여자의 얼굴을 슬쩍 스쳤을 때 이치도는 그 여자의 커다란 눈, 뭉툭한 코, 맹꽁이같이 불룩한 뺨 등등의 생김새가 왕확과 흡사한 것을 알았다. 이윽고 식탁을 치우는 듯, 그릇 부딪치는 소리가 났다. 문간에서 인사를 하는 소리가 들렸다. 그러고는 놀랍게도 남자와 여자가 가볍게 뺨을 맞대었다 떨어지는 광경이 연출됐다. 남자는 신부였고 여자는 여중생이었다. 이치도는 허기가 삽시간에 사라지는 것을 느끼며 배를 얻어맞은 사람처럼 몸을 웅크렸다. 그의 얼굴에 경련이 일었다. 이마에 흉한 주름이 잡히고 윗입술이 말려올라갔다. 피는 기화할 듯 드높은 소리를 내며 끓었다. 두 그림자가 성당 입구에 다다랐다.

"헬레나, 네가 고생이다. 빨리 사람을 구해야 할 텐데."

그렇게 말한 사람은 늙수그레한 수녀다. 그렇게 말하고서 가볍게 어린 여자의 뺨을 어루만졌는데, 아무것도 아닌 그 사소한 동작에도 한번 달아오른 이치도의 피는 쉭쉭거렸다. 이래저래 피 끓는 저녁이었다.

수녀가 돌아가고 두련은 성당 안으로 들어갔다. 이치도는 고양이처럼 몸을 낮추고 쥐처럼 재빠르게 뛰었다. 살쾡이처럼 발소리를 죽인 채 발톱을 세우고, 아니 까치발을 하고 성당의 묵직한 나무문을 밀었다. 안에서 찬바람이 밀려나왔다.

머릿수건을 쓰고 앞치마를 두른 성냥팔이 소녀가, 아니 계모에게 시달림을 받는 신데렐라가, 아니 은척에서는 수준이 안 맞아 중간시의 어중간여중으로 전학한 초일류의 여학생이 대걸레를 들고 넓고 넓은 바닷가, 아니 성당 바닥을 청소하고 있었다. 여학생인지 소녀인지 성냥팔이인지가 입은 옷은 신데렐라가 변신하기 전처럼 누더기에 가까웠다. 성당은 너무 넓어서 도저히 소녀 혼자 힘으로는 청소하기 힘들 듯한데 소녀는 울지도 않았다. 어느 왕자가 열두시 종이 울리기 전에 모시러 오기라도 하는 모양이었다. 소녀는 성당의 가운데 통로를 지날 때마다 제대를 향해 한쪽 무릎을 꿇어 경배했다. 제대의 뒤편에는 성자로 숭앙받는 사람의 아들의 성체(聖體)를 모시는 감실(龕室)이 있다는 것쯤은 이치도도 알고 있었다.

촛불 모양의 전등이 촛불 곁에 아련히 빛나고 마른 대걸레가 의자에 부딪히는 소리가 텅텅 하고 났다. 한마디로 두련은 성당 청소를 하고 있는 것이었다. 언제 이치도에게 소리를 질렀냐는 듯. 언제 학생이었냐는 듯. 언제 신부와 이국의 언어로 대화하며 이국식 저녁 정찬을 먹었냐는 듯. 성당에서 태어나서 성당에서 자라고 성당에서 청소만 해온 소녀처럼 익숙하게, 이마의 땀을 훔쳐가며.

이치도는 관자놀이에 손을 갖다댔다. 목의 경동맥에도 손을 가져다 댔다. 아버지가 세상에서 가장 아끼는 보석을 팔아가며 수준에 맞는 학교를 찾아와서 공부를 한다더니 기껏 신부에게 아양이나 떨고, 대걸레 청소나 하면서, 제 고모인지 이모인지에게 맞아 죽을 가능성을 한껏 높여가며 콧노래까지 부르는 저 괴물의 정체는 무엇인가. 내가 저런 괴물을 위해, 괴물을 찾아 비가 오나 눈이 오나 역전에 나가고 개구멍을 개처럼 드나들었는가. 이치도는 고개를 저었다. 저 아이는 그 아이가 아니다. 저 아이는 내가 모르는 걸레, 대걸레다.

대걸레 소녀는 제대 주변을 돌며 걸레질을 했다. 제대 아래의 탁자에 놓인 꽃을 가볍게 어루만지고, 다시 무릎을 꿇은 뒤 제대로 올라갔다. 제대에 놓인 책과 촛대 등속을 공경스러운 몸짓으로 들었다 놓고 그 밑을 가볍게 훔쳤다. 그러다가 뒤로 돌아서 감실을 향해 손을 모으고 가만히 있는 것이었다. 이치도는 신발장 뒤 종탑으로 가는 통로 어두운 곳에서 숨을 죽인 채 소녀가 다시 앞으로 돌기를, 아니 뒤로 돌기를 기다리고 있었다. 그러나 대걸레 소녀는 돌아서지 않았다. 이치도는 열 번을 숨쉴 때까지 돌아선다면 이렇게 이야기해주기로 마음먹었다.

"얘야, 자고로 비취를 가지고 있는 사람은 만병이 침범하지 못한단다. 그 비취를 신부에게 바쳤거든 도로 달라고 해서 네 목에 걸어라. 객지에서 공부를 하려면 무엇보다 몸이 튼튼해야지. 먼지 나는 성당을 청소하다보면 몸살이 날 수도 있고 폐병도 걸릴 수 있걸랑. 그리고 이 태자관을 보아라. 하하, 놀라지 마라. 여기에 달린 구슬띠만 해도 네가 중학교 다니는 동안은 걱정 없이 학교를 다닐 수 있을 거야. 자, 내가 욕심꾸러기에 인색하기로는 왕소금인 네 아버지에게서 받아왔다. 그 영감쟁이는 깊이 숨만 쉬어도 잘 산다는데 이런 게 뭐 필요가 있겠니. 받아. 받으라니까. 울지 마라. 뭐 이런 걸 가지고 그렇게 고마워하고 그러니. 한번 안아나보자. 그래 그래, 착하지."

그러나 대걸레 소녀도, 대걸레도 돌아서지 않았다. 다시 열 번을 숨쉴 때까지 돌아선다면 이치도는 이렇게 말해주리라 마음먹었다.

"여기 너의 아버지가 제 몸보다 아끼는 태자관이 보이느냐. 내가 이걸 훔친 건 바로 너 때문이다. 나는 원래 도둑질 같은 건 좋아하지 않고 체질에도 맞지 않거든. 오로지 너를 위해서 양심의 가책을 무릅쓰고 이걸 가져왔다. 지금 너에게 준다. 이걸 가져다가 마지막 남은 보물을 잃고 슬픔에 빠진 네 아버지에게 주려무나. 그럼 너는 효녀 심청이 되고 네 아버지는 눈을 번쩍 뜰 거다. 그런데 네 아버지는 심학규씨가 아니구나. 뭐, 아무러면 어떠냐. 여기 태자관이 있으면 됐지. 울지 마라. 이 모든 게 내 진심이다."

소녀는 고개를 숙인 채 손을 모으고 무엇인가 간절히 빌고 있었다. 이치도는 벽에 매달려 있는 십자가 위의 사내, 그 사내의 몸과 피가 들어 있는 감실에까지 질투를 느꼈다. 그러나 마지막으로 기회를 주기로 했다. 다시 열 번 숨을 쉬는 동안 돌아선다면 이렇게 말할 작정이었다.

"자, 이거 받아. 예쁘지. 내가 이거 하나씩 닦느라고 죽을 뻔했다는 건 알아둬. 그 비취는 말야, 우리 결혼식 때 써야 할지도 모르니까 도로 훔쳐와. 참, 너는 공부하느라 바쁘지. 어디 있는지 가르쳐주기만 해. 내가 훔쳐다놓을게. 그럼 다음주에 또 보자. 나 네가 여기 있는 동안 매주 한 번씩 오입깔게. 사랑해."

그러나 소녀는 돌아서지도, 돌아보지도 않았다. 영원히 그러기라도 할 것처럼 '아빠, 오늘도 무사히……' 라는 글귀가 적힌 그림 속의 소녀처럼 두 손을 모으고 맞은편의 벽을 올려다보고 있었다. 이치도는 두려워졌다. 그리고 슬퍼졌다. 누구도 간섭할 수 없는 간절함, 누구도 끼어들 수 없는 절대적인 대화가.

이치도는 소리나지 않게 문을 열고 밖으로 나왔다. 이치도는 몸을 떨었다. 추워서가 아니었다. 외로워서였다. 쓸쓸했던가. 그럴지도 모르겠다. 아직 어리기는 해도 쓸쓸함이라는, 어른들의 전유물인 감정이 생겨날 정도의 곡절은 충분히 겪은 이치도였다. 어느 시대나, 어떤 소년이나 다 그렇듯.

이치도는 성당 한구석 무성한 사철나무 아래에 태자관이 든 보퉁이를 내려놓았다. 그리고 자신도 나무 뒤에 주저앉았다. 이따금 개 짖는 소리가 나고, 획획 소리를 내며 밤새가 날았다. 그러곤 모두 각자 침묵을 저녁거리로 먹고 있는 듯 사방은 조용했다. 사택에서는 여전히 차갑고 흰 불빛이 흘러나오고 있었다. 사제관에서는 따뜻하고 노란 불빛이 흘러나왔다. 사택의 창은 크고 사제관의 창은 작았다. 그 안으로 들어가서 돌아온 탕자처럼 환대를 받고 실컷 잠을 잘 수 있다면, 그렇게 하게 해준다면, 무엇이라도 줄 수 있을 것 같았다. 그 밤, 황금동의 황금성당에 존재하는 모든 것들이 불량하고 수준 낮은, 한번 타락한 영혼은 절대 받아들이지 않을 것처럼 높고 오만하며 고결한 자세로 각자 존재하는 듯했다. 이치도는 그걸 느끼고 다시 몸을 떨었다.

그의 발길은 하루살이처럼 불빛이 비치는 쪽으로 향했다. 사철나무가 화단 뒤에 줄지어 서 있었고, 그 가지가 이치도의 날개, 아니 이치도는 하루살이가 아니니까 날개가 없다, 발길을 한결 편하게 해주었다. 창턱은 보기보다 높아서 까치발을 하기 전에는 안이 들여다보이지 않았다. 안에서는 밖을 내다볼 수 있지만. 이치도는 문턱에 손가락을 얹고 "들어가고 싶어" 하고 중얼거렸다. 그때 안에서 "그럴 것 없어" 하는 소리가 나는 바람에 이치도는 놀라서 엉덩방아를 찧을 뻔했다.

"왜 기숙사로 보내? 여기서 심부름도 시키고 청소도 시키면 좀 좋으냐 말야. 신부님도 귀여워하시잖아. 수녀님들도 자기 애처럼 이뻐하고. 그 아이도 불평 한마디 없는데, 왜 그래, 당신 혼자?"

"이 양반이 정말 하나만 알고 둘은 모르네. 용해빠져가지구."

굵은 남자의 목소리에 이어 쉿소리가 섞인 여자의 목소리가 얇은 유리창을 넘어 들려왔다.

"재가 정말 착하고, 응, 저 좋아서 여기 있는 줄 알어? 처음 여기 올 때 어땠어. 눈만 똥그래가지고, 새카만 시골 촌년이던 게 지금은 봐. 신부님하고 장난을 치지 않나, 수녀님이 속옷을 사다주지를 않나. 저 계집애 속에 구렁이가 다섯 마리는 들었어. 그 속을 아는 사람이 어쩌면 세상에 나 하나밖에 없나, 그래."

"어린애 가지고 말이 왜 그래. 그만 떠들어. 오다가 듣겠네. 그 아이 덕에 당신이 청소는 면했잖아."

"들을 테면 들으라지. 내가 뭐 고 계집애 무서워서 할말을 못 해? 봐요, 내가 여기 성당에 와가지고 신부님 앞에서 허리 한 번 제대로 펴본 적이 있어? 종년 신세나 다를 게 없지. 그런데 오빠가 눈에 뭐가 씌었지, 나한테 썩어빠진 비췬지 돌쪼가린지 하나 맡기고 저 여우 같은 계집애를 삼 년씩이나 봐달라니, 내가 종년인데 저도 종살이를 해야 하는 거 아냐. 청소하고 빨래하는 거야 당연하지, 왜 그래."

"허허, 이 사람이 자꾸. 자네 핏줄을 가지고 그렇게 험담을 해."

"허허 할 사람은 나유, 나. 이 덜떨어진 양반아. 내가 이 이야기는 안 할라고 했는데, 우리 오빠, 저 계집애하고 핏방울 하나 나눈 거 없어."

"무슨 소리야?"

무슨 소리냐고 묻는 말은 집 안의 남자가 한 말이 아니고 이치도가 저도 모르게 한 말이었다. 그 말을 하고 난 뒤, 이치도는 입을 황급히 틀어막았다.

"어디 다리 밑에서 주워왔는지는 몰라도 저 계집애는 우리 핏줄이 아냐. 오빤 애를 못 낳아. 육이오 때 피난 가다가 포탄 파편을 맞아서 사내 구실을 못 하게 됐다구……"

이치도는 말을 다 듣지 못하고 급히 무릎을 구부려 제자리에 앉았다. 사제관의 문이 열리고 키 큰 외국인이 나왔던 것이다. 신부는 성큼성큼 마당을 가로질러 사택의 문을 두드렸다. 문이 열리고 외국인의 억양이긴 하지만 꽤나 유창한 한국말로 신부가 뭐라고 이야기하는 소리가 들렸다.

"기차역으로 신부님 친구분 마중 나가야 해. 서울에서 오는 아홉시

기차니까 빨리 가야겠구먼. 자꾸 떠들어대지 말구 신부님 모자나 내놔. 아까 말씀하셨는데, 당신이 쓸데없는 소리 하는 바람에 깜빡 잊고 있었잖아."

이치도는 안에서 사람들이 서 있는지 앉아 있는지를 몰라 계속 무릎을 굽힌 채 앉아 있었다. 다리가 저려왔다. 이윽고 사택의 문이 열리고 성당 철문이 여닫히는 소리가 났다. 이치도는 살금살금 사철나무 뒤로 기어 보퉁이를 두었던 곳으로 갔다. 그런데 이번에는 성당 문이 열리고 두련이 나오는 바람에 다시 사철나무 뒤에 엎드리지 않을 수 없었다. 휘파람새가 울었다. 그러고 보니 휘파람새는 밤에 우는 새가 아니니 휘파람새일 리는 없고, 두련의 입에서 휘파람 소리가 나온 것이었다. 다리 밑에서 주워온 것도 모르고, 아니 뽕나무 밭에 홍역에 걸려 죽은 줄 알고 버린 아이를 주워왔는지도 모른다. 아무것도 모르고 청소나 하는 주제에 휘파람이 나오나. 이치도는 코웃음을 쳤다.

사제관 문이 다시 열리고 닫혔다. 사택으로 사람이 움직여 갔고, 사택 문이 다시 열리고 닫혔다. 그 바람에 이치도는 몸을 움직일 수가 없었다. 주위가 조용해지기를 기다리면서, 보퉁이를 턱 아래에 괴고 엉거주춤 엎드려 있었다.

그러다가 잠이 들었다. 전혀 잠을 잘 이유가 없는 상황에서, 때와 장소를 가리지 않고 마구잡이로 잠이 드는 게 후일의 이치도의 버릇이 되긴 하지만 이때만 해도 자신에게 그런 버릇이 있는 걸 자각하지 못하고 있었다. 하여튼 이치도는 정말 잠이 들었다. 잠에서 깨었을 때는 한밤중이었다. 사택과 사제관의 불이 모두 꺼져 있었다. 이치도는 몸을 일으키며 보퉁이를 집어들었다. 참을 수 없이 허기가 졌다. 이치도는 본능이 시키는 대로, 진정 타고난 도둑은 잠이 덜 깨거나 너무 춥거나 너무 덥거나 배고프고 실연당하고 화가 나고 좌절하고 절망적일 때 도둑질부터 하는 법이거니와, 성당 문을 열고 안으로 들어갔다.

십자가를 둘러 불이 밝혀져 있어서 분별을 못 할 정도로 어둡지는 않았다. 뜻밖에도 감실은 열려 있었다. 이치도는 본능적으로 그 안에 아무것도 없다는 것을 알았다. 제대 뒤에 있는 통로로 돌아들어가니 옷을 갈아입는 방이 있었고, 탁자에는 황금빛 나는 성작(聖爵)이 놓여 있었다. 다음날 아침 미사에 쓰려는지 황금색 쟁반 위에 얇은 밀가루 전병이 펼쳐져 있었고, 십원짜리 동전만한 크기로 오려낸 성체가 성작 안에 반쯤 담겨 있었다. 이치도는 그걸 몽땅 꺼내 입에 넣었다. 얇고 동그란 밀가루 조각은 입 속의 수분을 금방 흡수하고 입천장에 달라붙었다. 이치도는 유리병에 담긴 성자의 피를 마셨다. 주스인 줄 알았는데 피 같은 술, 포도주였다. 성작을 덮어둔 수건에 포도주를 뱉어낸 이치도는 성작과 성반(聖盤), 성광(聖光), 금촛대 등등 금속재료로 만들어진 것들을 주섬주섬 모아다 옷장에 걸린 복사복으로 둘둘 말아서 소매로 꽁꽁 묶었다. 천처럼 생긴 신부복으로 다시 한번 잘 쌌다. 그런 절차가 제 집에서 해오던 것처럼 아주 자연스러워서 이치도는 그게 진짜 꿈인지 생시인지 구별이 가지 않았다.

이치도는 양손에 보따리를 들고 소리를 죽여 성당 밖으로 나왔다. 우선 배부터 채워야 할 것 같았다. 성작을 우그려뜨려 고물상에 가져다주고 강냉이라도 한 수레 바꿔먹을 셈으로 담 위에 큰 보따리를 먼저 올려놓고 몸을 솟구쳤다. 담 위에 올라서니 꽃이 난만한 살구나무가 담에 기대어져 있었다. 이치도는 잠깐 기분좋은 그 냄새를 들이마신 뒤에 보따리를 바깥에 살짝 내려놓았다. 그런데 성당 뒤편에서 두런거리는 소리가 들려왔다.

두런두런두런두런두런두런두런. 도깨비들이 회의하는 듯한 그 소리는 점점 가까이 들렸는데, 이치도가 알아들을 수 없는 외국어였다. 신부와 기차를 타고 온 그의 친구는 오랜만에 모국어로 실컷 이야기하면서 한밤에 성당을 산책하는 중이었다. 함께 제대 뒤의 방에서 아침 미사를 준비하다가 잠깐 자리를 비운 길이었다. 그들은 교회에서 운영하는 학교의 재정과 행정적인 문제에 관해 토론을 나누었고, 고향 축구팀의 새로운 공격수에 관해서도 의견을 교환했다. 신부가 데리고 있는 여중생이 얼마나 귀엽고 영리한가, 먼 훗날 신부의 부모가 있는 캐나다로 보내서 공부를 계속하게 해줄 수 있을 것인가에 관해서도 이야기했다. 그런데 처마 밑에서 밤새가 날아 담장으로 휘익 하고 내려꽂히는 바람에 두 사람의 대화는 갑자기 끊어졌다. 신부의 친구는 "박쥐!"라고 부르짖었다. 그러다가 갑자기 걸음을 빨리하여 담장으로 다가가는 것이었다.

"후 이즈 잇? 후 아 유?"

담장 위에서 한 소년이 몸을 일으켰다. 소년의 표정은 머쓱해하는 것 같기도 하고 미소를 띤 것 같기도 했다.

"무슨 일이야. 넌 여기서 뭐 하는 거야."

한국말이 서툰 신부의 친구는 계속 영어로 소리쳤다. 소년은, 아니 청년은 전혀 말을 알아듣지 못했다. 그는 손으로 아래를 가리켰다. 신부가 보니 낯선 보퉁이가 떨어져 있었다. 신부는 보퉁이를 집어들었다. 부피에 비해 무겁지는 않았다. 부서지기 쉬운 물건인 듯했다. 신부의 친구는 털이 부숭부숭한 손으로 청년의 뒷덜미를 움켜잡았다. 그리고 계속 영어를 소총탄처럼 쏘아댔다.

"이리 내려와. 거기 왜 올라가 있었는지 설명해봐."

청년은 성당 안으로 뛰어내리더니 다짜고짜 신부의 손에 들린 보퉁이를 낚아채려 했다. 신부는 보퉁이를 단단히 움켜쥐고 청년의 팔을 붙잡았다.

"뭘 하고 있었는지 설명해보라니까."

신부의 친구는 성격이 급했다. 대뜸 보퉁이를 풀기 시작했다. 청년은 막으려고 발버둥을 쳤지만 신부의 완강한 팔뚝이 청년을 놓아주지 않았다. 보퉁이에서는 낡은 관이 나왔다. 금빛 장식이 떨어졌고 구슬이 장식된 끈이 늘어졌다. 신부와 그의 친구는 얼굴을 마주 보았다. 청년은 손이 자유로워지자 관과 장식을 몸으로 쓸어안았다. 원망스러운 눈으로 신부의 친구를 노려보다가 보따리에 부서진 관과 장식을 담기 시작했다.

"이건 우리 집안의 보물이에요. 담 밖에서 던지고 놀다가 안으로 떨어졌다구요. 가지러 들어오는데 당신들이 본 거라구요."

한국말을 알아듣는 신부는 잠자코 있었고, 신부의 친구는 계속 영어로 말했다. 자신의 말을 알아들어야 할 사람은 청년이 아니라 신부였으니까.

"네가 잘한 건 없다. 정말 그랬다면 문으로 들어왔어야지. 이 성스러운 공간에 도둑처럼 담을 넘어 들어왔기 때문에 그런 취급을 받은 것이다."

"당신들이 이걸 부숴놨어요. 난 아버지한테 맞아 죽을 거예요. 책임져요. 이게 얼마짜린지나 알아요."

청년의 몸에서는 고약한 땀냄새가 났다. 시비를 걸 기색임을 신부는 알아챘다. 신부는 원래 깔끔한 성격이었다. 그는 손가락을 들어 대문을 가리켰다. 그리고 단호한 어조로 말했다.

"겟 아웃."

청년은 신부의 눈을 빤히 들여다보더니 코웃음을 쳤다. 네가 한국말을 할 줄 아는 걸 내가 다 안다는 듯이. 그런데도 영어를 쓰는 이유도 짐작한다는 듯. 그러고는 숙련된 동작으로 뒤로 돌았다.

"겟 어웨이!"

신부는 여전히 영어로 말했다. 청년은 보퉁이를 담 밖으로 집어던지더니 펄쩍 뛰어 담 위로 올랐다.

"저 망할 녀석이."

신부의 친구가 영어로 말하며 혀를 찼다.

"놔둬."

신부가 영어로 대답했다.

"바이바이, 에브리바디. 갓 댐. 쌩큐."

담 위에서 청년이 영어로 말했다. 그러곤 한 마리 박쥐처럼 어둠 속으로 사라졌다.

사소한 일들

도둑 중에 가장 악질은 제 도둑질로 새로운 도둑을 만드는 도둑이다. 가난한 사람의 하나밖에 없는 밥그릇을 도둑질해서 어쩔 수 없이 그 사람을 도둑으로 나서게 만드는 것이 그런 예이다. 그런데 어떻게 된 것이 없는 사람의 없는 것을 긁어모은 큰 도둑이 떵떵거리는 게 이 세상이다. 무릇 도둑이 되면 가장 먼저 훔칠 대상이 되는 부류가 바로 그런 도둑이다. 그러나 조심해야 한다. 그런 도둑들은 제가 도둑질 나간 사이에 도둑이 들어올까 충분히 방비를 하는 법이니까.

그래서 이치도가 보통 사람으로서는 감히 훔치지 못할, 훔칠 생각도 못 하는 물건들을 훔쳐서 가난한 사람들에게 나눠주었다는 건 아니다. 이치도는 훔친 태자관과 성작 세트를 들고 독산에 올라갔다. 성작을 식당에 가져가기는 했다. 밤늦게 불을 켜둔 식당에서 밥을 시켜서 먹고 숙련된 솜씨로 도망쳤다. 그러고는 내친김에 밤새 백릿길을 걸어서 은척으로 돌아왔다.

독산 꼭대기 바로 아래에는 한 번에 팔만 리를 난다는 붕새의 알을 포개놓은 듯한 바위 사이에, 그로부터 십여 년 전에 혼자 몸으로 은척 경찰을 상대로 싸우다가 장렬하게 얼어 죽은 건달 조동관의 이름이 붙은 동굴, '똥깐이굴'이 있었다. 그 동굴은 한때 '모포굴'이라고 불리기도 했는데, 남녀는 많은데 숙박시설이 부족한 은척의 정치·경제·사회·문화적 정황에 의거, 청춘 남녀가 쌍쌍이 모포를 옆구리에 끼고 혹은 모포를 옆구리에 낀 사람을 옆구리에 끼고 올라오는 바람에 그런 이름이 붙었다. 물론 불멸의 건달이 그 동굴에서 죽은 이후에 감히 모포를 들고 와서 살아 있는 자의 희열을 구가하는 일은 없게 되었다. 언젠가 그 근처에서 똥을 누던 사람이 벼락에 맞아 죽은 이후로는 더더욱 사람의 발길이 끊어졌다. 얼어 죽고 굶어 죽은 몽달귀신이 나올지도 모르는데, 똥 싸다 벼락 맞아 죽은 귀신까지 나온다는데 누가 거기서 오줌이나 싸려고 하겠는가. 그쪽 방향으로는 오줌도 누지 않았다.

동굴은 깊이가 사오 미터쯤 되었다. 깊지는 않아도 얼어죽은 귀신의 기가 서려서 그런지 언제나 서늘했다. 동굴 아래쪽에는 수량이 얼마 되지 않고 조금만 가물어도 여지없이 말라버리는 샘이 있었고 귀신을 좋아할 수밖에 없는 늙은 무당들이 그 샘 곁에 촛농을 덕지덕지 묻혀놓았다. 똥 싸다 벼락 맞아 죽은 귀신의 음덕으로 언제나 생똥 냄새가 향훈처럼 풍겨나고 있었다.

이치도는 끙끙거리면서 보물이 든 단지를 동굴로 옮겼다. 씻노라고 씻었지만 수십 년간 간장 외에는 담아보지 않은 독에서는 묵은 장 냄새가 심하게 났다.

자신이 훔친 물건 때문에 또다른 도둑이 생기면 안 된다는 철칙 내지는 기본 내지는 혹은 맹세에 따라 이치도는 주변을 세심하게 관찰했다. 사방은 새소리 하나 없이 고요했다. 매미 소리조차 들리지 않았다. 하긴 매미가 나오긴 이른 시기였다. 고요에도 귀기가 묻어 있었다. 이치도는 그 장소가 더없이 마음에 들었다.

동굴 속에는 다 떨어진 거적이 몇 장 남아서 동굴의 이름을 다시 생각게 해주었다. 어쩌면 이치도가 조동관이 경찰과 대치하다 얼어죽은 사건 이후 최초로 동굴에 발을 들여놓은 사람인지도 몰랐다. 큰 바위 두 개가 비스듬히 겹쳐지면서 생긴 동굴은 그다지 어둡지 않았다. 틈 사이로 하루 한두 시간 햇빛이 비쳐들곤 했다.

이치도는 땅을 파기 시작했다. 무릎 정도의 높이밖에 되지 않는 단지를 묻는 데는 그리 오랜 시간이 걸리지 않았다. 이치도는 단지를 묻기 전에 마지막으로 다시 한번 자신이 훔친 물건을 들여다보았다. 원형에 가깝게 복원된 태자관은 일없이 끌려나왔다 다시 지하로 돌아가는 것을 기뻐하는 듯 가볍게 장식을 떨었다. 성작 세트는 부드럽게 반짝였다. 이치도는 태자관의 구슬끈을 힘껏 움켜쥐었다가 살며시 단지 안에 넣었다. 도랑에서 아이를 씻기는 어머니처럼 성배를 옷으로 문질러 닦았다. 다시 단지로 그 물건들을 집어넣는 이치도의 눈에 살짝 물기가 돌았다. 마치 결혼식 날짜를 받아두고 연애편지를 태우는 처녀처럼, 전장에 나가기 전 가족을 벤 계백장군이 그랬듯. 아니다, 단지에서 나는 냄새 때문에, 끈덕지게 감도는 생똥 냄새 때문에 그랬을 것이다. 다른 이유는 없을 것이다. 그로부터 칠 년이 지나기까지 이치도는 동굴을 다시 찾지 않았다.

그렇다면 그 칠 년 동안 이치도가 무엇을 했는가. 일단 잠을 잤을 것이다. 하루 여덟 시간을 잤다고 하면 이 년 이상 잠을 잔 셈이 된다. 하루 두 시간씩 밥을 먹었다 치고, 하루 이십 분씩 화장실에 갔다고 하고 하루 십 분씩 옷을 입었다 벗었다 치고 이틀에 한 번 세수를 했다 치고 하루 삼십 분씩 여드름을 짰다고 하고 그리고 그리고 그리고 그리고 기타 등등 기타 등등, 사소한 일이 이어졌다.

수십 년을 천형(天刑)을 받은 윤락인(淪落人)으로 방랑하다 은척에 들러 낮잠을 자던 중에 주머니를 털린 거지가 있었다. 거지가 입에 허옇게 게거품을 물며 "문둥이 콧구멍에서 마늘을 빼 처먹을 은척놈들" "거지 똥구멍에서 콩나물을 빼먹을 놈들"이라고 고래고래 고함을 지르며 돌아다니는 바람에 사람들은 거지에게도 잃어버리면 화가 날 만한 소유물이 있다는 것을 알게 되었다. 그 일 이후로 콧구멍 속의 마늘, 똥구멍 속의 콩나물은 성경에 나오는 '가난한 과부의 은동전'과 나란히, 가진 게 없는 사람의 정성을 뜻하는 용어로 정착되었다.

이러저러한 악조건을 무릅쓰고 인정사정 없이, 과감하고 신속하고 가차없이 거지의 몇 푼 안 되는 돈을 훔친 자, 그게 바로 이치도였다. 동굴에서 내려오다가 거지의 주머니를 턴 이치도의 심정은 단순했다. 이미 나선 길, 끝장을 보자는 심정. 어쨌든 사소한 일이다.

개에게 물린 흉터가 수두룩한 종아리를 내놓고, 팔베개를 한 채 거지는 잠들어 있었다. 떨어진 소매 끝에 이상한 장식처럼 매달린 손은 때

전 헝겊으로 말려 있었다. 눈썹은 거의 없었고 봉두난발에 일그러진 귀, 짝짝이 신발과 몸을 기어다니는 벌레, 눈을 뜨고 자는 버릇이 있는지 초점 없이 멀겋게 떠진 눈, 이 정도면 죽은 사람인가 싶어 피해갈 만도 하건만 이치도는 그렇게 하지 않았다. 오히려 바짝 다가갔다.

시체가 썩는 듯한 악취에 코를 찡그리지도 않았고 꿈에 다시 볼까 싶어 눈을 가리지도 않았다. 거지의 목에는 헝겊으로 만든 주머니가 매달려 있었다. 이치도는 거지의 목에서 팔을 떼어낸 뒤 살살 주머니를 풀어냈다. 그 주머니를 제 목에 걸고 자연스럽게 가던 길을 갔다.

주머니 속에는 별게 없었다. 동전 몇 개, 은가락지 하나, 라이터, 숟가락, 주머니칼, 몽당연필, 고장난 시계, 부러진 빗, 그리고 그 모든 것보다 훨씬 거지에게 어울리지 않는 말짱한 공주 인형, '돌 기념' 이라는 말이 적힌, 복스럽게 생긴 아이의 모습이 박힌 사진이 들어 있었다. 이치도는 가던 길을 멈추고 그 사진을 한동안 뚫어지게 쳐다보다가 북북 찢어서 길가에 버렸다. 인형은 칼로 갈가리 찢은 뒤 주머니와 함께 벼가 무성하게 자라는 논으로 던져버렸다. 동전으로는 길가에 파는 솜사탕 하나 사먹을 수도 없었다. 이치도는 제 돈을 보태 풍선껌을 사서 불며 길을 갔다. 남의 눈에는 사소하지만 한 사람의 일생을 결정짓는 사건은 대개 이런 식이다. 그 사건 자체는 잊혀지는 법이지만 인생은 결정된 방향으로 굴러간다.

어떤 사람은 이치도를 열차에서 보았다고 했다. 거기서 삶은 계란과 귤을 팔고 있다고 했다. 손님들이 향수(鄕愁)를 먹듯, 귤 한 줄, 계란 두 개를 살 때 화려하게 성장하고 어디론가 가는 그들을 우두커니 서서 내려다보는 쓸쓸한 모습을 보았다고 했다. 어떻든 그 당시의 청년이라면 누구나 했을 법한 사소한 일이다.

한편 어떤 사람은 이치도를 서울 하고도 종로의 야바위판에서 보았다. 모자를 깊이 눌러쓰고 뺑뺑이판을 돌리던 이치도는 자신을 알아보는 사람을 먼저 알아보고 모자를 한층 깊이 눌러썼다. 그러나 그 촌사람은 은척 사람다운 커다란 목소리로 사정없이, 수다스럽게 팔짝 뛰면서 외쳤다. "야, 너 이치도 아냐. 맞지, 맞지? 우와, 서울 와서 출세했구나, 응?" 그러고는 은척에 내려가서 은척 출신 중에 서울 하고도 종로라는 세계 수준의 야바위판에서 대장 노릇을 하고 있다고 천둥같이 소문을 냈다. 그때부터 이치도가 아무리 열심히 일해서 돈을 벌어도 사람들은 모두 야바위로 돈을 번 줄로 알게 됐다.

어떤 이는 이치도를 간판도 없는 공장에서 보았다. 그 공장에 간판이 없었던 것은, 그 공장이 간판을 내세우기 꺼려하는 제품을 생산하기 때문이었는데, 그 제품의 이름은 콘돔이었다. 고무 원료를 조용히 들여와서 조용히 녹이고 성형, 압출한 다음 포장해서 국내는 물론 세계로 조용히 수출하여 조용히 돈을 벌어들이고 있는 그 공장의 종업원들은 모두 조용히 일을 했다. 고무 원료를 처리할 때 들어가는 독한 화공약품 때문에 피부가 헐고 눈물이 그칠 사이 없는 사정은 '콘돔 공장에서 황산에 손을 담가보지 않고는 인생을 말할 자격이 없다'는 화장실의 낙서로 남겨져 있다.

한편 어떤 사람은 이치도를 어느 항구에서 만났다고 했다. 항구 주변의 술집에서 웨이터를 하고 있다는 것이었다. 밤에만 생활을 해서 그런지 흰 얼굴은 한층 더 희어졌고 훤칠하고 늘씬한 체구로 술집 아가씨들의 인기를 끌고 있었다는 것이다. 사근사근한 말솜씨에 손님이 원하는 것은 무엇이든 할 듯 적극적이어서 단골이 많은 것 같다고 했다. 그 역시 시골 출신의 가진 것 없는 청년들이 도시에서 할 법한 일이었다.

어떤 사람은 공단 주변의 음악다방에서 디제이를 하는 이치도를 보았고 어떤 사람은 가짜 대학생 노릇을 하는 이치도를 보았으며 어떤 사람은 노름판에서 쫓겨나 고개를 숙인 채 잿빛 도시의 새벽 거리를 걸어가는 이치도를 보았다. 그리고 어떤 사람은 그를 소년원에서 본 것 같다고 말했고 또 어떤 사람은 사창가 여관에서 펨프 노릇을 하는 이치도를 보았다.

이치도를 보아도 이치도인지 아닌지 분별하지 못한 사람도 있었고 무관심한 사람, 본 사실을 기억하지 못하는 사람도 있었다. 그들이 이치도를 본 것을 누구에게 보고할 의무가 있는 것은 아니었다. 이치도는 그 당시의 숱한 청년 가운데 하나였을 뿐이다. 이치도 역시 누구에게 내가 무엇을 한다고 보고하고 다니며 살 의무가 있는 것도 아니었다. 요컨대 관련이 없는 한 그는 남에게, 남들은 그에게 무관심했다. 그중 한두 가지에 관해 이야기하기 전에 자식이 그렇게 밖으로 싸돌아다니며 진 자리 마른 자리 가리지 않고 살아갈 때 도대체 어미인 춘매는 무엇을 했는가 알아보자.

태풍 같은 늦바람에 휩쓸려 누군가의 첩 노릇을 했다는 게 정설이다. 정설이라는 것은 그것이 설로 끝났지 확연하게 드러난 것은 아니기 때문이다. 이치도가 중학교 3학년 무렵, 참 중학교는 퇴학당했으니 중3은 아니고 다른 중3과 같은 나이인 열여섯 살 때, 막 마흔을 넘긴 춘매에게 어느 날 천상 멧돼지처럼 생긴 어느 중년 사내가 찾아들었다. 해장국집을 시작한 이후 한 번도 술을 내놓은 적이 없었던 춘매였는데 그날은 어쩐 일인지 사내에게 막걸리를 내놓았다. 막걸리를 사러 이웃 가게에 왔을 때, 이웃이 화장을 했는가 여길 정도로 얼굴에 홍조가 떠올라 있었다. 앞에 두른 앞치마도 전에 보지 못한 새것이었고 저고리도 새로 꺼내입은 듯 좀약 냄새가 풍겼다. 손가락에는 값싼 것이나마 칠보 반지를 끼었고 목에는 가는 금줄 목걸이를 걸었으며 긴 머리에는 가짜 보석이 박힌 핀을 꽂고 몇 가닥은 일부러 흘러내리게 해서 이따금 쓸어올렸다. 목소리는 평소보다 약간 높았고 "명자네, 밀조한 막걸리 있으면 좀 줘, 잘 익은 걸루" 하는 간단한 대사에도 누구나 알 수 있는 떨림이 느껴졌다는 것이다.

어쩌면 그 사내가 월남에서 돌아온 사령관이었는지도 모른다. 그렇다고 하더라도 이치도가 특별한 관심을 가졌을 리 없지만. 아니면 사람들이 추측하는 대로 돈 잘 쓰는 낭만파인지도 모르고 사기꾼일 수도 있으며 객고를 풀려고 심심풀이로 만만한 여자에게 접근했다가, 거꾸로 왕거미 같은 그 여자에게 고혈을 빨린 불쌍하고 평범한 중년 사내인지도 모른다. 기이하게도 이치도는 관심이 없었다. 은척 읍내 사람 가운데 거의 유일하게.

춘매의 해장국집은 보통 오후 서너시가 되면 문을 닫았는데 사내가 오는 날이면 두시도 되지 않아 해장국이 다 떨어졌다며 문을 닫아걸었다. 문틈으로 흘러나오는 곡진한 노랫소리를 들었다는 사람도 있다. 지나가던 고물장수에 의하면 자신이 평생 들어본 노래 중에 가장 심혈을 기울여서, 정성을 다하여 부르는 〈닐니리 맘보〉였다는 것이다. 유리가게 주인은 〈닐니리 맘보〉가 아니라 〈닐니리야〉라고 주장했는데 두 사람의 말을 비교 검토해본 결과 대략 삼십 분의 시차가 있다는 것이 밝혀졌다. 그 사이에 불린 노래는 어떤 것이었을까. 자전거포 주인은 자신의 애창곡인 가곡을 연속해서 들었다고 말했다. "옛날의 금잔디 동산에 메기 같이 앉아서 놀던 곳", 또는 "어제 온 고깃배가 고향으로 간다하기 소식을 전차하고 갯가으로 나갔더니" 같은, 자신처럼 교양 있고 배운 게 많은 사람만이 부를 수 있는 노래. 어떻든 종이가 발린 유리창을 뚫고 가늘고 길게 울려퍼진 그 노래들은 춘매에게 무슨 일이 일어났는가를 암시하기에 충분했다. 옛날에 동산에 앉아서 놀던 정인을 꿈속에서도 그리다가 드디어 만났으니 '닐니리' 소리가 나오지 않겠느냐 하는 것이었다.

그 사내를 만난 뒤부터 춘매는 건성으로 해장국집을 꾸리는 듯했다. 걸핏하면 정오도 되기 전에 문을 닫고 손님들에게도 흐트러진 모습을 자주 보였다. 사내는 적어도 사나흘에 한 번은 꼭 들러서 가게 뒷방을 차지했다. 오토바이를 타고 올 때도 있었고 군인이 모는 지프를 얻어타고 올 때도 있었다. 사내는 그래도 은척에서 먹을 만한 유일한 음식이라며 아침에 와도 해장국, 점심에 와도 해장국, 저녁에 와서도 해장국을 먹었다. 사내가 저녁에 해장국을 먹는 날은 춘매의 해장국집도 저녁까지 문을 열었으나 사내와 사내가 이따금 동행하는 군인들 외에는 받아들이지 않았다. 어느 날 저녁에 해장국집에 발을 들여놓다 문전박대를 당한 전파사 주인이 투정을 했다.

"우린 왜 안 줘? 우리 돈은 돈도 아냐?"

춘매는 쌀쌀한 목소리로 똑 잘라 대답했다.

"누가 해장국을 저녁에 먹어. 가서 술 먹고 낼 아침에나 오란 말야. 등신 같은 소리 집어치우고."

그때 춘매는 화염방사기처럼 생기를 내뿜고 있었다. 이따금 달밤이면 사내와 팔짱을 끼고 은척의 긴 방죽을 따라 산책을 하는 것이 목격되기도 했다.

방죽 아래에 풀이 무성한 언덕바지는 갓 사춘기를 넘어선 어린 연인들이 서투르고 애타는 연정을 서로에게 호소하는 공식 장소, 또는 짐승들이 짝짓기를 하는 장소쯤으로 치부되어 나이 든 사람들은 밤이면 아예 얼씬도 하지 않았다. 그러나 춘매는 그런 건 아랑곳하지 않았다. 사내의 나직한 목소리에 이어지는 춘매의 휘파람새 같은 호들갑스러운 웃음소리에 막 유전자 결합을 하던 짐승들도 놀라 고개를 들었고 어린 연인들은 맞잡은 손을 풀었다. 처자가 있는 게 분명한 사내를 향한 처자가 있는 은척 사내들의 질투는, 백주에 가죽 점퍼에 선글라스를 끼고 호탕하게 웃음을 터뜨리며 우당탕탕탕, 소리도 드높게 은척 대로를 거침없이 내달리는 사내와, 그 사내의 허리를 힘껏 껴안은 채 머리카락을 휘날리며 입으로는 비눗방울 같은 웃음소리를 터뜨리는 춘매가 나타났을 때 극에 달했다. 또한 그런 은척 사내들을 단속하려는 여인네들의 노고도 만만치 않았다. 이래저래 원성이 드높아갔지만 춘매는 원성이고 이목이고 자식이고 도외시한 채 자신에게 찾아온 용암 분출과 같은 순간을 구가할 뿐이었다. 이치도와 같이 중학교에 들어간 아이들이 고등학생이 되었을 때, 군부대 이전 공사가 끝났다. 은척 교외 수백만 평의 부지에 광활한 전투기 사격장이 만들어진 것이다. 공사가 끝나자 사내는 온다간다 말도 없이 은척을 떠났고 다시는 돌아오지 않았다. 사내는 잠시 은척에 들렀다 사라진 평범한 군납업자, 평범한 가정의 남편이자 아버지, 평범한 인간이었던 것이다. 당연한 결과를 두고 춘매는 첫사랑에 실패한 처녀처럼 이를 부드득 뽀드득 갈았다.

"이제 내 인생은 완전히 조졌다. 사내새끼들은 단 한 사람도 예외없이 모두 똑같다. 어서 늙어서 죽고 싶구나."

그러다 춘매는 틀니를 해넣어야 했고 폭삭 늙었다 할 만큼 나이가 들었다. 한때 철권을 자랑하던 권투선수가 시합 때의 후유증인 펀치 드렁크로 신음하듯, 춘매 역시 요란하게도 서방질을 하더니 결국 그렇게 되었다는 쑥덕공론이 은척읍 조기축구회원 사이에 돌았다. 그로부터 죽을 때까지 춘매는 단 한 번도 사내에게 눈을 돌리지 않았고 사내들 역시 춘매를 여자로서 대하지 않았다.

이치도는 일 주일에 반 이상을 바깥에서 자고 들어왔다. 어쩌다 만난 두 사람은 겉보기에는 전과 다름없었다. 모자간의 대화도 같았다. 하긴 대화란 것이 기껏 "밥 줘!" "차려놨으니까 처먹어!" "돈 줘." "뭐 하게?" "노르웨이제 석유 버너 사서 놀러 좀 갔다 올 거야." "노리개 같은 소리 하고 자빠졌네. 맨날 놀면서 또 어딜 가서 놀 작정이냐?" "안 줄 거면 잔소리 마. 있다 운동구점 가서 쌔비지 뭐." "개자식, 자알 논다" 하는 게 고작이었다.

이치도의 도둑질도 세월에 따라 수준을 높여갔다. 없으면 훔치고 억울하면 훔치고 없어서는 안 될 물건을 훔치더니 있어도 훔치고 버릇이 되어서 훔치고 심심해도 훔치는 단계로 발전했다. 훔쳐서는 안 될 물건을 훔쳐본 이상, 스승의 과거와 사랑하는 이의 미래를 훔친 이상 세상에 훔쳐서는 안 될 물건은 없었다. 사소한 일들을 계속 열거하자면 끝이 없지만 몇 가지 얘기를 하자면 다음과 같다.

오토바이 다섯 대를 훔친 아주 사소한 사건이 있었다. 애초에 친구 삼촌의 오토바이를 허락 없이 빌려타고(허락 없이 빌려쓰는 것이 도둑질을 형용하는 전형적인 수사이긴 하지만) 돌아다니던 이치도와 그의 용감한 친구는 모내기를 하는 논이 있는 언덕바지에서 회전을 하지 못하고(처음 오토바이를 몰아본 사람으로서 어쩌면 당연한 일이지만) 모내기를 하던 아주머니, 아저씨 사이에 보기에도 훌륭하게 거꾸로 처박혔다. 오토바이 주인의 조카와 그의 친구를 논에 메다꽂은 뒤에도 오토바이는 얼마를 더 날아가 농부들이 분뇨를 모아 거름을 만드는 웅덩이에 빠졌다. 오토바이는 헬리콥터 날개처럼 투타타타, 바퀴를 돌리며 농부들에게는 아깝기 그지없는 거름을 하늘 높이 튀겨댔다. 반경 오십 미터 범위 안에 있던 사람들은 하늘에서 떨어지는 거름을 피하기 위해 메뚜기처럼, 개구리처럼 뛰어다녔다. 한마디로 은척 모내기 역사상 보기 드문 장관이 연출됐던 것이다. 발만 내놓고 버둥거리는 두 사람을 바로 세운 농부들은 (거꾸로 심은 모를 가려내는 데 귀신 같은 안목을 가진 농부들로서는 당연한 일이지만) 두 사람의 귀빵을 열불나게 올려붙였다. 그 다음에 오토바이의 주인 앞으로 끌고 가 영문도 모르는 주인에게 배상을 요구했다. 오토바이의 주인은 조카보다는 낯모르는 조카의 친구를 흠씬 패줌으로써 모든 일을 마무리했다. 아니 마무리했다고 생각했을 것이다. 그러나 일은 거기서 끝나지 않았다.

그 뒤로 오토바이나 남의 삼촌이라면 원수처럼 생각하게 된 이치도는 오토바이가 있는 삼촌들의 오토바이를 삼촌들 모르게 훔쳐타고 나가서 논이 무성히 자라고 있는 들에 쑤셔박고 돌아오곤 했다. 그런데 다섯 대의 오토바이 가운데 한 대는 조카가 없는 사람의 것이었다. 그 오토바이의 소유자는 이상하게도 오토바이를 되찾은 뒤에, 오토바이를 잠시 빌려타고 들에 나가 상처 하나 없이 안전하게 쑤셔박았던 사람이 더이상 학교를 다니지 못하도록 퇴학시켜줄 것을 학교와 부모와 세상에 요구했다. 단지 그것만을.

그는 이치도가 다니던 학교에서 당시의 추세에 따라 영어를 가르치다 한문을 가르치다 체육을 가르치다 하던 교사였다. 그는 중학생 아이들이 성인용 영화를 보는 것을 병적으로 싫어했는데 학교의 공식적인 단속과는 상관없이 매일 오후부터 저녁까지 영화관 앞에 오토바이를 세워놓고 자기보다 키가 작은 사람에게는 무조건 덤벼들어 이름을 적는 고질병이 있었다. 아무 생각 없이 영화를 보고 나오던 이치도는 '난쟁이 똥자루' 라는 별명을 가진 선생 앞을 아무 생각 없이 지나쳤다. 선생 역시 이치도를 아무 생각 없이 흘려보냈는데 이치도의 키가 그 교사보다 한 뼘은 더 컸기 때문이다.

이어서 아무 생각 없이 골목을 돌던 이치도는 아무 생각 없이 시동이 걸린 채 주인은 어드메로 가고 없는 오토바이를 보았고 역시 아무 생각 없이 그 오토바이에 올라탔다. 그냥 올라타서 한 번 굴러보았다. 그런데 오토바이가 기다리다 지쳐서 발광을 했는지 저절로 출발하는 것이었다. 아무 생각 없이 오토바이를 몰고 거리를 질주하던 이치도는 아무 생각 없이 인적이 드문 들판에 이르렀고 아무 생각 없이 전에 해왔듯이 오토바이를 똥이 그득한 공동 퇴비장에 가라앉혔다. 그 뒤에 천천히 걸어서 집으로 돌아오면서 비로소 생각에 잠겼다. 도대체 누구의 오토바이일까. 그 누구의 조카는 오토바이가 어디 있는지 알고 있을까.

그 다음날, 아침 일찍 이치도의 집에 그전에 삼촌의 오토바이를 함께 훔쳤던 조카들을 앞세운 난쟁이 똥자루가 들이닥쳤다. 누구의 소행인지 알게 된 이상 학교에서 기다리면 될 것이나, 이치도는 어지간해서는 학교에 가지 않았던 것이다. 그런데 그날따라 이치도는 친구 집에 가고 없었다. 그 전날 돼지 같은 사내가 가게 뒷방에 자고 갔던 것이다. 이치도가 있고 없고에 관계없이 오토바이는 늘 발견되던 곳에서 발견되었다. 다른 오토바이의 주인과 마찬가지로 교사 역시 분노로 턱을 떨었고 머리카락이 하늘을 향해 곤두서서 머리에 쓴 야구모자를 뚫을 듯했다. 그래서 이치도는 퇴학을 당했다. '똥물에 빠진 오토바이'라는 불명예가 자신의 오토바이에 들씌워질까 두려워한 교사에 의해 퇴학 사유는 무단 결석이 잦고 교사에게 반항했으며 가출을 밥 먹듯 한다는 것으로 낙착지어졌다.

그 다음으로 사소한 사건은 최초로 이성과 접촉한 것일까. 접촉이란 말은 때에 따라 사귐, 교제, 교분, 친교, 정교(情交), 성교, 의사능력 없는 자에 대한 추행, 강간, 윤간, 간통으로 세분되어 쓰이기도 하는데 이치도의 경우는 두서너 가지에 해당하는 일을 단 한 번에 치렀다. 다른 아이들이 모두 고등학교다, 상업학교다, 서울이다, 어중간한 어디다 가는 바람에 이치도는 같이 놀 친구를 많이 잃었다. 한편 고등학교에 갈 실력이 되지 않는, 또는 가정형편상 고등학교에 진학하지 못한 아이들을 대상으로 운영하는 학교 가운데 고등학교 학력 인정 고등전수학교라는 학교가 생겨서 새로운 친구가 생기기도 했다. 그 학교에 이치도가 다녔던 것은 아니고 그 학교에 다니는 아이 가운데 이치도를 존경하는 아이들이 있었다. 그 아이들은 공통적으로 은척에 유학 온 시골 출신들이었다. 몇십 리 떨어진 시골에서 왔으므로 자취를 하거나 하숙을 했다.

은척 같은 시골에 유학 오는 아이가 있느냐고 할 사람도 있을지 모르는데 은척도 엄연히 '지방 중소도시'의 소(小)에 해당하는 읍이었으며 세상에는 읍보다 낙후한 곳이 아직까지도 많이 남아 있다는 것을 참고할 필요가 있다. 정식 고등학교는 읍에도 면에도 있었지만 '고등학교 학력 인정 고등전수학교' 같이 이름이 복잡한 학교는 읍 이상의 도시에나 있었다.

이치도는 집에 돼지 같은 사내가 묵어가거나 사람들이 쫓아올 것 같은 생각이 들면 대개 그 아이들의 하숙집에 가서 잠을 잤다.

귀찮지만 다시 참고해야 할 게 있다. 왜 당시의 부모들은 비용이 덜 드는 자취를 시키지 하숙을 하게 했는가, 하는 문제. 자취방에는 비슷한 고향 출신끼리 모여들어 양동이에 막소주를 담아다가 양푼으로 퍼마시고 잠들기 일쑤였고 그러면서 혼숙, 편싸움, 자살 기도, 낙태, 기생충 감염 따위의 문제가 난무했다. 이치도는 그렇지 않아도 자신에게 문제가 많은데 그런 문제아들의 문제가 많은 곳에 찾아가서 잘 생각은 전혀 없었다. 놀 때는 몰라도 잘 때는 쾌적하고 조용한 하숙집에 있는 아이 집에 갔던 것이다.

문제아들과 마신 술 때문에 이치도는 방에 들어가자마자 세상 모르고 잠이 들었다. 그때 그 하숙생, 이름은 생략하고 고등학교 학력 인정 고등공민학교, 아니 전수학교던가, 하여튼 거기 다니는 김군이라고 하자, 김군은 윗목에 얌전하게 앉아 무슨 공부인지를 하다가, 문득 팔을 괴고 소쩍새 소리에 귀를 기울이더니 무슨 생각이 들었는지 일어서서 밖으로 나갔다. 그로부터 대략 한 시간쯤 지났을까. 이치도는 누군가 울먹이며 잠을 깨우는 바람에 눈을 떴다.

"왜 그래, 새꺄. 형님 지금 주무시잖아."

"큰일났어. 난 어떡해."

"무슨 일인데."

"오오, 난 이제 죽었다. 어쩌면 좋아."

"네가 죽는 일 가지고 이 형님이 피곤해서 주무시는데 깨우고 지랄이야. 떠들지 말고 빨랑 죽어버려."

"내가 이렇게 빌게. 나 좀 살려줘. 아니 재 좀 살려줘, 응? 재만 살려주면 내가 무슨 일이든지 시키는 대로 다 할게. 제발, 응?"

이치도가 무릎을 꿇고 사정하는 김군이 가리키는 곳을 보니 윗목에 웬 시체가 누워 있는 것이 보였다. 그 정도 가지고 움찔할 이치도는 아니었다. 뭐니 뭐니 해도 송장 보기를 밥 먹듯 하는 최고의 도굴꾼에게 한 수 배운 바 있는 이치도가 아닌가. 그런데 자세히 보니 송장이 와들와들 떨고 있는 것이었다. 게다가 대장간에서 풀무질을 하는 것처럼 거칠게 숨을 내뿜고 있었다. 그리고 그 송장은 여자였다. 여자다, 하는 느낌이 전해지자 이치도의 잠이 살짝 달아났다.

"저 살아 있는 송장의 이름이 무엇이더냐."

"고추자."

"이런, 똥물에 튀겨서 바람벽에 말려서 씹어먹을 놈. 나는 이제 정말 자노라. 다시 한번 나를 건드리면 너는 진정 사망의 계곡을 헤매이게 될 것이다."

이치도는 벌렁 드러누워 다시 이불을 뒤집어썼다. 김군이 무릎걸음으로 다가와 징징 짜며 이불을 들추었다. 겁이 나는지 손가락 끝으로만.

"이거 못 놔?"

"내가 정말 사정할게. 한 번만 살려줘. 재 정말 죽을 거 같애요. 그럼 나도 자동으로 죽어요."

김군은 『굿나잇 서울』이라는 성인용 잡지를 보며 모종의 수련을 하다가 거기 나오는 '정신일도 하사불성'이라는 격언을 보고 느끼는 바가 있어서 부엌으로 갔다. 문틈으로 들여다보니 고추자가 머리를 감고 있었다. 고추자는 지능이 좀 모자라는 처녀로, 스물이 넘은 나이에 은척 고등학교 학력 인정 고등전수학교, 아니 공민학교던가에 다니고 있었다. 김군이 들어 있는 하숙집 여주인의 사촌여동생이기도 했다. 또

'재수없는 놈은 엎어지면 고추자 위다' 라는 속담의 주인공이었다. 물론 그 속담은 불량 고등학생 사이에서나 통용되고 있었지만.

이치도는 고등학생이 아니었고 따라서 불량 고등학생은 더더욱 아니었다. 그러나 고추자가 어떤 처녀인지는, 어떤 처녀냐 하면 진짜 처녀였다, 잘 알고 있었다. 김군 역시 고추자가 어떤 처녀인지는 알고 있었다. 그런데 그날따라 '정신일도 하사불성' 이라고 부지런히 왼 주문 덕분인지, 소쩍새 소리가 조화를 부렸는지 어쨌는지 무슨 일이든 할 수 있다는 의지가 생겼다는 것이다. 김군은 고추자의 손목을 끌고 '코피' 나 한잔 하자며 방으로 데리고 들어왔다. 고추자는 실실 웃으며 김군이 끄는 대로 따라왔다. 방에 들어오자 애초부터 있지도 않은 커피고 코피고는 아랑곳하지 않고 김군은 곧장 고추자와 함께 서로의 몸을 가지고 놀기 시작했다. 자고 있는 이치도에게 들키지 않게 하려니 그 또한 어지간히 정신을 모으지 않으면 안 되는 일이었다. 오호라, 정신을 한 군데로 모을진대 하지 못할 일이 있으리오. 두 사람이 간지럼을 태우고 타며 노는 일은 거의 한 시간 가까이 침묵 속에서 진행되었다. 거추장스러운 옷은 하나 둘씩 벗겨져나갔고 두 사람 다 마지막 옷가지 하나만 남겨두고 있었다.

고추자는 김군의 염려와는 달리 사람과 사람 사이에서 벌어지는 육체적인 교섭에는 지능이 모자라기는커녕 지극히 정상인 것은 물론이고 급소를 찾아 손이 돌아다니는 것으로 미루어 우등생으로 표창을 주어도 괜찮을 것 같았다. 그런 상이 있다면 말인데. 이따금 고추자가 흥분하여 앓는 소리를 내면 그때마다 김군은 고추자의 입을 틀어막고 한편으로는 으르고 달래며 놀이를 계속했다.

"그런데 왜 저렇게 됐냐 말야. 이 닭똥집 주름 같은 놈아."

"갑자기 정신을 잃는 거야. 경련을 일으키고 숨이 가빠져서……"

자발적인 억제와 발산과 놀이, 그리고 타의에 의한 억압 사이를 오락가락하던 고추자는 어느 순간이 되자 오락가락하던 것을 포기해버렸다. 자신이 제일 좋아하는 쪽으로 방향을 딱 정해버린 것이다. 김군이 멋도 모르고 고추자의 손이 끄는 대로 따라가다보니 갑자기 고추자가 "아우후우" 하고 짐승 같은 소리를 냈다. 김군은 다급하게 입을 틀어막았다. 고추자는 눈을 홉뜨며 몸부림을 치더니 김군의 손을 깨물었다. 놀란 김군이 뺨을 때리면서 손을 끄집어내자 거품을 물고 정신을 잃는 것이었다. 그건 속칭 '지랄'이라고 하는 간질병 환자의 발작과 흡사했다. 덜컥 겁이 난 김군은 이치도에게 도움을 청하게 된 것이었다.

김군은 이치도가 그런 방면의 일이라면 도가 튼 사람으로 알고 있었다. 이치도는 이미 몸이 고등학생으로는 볼 수 없으리만큼 숙성했고 고등학생이나 고등전수학교 학생처럼 교복 따위는 입지 않았으니 어른처럼 보였다. 물론 이치도 자신이 『굿나잇 서울』 『새터데이 한양』 따위의 갖가지 책에서 보고 주워들은 이야기를 자기의 경험인 양 떠벌린 게 오해의 가장 큰 원인이었다.

"넌 나가 있어. 내가 들어오라고 할 때까지는 들어오지 마."

이치도는 엄숙한 얼굴로 김군에게 명령했다. 김군은 이치도를 향해 두 손을 모아 보이면서 허리를 숙이고 밖으로 나갔다. 이치도는 고추자의 증세를 살펴보았다. 사실 옷을 홀딱 벗은 여자를 실물로는 처음 보는 것이었고 게다가 그 여자가 제정신을 잃도록 흥분해 있는 것은 처음 보는 일이었다. 볼에 손을 갖다댔던 이치도는 깜짝 놀라 손을 뗐다. 고추자의 온몸은 열에 들떠 있었고 몸을 계속 떨고 있었다. 이치도는 고추자의 마지막 옷을 한 겹 벗기고 이불을 끌어와 고추자의 몸을 가렸다. 그리고 불을 껐다. 얼마나 시간이 지났을까.

"이젠 들어가도 돼?"

밖에서 추위에 떨던 김군이 말했다. 이치도는 책에서 본 대로 몸을 움직이면서,

"아직 멀었어, 인마. 어떻게 사람을 이 지경으로 만들 수가 있냐. 넌 죽을 각오 해. 나쁜 놈."

계속 욕을 해댔다. 한참 더 있다가 김군이 다시 물었다.

"지금은 어때?"

"야, 너 때문에 시끄러워서 치료를 할 수가 없잖아. 넌 어디 딴 데 가서 있어."

"어디로, 이 밤중에. 양말도 안 신었는데."

"빨리 안 꺼져? 경찰에 신고해버릴 거야."

결국 김군은 밖에 가서 잤다. 양말을 못 신고 간 것은 물론이다. 이치도는 김군이 가고 난 뒤에 죽은 듯이 늘어진 고추자를 천천히 쓰다듬었다. 나도 이제 사내가 되었다. 그런 뿌듯한 느낌이 치밀어올라왔다. 고추자의 몸에서 이상한 향내가 났다. 그건 이치도가 그전에 맡아본 어떤 냄새와도 달랐고 한번 맡으면 절대로 잊어버릴 수 없는 냄새였다. 화장을 하지 않는 고추자에게서 화장품 냄새가 날 리는 없었다. 그것은 천

연의 화장, 식물의 페로몬과 같은 여자의 냄새였다. 땀과 침, 피부 곳곳에서 홍수처럼 뿜어져나왔다. 그런데 하필 그 순간에 왜 이치도의 머리에 왕두련의 모습이 대보름달처럼 둥실 떠올랐을까.

"나 쌀 것 같애."

갑자기 고추자가 말했다. 이치도는 두련을 생각하면서 머리를 베개에 쿡 처박았다.

"나 쌀 것 같다구."

고추자가 다시 말했다. 이치도는 만사가 귀찮았다. 두렵고 후회스럽고 미칠 것 같았다. 고추자는 다시 고추자로 돌아갔다. 이치도는 퉁명스럽게 대꾸했다.

"그렇게 좋으면 싸면 되잖아."

불량 고등학생 사이에서 '싼다'는 말은 성적 황홀의 극치를 의미했다. 이치도는 계속 머리를 박았다.

"그럼 싼다……"

그 말과 함께 이치도의 아랫도리가 뜨뜻해졌다.

"뭐야!"

이치도가 몸을 일으킨 뒤에도 고추자의 오줌은 세차게 흘러나왔다. 그것은 이치도가 성에 관련된 지식을 습득하는 중요한 매체 가운데 하나인 길거리의 약장수가 말한바, '잡숴봐, 잡숴봐, 오줌발이 자갈을 튀겨'라는 경지였다. 이치도가 바지를 꿰고 나오면서 돌아보니 고추자가 달덩이처럼 환하게, 어쩌면 아름답게, 분명히 만족스럽게 웃고 있었다. 이치도는 대문 밖으로 나와서 전봇대에 머리를 쿵쿵 찧었다. 하늘에서는 두련의 눈썹을 닮은 달이 차갑게 내려다보고 있었다.

있을 법한 사소한 일은 또 있었다. 이치도는 '무작정 상경(上京)' 하는 비슷한 또래의 아이들 사이에 끼어 무작정 서울로 갔다. 두련이 못 견디게 보고 싶어서였는데, 이래저래 지은 죄가 있어 차마 그 앞에 나타날 수가 없었다. 그래서 먼발치에서라도 보고 올 작정이었다. 두련이 서울의 어느 고등학교에 다니는지, 어디 사는지 전혀 모르고 갔다는 점에서 무작정이라고 말할 수밖에 없다.

그렇다고 아버지인 왕확에게 가서 주소를 물을 수도 없는 노릇이었다. 그 아버지에게는 지은 죄가 없겠는가. 물어본다고 해서 가르쳐줄지도 의문이었다. 모르긴 해도 그들 부녀 사이에서 이치도는 은혜를 원수로 갚은 놈, 거지 콧구멍에서 마늘을 빼간 놈으로 여겨지고 있을 것이었다. 이치도가 믿은 것은 두련이 분명히 고등학교는 서울로 진학했다는 것, 남대문에서 김서방 찾기와는 달리 이름이 희한해서 찾을 확률이 일반 사람보다는 높다는 것, 서울에서도 빼어나게 예쁠 것이니 한 번 본 사람은 누구나 기억하리라는 것이었다.

그렇긴 해도 두련이 다니는 학교를 찾는 데 여섯 달이 걸렸다. 찾고 보니 하필 방학이어서 학교에 나오지 않았다. 은척 집으로 갔는가 했지만 두련은 중간시로 전학을 간 이후에 한 번도 은척에 돌아오지 않았다. 학적부를 훔쳐서 본 결과 두련의 집은 학교에서 가까운 동네였다(학교 교무실 캐비닛에 보관되어 있는 학적부를 어떻게 훔쳐서 보았느냐 하는 건 사소한 문제 중에서도 사소한 문제라 언급할 가치조차 없다). 그 동네는 공단의 공장에 다니는 사람들이 많이 사는, 이른바 벌집이 많은 동네였다. 이치도는 그 집으로 찾아가는 길에 배가 고파서 몇 군데 벌통에 들러 카세트 라디오, 전기밥통, 흑백 텔레비전, 커피포트 같은 전자제품을 훔쳐서 팔아먹으려다가 수상하게 여긴 고물장수의 신고로 파출소로 잡혀갔다. 은척과 서울은 고물장수도 이렇게 수준이 달랐다. 없는 동네일수록 좀도둑이 들끓는다, 쉴 날이 없다는 경찰의 푸념을 들으면서 본서로 넘겨져서 유치장에 갇혔다. 유치장에는 이치도와 같은 사소한 이유로 잡혀온 사람들이 많았다.

구치소에 수용되어 있는 동안 같은 방의 연로하고 전과가 화려한 이들을 제치고 방내 서열 2위가 되었던 것은, 서열 1위인 강도 살인 피의자가 하얗고 예쁘장한 이치도를 보자마자 즉각 부인으로 삼았기 때문이라는 지저분한 말도 있는데, 그 역시 있을 법한 사소한 일이다. 이치도는 그런 사소한 일을 가지고 일일이 입을 열어 떠들어대지 않는다. 거기서 교도관이 규율을 잡기 위해, 또는 개인적인 기호에 따라 피의자들로 하여금 변소의 구멍에 머리를 박는 가혹행위를 했다, 절대 그런 비인도적인 행위를 한 적이 없다, 어쨌다 저쨌다 하는 말도 있는데 그 역시 있을 수 있는 일이다. 웬일로 변소를 수세식으로 바꾸더니, 그 수세식 변소의 변기에 남은 똥을, 똥이 완전히 없어지고 하얀 바닥이 드러날 때까지 손으로 찍어 먹게 했다, 그런 적 없다 하는데 지나고 나면 사소한 일이다. 잊을 수는 없겠지만. 감옥에서 나와서 다시 두련을 찾아갔지만 해가 바뀌어 다시 방학이었다.

그 다음에는 여관 여주인의 눈에 들어 손님과 콜걸을 연결하는 연락

책을 하면서 몇 달을 지냈다. 틈틈이 두련이 다니는 학교며 집을 찾아 가보았지만 두련의 모습은 볼 수 없었다. 집은 이사를 갔다고 했다. 이치도의 사연을 알게 된 아가씨들은 한결같이 이치도를 동정하고 두련을 욕했다.

"도대체 뭐 하는 년이길래, 어떻게 생긴 년이길래 우리 모두의 샛별이요, 암흑의 희망봉인 이총각을 이토록 괴롭히는가."

이치도는 모두에게 요즘 보기 드문 순정을 지닌 청년으로, 공짜로 한 번 자줄 수 있는 사람으로, 심부름 잘하는 귀여운 동생으로 취급받았다. 그 시절은 그런대로 행복하고 평화스러웠다.

이치도가 근무하는 여관에 자주 드나드는 단골 손님 가운데 얼굴이 신선처럼 불그스레하고 풍채가 좋은, 한마디로 창녀촌이나 다름없는 여관에 전혀 어울리지 않는 노인이 있었다. 그 노인은 낮에 잠깐씩 들러서 맥주를 두어 병 시켜서 마시고는 잠을 자고 갔다. 여관의 주업인 '아가씨 알선' 같은 건 요구하지 않았다. 그 노인이 드는 방에는 옆방을 엿보는 구멍이 있었다. 그 옆방은 거의 언제나 손님이 들어 있는 방이었다. 그 구멍을 이용하는 값은 아가씨를 부르는 값과 같았다. 좀 이상하긴 하지만 뭐 그럴 수도 있는 일 아닌가.

그런데 이치도가 그 여관에서 나오기 하루 전날은 조금 달랐다. 단골 손님이 밤에 온 것이다. 그리고 자신이 늘 드는 방을 요구하지도 않았다. 맥주를 주문한 것은 같았다. 맥주를 날라다주고 돌아서는 이치도를 붙잡은 것은 전에 없는 일이었다. 노인은 심심한데 화투나 치자고 했다. 이치도가 돈이 없다고 하자 노인은 자신이 가지고 있는 돈 가운데 절반을 줄 터이니 그것으로 치라고 했다. 그 돈은 여관비의 세 배에 해당하는 금액이면서 아가씨들에게 치르는 화대와 같았다. 이치도가 자리에 앉자, 노인은 믿을 수 없이 빠른 동작으로 문을 잠갔다. 그러고는 이치도에게 애타는 자신의 사랑을 호소하기 시작했다.

이치도가 불경하게도 노인의 뺨을 때렸다는 말도 있다. 사람은 나름대로 사랑하는 방식이 있으니 그냥 좋게 거절하고 돈을 챙겨서 나오면 그만 아닌가, 라고 말하는 사람도 있을 것인데 그런 사람도 처음 들어간 감방에서 하루 만에 강제로 서열 2위의 자리에 올라보면 마음이 조금 달라질 것이다. 하여튼 이치도는 그 돈을 노인의 붉은 얼굴에 집어던지고 방을 나왔다.

그런 식으로 서울을 출입하던 끝에 은척으로 내려오는 길에 왕년의 대열차강도단의 두목을 만나 그의 권유에 따라 술집의 웨이터가 되었다. 웨이터란 직업은 한시절 멀끔하게 생긴 청년들이 가질 법한 직업 가운데 하나이니 특별한 건 아니다. 그런데 '피눈물'이라는 특이한 별명을 가진 인물이 그 술집의 주인이었다. '피도 눈물도 없는 인간', 또는 '내 눈에 눈물 나면 네 눈깔에서 피눈물 날 줄 알아라'는 좌우명을 줄여서 '피눈물'로 불리는 인물은 이치도보다 열 살쯤 위인 건달이었다. 그는 일대일로 붙은 싸움에서 진 적이 없다는 실력의 소유자였다.

피눈물이 열일고여덟아홉 살쯤 되어서 은척의 사교계 내지는 무술계에 데뷔할 때 이런 일이 있었다. 시골에서 농사를 짓고 사는 피눈물이 싸움을 제법 잘한다는 말을 들은 읍내의 깡패 두목은 피눈물을 부하로 삼으려고 했다. 그런데 그 말을 전하기 위해 갔던 부하는 눈 주변이 시퍼레져서 돌아왔다.

"너희끼리 잘 해먹어. 나는 머리를 굽혀 땅을 파고 허리를 펴서 하늘을 호흡하며 나물 먹고 물 마신 뒤 배 두드리면서 살 거니까."

그게 피눈물의 대답이었다. 삼고초려(三顧草廬)라는 말은 어디서 주워들어 알고 있던 두목은 세번째 만남에서는 틀림없이 자기 밑으로 들어오리라 확신했다. 두목은 직접 피눈물을 만나기로 했다. 그러면서도 혹시나, 하는 마음에 자신이 직접 시골로 찾아가지 않고 편지를 보냈다. 그리고 약속장소인 영빈교 다리 아래로 부두목과 서열 6위의 깡패를 데리고 갔다. 피눈물은 우시장에 내다 팔려고 염소를 끌고 왔고 깡패들은 유행에 따라 오토바이를 타고 갔다. 염소를 버드나무에 비끄러맨 피눈물은 오토바이에서 내린 깡패들과 마주 섰다.

"그대가 피도 눈물도 없는 고양이라는 인간인가?"

"아직은 그런 이름이 붙지 않았다. 지금으로부터 삼 년이 지나면 그런 이름이 붙을 것이다. 그런데?"

"너는 왜 좋은 소식을 전하러 간 아이들 눈탱이를 밤탱이로 만들었니. 하늘이 무섭지 않으냐."

"안 무섭다. 용건이나 말해."

"우리의 용건은 첫째, 너를 졸개로 삼아 우리 조직의 무궁한 발전을 기약하자는 것이다. 둘째, 그전에 너 같은 시골의 무지렁이에게 뛰는 놈 위에 나는 놈이 있다는 사실을 가르쳐주려는 것이다. 셋째, 이제까지 네가 눈탱이를 밤탱이로 만든 아이들이 다리 위에서 지켜보고 있는

데 그 아이들이 네 엉덩이를 야구방망이로 오십 방씩 때리도록 하는 것이다. 너는 절대 반항하거나 아프다는 비명을 질러서는 아니 되느니라……"

거기까지 듣던 피눈물은 게으른 고양이처럼 하품을 길게 하고는, 헬리콥터처럼 제자리에서 뛰어올랐다. 그러고는 두목의 용건을 복창하고 있는 부두목과 서열 6위의 눈두덩이를 두 발로 동시에 가격했다. 주먹이 아니었다. 발바닥으로 친 것이다. 그 다음 믿을 수 없다는 표정으로 멍청히 서 있는 두목을 연속 여섯 번의 발차기로 거꾸러뜨렸다. 여섯 번의 발차기에 걸린 시간은 대략 삼 초 내외였다고 다리 위에서 언제 '입회식 빳따'를 치나 기다리던 부하들이 기억했다.

"또 용건 있어? 없으면 꺼지시고."

땀 한 방울 흘리지 않고, 숨도 몰아쉬지 않으면서 피눈물이 한 말이었다.

"분하구나. 너는 그 발차기를 어디서 배웠느냐."

"배우긴 뭘 배워. 매일 들에서 소 다섯 마리 여물 해다 먹이고 산에서 나무 세 짐 하고 집에서 가마니 열 장씩 짜다보니 이렇게 된 거지."

"너를 이기기 위해 도장에 가서 새로 무술을 배우려고 했건만, 그마저 틀렸구나. 그럼 나는 병원 간다. 잘 있거라."

두목은 부두목과 서열 6위의 부축을 받으면서 사라졌다. 두목의 꼴을 본 다리 위의 부하들은 자신들이 눈 주변만 그렇게 된 것을 다행으로 여기면서 저마다 가슴을 쓸어내렸다. 그 이후로 은척에는 건달 조직 하나가 사라져버렸다.

그 일을 계기로 피눈물은 은척으로 진출하게 되었다. 그로부터 피눈물은 삼 년을 종횡무진, 은척 방방곡곡에 힘이 세다는 사람들을 찾아다니며 싸움을 걸었다. 검도, 유도, 공수도, 합기도, 중국무술을 가르치는 도장의 관장들이 모두 그의 정통 농업무술 앞에 무릎을 꿇었다.

그는 또 농사꾼 출신답게 눈이 오나 비가 오나 하루도 빠짐없이 문을 열어 근면하게 몰래 빚은 농주(農酒)를 파는 술집을 차렸다. 그와 싸워서 진 왕년의 건달, 도장에 다니던 사람들은 모두 그의 술집으로 왔다. 오지 않으면 은척에서 머리를 들고 다닐 수 없었기 때문이다. 다른 술집 앞에 세워놓은 차들은 모두 타이어가 펑크 나거나 심지어 원인 모를 불이 났다.

농주 판매 사업이 불같이 번창하자 그는 소를 한꺼번에 다섯 마리씩 키우듯, 하룻저녁에 가마니를 열 장씩 짜듯 우시장통의 막걸리집부터 번화가의 양주 파는 살롱까지 십여 개의 술집을 한꺼번에 운영하기 시작했다. 그 술집들은 모두 밀주, 아니면 가짜 양주를 취급했고 농(農)자 돌림의 이름을 가지고 있었다. 농심, 농주가, 주막농, 주농야농…… 은척의 술집에서 술을 마시려면 그를 통하지 않을 수 없었다. 그의 술집에 손님이 꽉 차야만 다른 술집에서 손님을 받을 수 있었다. 그것은 은척에 술집이 생긴 이래 처음 출현한 철두철미한 독점 체제였다.

그 바람에 사람들은 술맛을 잃었다. 술집에서 목숨을 걸고 술을 마실 이유는 없었다. 코뼈를 걸고 앞니를 걸고 마실 일도 없었다. 집에서 마셔도 되었다. 집으로 일찍 귀가하는 가장들이 많아졌다. 피눈물이 가정평화의 수호자라는 평판이 퍼진 것은 이 때문이다.

"도대체 이게 어떻게 된 거지?"

그 덕분에 부군수와 점심식사까지 하게 된 피눈물은 술집에 돌아와 고개를 갸웃거렸다.

"가오리, 너는 그 이유를 알고 있을 거야."

가오리는 고개를 흔들었다.

"오징어야, 너는?"

오징어 역시 고개를 흔들었다. 다 마찬가지였다. 알고 있지만 누구도 말할 수 없었다.

"박쥐, 너는 알겠지. 여기 붙었다 저기 붙었다 하는 놈이니까 말야."

대걸레를 잡고 바닥을 닦던 신참 이치도가 멋모르고 대답했다.

"경기가 안 좋아서 그런 것 같습니다."

"어려운 말 쓰지 마, 새꺄. 그건 문어 특기잖아. 네가 아는 것만 말해."

"농번기라서 농부들이 농사 짓느라 못 나오는 게 아닐까요?"

"농사를 네가 뭘 안다고 그래. 내가 계속 농사만 지을 수 있었으면 이런 데 와서 이 고생 하면서 이 더럽고 구차한 짓을 하고 있겠느냐. 요즘의 농자는 천하의 대봉이다. 도시에서 돈 많은 놈들이 와서 헐값으로 땅 빼앗아가지, 농약이다, 비료다, 기계 값이다 뭐다 해서 도시의 공장에서 뺏어가지, 쌀값은 똥값이지, 농부가 천하에서 제일 큰 봉이란 말이다."

"형님, 그게 저 천하의 대봉이 아니라 천하지대본입니다. 저기 거시기……"

"문어야, 먹물을 아껴라. 내가 다 알고 있어. 응용을 한 거라구. 응용 몰라? 너 그리고 사람들 있는 데서 나한테 형님이라고 자꾸 부를 거야? 회장님이라고 부르라고 했잖아! 너희들이 자꾸 그렇게 부르면 내가 바닷속 용궁에서 사는 줄 알 거 아냐, 자식들아. 여기 가도 형님, 저기 가도 형님, 형님, 형님, 형님…… 아이구 지겨워. 너 나이도 나보다 두 살이나 많잖아. 그런 건 깡패나 하는 짓이야. 우리가 깡패야? 깡패냐구? 꼴뚜기, 네가 말해봐."

"아닙니다……"

"꼴뚜기보고 대답하랬는데 왜 가오리 네가 나서?"

"꼴뚜기는 어물전에 갔는데요."

"메뚜기도?"

"아, 메뚜기는 들로 튀었습니다. 맞습니다. 들에 창고가 있는데요, 거기 갔습니다."

"창고라? 거기서 메뚜기가 뭐 해?"

토론 끝에 그들은 한 가지 명백한 결론을 얻었다. 술집에서 마시는 술에 흥미를 잃은 사람들이 괘씸하게도 노름을 하러 다닌다는 것이다.

"우리가 땅 파먹고 사는 것도 아니고 돈 처들여서 갖가지 설비를 하고 도시에서 예쁜 아이들 데려다가 술맛 하나는 대한민국 어디와 비교해도 부럽지 않게 해주었건마는, 이 무지하고 허파에 바람 든 것들이 주제에 어울리지도 않는 노름을 하면서 아까운 시간과 돈을 허비하고 있다니. 하여 가정에서는 지아비가 돌아오기를 오매불망 기다리는 지어미들이 늘어나고 자식들은 엇나가며 직장에서는 허구한 날 밤샘한 탓으로 근무태만에 직무유기라. 오늘날 우리가 이런 풍조를 그냥 두었다가는 우리는 깡패도 아니고 술집의 주인과 종업원도 아니고 용왕도 토끼도 아니고 뭣도 아니고 뭣도 아니고…… 한마디로 아무것도 아닌데도 밥만 축내고 사는 쓸데없는 이상한 놈들이 된다. 자, 맹세하자. 오늘부터 우리는 보이는 족족 노름판을 깨부수는 데 몸과 마음을 바칠 것을 엄숙히 선서한다."

그런 일이 있었는지도 모르고 여느 때나 마찬가지로 낮시간을 이용해 잠깐 들판에 있는 창고에 차려진 도박장에서 노름을 하던 메뚜기는 느닷없이 귀를 잡혀와서 웨이터가 아니라 안주로 손님 앞에 나가도 될 정도로 녹신하게 얻어터졌다.

"왜 하필 오늘같이 날씨 좋은 날, 저만 가지고 이러십니까?"

울며불며 도망다니는 메뚜기를 두들겨패는 가운데 의논은 계속되었다.

"지금 우리 읍내에 도박이 심각한 수준을 넘어 아주 창궐한 것 같습니다. 차제에 작살을 내야 다시는 그런 망국적이고 망주점적인 사태를 미연에 방지할 수 있을 것 같습니다."

"오냐, 문어야. 너 말 한번 어렵게 잘했다. 그러면 훌륭한 방법을 내보거라."

"전 그냥 말이나 어렵게 할 줄 알거든요. 아무 생각이 안 나는데요."

"너도 메뚜기처럼 맞아볼래?"

"다음에는 나서지 않고 가만히 있겠습니다요."

"제가 한 말씀 올리겠습니다."

"오냐, 자라야. 너밖에 없구나. 어떻게 하면 토끼의 간을 가져와서 불쌍한 우리 공주의 병을 고치……는 게 아니라, 도박판을 작살내서 우리 읍내의 안녕을 도모하고 우리 술집이 흥청망청하도록 하겠느냐."

"경찰에 신고합시다!"

잠시 침묵이 흘렀다. 자라는 표정이 밝아졌다 어두워졌다 하는 피눈물의 눈치를 살피며 안절부절못하고 서 있었다. 이윽고 피눈물의 콧등에 고양이 같은 주름이 잡히기 시작했다.

"은척 경찰은 은척 사람 아냐? 은척에 노름 안 하는 경찰 있대?"

"모르죠, 찾아보면 천연기념물이라도……"

"우리 중에도 메뚜기 같은 박쥐가 나오는데 경찰이라고 선이 안 닿겠어? 헛소리하지 말고 토끼 간이나 가져와, 새꺄."

"회장님, 죄송합니다. 박쥐는 저고요. 전 정말 노름은 한 번도 안 해봤습니다. 노름판 근처에도 안 갔어요. 맹세합니다."

"그래? 그래? 그래…… 그러면 이렇게 한번 해볼까……"

그렇게 해서 그들의 작전은 순식간에 완성됐다. 그들은 볼 것도 없이 당장 그날 저녁에 작전에 돌입했다.

피를 씻고 혹은 대충 가리고 반창고를 붙인 메뚜기가 도박판에 들어선다. 그 뒤에 까만 양복, 까만 와이셔츠, 까만 넥타이, 까만 양말, 까만 구두, 까만 선글라스에, 까만 머리를 기름 발라 뒤로 빗어넘기고 바지에 칼같이 주름을 세운 피눈물이 월부 장수 같은 빠릿빠릿한 걸음으로 따라간다.

"어, 메뚜기가 밤에 웬일이야. 오늘 휴일이야?"

"쉿, 회장님 모시고 왔어."

"회장님? 아, 피도 눈물도 없는…… 게 아니고 진한 피와 뜨거운 눈물의 인정 많은 사나이 중의 사나이라는 그분? 바로 저분?"

"그래, 이제 보니까 넌 말도 참 유창하게 잘한다."

"우리 아버지가 극장에서 변사 한 거 몰라? 하여간…… 안녕하세요? 여긴 판이 작아서 회장님 성에 찰라나 모르겠네요. 여러분, 주목해주십시오. 저녁마다 은척에 있는 돈을 삼태기로 끌어모은다는 분이십니다."

선수(노름꾼)들은 창고(도박빚을 빌려주는 일을 하고 주선하는 사람)의 소개를 받고 오랜만에 봉을 만났구나 싶어 가볍게 박수를 친다.

"감사합니다. 감사합니다. 저는 오늘 그냥 좀 배울까 싶어서 구경하러 온 겁니다. 많이 가르쳐주십시오."

도박이 시작된다. 메뚜기는 피눈물을 믿고 무지막지하게 베팅을 해댄다. 시간이 많다고 생각한 선수들은 일단 메뚜기에게 잃어준다. 피눈물은 기저귀 차고 막 걸어다니기 시작한 아이처럼 이 사람 저 사람 붙잡고 이것저것 물어댄다.

"아, 이렇게 하면 선이 다 먹는구나. 이게 구삥? 이건 장사? 이건 삼칠?"

"거, 삼칠은 아무 데도 못 쓰는 거요."

"왜 장땡도 망통이고 오땡도 망통이고 세륙도 구삥도 다 망통인데 삼칠은 안 쳐주나요?"

"같은 망통이라도 제도와 관행, 규칙으로 쳐주는 것이 있고 안 쳐주는 것이 있는데 삼칠은 안 쳐주는 것이다, 이 말이오."

"아주 아는 게 많으시군요. 그런데 누구시더라. 제 술집에서는 못 뵌 분인데, 은척 사시는 분 맞으신지요?"

"난 저 요 바로 앞에 있는 중학교에서 교편을 잡고 있시다. 술은 못 먹어서 못 갔소."

피눈물은 싹싹하고 사근사근하게 말을 받는다.

"아이고, 뭐 우리집에는 술 아니고 다른 것도 많습니다. 자라탕, 오리구이, 토끼간, 꼴뚜기젓…… 꼭 한번 오세요. 성함하고 연락처를 적어주시면 제가 조그만 선물이라도 보내겠습니다. 아이고, 이런. 고맙습니다."

이윽고 메뚜기의 표정이 심각해진다. 메뚜기의 한철이 끝나고 전문가인 선수들이 끈을 조이기 시작한 것이다. 메뚜기의 눈치를 살피던 피눈물은 천천히 자리에서 일어나서 수북이 쌓인 판돈을 가리키며 "아도!" 하고 외친다. 창고가 팔을 잡는다.

"아니, 왜 그러세요."

"아도, 하고 나서 이기면 다 내 거라면서?"

"그건 그래요. 잃으면 판돈만큼 내야지요. 그런데 회장님은 판에 끼지를 않았잖아요."

"아, 나는 처음이라서 몰랐지. 그럼 안 돼?"

타지역 출신의 전문 노름꾼 중 하나가 이게 웬 봉이냐, 하는 표정으로 자신있게 말한다.

"끼시고 싶으면 언제든 끼세요. 야, 패 드려라."

"지금 받고 지금 때려도 된다?"

"그래요. 여기 빈자리에 앉으셔."

"아니, 나는 처음이니까 여기 메뚜기 패 가지고 할 거야. 아도!"

"후회하지 않는 거죠. 패 받으세요."

"아니, 나는 아도만 할 거요. 아도!"

그러나 상대는 어떻게 해도 이길 수 없는 패를 가지고 있다. 상대는 웃으면서 돈을 쓸어간다. 피눈물은 그 손을 지그시 잡아누른다.

"잠깐!"

"왜요?"

"처음에는 다 돌려주는 법이에요. 아까 선생님이 가르쳐주셨어요. 그렇지요, 여러분."

"그런 게 어딨어."

"어디 있긴 어디 있어. 여기 은척에 있지."

"아, 이거 뭐 이런 사람이 다 있어?"

드디어 피눈물의 발톱이 드러난다. 온통 까만 몸에서 낮에 나온 반달을 쳐다보는 고양이처럼 흰자위밖에 남지 않은 눈이 하얗게 도드라진다.

"뭐? 나보고 새끼라고? 이 새끼가?"

"안 그랬어, 언제?"

"야, 메뚜기, 들었지? 너 분명히 들었지?"

"네! 분명히 개새끼, 소새끼, 씹새끼라고 그랬습니다."

"아니 이것들이 완전히 짜고 치는 거 아냐."

피눈물은 목구멍이 다 드러나도록 하품을 한 뒤 천천히 말한다.

"짜고 치기는 너희가 짜고 쳤잖아, 인마. 너 어디서 굴러온 말뼉다귀야. 은척의 짠맛을 아직 못 봤나본데, 오늘 한번 봐라. 이런 사기꾼들은 진작에 몰아냈어야지. 안 그래, 창고?"

피눈물은 앉은자리에서 공중으로 붕 떠오른다. 그러고는 다리를 컴퍼스처럼 펼쳐서 판을 뒤엎어버린다. 사기도박꾼의 눈두덩이가 금방 시퍼렇게 물든다. 벼락같은 연속 발차기가 이어진다. 콧등이 터지고 새우등이 터지고 고래등이 터진다. 메뚜기는 노름판에 머리를 박고 돈을 챙기느라 정신이 없다. 그 손을 붙잡고 붙잡은 팔을 붙들고 붙든 팔을 비틀고 비튼 팔을 엉덩이로 찍어누른다. 난장판, 아수라장이다. 그때, 창고의 문을 두드리는 소리가 요란하게 난다. 갑자기 창고 안은 아무도 없는 듯 조용해진다. 피눈물의 발은 공중을 날던 그대로 멈추고 메뚜기는 지폐를 자루에 쑤셔담던 그대로 멈추고 메뚜기의 멱살을 잡은 사기도박꾼은 멱살을 잡은 그대로, 키 작은 교사는 쓰러지던 자세 그대로 멈춘다. 창고만이 창고의 주인이랍시고 간신히 중얼거린다.

"뭐야?"

대답처럼 밖에서 "경찰이다. 너희는 포위됐다. 꼼짝 마라" 하는 소리가 들려온다.

일동 중의 하나가 고개를 갸웃거린다.

"이상하다. 나도 경찰인데. 오늘 온다는 소식 없었는데."

그러자 메뚜기가 벌떡 일어서서 그 경찰의 앞을 가로막으며 소리친다.

"특수경찰이다! 불 꺼! 토끼자!"

메뚜기는 불을 끄고 나서 어둠 속에서 문으로 달려가 빗장을 푼다.

달빛을 받아 번쩍거리는 경찰 제복을 입은 가짜 경찰이 달려들어오는 척한다. 어둠 속에서 우왕좌왕하던 이들이 결국 돈을 포기하고 이를 갈며 뒷문으로 도망간다. 그렇게 하룻밤에만 세 곳의 도박판을 기습한다. 며칠 후에 은척의 노름꾼 대부분은 그 모든 것이 피눈물의 계획임을 알게 되지만 어쩔 수가 없다. 피눈물은 도박판에서 눈이라도 한번 마주친 사람은 모두 이름과 연락처를 적어두었던 것이다. 그들의 직업은 교사, 공무원, 회사원, 놀고먹는 데릴사위 등등으로 노름판에 끼었다가 사기를 당했다고 해서 훈장 받을 만한 사람은 없었다. 타지에서 온 전문 도박꾼들은 침을 뱉으며 다른 데로 가버렸다. 그렇게 해서 다시 가장들은 방황을 멈추고 일찍 집으로 돌아가기 시작했고 피눈물은 부군수와 부읍장, 소방서장, 우체국장 등과 식사를 함께 하는 영광을 누리게 되었다.

어느 날 이치도에게 군입대 신체검사를 받으라는 통지서가 나왔다. 그게 남다르고 특별한 일이겠는가. 대한민국의 남자들은 때가 되면 모두 비슷한 통지서를 받는다. 이치도는 통지서를 받고도 별로 신경을 쓰지 않았다. 나는 아버지가 없는 독자이며 중학교 중퇴에, 소년범으로 호적에 붉은 줄이 쳐져 있다. 쉽게 말해 나는 자격 미달로 면제다. 그렇게 생각하고 있었다. 신체검사를 받기 얼마 전까지는 분명히 그랬다. 그런데 그 무렵 무슨 일이 있어서 이치도는 군대를 가지 않으면 안 될 상황이 되었다. 그 일을 말하기 전에 신체검사장에서 어떤 일이 일어났는지 살펴보자.

겨울방학을 맞은 초등학교 교실에 임시로 차려진 신체검사장. 팬티만 입은 청년들이 몸무게를 재고 키를 재고 시력을 재고 오줌검사를 받았다. 신체검사를 받는 청년은 장정(壯丁)이라고 불렀다. 머릿수, 손가락, 발가락 숫자를 세고 팔다리의 숫자를 확인했다. 진짜 환자, 환자를 가장하는 장정, 군대에 못 가겠다고 울고불고하는 장정은 따로 분류해 놓았다.

이치도는 정상적인 대열에서 정상적인 장정들과 함께 정상적으로 모든 검사를 받았다. 그리고 신체검사라는 컨베이어 벨트의 마지막 과정에서 망치, 진짜 망치는 아니고 망치처럼 생긴 노숙한 장교 앞에 섰다. 그가 망치를 어떻게 두드리느냐에 따라 면제와 입대와 보충역, 곧 방위근무가 결정되는 것이었다. 이치도가 그의 앞에 팬티 바람으로 서자 그는 얼굴을 약간 찡그리고 안경을 고쳐쓰더니, "면제" 하고 들릴락 말락 중얼거리고는 망치처럼 생긴 방망이, 아니 방망이처럼 생긴 안테나, 아니 안테나처럼 생긴 지휘봉, 아니 결국 망치에 가까운 손바닥으로 탁자를 가볍게 두드렸다. 아니 두드리려고 했다. 그런데 가만히 서 있어야 할 이치도가 그의 앞에 놓여 있는 탁자로 호랑이처럼 달려들었다.

"안 됩니다!"

"뭐가?"

만사가 귀찮은 듯한 표정으로 판정관이 물었다.

"전 현역으로 가야 하거든요."

판정관은 안경을 고쳐썼다.

"넌 면제야. 군대에 못 간단 말이다."

"저는 군대에 가렵니다. 현역으로, 아무도 가지 않는 최전방에 가겠습니다. 보내주십시오."

이치도의 다음 차례를 기다리던 장정 사이에 잠시 수군거림이 높아졌다. 웃기는 놈, 꼴값하는 놈, 저 혼자 나라에 충성하고 싶어 환장한 놈, 나중에 크게 될지도 모르는 놈 등등의 의견이 백출했지만 중론은 '미친 놈' 이었다.

"군대가 애들 장난하는 덴 줄 알아? 네 맘대로 가고 네 맘대로 안 가는 데가 아니란 말이다. 자, 봐라. 넌 심신이 건강하다는 결과가 나왔다. 맞지?"

이치도는 고개를 끄덕였다.

"그런데 학력이 중학교 중퇴지? 이건 보충역이야."

"네."

"부선망 독자지? 역시 보충역."

"네."

"소년범으로 집행유예 선고를 받았지? 이건 면제의 직접적인 사유는 아니라도 이 외에 한 가지 이상 요건이 더해지면 무조건 면제야."

이치도는 양조장에서 술통을 끄는 순한 암나귀처럼 물을 때마다 고개를 끄덕였다.

"네."

"여기 판정결과를 봐. 면제지?"

"네."

"그러니까 돌아서서 집으로 가란 말이다. 다음."

그러나 이치도는 평소에 주특기로 생각하고 있는 '뒤로 돌아'를 하지 않았다. 오히려 턱을 들이밀고 판정관의 이마에 침을 튀겼다.

"전 현역으로 안 가면 죽어요."

"허허, 이거 미친놈이네. 일단 저쪽 환자 부대에 들어가 있어."

이치도는 망치가 가리키는 대로 꾀병 반, 진짜 반, 이도 저도 아니고 군대에는 무조건 못 간다고 울고 있는 장정 틈에 섞였다. 정상인을 다 처리하고 난 다음, 환자 부대에 대해서는 따로 정밀검사가 실시되었다. 이치도가 가는 곳마다 동료들의 지탄과 원망을 받은 것은 물론이다. 어디를 가나 "하나도 안 아픕니다!" "저는 현역으로 가고 싶습니다!" "군대가 좋아요!" 하고 옆사람의 귀청이 떨어져라 외쳐댔기 때문이다.

그 때문에 환자 부대의 사기가 형편없이 떨어져서 가짜가 쉽게 색출되었고 못 간다고 울던 장정도 포기하고 말았다. 따라서 전에 없이 현역 입영률이 높아졌다. 마지막으로 이치도의 차례가 되었다. 판정관은 만족한 표정으로 이치도의 어깨를 두드리며 공로를 높이 치하했다. 그리고는 이젠 진짜 집으로 가도 좋다고 했다.

"아닌데요. 전 정말 군대에 가고 싶습니다."

"도대체 왜 그러는 거냐. 봐라, 남들은 군대에 빠지려고 온갖 수를 다 쓰는데 말이다."

"국가를 위해 충성을 다하며 젊음을 불태우고 싶습니다. 저는 지금까지 외롭고 가난하고 무식하게 살아왔습니다. 군대에 가서 훈련을 받고 무쇠처럼 단련되어 진정한 사나이가 되고 싶습니다."

"글쎄, 네 말은 갸륵하고 기특하다만 그래도 넌 안 된단 말이다. 지원을 하랄 수도 없고…… 해봐야 안 될 게 뻔하니까 말이다. 셋 중에 한 가지만 없어도 어떻게 해보겠는데 말이다……"

"그럼 세 가지 중에 한 가지를 고쳐오면 군대에 가게 해주시겠습니까."

"얌마, 그게 하루아침에 될 일이냐. 판정은 지금 해야 되는데."

두 사람은 타협을 했다. 이치도는 재검사 판정을 받았고 재검사를 받기 전까지 세 가지 중 하나를 고쳐가기로 했다. 판정관은 약속을 하긴 했지만 불과 몇 주일 사이에 운명과 같은 그 세 가지 사항을 고칠 수는 없을 거라고 믿었다. 남의 운명을 훔쳐온다면 모를까. 그런데 그로부터 몇 달 후에 이치도는 어떻게 했는지 군대에 가게 되었다. 무엇을 바꿨을까.

이치도가 그 몇 달 사이에 고등학교 졸업 학력을 취득한 것은 확실하다. 공식적으로 중졸 학력은 검정고시를 통해, 고졸 학력은 고등학교 학력 인정 고등공민학교인지, 전수학교인지에서 취득했다. 검정고시에서 혼자 힘으로 합격했느냐, 옆자리 사람의 것을 베껴서 합격했느냐 하는 것은 중요하지 않다. 고등공민학교에 가서 돈을 주고 졸업장을 샀는지, 누군가의 목에 칼을 들이대고 학력을 강도질했는지 하는 것도 중요하지 않다. 그보다 더한 사람, 이를테면 외국에 있지도 않은 대학에서 석박사 학위를 훔쳐와서 팔아먹는 걸로 훌륭하게 살다가 늙어죽는 사람도 수두룩하니 말이다. 예나 지금이나.

군대에서 이치도는 여러 분야에서 타의 모범을 보여 표창을 받았다. 언제나 선두에 서서 열심히 근무했다. 훈련소에서 얼마나 훌륭하게 훈련을 받았는지 훈련이 끝나자 이치도는 동기들과 막 오리걸음으로 연병장까지 들어온 후배 신병들이 지켜보는 가운데 연대장으로부터 표창을 받았다. 그런데 오리걸음으로 들어오던 신병 가운데 하나인 메뚜기가, 진짜 메뚜기는 입영할 수 없으므로 이 경우에는 이치도와 함께 노름판에서 활약하던 인간 메뚜기다, 밤에 이치도를 찾아왔다. 메뚜기는 이렇게 말했다.

"형님은 네가 산에 가면 산으로, 바다로 가면 바다로, 공중으로 가면 공중으로 끝까지 쫓아가겠다고 하셨다. 네가 지금 훈련 끝나고 전출간다고 우리를 따돌릴 줄 아는 모양인데 형님한테 한번 찍히면 벗어날 수가 없다. 백두산 가서 호랑이 간을 빼먹지, 감히 형님 돈을 쌔비냐."

"이 새끼가 새카만 훈병 주제에 기간병 선배한테 뭐어? 차렷, 열중쉬엇, 차렷, 엎드려뻗쳐!"

메뚜기는 훈련소 후배답게, 이치도의 구령에 따라 잽싸게 동작을 취하면서도 입은 계속 나불거렸다.

"네 엄마가 형님 집에서 식모 노릇을 하고 있다. 형님한테 훔친 돈의 만분지 일씩을 까나가는 조건이다. 하루에 만분지 일이 아니라 한 달에 만분지 일이다. 네 엄마 가게는 너 토낀 지 하루 만에 형님이 박살을 냈다. 너도 형님 성질 알 거다. 내가 오늘은 이러고 있지만 내일은 다르다. 너는 잠잘 때 배때기에 철판 두르고 자지는 않겠지. 네가 잠자는 형님의 좆털을 건드린 이상 지옥까지 쫓아가서라도 너를 죽이라고 하셨다."

"한 가지 알아둬. 난 기갑사단으로 가서 탱크 안에서 잘 거야. 누가 귀찮게 일일이 배에다 철판을 두르냐."

그러면서도 이치도는 겁이 났다. 메뚜기의 말이 다 맞는 것은 아니겠지만 어머니가 피눈물에게 곤경을 겪을 것은 짐작이 가고도 남았다. 이치도는 피눈물이 나중에 결혼자금으로 쓰려고 모은 돈을, 그것도 신체검사를 받기 며칠 전에 훔쳤던 것이다.

그 돈은 허연 돼지저금통에 들어 있었다. 약혼자에게, 물론 피눈물의 약혼자인데 피눈물과 이미 살고 있었으니 동거녀라는 표현이 어울리겠지만 결혼식을 올리기 전까지는 약혼자라고 피눈물이 말하고 있었으므로 약혼자는 약혼자다, 새로 나온 생리대를 사다주던 길이었다.

"자기야? 나 지금 씻고 있거든. 조금만 기다려, 알았지?"

화장실에서 들려오는 물소리를 들으며 문갑 위에 놓인 돼지저금통을 보는 순간 이치도의 머릿속에서 아득한 시절 성억제와의 만화가게 도둑질의 추억이 떠올랐던 게 탈이었다. 자신의 본분을 너무 오랫동안 잊고 있었다는 후회도 밀려왔다. 큰 나무는 그늘이 깊은 법. 이치도는 너무 오랫동안 피눈물 밑에 있었다는 생각을 했다. 한창 나이에 생리대를 사다주는 심부름이나 하고 있다는 자격지심도 조금은 작용했다.

수십억이 넘는 재산을 가진 사람이 돼지저금통 따위에 신경을 쓰랴. 이치도는 돼지저금통을 품에 넣은 뒤, 어슬렁어슬렁 밖으로 걸어나왔다. 어린 시절처럼 할딱거리며 뛰지도 않고 오토바이를 타고 옛적의 그 숲으로 갔다. 추억을 조금 더 맛보고 돼지저금통을 도로 가져다놓으려고 했다. 그런데 보면 볼수록 돼지는 탐스러웠다. 그래서 이치도는 돼지저금통의 배를 살짝 뜯었다. 아주 살짝. 뜯어보고 안에 뭐가 있나 보고 가져다놓으려고 했다. 그런데 그 안에서는 동전은 십원짜리 하나 나오지 않았다. 손가락을 집어넣으려니 배를 더 뜯어야 했다. 물론 내용만 확인하고 도로 가져다놓으려고 했다. 안에서 이상한 종이만 만져졌다. 종이를 꺼내기 위해서는 돼지를 전면적으로 해부할 수밖에 없었다. 해부한 다음에 가져다놓으려고 했는가. 그건 확실치 않다. 해부한 다음, 다시 원상복구하는 건 불가능하니까. 돼지저금통에는 돈이 아니라 어음과 수표가 가득 들어 있었다. 불행인지 다행인지 모두 부도난 것들이었다. 결혼자금? 부도? 돼지저금통? 티끌 모아 태산? 이런저런 변수에 머리가 혼란스러워진 이치도는 돼지저금통을 버리고 말았다. 물론 돼지우리는 아니고 재래식 변소에.

그리고 군대로 도망 왔는데, 피눈물은 그런 사정을 알아주지 않았고 알아줄 리 만무했다. '내 눈에 눈물이 나면 네 눈깔에서는 피눈물 나고 내 눈에 피눈물이 나면 네 눈깔을 빼서 당구를 칠 것이다'는 신조에 따라 악착같이 자객인지, 지원병인지, 추격병인지 뭔지를 보내왔던 것이다.

이치도는 피눈물로부터 도망치기 위해 갖가지 수를 써서 남들이 가기 싫어하고 아무나 갈 수 없는 특수한 임무를 자원했다. 그 부대가 어디 있는 무엇 하는 부대인지는, 다른 모든 부대와 마찬가지로 국가기밀이므로 발설할 수 없다. 다만 그 부대에서 이치도가 이상한 기술을 하나 배운 것은 기록할 수 있다.

그 기술은 사람을 때려서 복종시키는 것이다. 그게 왜 이상한 기술이냐, 나는 자고 일어나면 사람 패서 꼼짝 못 하게 하는 게 일이다, 라고 말할 사람이 많을지도 모르겠다. 물론 그것도 기술은 기술이다. 깡패다운 기술. 그러나 이상한 기술은 되지 못한다.

마구잡이로 개 패듯 패는 비효율적인 미치광이 짓은 안 된다. 눈을 감고 맹목적으로 주먹을 휘두르는 아마추어나 다를 바 없다. 우선 두들겨팰 인물을 똑바로 쳐다본다. 그럼으로써 대상을 확실히 하고, 자신이 왜 때리는가를 분명히 한다. 또한 상대에게 왜 맞는지 충분히 알 수 있도록, 느낄 수 있도록 해준다. 아, 내가 맞아도 싼 짓을 했구나, 하는 생각이 저절로 들도록. 알고 보면 대부분의 사람은 살면서 한두 번 이상은 맞아 죽어도 싼 짓을 한다. 그걸 일깨우는 것이다. 성급하게 주먹부터 쓰는, 목적 없이 때리고 맞는 인간은 야구공보다 못한 인간이다. 그 다음에 정면에서 상대를 응시하면서 당당하고 단호하게 뺨을 친다. 이 동작에서는 계속되는 응시, 그리고 단호함이 긴요하다. 동작을 세분해 보자.

첫째, 상대가 느낄 수 있는 속도로 팔을 든다. 자신의 관자놀이에 치는 손의 엄지손가락이 닿을 정도로 높이를 조정한다. 뒤통수로 손이 돌아가서 상대가 그 손을 볼 수 없게 되면 때리는 효과가 현격하게 줄어들게 되므로 자동적으로 엄지가 관자놀이 부근에 오도록 훈련을 거듭할 것. 그 다음에는 자신의 손바닥이 채찍으로 변했다고 상상하면서 짧게 끊어 팔을 휘둘러 상대의 뺨을 갈긴다. 뺨에는 아픔을 느끼는 통점, 추위를 느끼는 온점이 상대적으로 많이 분포되어 있다. 뺨을 때리면 아픔과, 타격의 결과로 야기되는 모세혈관의 확장으로 뜨거움을 느끼게 된다. 아픔과 뜨거움은 곧 수치심과 연결되고 앞으로 얼굴을 들고 다닐 때 남들이 뭐라고 할까 걱정을 하게 된다. 보통 한 번으로 대부분의 사람은 마음으로부터 복종하게 된다. 한 번 이상이 되면 효과가 반감하고 억울한 감정이 생기는 부작용이 있으며 기술자의 몸도 피곤해진다.

한 번 쳐서 안 될 것 같은 사람은 두 번 세 번 칠 수밖에 없다. 그래도 안 되면 독침이나 칼이나 총, 대포, 탱크를 쓰라고 교관들은 가르쳤다. 어디까지나 미리 계획이 되어 있어야 한다. 충동적으로 반복하는 인상을 주면 기술이라 할 수가 없다. 그 기술을 막 터득하고 시내로 훈련을 나가 어설픈 깡패, 소매치기, 무전취식자, 건달 등등을 상대로 맹훈련을 거듭하고 있을 무렵, 꼴뚜기가 이치도가 있는 부대에 배속되었다. 여기서 꼴뚜기는 어물전에 있는 꼴뚜기가 아니라 피눈물의 휘하에서 식품재료 구매 담당을 하던 인간 꼴뚜기를 말한다. 따라서 이치도는 다시 부대를 옮겨야 했다.

누구 맘대로 부대를 옮기느냐, 군대는 줄인데 한번 줄을 섰으면 제대할 때까지 계속 가는 거 아니냐. 그렇게 묻는 사람이 대한민국에서 군대를 다녀온 사람들 가운데 팔 할은 넘을 터인데, 이치도는 좀 다르다. 앞서 말했듯 모든 훈련에 앞장을 서고 불침번, 보초, 변소 청소, 여기서의 변소 청소는 부대장 사택의 변소 청소를 말한다, 는 도맡아 해가며 타의 모범이 되었다. 자리를 옮기는 부대장들은 입 속의 혀, 화장실의 휴지 같은 이치도를 무리해서라도 데려갔다. 거기다 누가 쫓아오는 눈치만 보이면 불 같은 노력으로 자나깨나 전출 운동을 하고 정 안 되면 사고를 쳐서 영창에 가는 것도 불사하니 옮기는 게 힘든 건 아니었다.

그 다음에 옮긴 부대에서 촉망받는 모범병사로 열심히 근무하고 있는 이치도에게 가오리가 왔는지, 전봇대가 왔는지는 모르겠다. 이치도는 옮기고 또 옮겨다녔다.

"너는 도대체 따블백을 몇 번 싸는 거냐? 너 혹시 사회에서 산타클로스 하다 왔니?"

여섯번째인가 일곱번째인가 부대를 옮겼을 때 어느 하사관이 물었을 정도였다.

일곱번째로 이치도가 소속된 부대의 부대장은 신선한 소고기를 좋아했다. 이치도는 부대장의 배려로 취사반에 배속된 뒤에 신선한 소고기 육회가 떨어지지 않도록 신명을 다했다. 그러자니 부대원들에게 돌아가는 고기를 훔쳐야 했다. 그 고기를 훔쳐서 부대장이 내준 지프를 타고 멀리 떨어진 도축장까지 갔다. 군대 고기는 3.5대 1의 비율로 사제(私製) 고기와 바꾸었다. 반은 부대장의 관사에, 반은 취사반 냉장고에 넣어두고 부대장이 먹고 싶을 때 먹을 수 있도록 했다. 부대장이 먹고 싶지 않으면? 그러면 고기의 맛이 떨어진다. 그 고기를 다시 도축장에 가서 질 낮은 고기로 바꿔올 수는 없으니 부대장의 집에 있는 개에게 먹였다. 개도 매일 고기를 먹어서 물렸다? 그러면 이치도가 먹고 이치도가 물리면 하사관 이하 병사들이 먹었다. 부대장은 좀처럼 고기에 물리지 않았고 부대장의 개도 마찬가지였다.

고기 맛을 몇 달째 보지 못하여 피골이 상접한 병사들의 원성이 하늘에 닿았는지, 하늘에서 직접 염라대왕이 온 건 아니고 상급 부대의 검열관이 왔다. 그는 꿈에서 계시라도 받은 사람처럼 위병소의 "충성" 소리가 끝나기도 전에 대뜸 취사반에 들이닥쳤다. 그러고는 성큼성큼 냉장고 앞으로 걸어가 문을 활짝 열어젖혔다. 냉장고 제일 상단에 사제

접시 하나가 놓여 있었다. 접시 위에는 사제 아스파라거스가 깔려 있었고 아스파라거스 위에는 사제 통깨, 사제 참기름, 사제 마늘, 사제 생강 등등으로 양념한 최고급의 신선한 사제 육회가 처녀의 젖가슴처럼 아름답게 놓여 있었다.

"이게 뭐라고 생각하나?"

검열관이 물었지만 대답할 사람은 아무도 없었다. 이치도는 위병소에서 '충' 소리가 나자마자 슬리퍼를 꿰어신고 부대 뒷산으로 전속력으로 도망쳤다.

검열관은 부대장에게서 관리 소홀에 대한 시말서를 받고 일단 돌아갔다. 부대장은 집에 있는 개밥통까지 뒤질까 겁이 나서 이치도를 자신의 친구가 있는 부대로 전출시키기로 결정했다. 세상의 어떤 검열관도 찾을 수 없는 곳으로.

"이상병. 갑자기 국방부에서 너를 콕 찍어서 전출 명령이 내려왔다."

"대대장님, 저는 영원히 대대장님과 사모님, 그리고 통킹(대대장의 개 이름)을 모시고 살고 싶습니다. 전 정말 아무 데도 가기 싫습니다."

"나도 그래. 다시는 자네 같은 충성스러운 당번병을 만날 수 없을 거야. 그렇지만 가야지, 어쩌겠나. 군대는 명령이 아닌가. 자네가 이번에 가는 데는 대한민국에서 군대생활하기에 가장 편한 곳이야. 거기 내 친구가 부대장으로 있으니까 편한데다 더 편할 거야."

"전 편한 것도 싫고 힘들어도 좋습니다. 대대장님 곁에만 있다면."

"자꾸 고집 피우면 내가 곤란해져. 한시가 급하니까 빨리 가봐."

두 사람은 이렇게 새빨간 거짓말로 전출 신고를 주고받았다. 이치도는 단백질 결핍이 역연해 보이는 동료들과 이별을 한 뒤, 부대장이 내준 차를 타고 눈을 감았다. 부대장 운전병은 그를 도중에 만난 다른 부대로 가는 트럭에 인계했다. 그래서 이치도는 다시 눈을 감았다. 트럭 운전병은 그를 또다른 트럭에 인계했으며 그 트럭은 또 그를 다른 트럭에, 다른 트럭은 다른 트럭에 해서, 이치도가 대여섯 번 눈을 감았다 뜨니 자신이 전출가게 될 부대가 나타났다. 그런데 그 장소가 하필이면 바로 은척 교외에 있는 전투기 사격장일 줄이야.

"천국에 오느라 고생이 많았다. 너는 지금부터 방위들을 데리고 풀을 뽑고 개똥을 치운다. 가끔 전투기들이 와서 연습 사격을 할 건데 혹시 초보 조종사가 모는 전투기가 떨어지면 밀어서 다시 공중에 띄우는 특수임무가 있다."

신고를 받은 부대장이 한 말이었다. 전투기 사격장은 수백만 평이나 되었지만 병력은 그리 많지 않았다. 많을 필요도 없었다. 그나마 대부분의 인력은 사격장 인근의 동네에서 출퇴근하는 방위병들로 충당했다. 이치도는 방위병들을 지휘해서 사격장을 정리하고 초등학교 아이들의 받아쓰기 시험지에 선생들이 채점을 하듯 사격목표를 표시하고 사격이 끝나면 다시 사격장을 정리했다. 그 말고는 할 일이 없었다. 전투기 사격 훈련은 돈이 많이 들어서 실제로 훈련을 하는 일은 일 년에 서너 번 있을까 말까였다.

이치도는 남들은 오매불망 기다리는 외출, 외박은 물론 휴가까지 반납해가며 부대 밖으로는 코빼기도 비치지 않았다. 물론 피눈물에게 자신의 위치가 탄로날까봐서였다. 그런 속도 모르고 이치도의 상관인 선임하사, 여기서는 오상사라고 하자, 오상사는 이치도를 퍽이나 기특하게 여겼다.

비록 은척 시내에 살지는 않지만 퇴근 후에는 은척 시내의 술집을 돌아다닐 방위병들의 입을 통해서 이치도가 그곳에 있다는 사실이 피눈물의 귀에 들어갈 수도 있을 텐데도 피눈물은 어떤 행동도 취하지 않았다. 이치도는 궁금했다. 그래서 외곽에서 조심스럽게 접근해들어가려고 했다.

어느 날 양지 쪽에서 나란히 앉아 방위병들이 싸온 김밥을 먹다가 이치도는 물었다.

"지금 은척에서 제일 유명한 사람이 누구야?"

당연히 이때의 이치도는 은척의 사투리 따위는 하나도 쓰지 않았다. 말투로는 그가 은척 출신이라는 걸 알 만한 사람은 없었다. 보나마나 피눈물이겠지. 이치도가 그렇게 생각하고 있는데 몸무게 때문에 방위병이 됐다는 뚱뚱이가 말했다.

"요새 말입니까? 요새는 유명한 사람이 많습니다. 국회의원하고 군수, 경찰서장……"

이치도는 혀를 찼다.

"이 새끼는 허벅지 굵다고 귀청까지 두껍나. 왜 이렇게 사람 말을 못 알아들어. 군수 같은 사람 말고 비공식적으로 파워를 가진 사람은 없냐구? 나처럼 현역으로 군대생활을 잘 하려면 말야, 부대 주변에 유명하고 힘센 사람을 좀 알아둬야 한단 말야."

그런 건 현역 중에서도 부대장이나 할 일이었으니 방위병들은 눈만 껌벅거렸다. 보나마나 피눈물이겠지. 이치도는 생각했다. 너무 말라서 방위로 오게 된 홀쭉이가 말했다.

"이병장님. 그러니까 은척 재야에서 활동하는 분 가운데 제일 실력 있는 분 말씀이시죠? 그렇죠?"

"그래, 너 말 잘했다. 재야, 바로 그거야. 지금 재야에서 누가 유명한 거야?"

뚱뚱이가 나섰다.

"저는 압니다. 그런데 이름이 생각 안 나는구만요."

나도 네 고민을 안다, 요놈아. 피눈물의 이름을 아는 사람이 누가 있겠니. 이치도는 속으로 말했다. 그러나 겉으로는 모른 척하며 "그래, 나이는 몇 살이나 먹었어? 거주지는? 주요 사업은? 최근의 두드러진 업적은? 주위 사람들의 평가는?" 하고 연속으로 물어서 뚱뚱이가 기억을 할 수 있도록 도와주려고 했다. 그런데 뚱뚱이의 대답은 이치도의 생각과는 전혀 달랐다.

"나이는 대략 마흔다섯에서 쉰다섯 사이. 사는 곳은 은척의 방천(제방) 밑. 주요 사업은 고대사 연구와 전통무예 전승. 최근 가장 두드러진 업적은 배를 타고 일본에 가서 일제시대에 일본인들이 빼앗아간 문화재 수백 점을 가져왔다는 것임. 누구도 따르지 못할 대담함, 귀신도 혀를 내두를 솜씨로 유명 박물관에 비장해둔 것들만 골라서 훔쳤고 배에 실어 들여왔음. 이 사건 때문에 은척은 물론 온 나라가 들썩거렸음. 그는 훔쳐온 문화재를 모두 박물관에 기증했음. 그의 처벌 문제를 두고 여론이 크게 갈렸으며 군수와 국회의원, 경찰서장, 우체국장, 소방서장, 국회의원이 연명으로 탄원서를 제출하기도 했음. 그에 관한 기사는 두세 달 동안 지방 신문에 계속 실렸고 중앙지에서도 크게 다루었음. 요컨대 그는 단군 이래 은척이 낳은 최고의 유명인사가 되었으며 애국자로 떠받들여지고 있음."

이치도는 기가 차서 말이 나오지 않았다. 홀쭉이까지 나서서 침을 튀겼다.

"정말 굉장했습니다. 재판을 받고 집행유예로 나올 때 은척 사람 전부가 길에 늘어서서 환영을 했습니다. 집까지 경찰차가 호위를 했거든요. 그 사람은 이제 평생 먹을 거 입을 것을 걱정하지 않아도 됩니다. 누가 밤에 마당에 쌀이나 반찬을 가져다놓고 가기도 하고 겨울이 되면 연탄을 들여놔주고 장작도 패주거든요. 본인이 모르게 말입니다. 선거 때마다 후보들이 인사를 갑니다. 군수나 서장이 바뀌면 당연히 인사를 가고요."

뚱뚱이는 그 사람 때문에 은척역까지 새마을호 기차가 들어왔다, 원래 새마을호 기차는 은척에서 백 리쯤 떨어진 중간역에서도 서지 않는데 그가 재판을 받고 내려올 때 그를 태운 기차가 중간역에 멈춰서 길을 바꾸어 은척역까지 들어왔다는 이야기도 했다(사실 연도에 시민이 늘어서서 박수를 치며 환영을 했다는 것도 알고 보면 은척역에 새마을호 기차가 들어오는 전대미문의 사건을 보러 나온 것인지도 모른다). 하여튼 이치도는 머리가 아팠다. 그 인물은 왕확이 틀림없었다.

한때의 스승, 사랑하는 사람의 아버지가 훌륭한 일을 하고 유명해지고 모든 사람의 찬사를 받았다는데, 왜 머리가 아픈가. 잘 아는 사람이 어느 날 갑자기 유명해지면 갖게 되는 자연스러운 감정 때문이다. 낯설어지고 질투와 시기가 생긴다.

"아, 그 인간, 나도 신문에서 봤는데 내가 과거를 좀 알아. 고대사 연구? 웃기지 마. 그 영감 옛날에 진짜 도둑놈이었다구. 도둑 중에서도 제일 치사한 도둑 있잖아. 남의 무덤이나 파는 도굴범이었단 말야. 이름이 왕……확인가 그렇지? 이름도 웃기잖아?"

그러나 홀쭉이와 뚱뚱이는 전혀 수긍하지 못하겠다는 표정이었다.

"그 영감쟁이가 왜 은척 제방 아래 살았는지 알아? 은척 방천이 옛날에는 은척 토성의 성벽이었단 말야. 성벽이니까 그 밑에 옛날에 사람들이 갖다버린 요강 같은 거, 깨진 그릇 같은 거 그런 거 주워가지고 수리해서 골동품이 뭔지 모르는 사람들한테 팔아먹고 살았어. 완전히 도둑놈, 거지에다 사기꾼이라구. 일본에서 문화재를 가져왔다? 무슨 돈이 있어서 제가 일본으로 가. 그냥 이것저것 주워모아서 또 사기를 친 거야."

이치도가 아는 것, 모르는 것 총동원해서 그럴싸하게 헐뜯었지만 홀쭉이와 뚱뚱이는 물론, 주변에 있던 방위병 누구도 이치도의 말을 믿지 않았다.

"그렇지 않습니다. 그분은 젊을 적에 알아놓은 광산을 개발하면서 재일교포들에게서 자본을 끌어들였습니다. 그 광산이 가짜로 밝혀지기는 했지만 그건 중요한 게 아닙니다. 그 돈을 가지고 일본으로 건너가서 빌릴 건 빌리고 훔칠 건 훔치고 받을 건 받고 했답니다."

"그럼 국제적인 도둑놈에 세계적인 사기꾼 아냐."

"윤봉길 의사도 안중근 의사도 살인범이지만 온 국민의 존경을 받지 않습니까. 그분도 마찬가집니다."

알고 보니 이름을 모르는 것이 아니라 감히 부르지 못할 정도로 왕확은 존경을 한 몸에 받고 있었다. 감히 부르는 사람이 없으니 이름을 아는 사람이 드물 수밖에.

이치도는 바라던 대로 피눈물의 이야기를 듣게 되었다. 그러나 피눈물은 왕확에 비하면 사소한 존재가 돼버렸다. 절대적인 선의 화신이 왕확이라면 피눈물은 상대적인 악을 담당하는 조그만 악마라고나 할까.

"그 새끼는 정말 인간도 아닙니다. 그분이 일본에 갔다 와서 제일 먼저 찾아간 사람이 피눈물인데요."

찾아와준 것만으로도 고마워 버선발로 뛰어나와 땅에서 절이라도 올려야 할 피눈물이 왕확에게 돈부터 가져오라고 소리치는 것이 사람들의 눈에 띄었다. 그때부터 사람들은 피눈물을 개똥보다 못한, 상종하지 못할 인간으로 치부하기 시작했다는 것이다.

"언제는 안 그랬어? 그런데 그 인간이 왜 그랬대?"

"피눈물 집에 늙은 식모가 있는데요. 그 식모를 내보내달라고 선생님이 간곡하게 부탁을 했는데 그걸 거부했다 이 말이죠. 그 피도 눈물도 없는 개새끼가."

이치도는 가슴이 아려왔다. 바로 자신 때문에 어머니가 피눈물의 집에 잡혀 있는 게 아니던가. 그 역시 어머니의 아들, 인간이었다. 이치도는 모르는 척 계속 물었다.

"두 사람이 무슨 관곈데 그래?"

"잘은 모르지만요, 한때 사랑하는 사이가 아니었나 뭐 그런 아련한 소문이 있습니다. 원래 그 식모는 은척 읍내에서 술집을 했답니다. 그런데 아들이 완전히 개망나니라서 피눈물한테 엄청나게 노름빚을 지고 도망을 갔답니다. 그분이 일본에서 가져온 문화재 중에 제일 싼 도자기 하나만 남겨서 팔아도 그 빚을 다 갚을 건데 그분은 그렇게 하지 않으셨다, 이 말이죠."

"그래서? 그 식모는 아직 피눈물 집에 있고?"

"아닙니다. 지금 다 죽어간다고 하던데요. 병원에 있답니다. 그분이 하루도 빠짐없이 나가서 간호를 하신답니다. 피눈물 그 개새끼가 하도 부려먹어서 생긴 병이지요."

"정말 눈물 없이는 들을 수 없는 이야기구만. 내 주먹이 다 떨려오는구나. 자, 소대 일어섯! 우로 어깨 삽!"

어느 날, 고요한 전투기 사격장에 손님이 찾아왔다. 물론 이치도를 찾아온 손님은 아니었다. 부대장부터 하사관까지 전부 큰절이라도 올릴 듯한 자세로 손님을 맞았다.

"어서 오십시오, 회장님."

"그래, 김중령. 오랜만이네."

방위병에게는 조물주, 이치도 같은 사병에게는 하늘 같은 부대장이 경례를 붙였는데도 손님은 그저 가볍게 손을 저었다. 손님은 부대장보다 나이가 어려 보였다. 드문드문한 흰 머리를 염색하지 않은 것은 덜

들어 보이는 나이를 의식해서 그런 것 같았다. 키는 이치도보다 조금 작을 정도였다. 똥똥한 부대장은 한시도 떨어지지 않고 계속 무슨 말인가 재잘거렸다.

"저 똥 씹은 얼굴 한 놈은 뭐 하는 놈일까?"

초겨울이라 날씨는 추운데 부대 입구에서 도열해 있노라 입이 튀어나올 대로 나온 이치도가 중얼거리는데 오상사, 그렇게도 이치도를 귀여워하던 선임하사가 이치도의 입을 잽싸게 틀어막고 정강이뼈를 걷어찼다.

"주둥아리 조심해, 새끼야. 들으시면 어쩔라구."

얼마나 아픈지 이치도의 눈에서는 눈물이 대롱거리기 시작했다. 부대장이 오상사를 부르자 오상사는 다시 한번 이치도를 향해 눈을 부라린 뒤에 폭풍 같은 구보로 뛰어갔다. 잠시 후에 사격장 안으로 한 사람도 들어오지 말라는 명령이 떨어졌다. 그 덕분에 내무반에서 정강이뼈를 주무르며 쉬게 되었지만 이치도는 원한이 쌓였다. 거기다 손님이라는 그 누군가가 자신의 경계선을 침범했다는 동물적인 감각이 발동하기 시작했다.

전투기 사격장은 나라의 것이고 이치도가 나라가 아닌 이상 자신의 경계선을 침범한 그 누군가를 의식할 이유는 없었다. 전투기 사격장을 이용하는 것은 전투기들이고 이치도는 전투기가 아니었다. 전투기 사격장을 관리하는 부대장도 아니었다. 이치도가 경계심을 느낄 이유는 하나밖에 없었다. 그 손님은 도둑이었다. 정여수라는 이름 뒤에 붙은 직함이 회장이었지만 이치도는 본능적으로 그의 정체를 알아챘다.

이윽고 손님은 소총을 맨 오상사를 앞세우고 전투기 사격장 안에 있는 숲으로 천천히 걸어갔다. 부대장 운전병이 부대장의 지프를 몰고 뒤따랐다. 지프에는 오상사가 애지중지하는 개가 탔다. 곧이어 숲 안쪽에서 총성이 들렸다. 개인화기처럼 큰 소리는 아니었다. 그러나 군사시설에서 총성이 난다면 그냥 놔둘 수 없는 일이었다. 이치도는 행정반으로 달려나가 전화기를 움켜쥐었다.

"너 뭐 하는 거야?"

전화기를 쥐었을 뿐, 그 다음에는 그저 가만히 있었을 뿐인데 부대장이 귀빰을 올려붙였다. 이래저래 이치도는 원통할 수밖에 없었다.

"전화기가 더러운 것 같아서 청소하려고 그랬습니다."

"이런 미친 새끼가 언제부터 내 밑에 있었어?"

부대장은 연속으로 다시 이치도의 빰을 갈겼다. 행정반에서 도망 나오면서 이치도는 이를 갈았다.

저녁이 되자 일행은 다시 돌아왔다. 오상사의 옆구리에는 꿩이 서너 마리 매달려 있었다. 전투기 사격장에는 원래 꿩이 많았다. 거기다 민간인 출입이 통제되어 있다는 것을 소문으로 알게 된 꿩들이, 꿩 사이에도 소문이 돈다는 소문이 있다, 더욱 많이 날아들었다. 발로 차서 손으로 주워도 될 정도였다. 그 손님인지 도둑인지는 사냥을 하러 온 것이었다. 국가시설에서 국가기관인 군부대의 하사관을 몰이꾼으로 데리고. 그것만 봐도 보통 도둑이 아닌 것만은 확실했다.

"이상병. 너 이리 나와."

오상사가 이치도를 부르더니 꿩을 던졌다. 털을 뽑으라는 것이었다.

"저 요번달에 병장 진급했는데요."

"병장 아니라 병장 할아비라도 그렇지, 지금 너보다 낮은 사람 있어?"

그러고 보니 방위병들이 모두 퇴근한 다음이었다. 이치도는 투덜거리며 털을 뽑았다. 드넓은 연병장에 화톳불이 지펴지고 손님이 타고 온 승용차에서 이런저런 도구들이 날라져왔다. 휴대용 조리도구와 양념통 따위로 이미 수십 번 이상 사용된 듯했다. 손님의 운전기사가 편 카페트에 손님과 장교 세 명이 둘러앉았다. 오상사는 이치도가 털을 뽑아놓은 꿩으로 이것저것 요리를 만들어 자리로 날랐다. 그걸 먹으면서 손님이 말했다.

"역시 야전에서 꿩요리를 하는 건 오상사가 세계 수준이야. 김중령은 좋겠어. 이런 부하가 있어서."

"그럼요. 저는 오상사가 없으면 잠이 안 옵니다. 오상사가 아니면 이 넓은 부대를 누가 지키겠습니까요."

남은 내장이며 고기는 푹 삶아서 오상사의 개 '빠꼼이'에게 먹였다. 알고 보니 개는 조류 사냥견으로는 세계적인 명성이 있는 잉글리시 포인터였다. 또 알고 보니 오상사의 개는 손님이 맡겨둔 족보 있는 개였다. 또 알고 보니 정여수 회장은 정권이 바뀌면서 갑자기 주가를 올리고 있는 기업의 총수였다. 그는 원래 강남이 개발되기 전에 과수원을 소유하고 있던 농부 2세였다. 부동산으로 졸부가 된 농부는 자식을 중학교 때부터 영국으로 유학을 보냈다. 그는 영국에서 하라는 공부는 하지 않고 놀러만 다녔고 놀이 중 놀이라고 할 수 있는 사냥에 취미를 붙였다. 그는 돌아온 뒤에도 사냥을 하고 싶어했지만 맞춤한 사냥터가 없었다. 그는 군인들과 사귀면서 민간인의 출입이 통제되는 군사구역 안이 천혜의 독점적인 엽장이라는 걸 알게 되었다. 그때 사귄 군인들이 쿠데타를 일으킨 주역의 조역이 되었고 나중에 민간인이 되어 정권에 참여했다. 주역의 조역이 대수냐 할 사람도 있겠지만 그때는 그 정도만 해도 대단한 것이었다. 현역 부대장을 부하 다루듯 하는 걸 보면.

정권이 바뀌면서 그의 뒤를 정권의 최고 권력자가 봐주고 있다는 소문이 났다. 새로 시작하는 사업은 모두 독점이었고 허가나 은행융자는 짜놓은 것처럼 쉽게 떨어졌다. 불과 일 년 사이에 외형이 서너 곱이 커져 있었다. 새로운 사업이 많아지면서 그 역시 눈코 뜰 새 없이 바빠졌다. 정권이 바뀌기 전에는 매주 사냥을 하러 오던 것이 한 달에 한두 번꼴로 줄어들었다.

자리를 뜨면서 두툼한 봉투를 부대장에게 주었고 오상사에게는 빠꼼이 사료 값이라면서 따로 봉투를 내밀었다. 정회장은 그런 식으로 겨울 동안 대여섯 차례 와서 정통 방식의 사냥을 하고 갔다.

이치도는 군대에 간 지 이 년 만에 처음으로 은척에 갔다. 군용트럭은 은척읍의 북쪽 입구인 영빈교 다리 건너편에서 이치도를 내려주었다. 철교가 붙어 있는 영빈교 다리는 수백 년 전에 이름이 붙여진 다리였다. 다리 아래로 천년 만년 굽이쳐 흐르는 북천이 알처럼 곳곳에 웅덩이를 품고 웅덩이는 저물어가는 해를 품고 있었다. 은척 북쪽 방죽 아래에는 창고가 드문드문 있었고 한때 그 창고는 실제 도박판으로 쓰였기 때문에 피눈물의 영역일 가능성이 높았다.

날씨가 쌀쌀해서 그런지 오가는 사람이 드물었다. 은척에서 이치도가 갈 곳은 이제 한 군데밖에 없었다. 어머니가 입원하고 있다는 병원. 그곳에는 피눈물의 부하들이 진을 치고 있을지도 몰랐다. 그래서 가기 싫었다. 그러나 가지 않을 수도 없는 노릇이었다. 이치도는 도살장으로 끌려가는 소처럼 느릿느릿 길음을 옮겼다. 아는 사람 눈에 띄지 않으려고 다시 한번 모자를 깊숙이 눌러쓰고 야전점퍼의 깃을 올렸다. 막 눈만 빠끔하게 내놓는데 그 순간 맞은편 길에서 들려오는 소리에 자라처럼 목을 움츠렸다.

"엇, 저거 이치도 아냐."

이치도는 반사적으로 몸을 돌렸다. 은척대로에 웬 사나이가 말을 타고 이치도를 굽어보며 서 있었다. 자세히 보니 타고 있는 건 말이 아니라 자전거였다. 한층 더 자세히 보니 자전거에 30cc급 모터를 달아 자전거로도 오토바이로도 쓸 수 있게 개조한 자전거형 오토바이였다. 더 자세히 보니 웬 사나이가 아니라 성억제였다. 더욱 자세히 보니 억제 뒤에는 어떤 여자가 오토바이형 자전거 뒷자리에 타고 억제의 허리에 손을 두르고 있는 것이었다. 이치도는 거기까지만 확인하고 주변을 살폈다. 몇 안 되는 행인들이 세찬 북풍에 겸손하게 고개를 숙이고 집으로 돌아가고 있었다. 이치도는 성큼성큼 길을 건너가서 억제의 머리에 손을 얹은 뒤 침을 땅바닥에 탁 뱉었다.

"야, 이거 좋은데. 응, 좋아. 너 많이 컸다. 학생새끼가 이런 걸 다 타고 까이(여자친구의 은어)도 뒤에 태우고 말야. 배출이(억제의 아버지의 이름)는 잘 크냐."

억제는 대학생이며 자전거급 오토바이의 소유자의 아들이자 뒷자리에 여자친구를 태운 성인으로서 아무리 훌륭한 친구라 해도 머리에 손을 얹고 이야기하자 못마땅한 모양으로, "야, 파리채 좀 치워" 했다. 그래서 이치도는 머리에 얹은 손을 떼어 억제의 뒷덜미를 꾹 잡았다.

"학생이면 공부나 할 것이지 어디 계집애를 태우고 빨빨거리고 돌아다녀, 새꺄. 내가 잠시 국방의 의무에 바빠 자리를 비웠다고 네가 은척을 다리미질할 줄 아는 모양인데, 너 이러다가 죽어. 꺅 소리도 못하고."

억제는 울상을 하고 몸을 빼려고 했지만 대대장 개밥을 비벼주면서 단련된 이치도의 손아귀는 억셌다.

"장난할 시간 없잖아. 넘마(너의 엄마의 준말) 죽기 전에 빨리 가봐."

"이 새끼가 무슨 소리를 하고 있어."

"너 전보 받고 온 거 아냐? 아 참 내가 아직 안 보냈구나. 내가 보내기로 했는데. 그게 어디 있더라. 네가 어디에 있는지 알아야 보내지. 급하게 보내랬는데 벌써 이틀이 지났네. 너 만났으니까 전보 값 아끼게 됐구나."

드디어 억제가 아니면 할 수 없는 요령부득의 말이 억제의 입에서 스스로도 억제할 수 없는 듯 쏟아져나오기 시작했다. 그러면서 웃도리 주머니에 손을 집어넣었는데, 바지 주머니에는 이미 뒷자리에 앉은 여자의 손이 들어가 있어서 어차피 억제의 손이 들어갈 수가 없었다, 이치도가 그 손이 억제의 사타구니를 주물럭거렸을지도 모른다는 생각을 하는 순간, 모범적으로 국방의 의무를 다해온 젊은이답게 코에서 뜨거운 김이 솟았다. 아, 어쩌다 세상이 이렇게 되었더란 말이더란 말인가.

그 잘난 여자에게 뭔가 찬사라도 보내고 싶었지만 여자의 얼굴은 억제의 등에 밀착이 되어 있어서 보이지 않았다. 억제는 윗도리에서 끝이 해지기 시작하는 쪽지를 꺼내 이치도에게 건넸다. 이치도는 쪽지는 볼 생각도 없었고 고개를 길게 빼서 도대체 그 여자가 누구인지 살폈다. 여자는 등에 고개를 낸 채 코 먹은 소리로 중얼거렸다.

"자기야, 아직 할 얘기 많이 남았어? 나 먼저 갈까?"

억제가 다급하게 외쳤다.

"아냐. 할 얘기 없어. 같이 가자구. 영빈교 다리 밑에 가서 아까 하던 이야기 마저 들어야지."

여자의 음성은 약간 불안정하게 높았다. 이치도는 고개를 갸웃거렸다. 어디서 들은 목소리 같은데 기억이 나지 않았다. 대학생에게는 어울리지 않는 농염한 술집 여인의 음성에, 소녀 티가 남아 있는 말투인데 은척에서는 듣기 힘든 깔끔한 표준말이었다. 발 밑에서 어둠이 짙어지고 있었고 길거리의 가게에서 하나 둘씩 형광등을 켜기 시작했다.

"왜 오랜만에 만난 친구 같은데."

"아냐, 아니라구. 난 얘하고 더이상 할말 없어. 야, 이치도, 너 빨리 병원에 가봐. 아까 내가 보니까 오늘 넘기기 힘드실 것 같더라."

오토바이급 자전거가 출발했다. 뒷자리의 여자는 일부러 그러는 듯 긴 다리의 일부로 억제의 장딴지 일부를 감았다.

"그럼 안녕. 또 보자. 국방 좀 부탁해."

타타타타타타타타타. 남녀 한 쌍을 태운 자전거인지 오토바이인지, 아니면 그 둘이 결혼해서 낳은 혼혈아인지가 이치도에게서 멀어져갔다. 문득 뒷자리의 여자가 고개를 돌렸다. 전파사의 형광등 불빛에 얼굴이 비치는가 싶더니 멀어졌다. 이치도는 어금니를 꽉 깨물었다. 그녀가 왕두련인 듯싶었다. 자신이 그토록 찾아헤매던 여학생. 아니 그럴 리가 없었다. 이치도는 고개를 완강하게 흔들었다. 그 바람에 모자가 떨어질 정도로. 모자를 주울 생각도 하지 못하고 찬바람을 맞던 이치도는 자신의 손에 들려 있는 쪽지를 폈다. 서점에서 흘러나온 불빛에 의지해 내용을 읽기 시작했다.

"모친 위독 급래 요망. 성화 병원 303호. 대부."

그게 본문이었고 그 아래에는 딸 두련에게 당부하는 말이 적혀 있었으니, 군에 간 이치도의 친구를 찾아서 혹 편지 왕래라도 없었는지 물어보고 그 부대로 전보를 보내라는 내용이었다. 그렇다면, 자전거 오토바이의 주인이 이치도의 친구이듯 자전거 오토바이에 동승한 여자는, 명백히 왕두련인 것이었다.

이치도는 순간적으로 이성을 잃었다. 세상이 허무하게 느껴졌다. 종이쪽지의 본문만으로도 허무해질 만도 한데, 그 아래의 메모에, 게다가 방금 목격한 정황이 더해졌으니 총이 있으면 당장 머리에 갖다대고 싶었다. 죽고 싶다. 이치도는 생애 최초로 그런 말을 생각해냈다. 은척 사람들은 일상적으로 하는 말이었지만.

이치도는 우두커니 길거리에 서 있었다. 지나가는 사람들이 이상하다는 듯이 보는 것도 아랑곳하지 않았다. 그는 모자가 없어진 것도 모르고 걸음을 옮기기 시작했다. 걸음은 병원으로 향하고 있었다. 죽고 싶은데 잘됐다, 어서 피눈물을 만나자는 자포자기의 심정으로. 그런데 그게 이치도의 뜻대로 되지 않았다.

이치도의 어머니 춘매 여사는 이미 고인이 되었던 것이다. 병원 복도에서 이치도는 마스크를 쓴 직원들이 침대를 밀고 가는 것을 보았다. 그리고 직감적으로 그 침대에 시트를 쓰고 누워 있는 사람이 어머니임을 알았다. 어머니의 사인이 '뇌수막염'이라는 걸 직감으로 알았는지, 나중에 들어서 알게 되었는지는 확실치 않다. 죽기 전 서너 달 동안 식물인간이나 다름없는 상태로 지냈다는 것도.

이치도는 침대에 누워 있는 사람이 어머니인 줄 알면서도 침대로 달려가지 않았다. "어머니!" 하고 외치면서 주저앉아 통곡을 한 것도 아니다. 피눈물과 부하들이 떼로 달려나오기를 기다리고 있었다. 죽은 사람은 죽은 사람이고 산 사람은 살아서 해야 할 일을 했으니까. 그게 남에게 맞아죽는 일이라 하더라도.

침대가 영안실 쪽으로 사라지고 난 뒤 수염이 얼굴을 덮은 왕확이 지팡이를 끌며 천천히 걸어나왔다. 그는 이치도를 보고는 "왔네?" 하고 들릴 듯 말 듯 중얼거리더니 이치도의 옆에 털썩 주저앉았다. 왕확에게는 오래 자리보전을 한 사람에게서 나는 지린내 비슷한 냄새가 났다. 왕확은 덤덤하게, 네 어머니는 자다가 편하게 가셨다, 자신조차 임종의 순간을 몰랐으니 늦게 왔다고 자책하지 말라는 요지의 말을 했다. 이치도는 아무 말도 하지 않았다.

이치도는 천천히 몸을 일으켜 이미 분향소가 차려져 있을 영안실 앞을 거쳐 밖으로 빠져나왔다. 어쩌면 검은 테를 두른 어머니의 사진이 놓이고 초가 켜지고 분향을 기다리는 향로가 놓일지도 모르지만 이치도는 영안실에 가지 않았다. 그저 무엇에든 취해 모든 것을 잊고 싶었다. 너희가 짜고 나를 안 죽이면 내가 다 죽여버릴 거야, 하고 중얼거렸다. 누구를? 하고 귀 밝은 누군가 물었다면 그 누군가가 이치도에게 죽었을지도 몰랐다.

이치도는 어깨를 펴고 왕복 사차선의 은척대로를 큰 걸음으로 걸어 내려갔다. 가다가 피눈물이 붉은 목도리를 하고 부하들을 잔뜩 거느린 채 가는 것을 만났다. 이치도는 개의치 않았다. 피눈물 역시 이치도를 보고도 별말을 하지 않은 채 지나쳐갔다. 모든 도덕적·사적·불법적 형벌이 한 사람의 죽음 때문에 연기되는 듯했다.

이치도는 길거리에 있는 포장마차로 들어갔다. 소주를 컵으로 주문해서 주욱 들이켜고 단무지를 한 쪽 우적거리며 씹은 뒤 입을 닦고 나왔다. 거기에서 십여 미터 떨어진 곳에 다른 포장마차가 있었다. 이치도는 그곳에 들어가 소주를 컵에다 따라달라고 해서 한잔 주욱 들이켜고 단무지를 우적거리며 씹은 뒤 입을 닦고 나왔다. 그 다음 포장마차는 쉰 걸음쯤 떨어진 곳에 있었다. 그 집에서는 입을 먼저 닦고 소주를 컵으로 한잔 마신 뒤 김치를 씹었다. 그의 표정이 너무 삼엄해서 그런지 아무도 그에게 말을 걸지 않았다. 알은체하는 사람은 물론 없었다. 그렇게 은척에 있는 포장마차를 한 바퀴 다 돌았다. 이치도는 죽을 만큼 술에 곤죽이 되어 나가떨어졌다. 우연히도 나가떨어진 곳은 여인숙 앞이었다.

그로부터 삼십여 분이 흐른 뒤, 웬 자전거가, 아니 오토바이가, 아니 정확히는 자전거에 30cc급 모터를 장착한 자전거 오토바이가 여인숙 앞에 멈췄다. 연료가 떨어졌는지 어쨌는지 자전거 오토바이를 타고 온 사람은 땀을 뻘뻘 흘리며 발로 페달을 밟고 왔다. 뒷자리에 앉은 여자가 그의 허리를 팔로 친친 감고 있었는데 연신 높은 소리로 웃음을 터뜨리고 있었다. 정황으로 미루어 그들은 술을 마시고 온 듯했다.

"날도 저물고 춥고 어두운데, 우리 여기서 하룻밤 묵고 가면 안 될까."

자전거 오토바이의 주인은 떨리는 목소리로 물었다. 정말 추운 모양이었다.

"나하고 자고 싶어?"

여자는 말하고 나서 다시 소리 높여 웃었다.

"아니, 그냥 밤새워서 오손도손 이야기를 하고 싶어. 우린 친구잖아, 친구."

"하고 싶으면 솔직하게 말해. 남자가 왜 그래?"

"사실은 그, 그렇지, 뭐."

"좋아, 네가 원한다면 그렇게 해. 하나 말해둘 게 있는데, 너 같은 애는 내가 한번 배를 퉁기면 천장에 날아가 붙을 거야. 내 배 위에 올라올 자신 있어?"

"노력해볼게!"

땀을 비 오듯 흘리는 사람은 억제였다. 이름 탓은 아니겠지만 억제는 충동과 욕망을 겉으로 표현하는 편은 아니었다. 그런 까닭에 그는 생애 최대의 용기를 보여주고 있는 셈이었다.

"그런데, 자기야, 저게 뭐니? 무서워. 꼭 짐승 시체 같다."

또다시 자기라고 불린 억제의 온몸이 녹작지근해지면서 코에서 더운 김이 흘러나왔다.

"죽은 짐승이 무섭긴 뭐가 무서워. 더럽지" 하면서 여자가 가리키는 쪽을 보니 웬 군인 하나가 술에 떡이 되어서 나자빠져 있는 것이었다.

"쟤들은 원래 휴가 나오면 다 저래. 우린 들어가자구."

"가만있어봐, 사람 같은데."

"사람 아냐. 군바리라니까. 저런 애들 한두 번 보냐."

"그런데 네 친구 같다, 얘."

억제가 자세히 보니 정말 한때의 제 친구였다가 사람의 탈을 벗고 군인이 된 이치도였다. 억제는 벌레 씹은 표정이 되어 중얼거렸다.

"하필이면 저 저 자식이 이 중요한 시각에 여기에 있는 거야. 엄마야, 나 미치고 팔딱 뛰겠네."

두련은 생글생글 웃으면서 억제의 귀를 어루만졌다.

"자기가 가서 깨워봐."

억제는 두련의 손가락이 건드린 황홀한 감촉에 거의 기절할 지경이 되어 간신히 자전거 오토바이에서 내렸다. 이치도를 흔들었지만 이치도는 꼼짝도 하지 않았다. 평소에 술을 입에 대지도 않던 사람, 아니 군인이 소주로 쳐서 다섯 병가량을, 은척의 포장마차가 열 개쯤 되었다 치고, 한꺼번에 먹었으니 죽기 일보직전에 다다른 것은 당연했다.

"안 되겠는데. 도저히 못 깨우겠어."

억제가 어깨를 으쓱하면서 자전거 오토바이에 그대로 앉아 있는 두련을 돌아보았다. 두련은 하품을 하면서 말했다.

"경찰에 신고해."

억제는 다른 속셈이 있었기 때문에 경찰을 부를 생각이 전혀 없었다.

"그냥 가면 안 될까."

"알고서 어떻게 그냥 가. 모르면 몰라도."

"그냥 올라가자구. 일단 올라가서 나중에 전화로 신고를 하지, 뭐."

억제는 여인숙 간판을 손짓하면서 말했다. 두련은 고개를 살래살래 저었다.

"난 잠이 싹 달아났어. 먼저 재부터 처리를 해. 그 다음에 가든지 말든지 하고."

억제는 생각에 잠겼다. 한참 뒤에 딴에는 묘안을 찾아낸 듯 제 이마를 딱 소리 나게 쳤다.

"여인숙에 재우면 되겠다. 내가 올라가서 주인을 데리고 올 테니까 기다려."

두련은 아무 말도 하지 않고 널브러져 있는 이치도를 내려다보고 있었다. 억제는 두련의 마음이 변할까 싶어 이층 계단을 총알처럼 뛰어올라갔다. 이윽고 뚱뚱한 여인숙 여주인이 아래로 내려왔다.

"오바이트는 안 했나? 아유, 이 냄새."

대학생인 억제는 즉시 여주인의 말을 정정했다. 은척의 억양이 그대로 남아 있는 표준말로.

"아줌마, 오바이트는 과식했을 때 쓰는 말이에요. 그냥 토했냐고 물으면 될 걸 가지고, 나 참. 그런 경우에는 보미트라고 한답니다. 브이오엠아이티. 보미트."

여주인은 좋은 걸 지적해주어서 감사하다고 말하기는커녕 눈이 찢어져라 억제를 흘겨보더니 "그래서 나보고 어떻게 하란 말야" 하고 퉁명스럽게 말했다.

"같이 들어서 방으로 옮기자구요."

"이 범강장달이 같은 장정을 내가 어떻게 들어."

억제는 또 『삼국지』에서 유비의 동생인 장비를 죽인 범강과 장달에 대해 뭐라고 알은체하려다가 그게 맞는 말임을 알고는 그냥 입을 다물었다. 그러고는 이치도의 겨드랑이 밑에 손을 넣어 일으켰다. 키 차이가 한 뼘 가까이 났으므로 머리를 겨드랑이 밑에 들이밀고 "아줌마, 왼쪽, 왼쪽!" 하고 소리쳤다.

"그런데 학생, 세 사람이 같이 묵을 거야? 우리집에서 혼숙은 안 돼."

앞뒤로 흔들거리는 이치도를 붙드느라 용을 쓰던 억제는 아니라고 고개를 흔들 틈도 없었다. 억제가 붙들고 여주인이 앞에서 끌고 두련이 뒤에서 밀어서 겨우 이치도를 여인숙 방에 누이는 데 성공했다.

"얼마예요?"

여주인은 여전히 퉁명스러운 어조로 "방 두 개에 사천원" 하고 말했다.

"그렇게 비싸요?"

"여관 가봐. 방 하나에 오천원이야."

억제는 주머니를 뒤져 꼬깃꼬깃한 천원짜리를 한 장 꺼냈다. 그러고는 두련을 돌아보면서 머리를 긁었다.

"난 이거밖에 없는데……"

두련은 지갑이 아예 없었다. 여주인의 안색이 달라졌다.

"아니 이 사람들이 지금 장난하자는 거야, 뭐야! 돈 없으면 빨랑 저 쓰레기 데리고 꺼져!"

그때 두련이 목을 헤치고 목걸이를 잡아챘다. 목걸이가 끊어지며 금세 희디흰 목덜미에 가느다란 줄이 새겨졌다.

"이거면 되겠죠?"

과감·신속의 극치를 보여주는 그녀의 행동에 입을 벌리고 있던 여주인은 두련이 건네는 비취 목걸이를 받아들었다.

"밤중에 갑자기 이런 걸 맡기면 어떡해, 난 눈도 침침한데."

"됐으면 나가보세요."

두련이 얼음장 같은 목소리로 말했고 주인은 상대적으로 누그러진 음성으로 받았다.

"그럼 이 방하고 맞은편에 있는 방을 써요. 이건 내일 돈 가지고 와서 찾아가구랴."

이치도의 안색은 죽은 사람처럼 창백했다. 억제는 이치도의 워커를 벗겼다. 군복 단추를 풀고 이불을 덮은 다음, 두련에게 다른 방으로 가자고 눈짓했다. 그런데 두련은 이치도가 덮고 있는 이불에 발을 집어넣은 채 일어설 생각을 하지 않았다.

"자기야, 안 가?"

억제가 코맹맹이 소리를 냈다. 두련은 단호하게 고개를 저었다.

"갈려면 혼자 가."

"나 혼자 어떻게 자. 무서운데."

"누가 잔다고 그랬어? 오손도손 이야기하자며?"

"아까 아줌마가 남녀가 셋이 한 방에 있으면 안 된댔잖아."

"얘, 계속 그렇게 징징거릴 거면 집에 가서 엄마 젖 빨면서 자. 이야기할 거면 앉구."

억제는 금세 비관적인 표정이 되어 이불 한귀퉁이에 발을 들이밀고 앉았다.

이치도는 목이 타서 잠에서 깼다. 목구멍 속이 장작이 불타고 있는 화덕 같았다. 눈을 뜰 수가 없었다. 손을 휘저었다. 무엇인가 손에 만져졌다. 부드럽고 따뜻한 감촉…… 사람의 몸이었다. 허벅지였다. 이치도는 순간적으로 손을 멈추었다. 허벅지 쪽에서 손이 나왔다. 그 손이 이치도의 손을 잡았다. 이치도는 눈을 뜨려고 했다. 그러나 눈을 뜰 수가 없었다. 잡은 손을 뿌리치고 허공을 휘저었다.

"물 줄까?"

머리 위에서 어떤 목소리가 들렸다. 이치도는 눈을 감은 채 고개를 끄덕였다. 화장품 냄새가 나는 어떤 손이 이치도의 머리를 받쳤다. 이치도의 입술에 물컵이 닿았다. 이치도는 정신없이 물을 들이켰다. 다시 물이 가득 든 컵이 입술에 닿았다. 이치도는 그걸 모두 마시고 고개를 떨어뜨렸다. 받치던 손이 빠져나갔다. 이치도는 다시 잠에 빠져들었다. 아니 그러려고 했다. 그는 코를 골고 있었다. 코를 골면서도 잠을 자지 않았다. 어떤 여자의 목소리가 아득하게 들려왔다 멀어졌다 했다. 엄마? 이치도는 입을 빼끔거렸다. 이불 속에서 어떤 손이 다가와 이치도의 맨가슴을 쓸었다. 엄마? 엄마? 엄마는 죽지 않았어? 이치도는 계속 입을 빼끔거렸다. 여자는 이불 속에서 이치도의 가슴을 쓸면서 이야기를 계속했다.

……그래서 난 학교를 땡땡이치고 노는 애들한테 갔어. 담배도 피우고 술도 먹고 그전부터 나를 좋아하던 애들하고 그 짓도 실컷 하고…… 다리 밑에서 산 위에서 들에서 밭에서 여관에서 여인숙에서 여럿이서 둘이서 셋이서 밤을 새워가며 그 짓만 했어. 유산도 몇 번 시켰지. 애가 생겼다고 하니까 논다는 애들도 금방 도망가버려. 내가 뭐 우유값을 달래냐. 개새끼들. 그냥 나 혼자 병원 가서 지웠지…… 너 병원에서 다리 벌리고 누워서 천장 볼 때 기분이 어떤지 알아? 네가 알 리가 없지.

손톱이 이치도의 옆구리를 간지럽혔다. 그러나 그건 간지러움이 아니었다. 내장 어딘가에서 실을 끌어내는 느낌이었다. 그 실은 생기를 띠고 있었고 다른 기관의 실과 연결되기를 갈구했다. 손톱은 등을 살짝 스쳤다. 이치도는 신음 소리를 냈다.

나중에는 미군들하고 같이 다녔지. 깜둥이, 흰둥이, 일본계, 스페인계, 히스패닉…… 미군들이 화끈하잖아. 뒤끝도 없고. 내가 뭘 바라고 미군들 만나고 다닌 건 아냐. 걔들하고 있으면 내가 사람 같았어.

그랬구나, 그래, 응, 음, 그랬어? 하는 식으로 이따금 대꾸를 하는 남자의 목소리도 들렸다. 이치도는 눈을 감은 채 계속해서 한 처녀의 기구한 고백을 들었다.

……처녀는 가난하지만 행복한 어린 시절을 보냈다. 처녀의 아버지는 방죽 아래의 허름한 집에 사는 홀아비였지만 처녀를 기쁘게 해주려

고 언제나 최선을 다했다. 처녀는 평범한 집안의 아이들보다 훨씬 더 좋은 옷을 입었고 맛있는 음식을 먹었다. 학용품, 장난감도 언제나 최고급품이었다. 처녀는 아버지를 사랑했다. 그런 아버지를 사랑하지 않을 수 없었다. 아버지를 존경했다. 존경하지 않을 수 없었다. 처녀의 아버지는 딸을 위해서는 무엇이든 할 사람이었다. 아버지의 뜻에 따라 처녀는 대도시로 나가서 좋은 학교에서 공부를 했다. 아버지는 공부에 방해된다면서 방학 때도 집에 돌아오지 못하게 했다. 처녀는 도시에서 어떤 외국인 신부를 알게 됐다. 그 신부의 부모는 처녀를 양녀로 삼아 외국에서 공부를 하게 해주겠다고도 했다. 그때가 처녀에게는 가장 행복한 시절이었다. 그러던 어느 날, 처녀는 집으로 돌아왔다. 아버지를 놀라게 해주려고 미리 통지를 하지 않았다. 긴 방죽을 걸어 발소리를 죽인 채 마당에 들어선 처녀는 방 안에서 들려오는 이상한 소리를 들었다. 사내들의 소리였다. 처녀는 자신도 모르게 입을 막았다. 사내들끼리 내는 두런거림이 이상했기 때문이었다.

긴 손가락이 이치도의 허리띠 아래로 들어왔다. 이치도는 배에 힘을 주어 그 손가락이 쉽게 들어올 수 있도록 했다. 그 손가락이 더한 무엇, 가령 호떡 뒤집듯 몸을 뒤집으라 한다 해도 그렇게 할 것이었다. 거부할 수 없었다.

처녀의 아버지는 고자였다! 또한 동성애자였다! 동네에서 떨어져 사는 것은 그런 비밀이 있어서였던 것이다. 이따금 찾아오는 정체 모를 사내들을 처녀는 아버지의 오랜 친구로만 알고 있었다. 그러나 그들은 아버지의 연인이었다. 뜨내기도 있었고 계속 오는 사람도 있었지만, 모두 아버지가 좋아서 끌어들인 사람들이었다. 처녀는 견딜 수가 없었다. 집에서 뛰쳐나오면서 기나긴 방죽에 먹은 것을 모두 게워냈다. 할 수만 있다면 이십 년 동안 아버지가 먹인 것을 모두 게워내고 싶었다.

마침내 손가락은 이치도의 성기를 움켜쥐었다. 이치도는 암탉을 잡으려던 소녀처럼 웃어야 할지 울어야 할지 몰랐다. 처녀는 자신의 불행한 삶을 이야기하면서 이불 속으로 손을 넣어 한 사내의 몸을 농락하고 있었다. 아니, 농락이 아니라 자비인지도 몰랐다. 나는 이런 사람이다, 포기하라는 암시일 수도 있었다. 이치도는 코를 골며 고개를 흔들었다. 무엇이든 좋으니 너의 뜻대로 하라고. 나는 저항할 수 없다고. 나는 바란다고.

……처녀는 서울로 갔지만 학교에는 가지 않았다. 방황했다. 나는 누구인가. 처녀는 불량 학생들과 어울렸다. 나는 누구인가. 담배를 피우고 술을 마시고 혼숙을 하고 낙태를 했으며…… 미군들이 드나드는 클럽에서 미군들과 어울렸다. 동거를 했다. 새 애인을 얻고 헌 애인을 자살하게 했다. 그러는 동안 처녀의 아버지는 처녀를 찾아 전국 방방곡곡을 헤매고 다녔다. 처녀는 어린 아줌마가 되어 시장에 갔다가 아버지를 만났다. 아버지는 늙고 병들었다. 겨우 처녀의 이름을 부를 뿐이었다. 나를 용서해다오. 눈으로 말했다. 처녀는 자신이 누구를 용서할 수가 있겠느냐고 말했다. 돌아가시라고 했다. 처녀의 아버지는 바닥에 쓰러졌다. 처녀는 아버지를 들쳐업어야 했다. 불가능하다고 생각했다. 아버지를 들었다. 그런데 아버지는 종잇장처럼 가벼웠다. 마침내 처녀는 용서하고 용서받았다. 이해하고 이해를 얻었다. 그들은 누구에게도 드

러내기 힘든 상처를 나눠가졌다.

"남사당도 있는데 뭐." 남자 목소리가 들렸다. 어딘지 풀이 죽은 목소리였다. 이치도의 감각은 오직 한 군데로 집중되어 있었다. 소리가 들리고 숨을 쉴 수 있다는 게 신기했다. 손가락은 마술의 반지 같았다. 이치도는 휴가를 나왔다가 못 먹는 술에 취해 정신을 잃은 군인답게 이를 갈며 끙끙거렸다. "이해해야지. 아주 옛날 목동들은 짐승하고도 많이 했으니까. 수간, 계간이라는 말을 봐도 그렇고." 언제 어디서나 공부를 하는 학생답게 억제는 배운 티를 내려고 안간힘을 썼다. 이불 아래에서 무슨 일이 일어나는지도 모른 채, 어떤 비밀스러운 거래가 이루어지는지도 모르고.

……처녀의 아버지는 전쟁통에 생식기를 잃었다. 처녀의 아버지는 동성에 대해 호감을 느끼기 시작했다. 생식기를 잃어서 그랬는지, 원래부터 그런 성향이 있었는지는 모른다. 처녀의 아버지는 아이를 원했다. 누군가 아기를 문간에다 버리고 갔다. 아기가 언청이였기 때문이다. 처녀의 아버지는 아기를 자신의 딸로 생각하고 누구의 딸보다 행복하게 해주었다. 처녀는 모든 것을 이해했다. 처녀는 고등학교로 돌아가지는 않았다.

이치도는 그래서 너를 볼 수 없었구나, 하고 그 와중에서도 중얼거렸다. 손가락 사이에서 그의 성기는 터질 듯했다.

검정고시를 봤고 대학에 들어갔다. 남자친구도 사귀었다. 연애는 되지 않았다. 처녀에게는 비슷한 또래의 청년들이 모두 애처럼 느껴졌다. 처녀는 취미 반, 생활 반으로 술집에 나갔다. 학생이라는 신분, 미모와 늘씬한 몸매를 보고 처녀와 자기를 원하는 사람이 많았다. 처녀는 그렇게 했다. 돈을 받고. 그래서 학교를 혼자 힘으로 다녔다. 남는 돈은 선천성 기형아를 수용하는 고아원에 주었다. 처녀는 결혼할 수가 없었다. 몸보다 마음이 더 망가졌다. 처녀는 학교를 졸업하면 고아원에 갈 셈이다. 뇌성마비, 선천성 기형으로 부모에게 버림받는 고아들을 위해, 고아들의 엄마와 언니가 돼줄 것이다.

이치도는 빨리 결판을 내주기를 바랐다. 손가락은 점점 더 움직임이 빨라졌다.

……그런데 어떤 철없는 멍청이가 자전거 오토바이를 끌고 오더니 타라고 하더니 추운데 이리저리 끌고 다니면서 남녀간의 성에 대해 솔직한 대화를 하자, 먼 옛날로 돌아가 의사놀이를 하자, 어쩌자 하니 기가 차서 말이 안 나온다. 너희 남자들은 여자를 몰라도 너무 모른다. 겉만 보고 살고 속을 알기도 전에 나가떨어진다. 이제 내가 누구인지 알았으니 너도 멀어질 것이다. 나도 그렇게 되기를 바란다. 나는 누구와도 결혼하지 않을 것이다. 나는 누구와도 사랑하지 않을 것이다. 이야기하는 동안 날이 밝았구나. 이 이야기를 다른 누구한테 하더라도 상관하지 않겠다. 그 대신 네 물건의 크기와 생김새를 남한테 이야기해도 상관하지 말기 바란다……

이치도는 경련했다. 마침내 폭발했다. 숨을 헐떡이는 그의 얼굴을 어떤 손이 어루만졌다. 이불 속의 손가락은 부드럽게 그의 온몸을 어루만지고 있었다. 부끄러움을 느낄 사이도 없이 그는 잠에 빠져들었다.

이치도가 깨어보니 옆에 억제가 코를 골며 자고 있었다. 꿈이었던가.

이치도는 억제를 흔들어 깨웠다.

"둘이서 자전거 오토바이를 타고 방천을 따라서 신나게 달려가는데 고 기집애 손이 가랭이 사이로 쑥 들어오지 뭐냐. 살살 만지니까 서잖아. 다리 밑으로 가서 자빠뜨리려는데 춥다고 해서 여기까지 온 거야. 근데 그 기집애가 지 얘기만 실컷 하고 한 번도 주지 않고 새벽 되니까 가버렸어. 걘 섹스 중독자야. 색골이라구. 졌다, 졌어."

그로부터 열흘 후 이치도는 부대에 복귀했다. 그로부터 몇 달 뒤에 그는 제대했다. 그것이 특별한 일이겠는가. 입대한 사람은 언젠가는 제대하게 된다. 만나면 헤어지고 헤어지면 만난다. 항용 있을 수 있는 사소한 일이다.

중요하고 엄청난 일들

제대를 한 뒤 한동안 이치도는 허깨비처럼 살았다. 허깨비는 훌륭한 도둑의 기초다. 있는 듯 없는 듯, 수많은 사람 속에서 익명의 개인이 된다는 건 기본 중의 기본이다. 도둑은 물건의 소유자가 방심하는 틈을 타서 그 물건을 훔쳐서 자신의 소유물로 만든다. 방심이란 집을 비우든가, 잠을 자든가, 술에 취하든가, 유전자 교환 행위로 바쁘든가, 물건이 자기 것인지 아닌지 헷갈리거나, 연속극, 축구중계에 홀딱 빠져 있든가 하는 것을 말한다. 훔친다는 것은 슬쩍, 살그머니, 남모르게, 잽싸게, 소리 소문 없이, 들키지 않고 흔적을 남기지 않으며, 산타클로스처럼 등에 진 자루 속에 집어넣는 것이다.

어디로 가서 훔치는가. 일반 주택, 아파트 단지, 빌라, 슈퍼마켓, 금융기관, 오락실, 약국, 병원, 미장원, 제과점, 문방구, 커피숍, 주유소, 화랑, 학교, 관공서, 가전상가, 안경점, 보석상, 카메라점, 꽃가게, 공장, 각종 창고, 기타 소규모 점포 등 모든 건축물이 대상이다. 어떻게 훔치는가. 가고, 보고, 들고, 나온다. 드라이버(대형, 소형), 만능키, 유리절단기, 고무흡착기(유리를 소리 안 나게 도려내기 위해 쓰는 물건), 강력접착제, 손전등, 핸드드릴(금고용), 플라이어, 비상용 건전지, 얇은 고무장갑, 밧줄과 안테나형 파이프, 갈고리(침입 내지 탈출용), 거즈 손수건(손전등 불빛 차단용), 신발 위에 덧신을 양말(소음 방지용), 플라스틱병(오줌통), 간식, 라이터, 가방. 이런 도구가 있으면 일단 기초는 된다. 이것만으로도 좀도둑질에서 다소 전문적인 금고털이까지 다 해보았다.

이렇게 해서 무엇을 훔치는가? 물론 돈이다. 이치도는 현금 외에는 거의 손을 대지 않았다. 수표나 어음은 일찍이 피눈물의 돼지저금통 사례에서 배운바, 가지고 와봤자 꼬리를 밟히기만 할 뿐 써먹지도 못하는 애물이다. 보석처럼 고가의 물건은 위험부담이 있어서 거의 건드리지 않았다. 기념품으로 가지려면 몰라도, 그 물건의 소유자를 괴롭히기 위해서라면 몰라도. 그 물건을 돈으로 만들려면 반드시 장물아비를 거쳐야 한다. 이치도는 일찍이 대장장이에게서 배운 바대로, 장물도, 장물아비도 사절이었다. 왜 훔치는가? 먹고살기 위해서. 또 배우고 알고 익숙하고 체질에 맞으며 비행기 추락보다 사고율이 낮고 기분이 좋은, 이 여러 가지 조건을 충족하는 다른 일은 도저히 찾을 수가 없어서. 이따금 영화나 소설에 충동적인 도둑질, 이유 없는 도둑질, 습관적인 도둑질, 밥 먹듯 하는 도둑질을 하는 게 나오는데, 실제 전문가 세계에서는 있을 수 없는 일이다. 직업과 인생, 전문 분야를 전제한 도둑은 현실에 민감할 수밖에 없다. 뛰어난 도둑은 절대로 감옥의 담장 위에서 걷지 않는다.

강도짓이나 떼지어 도둑질을 하는 것은 이치도의 체질에 맞지 않았다. 인간에게는 입이 있고 귀가 있다. 강도나 떼도둑은 물건 주인의 입을 영원히 틀어막지 않는 한, 혹은 함께 도둑질한 동료를 죽이지 않는 한 언젠가는 탄로가 나게 되어 있다. 이치도는 훔치는 현장에서, 혹은 훔치려고 답사하는 중에 자신과 비슷한 도둑을 만나면 "열심히 살아보게" 하고 중얼거리면서 포기해버렸다. 밀고하지도 않지만 밀고당하지도 않는다는 게 철학이었다. 그러려면 혼자여야 했다.

훔칠 대상을 물색하면 철저히 사전답사를 해서 된다는 확신이 들 때까지는 실행하지 않았다. 필요하면 도청을 하고 비밀촬영도 해가며 준비했다. 현금이 어디에 많이 있는가, 흐름이 어떤가 알기 위해서 경제신문과 전문잡지를 틈나는 대로 읽었다. 현금이 조금밖에 없는 사람, 특히 선량한 시민과 마주칠 상황이 될 것 같으면 아예 도둑질을 하지 않았다.

대가는 남들도 다 하는 평범한 기술을 그 누구보다 완벽하게 연마한다. 가장 기본적인 동작을 하루도 쉬지 않고 연습하는 가운데 스타가 탄생한다. 바늘도둑이 소도둑이 되는 건 쉽지만 소도둑이 바늘도둑이 되기는 어렵다. 바늘도둑으로 시작한 소도둑이 다시 바늘도둑이 될 수 있으면 대가라고 할 수 있다. 소든 바늘이든 "어라, 이게 언제 내 손에 들어왔지?" 하고 탄식하는 무념의 경지, 왼손이 훔치는 걸 오른손이 모르는 무상의 차원이 진정한 도둑이 지향하는 바다. 이치도는 도둑질 중에서도 가장 평범하고 기초적인 단순 절도를 자신의 천직으로 알고 묵묵히, 하긴 도둑놈이 묵묵히 훔치지 않고 시끄럽게 훔치다가는 진작에 잡히고 말겠지만, 성실하게 살았다.

돈을 모아봤자 집을 살 수도 없고 부모형제며 처자식이 없으니 돈을 갖다줄 데도 없었다. 목숨을 걸고, 인생을 걸고 힘들게 훔친 돈을 기껏 유흥비로밖에 쓸 수 없다는 게 간혹 농촌 출신인 이치도의 도덕관념, 가치관을 혼란시키기는 했다. 도둑이 무슨 그런 거추장스러운 도덕관념, 가치관을 가지고 있느냐고 할 사람이 있을지도 모른다. 도둑도 사람이다. 도둑질도 일이다. 사업가와 마찬가지로 계획과 목표를 세우고 월급쟁이처럼 시간을 맞춰 하루 세 끼를 먹는다. 당연히 가치관도 세계관도 있다. 이 세계에 있고 도둑의 세계에 없는 건 상, 훈장, 표창뿐이다.

그렇게 이치도는 살았다. 삼 년 동안, 삼 년 동안이나. 지겹기도 했을 것이다. 아무도 알아주지 않아서, 사실 알아주면 곤란하지만, 외롭고 쓸쓸하기도 했을 것이다. 성취감도 갖고 싶었으리라. 그런데 정작 중요한 문제는 엉뚱한 데서 생겼다.

그 무렵에 한 도둑이 재벌과 고관대작의 집만 골라 털다가 잡혔다. 잡아놓고 보니 자루에서 물방울 다이아몬드인지 비누거품 루비인지가 나오는 바람에, 물방울 다이아몬드와 도둑의 이름이 사방에 알려지게 되었다. 머리가 좀 돌아가는 도둑이라면 응당 부잣집과 권력층의 집을 노리게 되어 있다. 날품팔이를 하는 것도 아니고 영원히 그 짓을 할 수 있는 것도 아니니까. 그런 집일수록 경비가 엄중하다. 따라서 도둑질의 맛도 더 짜릿하다. 보람과 스릴을 추구한다면 당연히 그런 집을 노리고 들어가야 한다. 그런데도 그 일이 조물주가 우주를 창조한 이후 처음 벌어진 일인 양 연일 언론에서 북새통을 떠는 바람에 이치도의 직업전선에 막대한 차질이 생겼다.

이치도는 일억이천만원짜리 스타루비, 삼억원짜리 원형 다이아몬드, 6.48캐럿짜리 다이아몬드가 얹힌 반지, 일억원짜리 야회용 다이아몬드 목걸이, 다이아몬드와 오팔로 장식한 시계, 다이아몬드 귀고리가 있는 보석함을 보고 그중에서 귀고리만 가지고 나온 적이 있었다. 다 가지고 나와봐야 처분할 길이 없었다. 그런 물건을 가질 수 있는 사람은 대한민국에서 극소수이니 결국 원래의 소유주가 알게 된다. 알게 되는 순간, 그 물건은 더이상 가치가 없어진다. 공연히 의심만 사고 추적만 당하게 되어 있다. 물건의 소유주가 없어진 것도 모르게 살짝, 알더라도 이 정도면 그나마 다행이라는 식으로 경찰에 알리지 않는 수준에서 기념만 하는 도둑의 본분을 지킨다. 그게 이치도의 철학이며 도둑으로서의 소신이었다. 그런데 마구잡이로 눈 앞에 있는 것이라면 몽땅 들고 나오는 걸 능사로 아는 전통적인, 재래식, 원시형 도둑 하나 때문에 절도업계 전체의 물이 흐려진 것이다. 게다가 그 도둑이 재판을 받다 말고 도망을 치다가 잡히는 바람에, 도망을 치면 잡히지나 말 것이지, 또 잡히고 나서 이제까지 살아온 인생이 어쩌고 저쩌고 하며 참새처럼 떠들어대며 이름을 만방에 떨쳤고 도둑계의 거장, 태두처럼 알려지게 되었다. 롱런 가도에 지장이 생긴 이치도는 한동안 일에서 손을 놓았다.

정통 도둑이 가장 싫어하는 것은 경찰도, 감옥도 아니고 혼란이다. 돈을 가지고 있는 사람은 가지고 있어야 하고 감옥은 감옥으로 있어야 한다. 그래야 생각대로 훔칠 수 있다. 감옥에 간다 해도 편하게 살 수 있다. 훔친 돈을 이리저리 뿌리면 바깥보다 편하다. 이치도는 직업상 주거부정이어서 투표를 한 적이 없지만 한다면 당연히 보수 우익, 여당을 찍을 셈이었다.

국회의원 선거가 있던 해, 이치도는 은척으로 갔다. 투표를 하러 간 건 아니었다. 선거일에 이치도는 투표를 하고 소풍을 가는 사람 같은 복장으로 독산에 올라가서 똥깐이굴로 향했다. 예나 지금이나 여전히 음습한 동굴 속으로 들어가 땅을 팠다. 삽질 네댓 번에 장독이 삽날에 걸리는 소리가 났다. 이치도는 손으로 흙을 헤치고 장독 뚜껑을 열었다. 장독에는 낡았지만 여전히 위엄이 있는 태자관, 그리고 중간 성당에서 훔쳐온 미사제구들이 보따리째 들어 있었다. 그것들을 앞에 나란히 늘어놓고 이치도는 아웅, 하고 소리를 지르면서 길게 기지개를 켰다. 도둑질 삼 년 만에 도통, 아니 해탈을 한 사람처럼. 이치도는 애지중지하던 손전등과 드라이버, 손때 묻은 장갑과 통장, 인감을 비닐로 꼭꼭 싸서 장독 속에 넣고 도로 파묻었다. 보따리를 든 이치도는 샘물로 입 안을 헹구기 위해 잠깐 멈추었다. 희뿌연 동굴 밖을 내다보며 입 안에서 물을 돌리던 그는 입구를 향해 물총새처럼 물을 뿜었다. 이제부터는 좀 색다른 도둑질을 해볼 참이었다.

이치도는 새벽부터 입김을 불어내며 서울에서 제일 가난한 동네의 아래쪽에 있는, 한창 잘나가는 신흥 그룹의 총수가 사는 대저택 앞에서 있었다. 그 집은 이치도가 애초에 손을 보기로 작정하고 여러 차례 답사한 적이 있었다.

아침 일곱시가 되자 거대한 저택의 거대한 철대문이 열렸다. 거대한 검정 리무진이 태극기를 달고 거대한 철대문을 빠져나와 거대한 저택에는 어울리지 않는 산동네의 좁은 골목길을 돌았다. 도느라 속도를 늦추는 순간, 이치도가 차 앞으로 뛰어들었다. 차는 이치도를 치기 직전에 가까스로 멈추었다. 기사가 문을 열고 내렸다.

"야, 이 새끼야, 너 죽을라구 환장했어?"

역도선수 출신으로 몸이 네모지게 딱 벌어진 기사의 입에서 나오는 말은 험했지만 제게 봉급을 주는 사람에게 안 들리게 하려고 그러는지 목소리는 낮았다. 이치도는 그를 본체만체하고 뒷자리에 앉은 차 주인을 향해 소리를 질렀다.

"회장님, 오 분만 시간을 내주십시오. 회장님께 꼭 드릴 말씀이 있습니다."

운전기사 옆자리에 탔던 비서가 문을 열고 나왔다. 이치도가 군대 시절에 많이 먹었던 정어리 튀김처럼 마르고 입이 뾰족한 친구였다.

"당신 누구요. 왜 또 이런 짓을 하는 거요."

"저는 벌써 열다섯번째 여기 왔습니다. 오늘은 죽는 한이 있어도 회장님을 뵈어야 하겠습니다. 꼭 만나서 드릴 말씀이 있습니다."

"그럼 회사로 연락을 하든지 해야지요. 좌우간 지금 회의 때문에 안 되니까 비키세요."

"회장님, 딱 오 분만 시간을 내주십시오. 이 가방을 보시면 회장님도 생각이 달라지실 겁니다."

"그게 뭡니까?"

이치도는 공기 중에 큰 귀라도 있는 듯이 손바닥을 펴고 목소리를 낮췄다.

"회장님은 큰 꿈을 꾸고 계시지 않습니까. 바로 그 꿈과 절대적으로 상관이 있는 물건입니다."

"햐, 이것 참. 어디서 무슨 소리를 듣고 그 따위 소리를 해요. 미친 사람 아냐? 당신 어디서 온 거요? 하여간 지금은 안 되니까 비키세요."

실랑이를 벌이는 중에 유리창이 내려가고 윤기 있고 위엄 있는 목소리가 들려왔다.

"무슨 일인가."

비서가 뒷좌석에 대고 가방을 가리키며 무어라고 속살거렸다. 회장은 시계를 보며 조용히 말했다.

"타라고 해."

비서는 꼭 그래야 하는 것처럼 "네에?" 하고 소리를 질렀다. 서부영화에서 엑스트라가 총에 맞았을 때 내는 "으악" 하는 소리와 똑같은 억양인데 내용만 바꿔서.

"시간 없으니까 타라고 하란 말이야. 차에서 듣지."

리무진의 뒷좌석에 탄 이치도는 몸을 던지다시피 하며 외쳤다.

"회장님, 저는 이제 죽어도 좋습니다."

회장은 차에 어울리지 않게 조그만 텔레비전의 채널을 맞추다가 고개를 돌렸다.

"무슨 말씀인가요."

"회장님을 만나려고 석 달 동안 하루도 빠짐없이 보초를 섰습니다."

앞자리의 비서가 입을 비쭉거렸다. 그럴 만도 한 것이 열다섯번째라고 했던 게 차에 타더니 금방 석 달로 불었기 때문이다.

"허허, 그래요. 내가 장기 해외출장을 다녀오는 바람에."

어떻든 그날 회장의 기분은 나쁘지 않은 것 같았다.

"기억하시는지 모르겠지만 저는 은척의 전투기 사격장에서 현역병으로 근무했습니다. 그때 정회장님을 여러 번 뵈었습니다."

정여수 회장은 눈치가 빠른 사람이었다.

"알고 있었소. 나는 한번 기억한 사람 얼굴은 절대 안 잊어버리거든. 이병장이었지, 아마. 이병장 제대하고 나서 우리 빠꼼이가 한동안 기운을 못 쓰더라구. 오상사는 이병장처럼 개를 잘 돌보는 군인은 세상에 없을 거라고 했지요. 이병장이 그리워서 상사병이 났다는 거예요. 빠꼼이한테 편지라도 해주지 그랬소. 짐승이라도 마음이 통하면 친구나 다름없지. 안 그런가요."

이치도는 시간을 아끼기 위해 빠르게 고자질을 했다.

"제가 제대를 하니까 오상사가 마음놓고 동네 개들하고 빠꼼이 교배를 시켰습니다. 그것 때문에 빠꼼이가 떨떨해진 겁니다. 오상사는 회장님 모르게 씨를 받아다가 한 삼백 마리는 팔아먹었습니다."

"그것도 알고 있어요. 지금은 죽었소. 수놈이 제 새끼가 삼백 마리면 개치고는 행복하게 살았어. 그럼 됐지요."

정회장은 시원시원하기도 했다. 몇 초간 어색한 침묵이 흐른 뒤 이치도는 보따리를 들어올렸다.

"회장님, 이 물건을 좀 봐주시겠습니까."

"뭡니까."

이치도는 흰 비단천으로 된 보자기를 풀었다. 옻칠을 한 오동나무 함이 나왔다. 칠냄새가 차 안에 퍼지자 비서가 뒤를 슬쩍 돌아보았다. 함에서는 고색창연한 태자관이 수줍게 모습을 드러냈다.

"제 스승님이 왕확이라는 분입니다. 그분이 두 해 전에 일본에 가서……"

이치도는 대략 일 분에 걸쳐 왕확에 대해 설명한 다음, 그 물건이 왕확이 일본에서 가져와서 당국에도 넘기지 않고 남겨둔 단 하나의 물건임을 강조했다. 또한 그 물건을 소유했던 일본인이 수상을 역임한 사람이라는 것도.

"이 물건을 넘기지 않은 건 선약이 있어서였습니다. 현재 권력 핵심부에 있는 장군 출신인 어떤 분이 이 관을 사겠다고 했기 때문입니다. 이 관은 대권을 꿈꾸는 사람에게 날개 같은 물건입니다."

"우습네요. 그건 그런 미신을 믿는 사람에게나 소용이 있는 물건 같은데 왜 그걸 나한테 가지고 온 건가요?"

정회장은 화면이 또렷해진 텔레비전으로 눈을 돌리며 무관심하게 말했다. 화면에는 진압복을 입은 전투경찰과 수건을 입에 두른 시위대가 잠깐 나타났고 뉴스 진행자는 여당 지도부에서 명분 없는 시위가 사회의 혼란을 조성하고 경제성장을 가로막고 있다고 비난했다는 말을 전했다.

"그냥 드리려고 왔습니다. 받아주십시오."

"그냥? 왜 그냥이오?"

"회장님은 최고의 골동품 수집가라고 들었습니다. 물건에는 임자가 있는데 이런 귀한 물건은 제가 가지고 있다가는 동티가 날 것 같습니다."

"누가 시켰소?"

정회장은 잘라서 물었다. 이치도는 그 자리에서 무릎을 소리나게 꿇었다. 리무진은 넓어서 좋았다. 온갖 쇼를 다 할 수 있으니까.

"아닙니다. 회장님을 찾아온 게 처음입니다. 오랜 고민 끝에 제가 결단을 내렸습니다."

앞자리에서 픽, 하고 바람 빠지는 소리가 났다. 이치도는 눈알에 힘을 주었다. 그래 웃어라, 웃어. 쇼도 쇼 나름이다. 도둑도 도둑 나름이다. 큰 도둑은 큰 도둑을 알고 쇼단 단장은 서커스단 단장을 알아본다. 정회장은 보지 않는 척하면서도 태자관을 샅샅이 살펴보고 있었다. 이치도는 알고 있었다. 정확하게 오 분이 채워진 뒤 정회장은 말했다.

"차 세우게."

기사가 차를 세웠다. 비서가 노골적으로 비웃는 표정으로 뒤를 돌아보았다. 정회장은 냉장고에서 한약 봉지를 꺼내 빨대로 끼우며 말했다.

"내리게."

이치도는 보따리를 다시 싸려고 했다.

"아냐, 그건 내가 가져갈 테니까 여기 두고."

이 도둑놈아. 날강도야. 문둥이 콧구멍에서 마늘을 빼먹지 도둑놈 물건을 훔친 걸 그냥 처먹냐. 이치도는 속으로 마구 욕을 하면서 내렸다. 문을 닫으려는데 정회장이 다시 말했다.

"내리라니까."

이치도는 약이 올라 대답했다.

"내렸잖아요."

"자네 말구."

정회장은 친구처럼 말했다.

"최계장, 빨리 내려. 오늘자로 발령 낼 테니까, 지금 버스 타고 가서 남해 양식장으로 내려가게. 이병장, 이군이라고 불러도 되겠지. 자네가 앞자리에 타. 윤기사, 출발!"

최씨 성을 가진 전 비서는 플라타너스 잎이 흩날리는 길에 코트를 멋있게 휘날리며 남고 차는 다시 출발했다.

회사에 도착한 뒤 정회장은 따라온 이치도에게는 일언반구도 없이 자신의 방으로 들어갔다. 이치도는 최라는 전 비서의 책상 옆에 있는 소파 앞에 서서 회장이 부르기를 기다렸다. 젊은 여비서가 무슨 말을 건넬 듯 말 듯하다가 그만두었다. 이치도는 이를 드러내며 씩 웃어 보이고는 손을 앞으로 모아쥐고 회장이 어떤 모습일지 상상했다.

회장은 탁자에 태자관을 올려놓고 가까이서 보고 멀리서 보고 돌아보고 올려다보고 빙빙 돌며 보고 있다. 그의 머릿속에는 '대권(大權)'이라는 우산이 펼쳐졌다 접혔다 하고 있다. 태자관은 문제가 아니다. 태자관을 매개로 새롭게 형성될 판도, 관계를 골똘히 생각하고 있다. 이치도가 며칠 동안 그야말로 심혈을 기울여 손질한, 때 빼고 광낸 태자관은 땅에서 나올 때의 소박하고 단아한 모습으로 돌아가 있다. 금속 장식 하나하나가 우아하게 반짝거리고 정회장의 숨결이 닿을 때마다 떨린다.

이윽고 이치도는 예상한 대로 정회장의 집무실로 불려들어가, 예상한 말을 듣게 되었다.

"내가 뭐 이런 사소한 물건에 욕심을 내는 건 아냐. 우리집 지하실에는 이런 수준의 물건은 수두룩해. 태자관이 아니라 진짜 왕관도 몇 개 있어. 아까도 말했지만 나는 대권이니 뭐니 하는 데는 관심도 없고 미신 같은 건 믿지도 않아. 태자관이 그런 운을 가져다준다면 왕관은 뭘 가져다주겠냐 말이야. 다만 나는 이런 물건을 빌미로 불미스러운 소문이 떠돌까 싶어서 걱정이 되네. 우리는 인연이 있어. 자네는 아주 운이 좋았어. 다른 사람도 아니고 날 찾아왔으니. 내가 관상을 조금 볼 줄 알지. 자네는 입주변이 아주 좋군. 운이 아주 굵고 튼튼해. 이게 얼마짜리나 되지?"

이치도는 눈물을 지었다.

"왕관을 가지고 계신 분 앞에 감히 태자관을 들이밀다니, 제가 눈이 멀었습니다. 조사를 해보면 아시겠지만, 제 스승님은 보통 분이 아니십니다. 물건은 임자를 만나야 한다고 말씀하셨습니다. 돈을 받다니요. 벼락을 맞을 겁니다."

"바라는 건 있겠지?"

"멀찌감치라도 좋으니 회장님을 모시게 해주십시오. 청소부도 좋고 수위도 좋습니다. 나중에 회장님이 날개를 펴시면 저 같은 놈이 있었다는 것을 기억해주시면 그것으로 만족하겠습니다."

"그럼 일단 이 처치 곤란한 물건을 내가 맡아두는 것으로 하세. 자네 이름이 뭐라고 했지?"

"이치도라고 합니다, 회장님."

정회장은 태자관을 집어넣고 인터폰에 손을 얹은 채 말했다.

"나도 자네를 가까이서 두고 싶지만 회사에는 사규라는 게 있고 일에는 절차가 있네. 신원조회를 해서 자격이 되면 정식으로 채용하기로 하고, 그전까지는 내 개인 농장에 가 있도록 하게. 관리인이 있으니까, 할 일은 별로 없을 거야. 요새 자나깨나 마음에 걸리는 게 개들이야. 전 세계에서 혈통이 좋다는 개만 골라 들여왔는데, 관리인이 개를 볼 줄 몰라서 개 스무 마리가 전부 똥개가 다 되었네. 자네가 가서 운동 좀 시켜주고. 아, 아까 최계장처럼 입을 막으려고 쫓아보내는 건 아냐. 그 친구는 입이 가볍고 건방져서 진작 내보낼 생각이었거든."

이치도는 고개를 깊이 숙이고 밖으로 물러나왔다. 그날부터 그는 다시 옛 시절로 돌아가 개와 함께 지내게 되었다. 신원조회? 절차? 사규? 그런 것쯤은 문제도 아니었다. 모두 다 사람이 하는 일이고 사람 사이의 일이라면 얼마든지 다룰 자신이 있었다. 오죽하면 감옥살이도 대신해주는 사람이 나왔겠는가.

농장에는 세계 각국의 뛰어난 혈통을 가진 개들을 포함하여 수백 마리의 개들이 버글거렸다. 그러나 제대로 돌보는 사람이 없어 다같이 뒤섞인 채 멋대로 자라고 있었다. 사료를 먹고 아무 데나 똥을 싼다는 점에서만 공통점이 있을 뿐, 제각각이었다. 이치도는 직접 개우리에 들어가서 청소부터 시작했다. 일반 개와 혈통 좋은 개를 분리한 뒤 한 마리 한 마리의 이름표를 붙인 우리에 넣어주었다. 매일 그 우리마다 가서 사람처럼 말을 건네고 관찰하고 불편한 걸 없애나갔다. 이따금 다녀가는 수의사나 개 훈련 전문가보다 개에 관해 더 많이 알게 된 건 당연했다. 하루에도 몇 차례씩 개들과 함께 농장 주변을 뛰었다. 함께 뒹굴고 놀고 짖을 때도 함께 짖는 시늉을 했다. 이치도와 개들이 친구가 되면서 개들은 몰라보게 달라졌다. 관리인에게 보고를 받은 정회장은 당장 개를 보러 왔다. 정회장은 일일이 개들의 이름표를 확인하고 그중 몇 마리를 걷어차서 관심을 표명한 다음, 농장에 이제까지 한 번도 주지 않던 두툼한 금일봉을 하사했다. 이치도에게는 지금 하고 있는 일이 밥만 축내고 있는 회사의 사장, 전무, 상무, 이사들보다 훨씬 중요한 일을 하고 있는 것이라고 했다. 그런 개만도 못한 이사들을 관리해야 하는 자신이 이치도보다 못한 처지라고 하면서 농장 전체의 책임을 맡겼다. 이치도는 관리인이며 일꾼들에게 '농장장'이라는 촌스러운 호칭 대신 '개이사'로 부르라고 말했다. 나중에 그 호칭을 들은 정회장도 박수를 치며 웃었다. 그러고는 개에 관한 일이라면 언제든 회장실을 드나들 수 있도록 해주었다.

개들의 상태가 좋아지면 좋아질수록 이치도에 대한 정회장의 신임도 높아졌다. 이치도는 정회장이 궁금해하는 것을 보고서로 작성해서 매주 한 번 올려보내려고 했는데, 보고서를 쓰는 법을 몰랐기 때문에, 또 쓸 생각이 눈곱만큼도 없었기 때문에 그 일을 핑계로 일 주일에 한 번 서울로 마실을 나갔다.

어느 날 이치도가 비서실에서 정회장이 오기를 기다리고 있는데 어떤 중늙은이가 나타났다. 손에는 보자기로 싼 냄비가 들려 있었다.

"난 정회장 형 되는 사람이오. 갑자기 보고 싶어져서 찾아왔소."

그는 허리가 구부정하고 때 묻고 허름한 점퍼를 걸치고 있었다. 시큼한 김치 냄새에 비서가 인상을 찌푸리며 정회장이 외출중이라고 하자 그는 올 때까지 기다리겠노라고 하면서 소파에서 신문을 보고 있던 개이사 옆에 주저앉았다. 개이사는 그와 몇 마디를 나눠보고 금방 자신과 비슷한 종류의 사람이라는 걸 깨달았다. 시골 출신에 학교에 다닌 기간이 짧고 옷에 개털이 묻은 채 돌아다닌다는 공통점이 있었다. 개이사는 그 중늙은이와 시골과 농사, 개에 관해 침을 튀겨가며 대화를 나누었다.

"아이구, 큰형님. 여기까지 웬일이십니까."

밖에 나갔다 들어오던 정회장은 기겁을 하다시피 하면서 노인을 끌어안았다. 비서들은 모두 낯빛이 변했다.

"내가 점심나절에 도가니탕을 먹다가 보니, 너무 맛있어서 눈물이 다 나올 것 같더라구. 이렇게 맛있는 걸 혼자서 먹어야 되겠는가. 그래서 한 그릇 싸달라고 해서 동생 주려고 가지고 왔는데 이젠 다 식어버렸군."

"아닙니다, 큰형님. 주십시오. 제가 먹겠습니다."

정회장은 그 자리에서 기름이 엉겨붙은 도가니탕을 사흘 굶은 개가 저리 가라 싶게 게걸스럽게 먹어치웠다. 노인은 그런 정회장을 흐뭇한 표정으로 바라보고 있었다.

"정말 맛있습니다. 이렇게 맛있는 도가니탕은 제 평생 처음 먹어봅니다."

바로 그 중늙은이가 대통령의 외사촌형인 박회장이었다. 물론 박회장은 회사를 많이 거느린 재벌 총수여서 회장으로 불리는 게 아니었다.

정회장에게는 가까이 지내는 친구가 네댓 명 있었다. 정회장을 제외하고는 재벌 2세에 놀기 좋아한다는 공통점으로 똘똘 뭉쳐다니던 그들은 어느 때부터인가 정여수라는 농부 2세가 놀라운 사업수완을 가지고 있다는 것을 의식하게 됐다. 정권이 바뀌면서 건설, 항운 사업에 진출하고 정권에 밉보여 부도가 난 대그룹 계열사를 무차별적으로 인수하는가 하면 현금동원력도 엄청났다. 그래서 정여수를 한패에 끼워넣어 주기로 했다.

그들은 일이 없거나 있거나 간에 '수요일의 푸른 장미'라는 룸살롱에서 수요일마다 만났다. 그 룸살롱에는 방이 두 개밖에 없었다. 하나는 메인룸, 하나는 기사와 비서의 대기실이었다. 룸살롱 이름값 때문에 수요일은 다른 요일의 두 배가 되는 술값, 팁이 지불되었는데 그 돈은 다른 잘나간다는 룸살롱의 공식가격의 네 배에 해당했다. 어느 날 그들이 나이를 가지고 누가 형인가 아우인가를 가지고 아웅다웅하던 중에 정여수가 이런 제안을 했다.

"야야야, 우리 이러지 말고 큰형님을 한 분 모셔와서 그분이 정하는 대로 하는 게 어떻겠나."

"우리 중에서 큰형님이 바로 난데 나를 어디 가서 또 모셔온단 말이냐."

"농담 아냐. 내가 큰형님으로 모시는 큰형님이 있어."

"어디 사는 뭐 하는 놈인데?"

"온천에서 소방서원으로 봉직하시면서 고생을 많이 하신 분이지. 지금은 그만두고 풍산개 몇 마리만 키우면서 살고 계신데 여러 단체, 기관에서 나와달라, 도와달라고 하지만 축구선수 후원회 하나만 맡고 계시지."

"난 축구선수 하나가 아니라 팀을 후원한다. 그것뿐이냐, 야구팀, 농구팀, 배구팀……"

"보통 축구선수가 아니고 차세찬이란 말야. 스페인에서 뛰고 있는 아시아의 황금 다리."

어느 날 저녁 어디 시골에서 개를 키우다 온 것 같은 꾀죄죄한 몰골의 박태희가 정회장을 앞세우고 '수요일의 푸른 장미'에 들어섰고 모두들 그를 큰형님이라고 외쳐부르며 '회장들의 회장'으로 모시게 되었다. 그가 현직 대통령이 친인척 가운데서 가장 믿고 의지하는 외사촌형이었기 때문이다.

또한 어느 날 정회장의 농장에 있는 개만 전문적으로 관리하는 '개이사'가 룸살롱의 작은방에서 기사·비서들과 어울리게 되는데 박회장이 '개이사'를 좋은 말동무로 여기는 것 같아서 정회장이 비서 대신 데리고 왔기 때문이었다.

큰형님은 여느 때처럼 북방무역, 남진정책 따위의 중요하고 엄청난 문제에 대해 동네 술자리의 백수건달보다 못한 형편없는 견해를 시시콜콜, 촌스럽게 늘어놓았다. 그날따라 특이하게 개 꼬리의 높이, 움직임과 개의 기분에 관한 전문적인 이야기를 하기도 했다. 물론 회장들은 공경스럽게, 때로는 공감을 표시하고 때로는 박장대소하며 그 연설을 들었다.

이윽고 빨간 장미, 노란 장미, 가시 없는 장미, 피다 만 장미, 찢어진 장미를 가슴에 단 여자들이 들어오자 분위기는 바뀌었다. 모두들 학생이라고 자신을 소개했다. 학비를 벌려고 나왔다는 것이었고 원한다면 재학증명서를 보여줄 수도 있다고 했다. 마지막으로 푸른 장미를 가슴에 단 여자가 등장했다. 그때 좌중에서 숨이 넘어갈 듯한 표정을 지은 사람은 두 사람이었는데 한 사람은 박회장, 또 한 사람은 막 정회장에게서 "쟤들 다 조금씩 맛보고 싶으니까 호텔 방을 잡아놓으라"는 귓속말을 듣고 돌아서던 이치도였다. 밖으로 나온 이치도는 어디선가 유리창이 박살나고 깨진 유리를 탱크의 캐터필러가 짓밟으며 굴러가는 소리를 들으며 담배를 꺼내물었다. 그 소리는 다 자신의 내면에서 나고 있었다. 푸른 장미는 왕두련이었다.

"왜 아직도 이 따위 짓을 하는 거야? 너는 정말 구제불능이구나. 네가 모신 그 영감탱이가 몇 살인 줄이나 알아? 네 아버지보다 나이가 많을 거다."

다음날 아침 이치도는 호텔에서 나오는 왕두련에게 대뜸 고함을 질러댔다.

"난 나대로 할 일이 있다고 했잖아. 간섭하지 마."

"너도 내일모레면 서른인데 언제까지 술집에서 대학생 흉내를 내면서 학비를 번다고 할 거야. 기가 차서 말이 안 나오는구나."

"학비 때문에 이러는 게 아냐."

"그래, 네가 좋아서, 네가 워낙 밝혀서 그런다는 건 나도 알아. 그래도 너하고 그런 자리에서 마주치는 내 심정을 생각해봐라."

"너는 다운증후군이 뭔지 아니? 경련성질환은? 후천성 아테토이드 뇌성마비는? 정신박약, 토순, 구개열, 수두증, 골다공증은? 이런 선천성 기형으로 부모로부터 버림받은 아이들이 어떻게 사는지 아니? 난 돈을 벌어야 돼. 그러지 않으면 그런 병에 걸린 고아들이 모두 죽지도 살지도 못하게 돼. 스물두 살 된 사내아이가 기저귀가 없어서 복도에 오줌을 질질 흘리고 다녀. 그런 애들이 수용돼 있는 시설에 단 한 번이라도 가봐. 심정이라는 말은 사치야."

"그런 건 국가에서 세금 걷어서 알아서 하겠지. 네가 무슨 슈바이트냐, 마릴린 몬로냐."

"슈바이처, 마더 테레사."

"그래, 많이 배워처먹은 네 똥 굵다. 네가 하는 일이 옳다고 하자. 술집에서 젓꼭지로 술 담가주고 돈 벌어서 자기들한테 선물 갖다주는 걸 알면 그 아이들이 좋아할까."

"난 어차피 불량품이잖니. 내 입 속을 뒤집어서 수술 자국을 보기 전에는 언청이였다는 걸 아무도 모르지. 대한민국에서 출세했다는, 똑똑하고 힘이 있다는 남자들이 내 이런 속도 모르고 나를 못 잡아먹어서 안달하는 걸 보면 재미있기도 해."

그때 이치도의 입에서 왜 그런 말이 나왔는지 모른다.

"내가 돈 줄 테니까 앞으로는 그런 짓 하지 마."

"얼마 줄 건데?"

"얼마든."

"백만원 주면 너하고도 한 번 자줄게. 너한테만 반값으로 쳐주는 거야."

"나는 너하고 그거 할 생각이 눈곱만치도 없으니까 앞으로 남하고 할 것 중에 열 번 빼는 걸로 해. 내일 당장 전세금이라도 빼서 천만원 줄께."

"그럼 하룻밤에 열 번 할 걸 세 번씩 하면 사흘은 가겠네. 영수증 필요 없고?"

"됐어."

그 뒤로도 이치도는 다섯 번, 두 번, 한 번, 일곱 번 등등 형편 닿는 대로 두련의 성교 횟수를 샀다. 그러다보니 얼마 가지 않아 자금이 바닥을 드러냈다. 한 재벌의 등골까지 속속들이 빼먹으려던 원대한 계획에 금이 가기 시작했다. 그래서, 그리하여, 그러므로, 어차피 그럴 작정이었던 이치도는 다시 정통 방식의 도둑이 되었다.

정회장이 여러 종류의 장미 덤불에 코를 박고 잠들어 있는 동안 그의 집 지하에 있는 골동품을 관람하러 갔다가 나오는데 정회장 부인이 옷의 지퍼를 올려달라고 하는 것이었다. 그래서 무심코 패물을 한 주먹 훔쳤다. 회장실의 금고 속에 있는 현금과 달러를 훔쳤고 태자관을 가지고 나오다가 비자금 통장도 들고 나왔다. 통장에서는 일원 한푼 빼 쓸 수가 없었지만 기념으로, 과시용으로, 호신용으로 가지고 있을 생각이었다.

이치도는 다시 태자관을 싸들고 박회장의 집을 찾아가 외쳤다.

"회장님, 오 분만 시간을 내주십시오. 꼭 알려드릴 게 있습니다. 저는 오로지 회장님을 만나기 위해서 여기서 일 주일 동안 보초를 섰습니다."

박회장은 나와서 왜 그렇게 소리를 지르느냐고 묻고는 보따리부터 받아들고 이치도를 안으로 들어오게 했다. 그래서 태자관은 박회장의 금고 속에 들어갔다.

박회장은 주말마다 산에 올라 어디에 불이 났나 살피는 버릇이 있었다. 어디서 연기가 나면 "아이고, 불이다!" "저기도 났다!" "여기다!" 하고 손가락질을 하면서 화재진압을 진두지휘하는 소방대장처럼 이리 뛰고 저리 뛰는 게 취미이자 운동이었다. 어느 날 부름을 받은 정회장이 산에 나타나서 박회장과 함께 정상에 나란히 섰다.

"저쪽 연기 나는 데로 새 고속도로가 지나간다더군. 자네 한 십만 평만 미리 사두게. 두 달쯤 후에 발표가 날 거야."

"이십만 평을 사겠습니다. 농장을 큰형님과 반으로 나눠서 닭도 키우고 개도 키우지요, 뭐. 제가 개띠고 큰형님은 닭띠시니까요."

"그래, 자네도 이제 농사에 재미를 좀 붙이겠다니 다행이구만. 오르지 못할 나무에 욕심을 내다가 굴러떨어진 사람이 한둘인가. 시골에서 개를 키우면 공기 좋지, 마음 편하지, 죽이겠다는 놈 없지, 아 뭐가 걱정인가. 그런데 말야. 저기 저 바위에 있는 저 친구가 자네 밑에 있었잖아. 자네가 회사의 레미콘 트럭을 보내서 몸 위에 공짜로 건물을 지어주겠다고 한 모양인데, 거북이같이 콘크리트 집을 끌고 다니도록 말야. 사실인가?"

"아닙니다, 큰형님. 제가 그런 생각을 할 리가 있겠습니까. 저 친구가 워낙 영리하고 싹싹해서 큰형님께 바치려던 참이었습니다. 아시다시피 제가 워낙 그릇이 간장 종지만하잖습니까. 간은 벼룩만합니다. 큰형님,

저는 큰형님의 영원한 동생입니다. 믿어주십시오."

대화 내용이 들렸다 말았다 했지만 이치도는 그냥 좋았다. 공기도 좋고 산도 좋고 도로도 좋고 개도 닭도 다 좋았다.

'차세찬 후원회' 사무실은 도심의 낡고 허름한 골목의 허름하고 낡은 건물에 있었다. 건물 아래 마당에는 주인과 함께 출근하는 풍산개 몇 마리가 자고 있다가 성격대로 사람에게는 덮어놓고 꼬리를 흔들곤 했다. 풍산개를 관리하는 일이 이치도에게 맡겨졌다.

사무실 내부는 피라미드처럼 정교하게 설계되어 나뉘어 있었고 각 방의 설비는 최고급의 중후한 치장에서 농촌의 두엄 냄새가 아련히 풍기는 방까지 세 등급이 있어서 사람에 따라 알맞은 방으로 안내되었다. 오는 사람들이 서로 마주치지 않도록 출입문이 달랐다. 중앙 응접실에는 박회장이 앉아 있다가 각 방으로 통하는 전용문으로 들어가 손님을 만나곤 했다. 각 대기실에는 비서가 따로 있었고 금고도 따로 있었다. 이치도는 그 대기실 가운데 마지막 방에서 비서 역할을 했다. 그가 담당한 방에 오는 사람들은 현금이 가득 든 가방을 가지고 왔다.

현금이 아니면 받지 않는다는 게 불문율이었다. 그전에 작은 가방은 현금을 건네줄 사람을 만나게 해준 사람에게 건네졌다. 사무실로 가지고 오는 큰 가방은 현금 아닌 더 엄청나고 중요한 그 무엇을 건네줄 수 있도록 축구선수 차세찬, 아니 대통령을 만나게 해줄 사람, 그러니까 박회장에게 건네졌다. 돈의 액수를 표시하고 영수증을 주고받는 일도 없었다. 주는 사람, 받는 사람, 중간에서 살짝 훔치는 사람 모두에게 아무 흔적도 남지 않았다. 그렇게 편하고 안락한 도둑질이 따로 없었다.

이치도는 두련이 평범한 직업여성으로서 평범한, 자발적인 성생활을 영위하는 것조차 힘들 정도로 돈벼락을 퍼부었다. 취미로 술집에 나가는 것은 그냥 두었다. 그렇게 세월이 갔다. 그 또한 더할 나위 없이 좋은 시절이었다.

박회장은 사무실과 마찬가지로 집도 나누었다. 사무실과는 달리 집은 따로 떨어져 있었다. 부인이 셋이었고 아이들도 셋, 가정부도 셋이었다. 그중 한 부인이 이치도를 마음에 들어했다. 이치도는 성의껏 열심히, 박회장에게 충성하듯 부인이 시키는 대로 다 했다. 그게 좋았다. 부인은 이치도에게 적금을 들게 했고 오두막이라도 한 채 사라고 목돈을 주기도 했다. 이치도는 그런 돈마저 모두 두련이라는 밑 빠진 독에 집어넣었다. 그 때문에 두련은 적어도 몇 년 동안은 어떤 남자와도 일체의 성관계를 가질 수 없게 되고 말았다. 어떤 경우에도 2차를 가지 않는 석사 학위를 가진 미녀에 관한 소문이 돈 있고 힘 있는 사내들 사이에 소리없이 퍼졌다. 그러나 그 누구도 '푸른 장미'를 꺾지 못했다. 그렇게 좋은 시절이 이어졌다.

그런데 어느 날 거리에서 엄청난 일이 벌어졌다. 수많은 사람이 몰려나와 독재가 싫다, 대통령을 직접 뽑겠다고 외쳐대는 바람에 돈가방을 들고 오는 사람들이 차를 타고 오는 길이 꽉 막히고 말았다.

박회장은 그럴수록 태자관에 의존했다. 유리상자 속에 모신 태자관 앞에 매일 향을 피우게 하고 손을 비볐다. 성황당 앞에서 식구의 안녕을 기원하는 옛 여인네처럼. 어쩌면 자신이 그 태자관을 직접 써먹을 생각이 있었는지도 모른다. 그러나 태자관은 아무 응답이 없었다.

사무실은 차츰 썰렁해졌다. 마침내 비서들까지 사표도 내지 않고 어디론가 가버렸다. 발령받은 적이 없으니 사표를 낼 수 없었는지도 모른다. 이치도만은 의연히 자리를 지켰다. 타고난 도둑과 배운 도둑의 차이였다.

어느 날 박회장은 자신을 찾아오는 사람이 더이상 없다는 걸 깨달았다. 그는 텅 빈 방을 돌며 "이군! 김군! 미스 박!" 하고 처량하게 소리치다가 쓸쓸히 건물을 빠져나왔다. 집 가운데 하나로 가는데 뱀장어처럼 미끈한 사내가 벌거벗은 몸에 옷을 걸치면서 옥상을 넘어 허겁지겁 도망치는 것을 보았다. 두번째 집에도 사내가 다녀간 흔적이 있었고 본가에 가니 아이가 정체 모를 사내가 준 아이스크림을 먹고 있었다.

선선한 저녁 바람이 목덜미를 파고든다. 산 너머로 지는 해는 대머리처럼 반만 남아서 새빨간 노을을 뿜어내고 있다. 수제비처럼 뚝뚝 떨어진 구름들이 하늘에 떠 있다. 보석의 원석처럼 한쪽은 노을에 물들어 황홀하고 한쪽은 원래의 거무스레한, 불순한 색깔이다. 이치도는 한 시간째 산과 산 사이의 길에 숨어서 혹시 자신을 잡으러 온 사람이 없나 살피고 있다.

길게 뻗은 두 개의 방죽이 이치도의 눈앞에 펼쳐져 있다. 그 아래의 냇가 풀밭에 소들이 한가롭게 풀을 뜯고 방죽 위로는 경운기가 탈탈거리며 집으로 돌아간다. 한가롭고 평온한 풍경 앞에서 이치도는 문득 목이 메려 한다. 자신이 없이도 이 세상이 얼마나 잘 돌아갔는지를 실증해주는 듯하다. 한편으로는 서운하다. 한편으로는 안심이 된다. 이곳은 자신과 같은 도둑이 필요 없는, 도둑이 더이상 생겨나지도 않는 순결하고 가난한 세계다.

이치도는 천천히 개울가로 내려간다. 손으로 물을 움켜쥐고 얼굴을 씻는다. 넥타이를 풀어젖힌다. 구두를 벗고 발을 물에 담근다. 며칠째 양말 속에 갇혀 있던 발가락은 때에 절어 있고 발바닥의 굳은살은 땀으로 허옇게 불었다. 기차역에서 철길을 따라 걷기 시작했다. 자전거를 훔쳐타고 바퀴가 터질 때까지 달렸다. 오토바이를 훔쳐타고 기름이 떨어질 때까지 달렸다. 밤에는 움막에 숨어서 잠을 잤다. 시골의 구멍가게에도 망을 본 뒤에 들어갔다. 라면을 생으로 씹어먹고 개울물로 목을 축였다. 그 긴 여행도 이제 종착점에 이르렀다.

물은 무서울 정도로 깨끗하다. 초록의 물풀 사이로 청결하고 흰 모래바닥이 들여다보인다. 자갈에는 이끼 하나 끼어 있지 않다. 적당한 유속을 유지하고 있어서 물때가 낄 수가 없다. 물풀이 적지 않지만 그 풀들로 인해 부유물이 정화된다. 그래서 물은 자연스럽게 깨끗하다.

은척 북쪽의 독산은 형체가 어렴풋하다. 새로 생긴 고층 아파트 때문에 정상 부분은 보이지 않는다. 그러고 보니 남쪽에도 아파트 단지가 형성돼 있고 동쪽도 아파트 단지다. 아파트와 관련이 없는 목가적이고 고리타분하며 원래의 은척다운 풍경은 이치도가 앉아 있는 서쪽밖에 남지 않았다.

냇가에서 조금 높은 쪽에 누군가 밭을 일구고 참깨를 심어놓았다. 깨꽃에서 나는 냄새를 맡으려고 이치도는 코를 킁킁거린다.

"깨가 비싸다면서? 깨만 심으면 되잖아. 어른들은 바보 아냐."

어린 이치도가 왕확에게 물었다.

"사람들이 깨만 먹는 게 아니디. 깨 농사 짓는 게 힘들기도 하구. 깨는 많이 심어도 많이 나디 않아. 기래서 깨가 비싼 기야."

"나만 참깨를 심을 거야. 딴 사람이 못 심게 하면 되지 뭐."

정말 깨를 심었던가. 자신의 의지와는 달리 이치도의 고개는 좌우로 천천히 흔들린다. 자신이 그 누군가에게 붙잡혀서 쪄지고 으깨진 다음 천천히 기름을 짜내게 된다면 좋아할 사람들은 많을 것이다. 곧 그렇게 될지도 모른다. 후회는 없다.

이치도는 양말을 꼼꼼히 털어서 신는다. 머리에 물을 묻혀 가르마를 타고 허옇게 버캐가 낀 입 주변을 닦고 근육을 힘차게 움직인다. 헛살지는 않았어. 헛살지는 않았다구. 그러면 됐어. 이치도는 절뚝절뚝 걸음을 옮기면서 중얼거린다. 길가에는 쑥부쟁이가 꽃을 피워냈다. 이치도는 가만가만 꽃을 쓰다듬는다. 꽃을 만져본 것은 또 얼마 만인가. 이치도는 또 비감해진다. 더이상 도망칠 수도, 도망칠 곳도 없게 만든 건 바로 자신이지만, 그 자신도 어쩔 수가 없었다. 이제 마지막으로 왕확을 만나고, 어머니의 산소에 들를 것이다.

이치도는 여름을 싫어했다. 밤이 짧아서 훔칠 시간이 줄어드니까. 하지만 이치도가 걸어가고 있는 선선한 초여름 저녁은 싫어하려야 싫어할 수 없는 상쾌감을 준다. 방죽 좌우의 마을에서 하나씩 둘씩 불이 밝혀지기 시작한다. 마치 청결하게 닦아놓은 거울에 어린아이가 아무 생각 없이 붉은 크레용으로 점을 찍듯이. 이치도는 절뚝거리며 걸음을 옮긴다. 왕확의 집이 가까워진다.

돌다리는 없어지고 시멘트 다리가 놓였다. 다리를 건너 왼편으로 돌아 방죽을 따라 걷던 이치도는 땅거미가 짙어졌다는 것을 깨닫는다. 읍내 아파트에서 흘러나오는 흰 형광등 빛, 방죽 너머 시골 마을에 켜지는 주황색 가로등의 중간쯤에 자리잡은 방죽길에는 양쪽의 불빛 어느 쪽도 미치지 못했다. 이치도는 문득 두려움에 휩싸인다. 설상가상으로 방죽 가운데 어떤 물체가 우뚝 서서, 아니 앉아 있는데도 우뚝한 모습을 하고 이치도를 향하고 있다. 이치도는 그걸 깨닫는 순간 걸음을 멈춘다.

그 물체는 있는 듯 없는 듯하다. 없는가 하면 있고 있는가 하면 엷은 어둠 속으로 스며들어 경계선이 없다. 이치도는 눈을 한껏 크게 뜨고 코를 벌름거리며 귀를 세운다. 그런데 눈, 코, 귀가 훨씬 더 발달된 존재가 이치도에게서 이십여 미터밖에 떨어지지 않은 곳에 있으니, 바로 이치도가 정체를 알려 하는 그 물체였다.

그건 개, 아니 늑대, 아니 여우, 아니 은척 근처에만 산다는 호랑이의 새끼, 지나가는 나그네의 머리 위를 건너뛰며 혼을 빼고 결국은 간만 빼먹고 간다는 개호주였다. 일 분, 이 분, 이 분 삼십초, 서로가 무엇인지 알아차리는 데 충분한 시간이 흐른다. 그리고 두 존재는 각자 행동을 개시한다. 이치도는 주먹을 쥐고 그 물체를 향해 내달리기 시작한다. 개호주는 펄쩍펄쩍 도약하면서 도망을 친다. 한 가지 다행스러운 것은, 개호주는 특기가 머리 위를 날면서 혼을 빼는 것이지, 일직선으로 도망가는 것은 아니라는 것이다. 이치도는 젖 먹던 힘을 다해 쫓아간다. 언제 절뚝거렸는가 싶게 다리에 속력이 붙는다.

이치도는 어머니에게서 충분히 얻어먹지 못한 젖의 힘을 금방 다 쓰고, 할 수 없이 죽, 밥에서 나온 힘까지 쓰고 애를 쓰고 용을 쓰고 죽을 힘을 다해 쫓아간다. 귀 밑으로 바람이 휙휙 지나간다. 이치도는 자신이 바람을 만들고 있다고 느낀다. 가슴이 풍선처럼 부풀고 팔은 날개처럼 가벼워지며 길게 뻗쳐진다. 날벌레가 탁탁 얼굴에 부닥친다. 조금만 더 달리면 날 수 있을 것 같다. 어머니에게서 물려받은 사슴처럼 긴 다리의 힘을 빌려 이치도는 달리고 또 달린다.

읍내를 한 바퀴 돌았을까. 이치도는 원래 출발했던 자리에 다시 돌아온 것을 깨닫고 땀을 훔친다. 개호주는 사라졌다. 개호주는 원래 없었다.

새마을운동이 한창일 때, 너도 나도 정부에서 거의 공짜로 나오는 슬레이트로 지붕을 하고 시멘트 벽돌로 담을 쌓는데도 왕확은 고집스럽게 초가지붕을 바꾸지 않았다. 담은 원래 없었다. 왕확은 집 주변에 나무를 많이 심었다. 미루나무, 플라타너스, 은행나무, 오동나무, 측백나무, 쥐똥나무, 소나무, 자작나무, 진달래가 집 주변을 옹위하듯 둘러싸고 있다. 플라타너스는 집보다 네댓 배는 키가 크다. 비바람에 꺾인 듯 가지 하나가 집을 향해 축 늘어져 있다. 이치도는 바로 그 플라타너스 아래에서 걸음을 멈춘다. 둘레가 한 아름은 넉넉한 나무를 빙글빙글 돌아본다. 나 잡아봐라. 이치도는 중얼거린다. 나를 잡아보라니까, 이놈들아.

플라타너스, 미루나무, 은행을 거쳐서 측백나무 울타리 너머 마당이 있다. 그 너머 냇가 쪽으로는 소나무가 한 그루 고개를 깊이 숙이고 있고 동쪽으로 쥐똥나무 울타리가 만들어져 있다. 이치도는 기시감에 사로잡혀 고개를 갸웃거린다. 마루에 켜진 형광등 불빛이 마당으로 비춰진다. 텔레비전을 켜두었는지 빠른 말씨로 무언가를 이야기하는 사내의 말이 들린다. 기자 같다.

이치도는 심호흡을 하고 천릿길을 떠나는 사람처럼 발을 든다. 그러다가 안에서 들려오는 도란거리는 이야기를 듣고는 놀란 장닭처럼 한 발을 든 채 멈춰버리고 만다.

"내일 모레쯤이면 검찰에서 소환을 할 거래요. 그러면 구속될 거구요. 여론이 빗발치니까 검찰에서도 어쩔 수가 없나봐요. 잘 아는 검사한테서 직접 들었어요."

그 도란거리는 목소리의 주인공은 왕두련이다. 지체부자유 고아들만 수용하는 곳에 있어야 할 여인이다.

"그러면 더 큰일 아니냐. 그애가 더 다치지 않겠니. 그런 사람한테 태자관을 갖다바치다니…… 누울 자리를 보고 발을 뻗어야지, 그애는 힘 있는 사람이라면 덮어놓고 가는 병통이 있어. 금상첨화라더니, 한치 앞도 못 내다보는 인생이구나……"

이치도는 그 와중에서도 짜증이 난다. 엎친 데 덮친 격이라는 데 쓰는 말은 금상첨화가 아니라 설상가상이다. 두련도 그걸 알아차린 듯 웃음소리를 낸다. 이치도는 그제야 들었던 발을 내려놓는다.

"아빠, 너무 걱정하지 마세요. 제가 이곳저곳 알아볼 만한 데는 다 알아봤어요. 하다못해 여기 은척의 건달한테까지 말예요. 치도는 무사할 거예요. 원래 도망 하나는 잘 다니는 사람이잖아요. 미꾸라지처럼."

이치도의 가슴이 뻐근해진다. 죽어도 싼 놈이라고 욕을 해도 좋으니 자신의 이름을 저 사랑스러운 입으로 더 듣고 싶다.

"어디 공동묘지 무덤 속에 들어가 있는지도 모르지. 그러고도 남을 녀석이야. 치도란 놈. 아직 안 보이는 걸 보면 무덤 속에서 굶어 죽은 건 아닌지 모르겠다."

이치도는 무덤 속에서 죽을 것이라도 왕확에게 오는 게 아니었다고 후회한다. 무엇 하러 왔던가. 억울함을 하소연하러? 자신을 가장 잘 이해해줄 사람이어서 그의 무릎에 고개를 박고 엉엉 울려고? 그냥 발길이 닿는 대로? 미꾸라지라서?

"전에 텔레비전에서 보셨다고 하셨죠. 왜, 그때 얼굴이 시커멓다고, 곧 험한 꼴을 당할 것 같다고 전화하셨잖아요."

"그랬지. 그 대통령 형이라나 하는 놈 뒤에 멀끔하게 서 있는 걸 봤지. 무슨 가방인지 신주단지처럼 들고 있더라만. 그 안에 태자관이 들었나. 그걸 가지고 다니면 안 된다고, 내가 신신당부하더라고 말을 전해주지 않았더냐? 내가 진작에 그걸 없애버렸어야 하는 건데⋯⋯ 그 물건 때문에 그 아이 팔자가 그렇게 정해진 게야."

"웃고 말던걸요."

"그 아이가 단명할 상은 아니니까 죽을 일이야 당하겠느냐마는 그때 얼굴에 덮여 있던 기운이 아주 흉측했다. 팔다리 한두 개는 끊어지고야 무사할 것 같더라."

이치도는 자신의 팔다리를 살펴본다. 아직은 다 있는 것 같다. 팔다리를 호명하듯이 가볍게 흔들어본다. 이치도는 왕확의 목소리가 나는 쪽으로 손 가운데 하나를 팔뚝 가운데 걸치고 팔꿈치 쪽으로 훑어내리려다 멈춘다.

“큰 배가 침몰하면 곁에 있다가 잘못하면 빨려들 수도 있죠. 미리 발을 뺐으니 얼마 동안만 잘 피해 있으면 치도는 괜찮을 거예요.”

“기렇다면 다행이구. 다행이구말구. 그런데 이애야, 내가 너한테 꼭 물어보고 싶은 말이 이서. 오늘은 꼭 대답해야 한다?”

갑자기 왕확의 사투리가 심해졌다.

“저두요. 아빠한테 꼭 여쭤보고 싶은 게 있었어요. 꼭 대답해주셔야 해요.”

“기래, 기럼 우리 둘이서 약속하자우.”

짝, 하고 어린아이들처럼 손바닥을 서로 부딪치는 소리가 난다.

“네래 그아이를 어쩔 셈이야. 그만큼 기대렸으면 좋은 소식이 올 만도 한데. 애비가 언제 너하고 행진할 수 있디?”

“아이 참, 아빠. 제가 먼저 물어볼 거예요.”

“내래 벌써 물었는데두?”

“무효예요. 제 질문에 대답하신 다음에 다시 물어보세요.”

“기래? 해보라.”

“아빠, 그 태자관 말예요. 그걸 가진 사람이 대권을 잡아요? 그거 엉터리죠? 말도 안 되는 소리죠?”

으흠, 하는 헛기침 소리가 난다. 그리고 마당 한켠에 세워진 수숫대에 바람이 슬슬 불어대는 소리가 나고도 삼십 초쯤의 시간이 흐른다.

이치도는 이제 나갈까, 나가서 "나 여기 있지롱!" 하고 혀를 빼물까 싶어서 몸을 뒤튼다. 이윽고 위엄 있는 왕확의 목소리가 들려온다.

"짜가라서 그렇디."

"뭐라구요? 전설이 가짜라구요?"

"아니디, 아니야. 기건 내가 심심해서 만든 짜가야. 물건도 짜가, 이야기도 짜가. 짜가!"

이치도는 결국 참지 못하고 "푸흐흐흐" 하고 웃음을 터뜨리고 만다. 두련이 달려나오고 왕확이 팔자걸음으로 어기적어기적 걸어나온다. 두련은 이치도의 팔에 매달리고 왕확은 팔짱을 낀 채 소처럼 커다란 눈으로 이치도를 올려다본다. 왕확의 걸음이, 눈이, 팔짱이 모두 우습다. 냇가의 뽕나무밭을 넘어 불어오는 바람이 온몸을 간질인다. 이치도의 웃음소리는 점점 더 커지고 길어진다. 마침내 폭소로 변한다. 멈출 수 없다. 눈물, 콧물, 땀을 흘리며 계속 웃는다.

개구리 울음소리가 커진다. 처녀의 짧은 치마 같은 초여름밤이 깊어진다.

잃어버린 목소리를 찾아서

신수정(문학평론가)

『도망자 이치도』는 말놀이를 통해 소설, 특히 우리 소설이 그 동안 결코 자유로울 수 없었던 의미의 그늘로부터 조금이나마 '해방' 되고자 하는 면모를 보인다. 그것은 즐거운 유희, 유쾌한 카니발 정신 덕분이라고 할 만하다.

1. 말하기로서의 쓰기

『도망자 이치도』는 성석제의 소설이다. 그것 이외에 달리 할말이 없다. 『도망자 이치도』는 성석제의 소설이라는 말로 모든 설명이 끝나는 소설이다.

사실, 지속적으로 작품을 찾아 읽게 만드는 작가는 대략 두 부류다. 늘 새롭고 낯선 이야기로 우리의 호기심을 만족시켜주는 작가와 누구나 아는 이야기를 귀 기울여 듣게 만드는 작가. 전자가 화려한 모험담으로 승부한다면 후자는 그만의 독특한 이야기 기술로 맞선다. 일찍이 벤야민이 이야기꾼의 원조로 언급한 선원과 농부의 메타포가 각기 이에 대응된다. 선원이 머나먼 세상을 편력하고 돌아와 이국의 낯선 풍물을 호들갑스럽게 전해주는 자라면 농부란 무엇보다도 시시콜콜한 고향의 일상사를 구수한 입담으로 풀어놓는 자다. 이야기의 유구한 전통 안에 있는 소설 역시 언제나 이 두 유형 사이에서 요동친다.

물론 소설이 선조의 관습을 답습하고 있는 것만은 아니다. 대개의 경우 소설 속 모험의 활력은 언제나 그것만의 독특한 서술방식을 요구하고, 이야기 서술방식상의 혁신은 모험 그 자체의 내용을 새롭게 규정한다. 소설은 마침내 자신의 기원을 뒤섞으며 새로운 잡종을 낳는다. 이 애매하고도 복합적인 성격이야말로 소설을 규정하는 가장 강력한 정체성이라고 할 만하다. 그럼에도 불구하고 이야기의 유형학이라는 것이 가능하다면 성석제는 단연 후자, 즉 농부의 계보에 속한다.

일견 그의 소설이 전자의 유형, 즉 선원의 이야기에 속하는 것이 아닌가 하는 의구심이 들 수도 있다. 실제로 『궁전의 새』(하늘연못, 1998)를 위시한 '원두 시리즈'나 전형적인 피카레스크 소설의 면모를 띠고 있는 『왕을 찾아서』(웅진출판사, 1996), 그리고 「조동관 약전(略傳)」 등은 남성서사의 하나로 이해되어왔다. 저 인간적인 깡패 '마사오'와 한 도시의 전설이 된 건달 '조동관'을 비롯, 그 허다한 술꾼, 춤꾼, 노름꾼, 내기 바둑꾼 등 성석제가 즐겨 다루는 인물들은 소위 "천하를 주유하며 행협(行俠)하는"(『홀림』, 문학과지성사, 1999, 131쪽) 당대의 방외인(房外人)들이다. 그러나 질료 자체보다 중요한 것은 이러한 질료를 다루는 작가의 태도 혹은 방법이다. 특히 「유랑—취생옹(醉生翁) 첩실(妾室) 하세가와 도미코(長谷川惠子)의 봉별서(逢別書)」나 「협죽도 그늘 아래」를 생각하면 더욱 그러하다. 그의 소설은 이 '영원한 남자'들에 관한 신화적 동경, 퇴색되지 않는 연민만큼이나 그들에 관한 풍자 역시 잊지 않는다. 이 풍자는 어쩔 수 없이 남성신화의 허랑함, 그 허랑

함의 희극성으로 연결된다. 그렇게 보자면, 그의 관심은 남성이 아니라 인간일 것이며, 남성적 힘에 관한 옹호가 아니라 그것의 비애감일 것이다. 저 방외인들의 돈 키호테적 모험이 인간적인 경외를 획득하는 지점도 바로 이 순간이다. 따라서 90년대의 문학공간 속에서 성석제 소설의 의미를 되새기는 작업은 '농부형 이야기의 모던화'에서 시작되어도 좋겠다.

기본적으로 그의 소설, 특히 장편소설들은 대개 『홍길동전』을 위시한 다수의 고전소설, 『삼국지연의』 유의 역사소설, 정체불명의 무협지 등 소위 남성영웅소설을 패러디하고 전복하는 데서 출발한다. 그것은 『돈 키호테』가 중세 기사소설과 맺고 있는 관계와 일맥상통한다. 스토리 자체는 진부하다. 사실 이른바 모험의 활극이야말로 가장 상투적인 서사구조를 지니고 있는 것 아닌가. 그가 진정 칭송되어야 한다면 그것은 바로 그러한 사실을 가장 '비극적인 희극' 또는 가장 '희극적인 비극' 가운데 하나로 예리하게 포착할 줄 안다는 점이다. 방점이 찍혀야 할 부분은 서사가 아니라 그것들이 이야기되는 방식, 뻔한 이야기를 뻔하지 않게 만드는 기술, 그 형식적인 새로움의 차원이다. 말하자면, 그의 소설은 '어떻게 이야기하느냐'가 소설작법상 차지하고 있는 저 불멸의 위치를 다시금 확인시켜주는 가장 고전적인 범례다. 우리가 알고 있는 대로 이야기꾼의 입담은 성석제 소설의 핵심이다. 『도망자 이치도』 역시 마찬가지다. 다 아는 이야기, 너무나도 뻔한 이야기를 처음 듣는 이야기처럼 흥미롭게 만드는 '농부-이야기꾼'의 교활한 기지(機智)는 이 소설이라고 해서 예외가 아니다.

돌이켜보면 성석제만큼 소설이라는 매체에 관한 자의식을 민감하게 보여주는 작가도 드물다. 그는 새로운 작품을 선보일 때마다 매번 새로운 언술방식의 가능성을 모색해왔다. 「내 인생의 마지막 4.5초」[1]나 「소설 쓰는 인간」에 붙여진 가짜 주석들, 「조동관 약전」 혹은 「유랑」 등에 나타나는 고전에 대한 능청스럽고 해학적인 패러디 등은 그 대표적인 경우다. 『우리가 정말 잊어버려서는 안 될 볼륨 댄스의 역사』 『무도의 예절 연구』(이 제목들이란!) 등 가공의 책을 동원하여 볼륨 댄스에 관한 허구의 주석을 장황하게, 그러나 가장 아카데믹하게 인용하고 있는 「소설 쓰는 인간」을 보라. 우리 시대 소설에 관한 가장 풍자적이고도 해학적인 보고서가 거기에 있다. "똥깐의 본명은 동관이며 성은 조이다"로 시작되는 「조동관 약전」이나 "첩이 삼가 상공께 아뢰옵니다"로 포문을 여는 「유랑」 역시 마찬가지다. 전(傳)이나 서(書)의 형식은 성석제의 소설에 이르러 케케묵은 먼지를 털고 새롭게 소설의 형식 속으로 편입된다. 그의 소설은 소설 장르의 유연성을 입증하는 거대한 부대자루다. 그 자루 속에 들어가면 고색창연한 것도 현대적인 것으로 재탄생하고 어떤 이질스럽고 낯선 형식도 모두 소설의 이름으로 뒤섞이게 된다.

이제까지의 소설의 역사 전체와 대면하려는 의지가 아니고는 이러한 정열을 설명할 길이 없다. 의식적이든 무의식적이든 그것은 소설의 관

---

1) 작가의 기존 작품 인용시 장편의 경우에만 출판사와 발행연도를 명시하기로 한다. 인용된 단편의 경우 작가의 단편소설집 『새가 되었네』(강, 1996)와 『아빠 아빠 오, 불쌍한 우리 아빠』(민음사, 1997), 『홀림』(문학과지성사, 1999) 등을 참조하기 바란다.

행, 그것의 제도, 그것의 영향력에 이르기까지 '소설이 있던 자리'에 관한 숙고된 질문에 다름아니다. 문제는 서구의 소설사가 말해주듯 장르에 관한 자의식은 대개의 경우 소설을 살리는 방향보다 그것을 부정하는 쪽으로 치닫는 경우가 많았다는 점이다. 우리 소설사라고 해서 예외가 아니다. 서구가 소설을 창안하고 또 그것을 조롱하고 답답해하는 동안 우리 역시 그들이 만들어놓은 길을 따라갔다. 소설의 죽음을 통해 소설의 부활을 기원하는 역설은 종종 우리 소설의 활로를 모색하는 가장 강력한 대안으로 존중받아왔다. 그러나 성석제의 소설에 이르면 이러한 자의식이 얼마나 유쾌하고 가볍게 발현될 수 있는지 새삼 놀라게 된다. 그는 어깨에 힘을 빼고 시작한다. 엄숙함은 그의 장기가 아니다.

그에 따르면 소설이란 별게 아니다. 그것은 "거리에서 사람을 모아놓고 이야기를 해준 다음 모자를 돌리는 직업, 살롱에서 귀족들의 벌린 입에 파리를 집어넣고 주머니를 터는 직업"(『그곳에는 어처구니들이 산다』, 민음사, 1994, 36쪽)의 현대적 버전이다. 따라서 오늘날의 소설업이란 안정성이 부족한 이 직업들을 개량하고 업그레이드하는 데 성공한 비교적 자유로운 전문 기술직에 다름아니다. 소설가들은 장터의 이야기꾼, 광대, 악사, 차력사, 서커스단의 난쟁이 들의 친구이자, 불시에 주머니를 터는 불한당, 귀여운 거짓말쟁이 들의 후배들이다. 이들은 오로지 자신의 입담에 의지하여 한 시대를 견딘다.

물론 그렇다고 해서 소설가와 장터의 이야기꾼이 동일한 조건에 처해 있는 것은 아니다. 소설가들은 그들의 선배들이 사용해왔던 목소리와 몸짓과 표정, 청중과의 의미심장한 눈빛 교환 등 모든 물질적인 수단을 박탈당한 자들이다. 그런 점에서 그들을 불행한 이야기꾼이라고 할 수도 있겠다. 그러나 이 모든 물질적 수단 대신 그들은 문자라는 미증유의 매체를 보유하고 있다. 그들에게는 이 문자를 중심으로 한 쓰기(writing)의 영역이 새롭게 주어졌다. 문자는 목소리의 대리보충(supplement)이다. 이제 그들은 이 문자에 의거하여 그들의 선배들이 풍요롭게 확보하고 유쾌하게 전파한 이 모든 구연의 전통을 재연(再演)해야 할 임무가 있다. 그것은 그들의 글쓰기가 문자에 의해 상실된 그 고유의 구연의 세계를 다시 복원해내야 하는 아포리아에 직면해 있음을 의미한다.

일찍이 일제 강점기의 채만식, 김유정 등이 걸어갔고 7, 80년대의 김지하와 서정인, 이문구 등에 의해 새롭게 개척되어왔던 이 길은 이제 성석제에 의해 또다시 우리 소설사의 중심으로 진입해들어왔다. 비록 전인미답의 처녀지는 아니라고 할지라도 이 길의 고단함과 그 이정표 없음은 익히 알려진 대로다. 단 한 번 발화된 다음 대기 속으로 황망히 사라지는 그 불안한 목소리를 어떻게 문자로 현존(presence)시킬 것인가. 말랑말랑한 '이야기'의 질감을 '소설' 속에 포착하고자 하는 욕망은 과연 가능한가. 데리다가 지적한 대로 이미 그 세계로 돌아가는 것은 불가능한 것이 아닌가. 이야기 속에는 이미 문자의 그림자가 어른거리고 있다. 그럴 경우, 목소리의 세계는 하나의 거대한 허구이며 그것을 향한 동경은 존재하지도 않았던 세계를 향한 가없는 여행이 될 수도 있다. 입담에 의지하는 성석제의 소설은 이러한 질문들과 대결해야만 한다. 아마도 그는 '최후의 이야기꾼'이나 '소설 이후의 소설가'를 꿈꾸고 있는 듯도 하다. 그도 아니라면 그 둘 사이를 왔다갔다하는 영원한 이방인을 희망하는지도…… 그러거나 말거나. 사실 성석제의 성석제다움은 이제부터다. 그는 시침 뚝 떼고 독자들을 쳐다본다. 그리고 말문을 연다. "……이치도라는 아이가 살았는데……"

2. 안티-크리스트, 반영웅의 탄생

『도망자 이치도』의 주인공 이치도(李致道)는 도둑이다. 그러니까 이 소설은 멀리는 『홍길동전』, 가까이는 『장길산』, 그리고 바다 건너서는 『괴도 뤼팽』 등 무수한 도둑 이야기들의 변형인 셈이다. 어쨌든 이러한 종류의 이야기들이 항용 그러하듯 우리의 주인공 이치도 역시 일반적인 의미의 '도둑'은 아니다. 도둑이라고 했을 때 연상할 수 있는 모든 악덕은 당연히 그의 것이 아니다. 그는 "한 사람의 생명처럼 이 세상에 유일무이하면서 다른 무엇과 바꿀 수 없는 것은 훔치면 안 된다"(8쪽)는 것을 철학이자 세계관, 그리고 유일한 좌우명으로 삼고 있는 도둑이다. 그야말로 도둑 중의 도둑이며, "야, 이 도둑놈아!"라고 불러도 절대 뒤돌아보지 않고 묵묵히 자기 길을 갈 단 하나의 도둑이기도 하다. 사실 "제대로 도둑질도 못 하는 도둑놈들이나 남들이 소리치고 떠드는 소리에 신경을 쓴다".(7쪽)

이 도둑의 프로필은 이제까지 우리가 성석제 소설에서 만나왔던 그와 유사한 '업종'의 종사자들, 이를테면, 『왕을 찾아서』의 '마사오'나

「해방」의 술꾼 등을 연상시킨다. 자기 세계의 '고수' 들임에도 불구하고 결국은 몰락할 운명에 처해 있는 자들의 묘한 비장미는 이들의 캐릭터를 완성한다. 이른바, 그들은 '너무 늦게 온 자' 들이다. 그들의 전성시대는 지나갔다. 그들에겐 이제 몰락의 길만이 남아 있다. 이러한 사실은 그들을 비극의 주인공으로 각인시키기에 충분하다. 분명 그들은 희극적인 인물들이다. 그러나 도둑이든 깡패든 고수들의 시절은 가고 이제 삼류들만 남아 망나니 짓거리를 반복하고 있는 이 세계에서 그들은 그 어떤 비극적 영웅보다 더 비극적이고 그 어떤 영웅보다도 더 영웅답다. 이 '비열한 세계' 와 더불어 호흡하기엔 그들의 영혼이 지나치게 고매하며 그와 맞붙어 싸우기엔 그들의 합리성이 턱없이 모자란다. 사실 합리성이란 교활함의 다른 이름이기도 하다. 칼을 쓰는 깡패 '창용' 에게 결국은 무릎을 꿇고 마는 우리의 '마사오' 를 생각해보라. 그들에게 내일은 없다. 다만 지금 여기에서의 뒤늦은 영웅적 면모만이 두드러질 뿐이다. 이치도 역시 그러하다. 그는 소설의 처음부터 끝까지 줄곧 도둑 같지도 않은 도둑떼에게 쫓기고 있다.

『도망자 이치도』는 이러한 영웅의 일대기다. 나서(탄생) 자라고(성장) 때때로 배우며(수업시대) 모진 환난과 시련을 견디고(위기) 드디어 자기 세계의 일인자, 즉 도둑 중의 도둑으로 우뚝 섰다가(영웅시대) 결국에는 몰락하고 마는 비극적인 영웅담은 이 소설을 구성하는 기본축이다. 모든 영웅서사가 그러하듯 이 소설 역시 '비범한 탄생-시련-위기-복수-신분 상승' 등 일련의 영웅서사의 궤도를 맴돈다. 그 상투적인 서사구조는 영웅의 주변인물들, 즉 아비와 어미, 스승과 연인, 적과 동지 등으로 살을 붙여나가며 독자적인 이야기를 구성한다. 우선, 비범한 탄생편. 그의 어미는 "시골에서는 보기 힘든 전문 작부"이며 그의 호적상의 아비는 "아이가 몇 달 만에 어디로 나오는지 알지도 못"하는 반편 땜장이다. 아비를 아비라 부르지 못하고 형을 형이라고 부르지도 못하는 이치도의 비극은 홍길동에 버금가는 대도가 될 운명을 예견하는 것이라고 할 만하다. 그에게 일찍이 "도둑의 도"[2]를 갈파한 스승은 한때 "그 자신 나라를 뒤흔든 대도적이었던" 왕확(王確)선생[3]이다. 그는 도굴꾼이다. 그의 딸 왕두련(王頭蓮)은 이치도가 평생 순정을 바쳐 사랑하는 유일한 여자다. 장르의 관습상 모든 사부의 딸들은 주인공의 애정의 대상이 될 수밖에 없다. 우리의 주인공 이치도에게도 이 공식은 그대로 적용된다. 왕두련은 언청이로 태어나 왕확 선생네 문간에 버려진다. 이 '고아'는 이치도를 무시하는 '최고 여고생' 시절을 거쳐 당대 최고의 창녀로, 그리고 장애자 수용시설의 자원봉사자로 변신을 거듭하며 소설이 진행되는 내내 우리 주인공의 애를 태운다.

예수의 일생이라고 해서 이와 다를까. 현실의 아비가 실제의 아비가

---

2) 잠시 이 대목을 음미하지 않고 바로 넘어가기엔 아쉬움이 없을 수 없다. 그대로 인용하자면 다음과 같다. "도둑에게도 다섯 가지 도가 있나니라. 먼저 훔칠 물건이 어떤 것이며 자물통은 어떤 게 걸려 있는지 잘 살펴 알아두는 것이 거룩함(聖)이다. 앞장을 서서 훔치러 들어가는 건 용감함(勇)이며 물러날 때 맨 뒤에 서는 것이 의로움(義)이다. 알맞을 때를 보는 게 슬기(智)이니라. 도둑질한 걸 공평하게 나누는 것을 어질다(仁)고 한다. 이 다섯 가지에 정통하지 않고서는 천하에 이름난 도둑이 될 수 없다."(70쪽)

3) 이 배꼽 잡는 이름자 뒤의 한자나 '도둑의 도'에 사용된 한자는 모두 그의 소설을 추동하는 힘이 패러디임을 알려주는 코드다. 그것이 정확하면 정확할수록, 익숙한 것이면 익숙한 것일수록 장르와 관습을 전복하는 힘, 그리하여 우리를 웃게 하는 힘은 더욱 강력해진다.

아닌 점, 고향은 그를 한낱 도둑(사기꾼)으로만 기억한다는 점, 탈향과 함께 본격적인 방랑(칠 년)에 돌입하고 드디어 크게 깨달은 다음 이후 삼 년 동안 도둑질(기적수행)에 복무한다는 점, 그리하여 모든 버림받은 자들과 한패가 된다는 점 등 그의 일생은 모든 '수난자/구원자'가 겪게 마련인 삶의 기본구도에서 크게 벗어나지 않는다. 그러나 그가 누구인가. 도둑 중의 도둑 아닌가. 그는 애초에 도둑이었으며 앞으로도 그러할 것이며 이 사실을 벗어나서는 존재의 의미가 없다고까지 할 수 있다. 그는 한 번도 성스러운 존재가 될 것을 꿈꾸어본 적이 없다. 오히려 성스러운 존재의 전혀 성스럽지 않은 점, 영웅의 영웅답지 못한 점 등을 들춰내는 데 일가견이 있을 뿐이다. 사실 이 점이야말로 '이치도'뿐만 아니라 '조동관'으로 대표되는 성석제 소설의 온갖 비속한 주인공들의 '문제적 성격'이라고 하지 않을 수 없다.

천사들의 '수태고지'를 뒤집어놓은 듯한 어미 춘매의 태몽을 보자. 춘매는 어느 날 하늘에서 사다리가 내려오는 꿈을 꾼다. 그 사다리에는 바가지가 달려 있고 그 속에는 싯누런 콩이 담겨 있다. 그녀는 콩으로 메주를 쑤리라 작정하고 콩을 삶다가 그래봤자 나눠먹을 식구가 없다는 것을 깨닫고 콩 삶기를 중단한 다음 다시 콩을 볶기 시작한다. 그러나 그것인들 나눠먹을 인간이 있나…… 다시 콩 볶기도 중단하고…… "뭐 그렇게 꿈이 처음부터 뒤숭숭한 기야." 춘매의 꿈은 이미 박장대소할 만반의 준비를 갖추고 있다. 이제까지의 영웅신화가 줄기차게 강조해온 태몽의 신비와 권위는 이 웃음 앞에서 순식간에 그 황금빛 위용을 상실한다. 더욱이 꿈 이야기를 하고 있는 지금 그녀는 이치도의 호적상의 아비 봉달과 한참 재미를 보는 중이 아닌가. 결국 그녀의 꿈은 하늘에서 떨어져내리는 호박을 덩굴째 껴안고 나뒹구는 '추락'으로 끝난다.

> 춘매는 좋아라 호박을 안았다…… 그러자 하늘에 연결된 덩굴까지 뚝 떨어져 춘매는 덩굴째 호박을 안게 됐다…… 호박의 무게를 이기지 못하고 춘매의 몸은 아득한 지상으로 떨어져내리기 시작했다…… 떨어지고 또 떨어지고 또 떨어졌다…… 무한히 쉬지 않고 떨어지고 또 떨어졌던 것이다……(16쪽)

이 '추락'의 이미지는 이치도를 규정하는 결정적인 요소다. 그는 영웅이되 영웅이 아니다. '성배 세트'와 '태자관'으로 상징되는 성속(聖俗)의 정점을 고의로 땅 속 깊이 매장함과 동시에 표표히 세상으로 나아가 도둑질에 임하는 그의 역정은 그의 '영웅성'이 소위 '성스러움'과는 무관함을 암시하는 중요한 지표다. '성배 세트'가 사랑하는 애인 두련의 미래와 관련된 것이었다면 태자관은 스승의 영광과 결부된 것이었다. 그는 이 두 세계를 부정함으로써 비로소 진정한 도둑이 된다. 소위 '순정'은 그의 것이 아니다. 그는 '강호의 도'를 짓밟음으로써 자신의 정체성을 확립한다. 그런 의미에서 그를 반영웅(反英雄)이라고 할 수 있을 것이다.

이 점은 그의 고향땅의 두 산, 즉 '두장산'과 '독산'의 관계에서도 드러난다. 한여름 더위를 피할 수 있는 너른 계곡과 사시사철 맑은 물을 지닌 두장산을 내버려두고, 생김새부터 기이한데다 여름철이면 바람

한 점 내려보내는 법이 없는 독산에 지극한 친근감을 느끼는 이치도의 '취미'는 단순히 취향만의 문제에 국한되지 않는다. 사실 독산은 은척을 대표하는 깡패 조동관이 경찰과 대치하면서 죽어간 '모포굴'로 유명한 곳이 아닌가. 이치도는 이 '모포굴' 속에 자신이 가장 사랑했던 자들의 애장품을 묻고서 스스로 반영웅 '조동관'이 된다. 독산의 모포굴을 통과해나옴으로써 그는 자신이 누구인지 알게 된 것이다. 그는 '도둑 중의 도둑', 곧 '안티-크리스트'다. 이제 그는 성속의 피안에 위치한 존재인 것이다. 이리하여 이제까지의 그의 소설에서 무수히 변주되고 패러디되어온 성석제 식의 영웅서사시, 그 완결편이 시작된다.

3. 자기 텍스트 베끼기

『도망자 이치도』의 스토리상의 줄기는 이치도와 왕두련의 '아름다운 순애보'다. 그러나 그것은 표면적인 스토리라인을 따라갔을 때의 이야기다. 오히려 이 소설에서 주목할 만한 것은 이치도의 '사랑'이 아니라 그의 '우정'이다. 그에겐 적이자 친구인 '성억제'가 있다. 이 인물이 작가의 이름 '성석제'를 희화한 것, 곧 작가의 자기 반영물(self-reference)이라는 데는 이의가 없을 것이다. 기존의 자기 소설 텍스트를 모방하고 풍자하며 증식시키려는 충동은 이 소설의 서사를 지탱하는 가장 강력한 충동이다. 언제나 "콧물을 훌쩍거리"는 전당포집 아들 '성억제'는 '성석제가 쓴 성석제'다. 그의 면면을 살펴보자. 그의 아비는 그 일대 최고의 현금 보유자이면서도 '자물쇠'라는 별명을 얻고 있는 데서 드러나듯 엄청난 구두쇠다. 성억제는 부자 구두쇠 아들이라는 대가를 톡톡히 치른다. 다른 아이들이 모두 받는 급식빵을 혼자서만 받지 못한다. 돈이 있는 아이는 돈을 내고, 돈이 없는 아이들은 무상으로 받는 급식빵은 그와는 인연이 없다. 돈이 있으되 무상으로 받을 수 있는 것을 왜 돈을 내고 받느냐는 '자물쇠'의 엄명으로 돈을 내지 않았으니 빵을 받을 수 없음이요, 빵을 받지 못했다 하여 학교에서 부잣집 아들인 그에게 빵을 무상으로 나눠줄 리도 없기에 그러하다. 그리하여 이 불쌍한 '부자 아빠'의 아들은 '장터국밥집' 아들 이치도의 빵을 나눠먹으며 함께 도둑질을 도모하는 등 특별한 우정을 쌓아나간다.

이 궁합이 잘 맞는 '짝패(double)'는 성석제 소설 속에 자주 등장하는 모티프다. 특히 『왕을 찾아서』의 나와 창용이 대표적이다. 똑같은 날 태어난 그들은 다같이 마을 최고의 깡패 '마사오'를 숭배하며 망나니짓을 서슴지 않는다. 『왕을 찾아서』는 그 짝패의 한쪽인 '나'가 서술하는 지역의 깡패사를 중심으로 '나'의 유년에 대한 아름다운 반추가 또다른 가지를 형성한 소설이었다. 이야기는 결코 '나' 바깥으로 퍼져 나가지 않는다. 어디까지나 '나'의 의식이 중심이다. 그러나 『궁전의 새』 가운데 '원두' 이야기로 옮겨오면 사정은 조금 달라진다. 『왕을 찾아서』의 유년 회고담이 전면화된 이 소설은 그 황금빛 찬란했던 날들의 동화를 "옛날 옛날에……"의 이야기 투로 풀어낸다. 이제 '나'의 의식이 있던 자리에 '이야기꾼'의 목소리가 들어선다. 그러나 이 이야기꾼은 한편으로는 '나'의 서술을 대신하지만 다른 한편으로는 여전히

'나'의 의식, 즉 절대적인 이야기꾼의 권위를 거부하지 않는다. 그는 동화 속의 전지전능한 이야기꾼처럼 『궁전의 새』를 한 편의 단일한 가상의 세계로 재창조한다. 이 권위가 조금 답답하고 거추장스럽게 여겨질 때쯤 짧은 장편 『호랑이를 봤다』(작가정신, 1999)가 나온다. '어느 소설가의 시답잖은 이야기' 혹은 '물레방아 돌던 마을에 사는 어느 노인의 이야기' 등 짤막짤막한 부제(이 부제는 결국 누가 이야기하느냐를 밝히는 길잡이 역할을 한다)를 단 각각의 이야기편은 이 소설을 구성하는 이야기꾼들이 한 사람이 아니라는 사실을 반증한다. 무수한 이야기꾼들의 들끓는 목소리가 소설 곳곳에 산재한다. 그러나 이 다수의 익명의 화자를 통제하고 간섭하는 초월적인 이야기꾼은 아예 부재한다. 그런 의미에서 이 소설은 가히 무수한 이야기꾼들의 축제라고 할 만하다.

그렇다면 『도망자 이치도』는 어떤가. 이 소설은 부분적으로 직접적인 이야기를 구연하는 이야기꾼들이 다수 포진하고 있다는 점에서 『호랑이를 봤다』의 연장선상에 있다고 할 수 있다. 그러나 그 무수한 이야기꾼들을 통제하고 그것에 주석을 다는 초월적인 이야기꾼이 존재한다는 점에서는 『궁전의 새』와 연결되는 지점이 있다. 이 소설의 이야기꾼은 상당히 의뭉스럽다. 그는 이제까지의 성석제 소설에 등장했던 다른 어떤 이야기꾼보다 더 교묘히 자신을 숨기는가 하면 노골적으로 자신의 권능을 휘두르며 이야기를 변형시키기도 한다. 비유적으로 말해, 『궁전의 새』의 이야기꾼이 아이들에게 이야기를 들려주는 난롯가의 할머니 혹은 다소 덜떨어진 동네 아저씨의 순진성과 관계 있다면, 『도망자 이치도』의 이야기꾼은 애들과 노인네들, 할 일 없는 건달 몇몇이 둘러선 시장 한쪽 공터에 진을 치고 서서 "애들은 가라"고 외치는 예의 그 약장수(무엇을 파는지는 밝히지 않겠다)를 닮아 있다.

요컨대 그는 전략적인 '꾀보-이야기꾼'에 좀더 가깝다. 그는 자신의 수준을 능가하거나 적어도 자신과 비슷한 수준의 사람들을 상대로 모든 이야기들을 관장하고 제압한다. 따라서 이런 종류의 이야기는 형식상 결코 단조롭지 않으며 내용상 그 어떤 이야기보다 지독하다(성인용 버전이다). 이 이야기꾼은 아주 신랄하고 풍자적이다. 그에게 걸리면 어느 누구도 점잖게 걸어나가지 못한다. 주머니를 몽땅 털리고 어느 순간 오입쟁이가 되는가 하면 온갖 비속한 행위의 주연을 도맡게 된다. 어미 춘매의 죽음을 목도한 후 그대로 걸어나온 이치도가 모터를 단 자전거에 왕두련을 태운 채 희희낙락하는 성억제를 만나는 장면을 보라. 이 대목에서 성억제는 쓸데없이 거만하고 위선적이다. 왕두련은 성억제와 나란히 누워 이야기를 나누면서도(물론, 그는 결코 이야기만 나누기를 원한 것은 아니다) 이불 속을 더듬어 옆에 누워 자고 있는 이치도의 성기를 위무한다. 구원은 엉뚱한 곳에 떨어진 것이다. 그것도 모르고 성억제는 그 밤 내내 애간장을 태운다. 그야말로 청맹과니로서의 작가가 노골적으로 풍자되는 순간이다. 이제 작가는 죽은 것일까. 작가 대신 이야기꾼이 서사 장르의 새로운 주체가 되고 있다. 이제 그가 바로 신이다.

이 이야기꾼의 권능은 가히 판소리 광대의 그것에 비길 만하다. 자신의 개성에 따라 주어진 이야기를 마음대로 늘였다 줄였다 함으로써 또 다른 이야기를 탄생시키는 판소리 광대의 책략은 이 소설의 형식과 관련하여 여러 면에서 시사적이다. 이른바 '판소리 사설체'. 그것은 이야기의 보고임과 동시에 변형태며 끝없는 이야기의 연쇄이자 출발이기도 하다. 『도망자 이치도』는 저 오래된 이야기 구성방식에 비교적 충실하다. 그렇다면 이제 우리가 할 일은 분명해 보인다. 『도망자 이치도』를 읽는 것이 아니라 들어야 할 차례가 왔다. 우리는 보고 듣는다. 저 약동하는 이야기꾼의 발화를, 몸짓을, 그리고 마당을 둘러싼 저 익명의 관중이 내지르는 환호와 한숨을.

4. 말놀이(pun), 그 즐거운 카니발 정신

'판소리 사설체'라는 비유가 말해주듯 『도망자 이치도』는 노래를 지향한다. 따라서 이 소설 텍스처(texture)는 일차적으로 음악성의 복원을 그 목적으로 한다. 시인 성석제의 면모가 두드러지는 순간이라고 할까. 그는 누구보다도 소설과 노래(시)의 만남을 강력하게 희구해온 작가이기도 하다. 예컨대, 『그곳에는 어처구니들이 산다』 혹은 『재미나는 인생』 등 장르를 확정지을 수 없는 글쓰기를 보라. 그는 장르의 구분에 얽매이지 않을뿐더러 종종 그 경계 자체를 무너뜨린다. "한 여자가 앉아 있다"라는 문장을 반복하며 칠순 노인의 구구한 인생유전을 시로 장식하고 있는 「협죽도 그늘 아래」나, 단 두 단락으로 이루어진 「홀림」 등은 그가 소설을 시 혹은 음악에 버금가는 스타일의 실험실로 이해하고 있음을 보여주는 징표다. 물론 이러한 스타일에 대한 집착이 단순한 수사적 차원으로 떨어져 있는 것은 아니다. 스타일은 내용이며 내용이 곧 스타일이다. 두 소설의 경우에도 운율은 그대로 내용으로 육화된다. "한 여자가 앉아 있다"라는 문장은 결코 평탄치 않았을 여자의 인생을 반어적으로 압축하며, 단락 구분 없이 이어지는 『홀림』의 회오리 같은 문장 역시 그 자체 '홀린다는 것'을 조형적으로 구체화한다. 단락 구분 없는 문장을 통해 '홀림'의 불가항력적 마력을 입증하고 있는 것이다.

『도망자 이치도』에서도 이러한 경향은 쉽게 발견된다. 이 소설의 어디를 펼쳐보아도 우리는 다음과 같은 '말꼬리 잡기'를 만나볼 수 있다. "그러나 시시한 도둑들, 병아리 도둑들, 진정한 도둑의 심오한 세계를 모르는 엉터리 도둑들은 그런 철학을 알 리도 없고, 안다 해도 실행에 참고하지 않을 것이며, 참고한다 하더라도 제대로 실천할 수 없다"(8쪽) 혹은, "춘매옥에서 노래를 하지 않으면 술을 마시지 않은 것이요, 술을 마시지 않았으면 춘매옥에 가지 않은 것이며, 춘매옥에 가지 않았으면 은척에 사는 사내라고 할 수도 없는 것이었다"(14쪽) 같은 문장들. 이 '말꼬리 잡기'는 이야기의 가락을 유도하며 일종의 노래조의 사설을 가동시키기에 적합하다. 이 경우 문장과 문장은 논리적 인과성보다는 앞 문장이 유발한 리듬에 크게 의존하게 된다. 다음 문장의 발화를 결정짓는 것은 앞 문장의 발화다. 이 경우 언어를 운용하는 것은 당연히 시니피에가 아니라 시니피앙이다. 그것은 "원숭이 똥구멍은 빨개. 빨간 것은 사과. 사과는 맛있다……"라는 노래의 동력에 비할 만하다. 시니피앙의 연쇄가 불러일으키는 즐거움은 『도망자 이치도』의 문장을 가동시키는 가장 일차적인 흥겨움이다. 문장은 때때로 이야기를 진술하기보다 스스로 유발한 리듬에 취해 그것을 즐기고 있는 듯한 경향을 보이기도 한다. 문장과 문장 사이에는 종종 논리적인 비약이 존재하며 때때로 터무니없는 이질적인 문장들이 서로 병치되기도 한다. 이런 종류의 '낯선 충격'을 예술로 승화시킨 사람들은 잘 알려진 대로 초현실주의자들이다. 다만 초현실주의자들이 추구한 '낯설게 하기'가 주로 기괴함에 근거하고 있었다면 성석제의 소설은 즐거운 유희정신에 입각해 있다고 할까. 분명 그는 인식의 새로운 지평을 열고자 하기보다(물론 그러한 의도에서 완전히 벗어날 수는 없겠지만) 언어가 불러일으키는 환유적 미끄러짐, 그 불확정적 장난에 더 몰두하는 경향이 있다.

이것은 소위 '언어의 카니발화' 현상과 맞물릴 때 더욱 강화된다. 이를테면, "하루저녁 어느 술집에서 젓가락 두드리는 소리가 좀 났다 하면 다음날은 그 소리의 오만 배쯤 시끄러운 바가지 긁는 소리로 온 읍내가 시끄러웠다"(13~14쪽) 혹은 "마지막의 싸움 같지도 않은 싸움으로 한두 해 양식을 사다 먹더니, 그걸 필생의 업으로 삼아 술집에 찾아오지도 않는 사람들에게까지 닥치는 대로 시비를 걸어 부러진 이만 해도 여덟 개, 갈빗대가 도합 여섯 대, 턱뼈 이탈이 다섯 번, 코뼈 주저앉은 게 세 번이었고, 그 외에 할퀴고 찢긴 사소한 부상은 일일이 들 것도 없었다"(19쪽) 같은 엉뚱한 수치들의 향연. 이 대목에서 웃지 않을 사람이 몇이나 될까. 정확하게 수치로 환원된 진술, 예컨대 갈빗대가 도합 여섯 대, 턱뼈 이탈이 다섯 번 등, 오로지 정확성을 풍자하려는 의도가 아니라면 도저히 서술할 수 없는 진술을 태연하게 이어가는 대목은 그것의 어이없음에 의해 오히려 더욱 강력한 웃음을 유발한다. 이 장난을 통해 합리성의 비합리성, 곧 수치에 관한 우리의 맹목적인 믿음이 은근히 비틀리고 조롱된다. 그것은 여러 가지 의미에서 라블레 소설에서 숫자가 사용되는 방식과 유사하다(우리 것으로는 놀부가 '박타는 장면'이 이에 대응될 것이다). 바흐친은 가르강튀아가 노트르담 사원의 종탑에서 소변으로 파리 시민을 죽이는 에피소드에서 사상자 수를 정확히 260, 418명으로 묘사하는 대목을 들며 라블레 소설의 형이상학 파괴효과를 지적한 바 있다. 라블레는 숫자 장난을 통해 숫자가 지니고 있는 기존의 성스럽고 상징적인 의미를 해체하고 있다는 것이다. 『도망자 이치도』 역시 그러하다. 우리가 여기서 '오만 배'를 '사만 배'로 바꾼다든지 '5회'를 '6회'로 적는다든지 하는 것은 무의미하다. 그것은 그 자체로 희극적 효과를 강화하고 유희정신에 투철함으로써 소설의 텍스처를 흥겹게 구성하는 역할을 한다.

이 점은 5장에 등장하는 에피소드 가운데 "피도 눈물도 없는 고양이", 줄여서 "피눈물"이라고 불리우는 술집 주인에 관한 에피소드를 서술할 때 더욱 분명해진다. '피눈물'과 그의 부하들(그들은 줄곧 이치도의 목숨을 위협하는 악당들이다. 그러나 그들을 서술하는 이야기꾼의 가락은 얼마나 흥겨운가. 이른바 그들의 존재는 선악의 경계 자체를 무화시킨다)은 모두 고유명사 대신 특정한 별명으로 불린다. 예컨대 가오리, 오징어, 박쥐, 문어, 꼴뚜기, 송충이, 메뚜기 등등으로 말이다. 이들의 별명은 물론 그들의 행위와 관련하여 웃음을 자아내고 일반적으로 우리가 사용하는 관용적인 표현들, 즉 '어물전 망신은 꼴뚜기가 시킨다'라고 할 때의 그 꼴뚜기의 쓰임을 다시 한번 전복시키는 역할을 한다.

이 점은 고유명사라고 해서 다르지 않다. 우리의 주인공 '이치도'의 이름을 보자. 이 이름은 그 내력 자체가 희극적이다. 이치도는 하마터면 '이택도'가 될 뻔했다. 출생신고를 하러 간 봉달이 "택도 없는 소리 하지 마소"라고 소리치는 바람에 읍사무소의 서기가 '이택도'라는 이름을 지어넣을 뻔했기 때문이다. 그러나 그는 곧 모범 공무원으로서의 자신의 위상을 떠올린 다음 잠깐 동안의 명상을 거쳐 '이치도'라는 이름을 지어낸다. 뜻한 바대로 하면 이치도는 "오얏나무(李) 아래를 지나가는 도로공사 공사판 십장" 노릇은 너끈히 하고도 남을 이름이다.

이미 살펴본 '성억제'나 '왕확' '왕두련' 그리고 결정적으로 '춘매'라는 이름 역시 마찬가지다. '춘매'가 '춘향'과 '월매'를 동시에 연상시키며 그들의 전형적인 성격을 패러디하는 측면이 있음은 다시 지적할 필요가 없을 것이다. 이 모든 이름들은 인물의 고유성을 드러내는 한편 철저하게 유희성 혹은 관습의 전복을 위해 특별하게 고안된 언어들이다. 언어가 굳이 기존의 의미에 고정될 필요는 없다. 소설은 더욱 그러하다. 사실 소설이야말로 언어의 축제판이라고 해도 과언이 아니다. 말이 말을 낳고 그 말이 또다른 말을 낳는 과정은 의미의 쇄신에 필수적인 코스다. 『도망자 이치도』는 말놀이를 통해 소설, 특히 우리 소설이 그 동안 결코 자유로울 수 없었던 의미의 그늘로부터 조금이나마 '해방'되고자 하는 면모를 보인다. 그것은 즐거운 유희, 유쾌한 카니발 정신 덕분이라고 할 만하다.

5. 이야기꾼의 향연

『도망자 이치도』는 독자와 함께 쓰기를 시도한 텍스트다. 물론 이것은 '쓰기'의 트릭에 관한 이야기다. 『도망자 이치도』의 화자 앞에는 언제나 청중들이 눈을 빛내며 앉아 있다. 그것은 씌어진 텍스트를 사후에 독자들이 읽기를 바라지 않는다. 소위 '현장감각'. 『도망자 이치도』의 문체는 이야기를 하는 사람이나 듣는 사람이나 그들 모두 지금, 바로, 여기에서, 모두가 잘 알고 있는, 적어도 맥락을 짐작할 수 있는 이야기를 하거나 듣고 있다는 투로 말한다. '문답법'은 그 대표적인 경우다. 이를테면, "그래서 그렇게 한 작부가 얼마나 되더란 말이냐. 너도나도 다 다이아몬드 반지 끼고 열두 자 자개장 앞에서 뜨끈한 고기국밥 먹어가면서 사느냐. 그렇지 않으니, 춘매는 춘매로 살았고 꾸준히 찾아오는 봉달에게는 딴 사람의 반값만 받고도 몸을 내주었다. 일단 봉달의 생각이 들어맞는다는 징조가 아니겠는가"(13쪽)와 같은 대목. 이러한 예는 무수히 많다. "종치기 아내는 또 어떤 여자인고 하니"(23쪽), "그럼 왜 죽었는가"(28쪽), "그 이야기는 나중에 필요하면 몰아서 하기로 하고"(34쪽) 등 과장해서 말해 이 소설의 '팔 할'은 이야기꾼이 묻고 답하는 방식으로 되어 있다.

이 '문답법'은 우선 이야기를 하는 당사자가 이야기의 흐름을 잊지 않고 조절하도록 막간 휴지부와 같은 역할을 함과 동시에 이야기를 듣는 사람들에게 있어서도 이야기의 전후관계를 다시 한번 정리해주는 반복학습의 기능을 하기도 한다. 이치도의 어미 춘매의 입심을 설명하며 화자가 이야기하고 있는 대로 "남들이 그 이야기를 솔깃하게 듣게 하는 무구한 힘" 같은 것이 그것이다. 진행되는 이야기가 적어도 일방적인 독백이 아니라 상호간의 대화에 근거하고 있는 듯한 효과를 자아내기에 이보다 더 적절한 방법도 드물다. 그것은 이야기꾼이나 이야기를 듣는 청중들에게 끊임없이 상대방이 현존하는 듯한 환상을 제공한다. 마치 일대일로 이야기를 하고 있는 것처럼.

'부분적 재현' 방식은 이 점을 더욱 증폭시키는 효과를 낸다. 부분적 재현이란 판소리 가운데 창 부분, 예컨대 춘향의 '옥중가'와 같은 형태의 직접적인 서술을 가리키는 개념이다. 『도망자 이치도』에서도 이러한 개념에 부합하는 몇몇 대목을 찾아볼 수 있는데, 그것이 하는 역할은 이야기꾼의 다수화(多數化), 곧 이야기꾼의 복수화(複數化)다. 달리 말하자면 우리는 이러한 형태의 '아리아'를 통해 이제까지의 일대일 대화에서, 일 대 다수 혹은 다수 대 다수의 형태로 대화 혹은 공연이 확대되는 듯한 느낌을 받는다. 이제까지의 이야기꾼을 밀치고 나와 직접적으로 자신들의 이야기를 구연하는 또다른 이야기꾼은 이야기판 자체를 더욱 풍성하고 다양하게 만드는 또다른 요인이다. 그들을 라이브 콘서트 무대의 초대가수에 비할 수 있을까. 이 방면에서 역시 가장 뛰어난 기량을 자랑하는 자는 단연 땜장이 이봉달이다. 이치도가 빌미가 되어 호적상 춘매의 남편이 된 봉달은 춘매와 "같이 사는 게 무슨 벼슬이나 되는 듯 땜장이 일을 나가지 않"는 '일'을 본업으로 삼게 된다. 그의 하루는 작부 노릇하는 춘매의 영업을 방해하며 그녀를 감시하다가 술에 취해 허튼 수작을 하는 손님들과 싸움을 벌이는 것으로 일관된다.

"해가 넘어가고 술꾼들의 목젖에 굵은 침이 넘어가는 시간"이 되면 그의 주정도 본 궤도에 오르기 시작하는데, 이때 울려퍼지는 것이 바로 그의 '주정가'다. 그의 '주정가'는 "애국가처럼 전체 4절"로 구성되어 있다. 술 마시고 지나가다가 길 가는 사람에게 시비 걸기가 1절, 그에 이어 "발산과 포효의 2절"이 뒤따르고 그뒤 "호흡을 조절하는, 비교적 예술성이 높다는 평판을 받고 있"는 3절이 자리잡는다. 성당 앞에서 오줌을 누다가 두드려맞는 4절에 들어서면 이 주정가도 대미에 이른다. 잠시 발산과 포효의 2절을 감상해보자.

> "아아아, 지미랄 것, 너희 똥도 못 처먹는 개새끼들, 다 나와. 너 술도가 나와. 너 농약가게 하는 놈 나와. 너 고무신 장수 나와. 너 기름 팔아 처먹는 놈 나오고 떡 쳐서 파는 놈, 말고기를 소고기라고 속여 파는 놈 나와. 쌀 배달 하는 놈, 소리사 하는 놈 다 나와. 철공소, 목공소, 철물점, 대장간, 대서방, 도장집, 문방구, 성냥공장, 엿도가, 고물상 나와라. 우체국, 경찰서, 읍사무소, 세무서, 소방서 다 나오란 말이다. 개새끼들아, 나왔으면 일렬로 서. 이놈의 새끼들, 내 마누라하고 재미 본 그 대가리들, 잘 놀게 내가 그냥 놔둘 줄 알았냐. 야, 너 흔들거리는 놈, 똑바로 서! 내가 땜장이라고 우습게 봤어. 사나이 봉달이를 우습게 봤다 이 말이야. 내가 오늘부터 너희 대가리에 헛구멍 난 걸 몽땅 때우겠다 이 말씀이야. 너희 마누라들, 그 구멍도 다 때워버리겠어. 이놈의 새끼들, 똑바로 안 서! 차렷, 열중쉬어, 차렷, 경례!" (20쪽)

이 엄청난 욕설과 상소리와 고함은 그 자체 수천 마디의 설명보다도 더욱 강렬하게 이봉달을 성격화한다. 언어의 힘, '지미랄 것, (……) 다 나와' 로 요약되는 이 구어의 특별한 질감이 아니라면 밑바닥 인생의 전형 같은 봉달의 삶은 다만 언제나 그러하다고 익히 알려져온 낡은 계명을 반복하는 선에서 그치고 말았을 것이다. 그러나 봉달이 전하는 그만의 생생한 언어는 이러한 상투적인 개념적 인식에 활력을 불어넣는다. 이 구체적인, 너무도 구체적인 발화의 질감 앞에서 그 어떤 이데올로기 혹은 개념적인 인식도 무력해진다. 소설은 다만 언어의 이미지에 의거하여 실재와 언어 사이의 틈, 그 메울 수 없는 거리를 드러낼 수 있을 뿐이라는 바흐친 이하 '구어 중심주의자' 들의 통찰력이 새삼 빛을 발하는 순간이다.

『도망자 이치도』에는 이러한 이야기꾼이 여럿 등장한다. 이치도의 어미 '춘매' 나 그의 스승 '왕확' (그의 이북 사투리는 또다른 질감을 전한다)은 말할 것도 없고 이치도가 고향에서 도망쳐나와 두련에게 가기 위해 무임승차한 기차에서 만난 '대열차강도단의 두목' (그는 이치도에게 입에 거품을 물고 국가와 기차, 기차와 보건, 기차와 경제, 인생과 기차, 기차와 역사, 기차와 기찻길, 인구 증가와 기차 등의 관계에 대해 설파한다) 이나 '농업무술' 의 최고봉을 자랑하는 깡패 '피눈물', '아시아의 황금다리 차세찬 선수 후원회' 의 박회장 등 다소 굵직한 배역을 맡은 인물들에서부터 만화방 주인, 학교 소사, 대장간 주인 등의 단역에 이르기까지 이들의 면모는 실로 다양하다. 누구 하나 평범한 인물이 없다. 사실 이 인물들, 이 이야기꾼들, 이 가수들이 없었다면 『도망자 이치도』

의 텍스트는 그 재미가 훨씬 덜했을 것이다. 그들은 모두 자신만의 목소리를 지니고 있으며 그에 준하는 언어를 구사할 줄 안다. 그럴진대 어느 누가 주인공이고 또 어느 누가 부수적인 인물일 것인가. 『도망자 이치도』는 이 모든 인물들의 목소리의 기록, 그들간의 대화의 역사, 그들의 회의와 갈등과 화해와 축복의 나날에 관한 긴 보고서, 말하자면 이 다양한 이야기꾼들이 짜내려간 한 필의 무명천이다. 그 올은 성기고 짜임은 울퉁불퉁하다. 그러나 거기에는 이음매가 드러나지 않는 매끈한 비단으로는 결코 형용할 수 없는 이채로운 무늬가 수놓여 있다. 이제, 그 무늬를 들여다볼 때다.

6. 은척 : 글쓰기의 원점

『도망자 이치도』는 '은척'에서 시작해 '은척'으로 끝난다. 은척은 단순한 소설의 무대가 아니다. 그것은 소설의 화자이자 인물이며 소재이자 주제의 차원으로 비약한다. 은척이 이야기하는 은척에 관한 은척의 소설, 이것이 『도망자 이치도』이다. 성석제 소설에 있어서 은척이란 무엇인가. 일단 은척은 '지방 중소도시'라고 할 때의 그 '중소' 가운데서도 '소'에 해당하는 도시다. 이 도시는 『왕을 찾아서』에서의 '지역', 그리고 『궁전의 새』에서의 '변두리 마을'과 무관하지 않다. 또한 이곳은 한때 경찰을 상대로 치열한 대치국면을 연출하다가 결국에는 그들의 총에 맞아 장렬히 산화해간 깡패 조동관 또는 조똥깐(「조동관 약전」)의 전설의 현장일 뿐만 아니라 영웅 마사오를 밀어내고 새로운 칼잡이의 시대를 연 장본인 박재천(「내 인생의 마지막 4.5초」)이 "엄마, 무서워" 라는 인간적인, 너무나 인간적인 비명을 지르며 죽어간 곳이기도 하다. 말하자면, 이 은척은 성석제 소설의 영원한 고향, 그 원점에 해당되는 곳이다.

이 도시의 지형과 산세, 중심지의 풍경과 주민들의 성격 등은 비교적 소상하게 알려져 있는 편이다. 『왕을 찾아서』는 북쪽을 제외한 나머지 삼면이 병풍 같은 산으로 막혀 있는 이곳을 두고 언젠가 큰 도둑이 웅거할 것이라고 예견한 바 있으며, 『궁전의 새』는 이 살벌한 '지역'을 동화의 무대로 장식하기도 했다. 동쪽으로 가면 동곡(東谷)이 있고, 서쪽으로 가면 서곡(西谷)이, 남쪽으로 가면 남천(南川)이, 북쪽으로 가면 까마득한 절벽 말고는 아무것도 없는 대지, 이른바 "옛날 옛적, 어느 마을"이 그것이다. 마침내 『도망자 이치도』에 이르면 은척은 도둑의 소굴과 동화의 무대가 통합된 특이한 공간으로 설정된다. 이를테면, "사방을 돌아 흐르는 냇가가 외곽 지역과 자연스러운 경계선을 이루어주고" 있는 가운데 둑방을 중심으로 왼편에는 전기 불빛이 번득이는 읍내가, 오른편에는 호롱 등불이 깜빡이는 전형적인 시골 마을이 펼쳐지는 공간, 이 모든 이질적인 것들의 대치장소로 말이다. 여기에서는 근대와 전근대, 도시와 농촌, 문명과 자연이 '둑방'의 어둠을 배경으로 묘한 긴장을 연출한다. 조만간 둘 가운데 어느 하나가 본격적으로 세력을 펼치게 될 것이다(우리는 어느 쪽이 승리할 것인지 이미 알고 있다. 그를 두고 '역사의 필연'이라고 명명한 사람도 있다. 그 점이 은척을 단순한 가공의 공간이 아니라 사회역사적 현실로 인식하게 하는 힘이다). 그럴 경우 암암리에 형성된 이 기묘한 공존은 곧 깨어지게 될 것이다. 그러나 『도망자 이치도』의 은척은 아직 어느 한쪽의 일방적인 승리와 다른 한쪽의 완전한 소멸을 알지 못한다. 모든 것은 여전히 미정형의 안개 속에 싸여 있을 뿐이다. 운명은 다만 전조(前兆)로서만 자신을 드러낸다. 이 점이 은척을 은척답게 만든다.

다가올 근대성의 격변과 그 속에서의 자신의 운명 앞에 속수무책인 '무방비 도시' 은척은 무엇보다도 삶의 일차원적인 활력으로 흥청거리는 공간이다. 그것을 '비속함'이라 하자. 주정을 부리는 자가 있고 시비를 거는 자가 있으며 결국 그 둘이 서로 맞붙어 싸움을 하면 그들을 빙 둘러싸고 눈을 빛내며 구경하는 사람들이 넘쳐흐르는 세계. 그들의 고함 소리로 날이 새고 날이 지는 도시. 이 모든 인간 군상들의 세속적인 삶이 은척을 규정한다. 그러므로 봉달의 주정을 구경하던 사람들이 이 모든 소란을 끝까지 지켜본 다음 집으로 돌아가며 주고받는 말들, 예컨대 "자네 아들이 월남 가서 테레비라는 걸 보냈다면서" "서곡 사는 차서방이 딸을 여윈다는데? 그 집 딸내미가 곰보라는 거 신랑 집에서 아나?"와 같은 목소리들이야말로 『도망자 이치도』의 심층 텍스트를 형성한다. 그들이 있음으로 해서 비로소 이야기가 시작되고 마침내 끝을 맺는다. 소설의 잠재적인 청자이자 독자이기도 한 그들의 목소리는 『도망자 이치도』의 배음을 형성한다. 이 익명의 이야기꾼들의 웅얼거림이야말로 『도망자 이치도』가 그토록 재연하고자 하는 목소리의 실체이기도 하다. 그런 의미에서 은척은 그들이 말하는 그들의 일상, 그들의 정서, 그들의 미의식을 대변한다. 이를테면, 이런 것들. "이 녀석아, 넌 왜 내복 바람으로 나와서 코를 찔찔 흘리고 있어. 썩 들어가지 못해?"와 같은 어른들의 허풍 섞인 꾸지람, 혹은 말만한 처녀의 "엄마야, 난 몰라. 된장찌개 다 탔겠네"와 같은 외마디 비명, 그리고 "저 망할 놈의 개새끼가 지금 처먹는 게 뉘 집 애 똥이여"와 같은 상소리의 세계. 『도망자 이치도』는 근대가 진주해올 경우 필연적으로 상실하게 될 이 모든 삶의 적나라한 풍경들을 원래의 모습 그대로, 조금의 훼손도 없이, 채집하고 보존하고자 한다. 그것은 이제는 화석이 되어버린 고대 도시를 복원하고자 하는 열망과 흡사하다. 유물이 되어버린 삶의 구체성은 끊임없이 발견자의 손길을 기다리지만 그것을 되살리기란 무망할 따름이다. 은척은 이 무망한 작업 속으로 들어가는 열쇠다. 우리는 은척을 통해 시간의 침탈이 멈추어진 세계, 화산재를 뒤집어쓰기 직전의 삶의 세목들을 만난다. 이 기이하고도 따뜻한 시공은 '현재진행형의 과거'라고 할 만하다.

그렇다면, 다시, 은척은 무엇인가. 이 소설을 위요하고 있는 그토록 많은 화장실 유머와 배설 혹은 생리현상과 관련된 에피소드 등을 떠올려보자. 〈암흑가의 황제〉〈돌아온 외팔이〉 등의 성인용 영화를 '문화교실'이라는 이름으로 틀어대는 읍내 극장의 "변소"에서 이치도가 어린 깡패 조창용과 만나 한판 승부를 겨루는 장면이나 중학생이 된 이치도가 "사춘기에 접어든 공립 은척중학교 학생들의 이성에 대한 호기심을 가로막고 자연정화하는 장치"인 "똥통"에 빠져 허우적대는 장면 등 『도망자 이치도』는 '똥'에 관한 우리의 금기와 위선과 허영을 조금의 여과 장치도 없이 다소 민망하고도 저속하게 과장하고 조롱하며 풍자한다. 그것은 가히 '분뇨의 상상력'이라고 할 만하다. 이것을 단지 고전적인 해학에 대한 집착으로만 볼 수 있을까. 그러기엔 작가의 장난이 지나치게 집요하고 자의식적이다. 왜 '똥'인가. 왜 이 메타포에 그다지도 집착하는가. 하나의 답이 있을 수 있겠다. 굳이 『똥바다』나 『분례기』를 들지 않더라도 우리 소설사에서 그것은 언제나 민중의 원초적인 건강함을 상징하는 대표적인 수사로 사용되어왔다. 똥은 밥이며 곧 생명의 근원이다. 똥을 가리고 무시하며 거부하는 모든 사상, 모든 미학은 생명의 숨구멍을 덮고 막으며 부끄러워하는 것에 다름아니다. 이 분뇨의 상상력이 강변하는 것은 수직적 초월이 아니라 세속적 범신론이다. 사람이 곧 부처이며 지금-이곳의 난장이 바로 피안이다. 로두스 섬은 없다. 뛰어라, 지금 이곳에서.

일찍이 성석제는 "헤아릴 수 없이 많은 길, 세속의 다양함을 숭상한다"(『홀림』, 268쪽)고 적은 바 있다. 소위 '길'의 진실은 그의 모토다. 그것은 "'내일은 내일의 태양이 뜬다' 유의 동네 장기 같은 훈수라든가, '소년은 어제와 오늘이 다를 것이라고 생각하며 살았답니다' 같은 딴 나라 딴 세상에서나 통하는 위안, '진주는 조개의 아픔 속에서 태어난다' 같은 전통 있는 가짜 사탕"(『호랑이를 봤다』, 작가의 말) 등 저 제도화된 소설의 위선을 과감히 전복하고 냉소하기 위해 채택된 선언이기도 하다. 그에 따르면 소설이란 신의 영광이 아니라 인간의 사랑을, 피안의 아름다움이 아니라 언제나 지금-이곳의 구차스러움을 노래해야 한다. 저잣거리와 그 속에서 울고 웃는 비속한 인생들을 찬양하는 것이야말로 소설의 미덕이다. 소설을 배태하고 키우며 그것에 생명을 부여하는 것은 언제나 길의 세속성이다. 이 세속정신은 속스럽기는 하되 잇속에 밝거나 책략을 구사할 줄 모른다. 그의 소설이 패배가 예상되는 인물, 몰락의 길을 자초하는 인물, 이 휘황찬란하고 잘난 현대가 무시하고 조롱하는 인물들에 관한 우신예찬(愚神禮讚)에 가까워지는 것도 그 때문이다. 『도망자 이치도』의 최고 우신, 봉달의 죽음을 묘사한 장면을 보자.

> 봉달이 죽어가던 그 시각, 읍내에서는 불길한 고요가 저녁 안개처럼 깔리기 시작했다. 하루 한 번도 그냥 지나치는 법이 없이 악다구니를 벌이는 사람들이 살았지만, 십수 년 전 전쟁이 끝난 뒤로 제 손으로나 남의 손으로나 사람에 의해 목숨이 끊긴 이는 없었다. 대기는 셈하고 있었고 나무들은 기억하고 있었다. 벌레들도 그런 사실을 알았다. 바람이 멈추고 나무들은 잎을 낮추었으며 벌레들은 번식을 위한 울음을 멈추었다. 이제 은척에서 나서 은척에서 자라 은척에서 살며 호흡하고 부딪치며 짓뭉개지던 한 생명이 스러져가는 것이다.(28~29쪽)

반편 땜장이이자 주정뱅이인 봉달의 죽음은 의외로 전 우주의 애도 속에 가슴 저리게 진행된다. 그의 죽음에 조의를 표하기 위해 일순 바람은 숨을 멎고 벌레들은 울음을 멈춘다. 나무와 벌레와 바람은 인간의 운명과 교섭하며 인간사 생로병사가 우주와 함께 호흡한다. 세계는 여전히 인간과 더불어 '호흡하고 부딪치며 짓뭉개' 진다. 비록 "소문이라면 자다가도 벌떡 일어나는 사람들"이 "하루 한 번이 멀다 하고" 악다구니를 벌이고 문풍지 사이로 새들어오는 찬바람이 추위와 배고픔을 일깨우기도 하지만 이 세계에는 아직 '희망'과 '사랑'이 있다. 은척의 크리스마스를 보라. 이치도의 대부 왕확이 주연, 감독하고 이치도와 춘매가 조연으로 참여하는 크리스마스의 풍경은 이 소설의 가장 아름다운 대목 가운데 하나다. "문둥이 피부처럼 딱딱하고 구멍이 숭숭 뚫린 연필 한 다스"를 든 노인네 왕확이 언챙이 딸의 손목을 잡고 머나먼 눈길을 걸어와 "아침에 팔 우거지 해장국이 설설 끓으며 김을 뿜어올리고" 있는 춘매의 집 연탄화덕 옆에서 그녀와 함께 묵묵히 먼 데서 들리는 성당의 찬송가 소리를 듣는 대목은 『도망자 이치도』가 표방하고 있는 미의 절정이다. 자신들의 불우를 기름진 풍요로 바꿔놓을 수 있는 '의식(儀式)'이 있는 한, 인간도 세계도 아직은 서로에게 적대적이지 않다. 그들은 다만 이 우주 속의 거대한 우연이자 필연, 서로가 서로를 필요로 하는 유기적인 존재들일 뿐이다. 소년 이치도와 소녀 왕두련의 '순정'을 축복하는 은척의 대자연을 보라. 그들이 두런두런 이야기를 나누며 집으로 돌아오는 긴 "방죽 아래 냇가에는 연초록의 부드러운 풀들이 자라"고 있고 염소들은 "풀을 뜯다 말고 이따금 매에에, 하고 소리를 낸다." 머릿수건을 쓴 여인네들이 밭을 매는 뒤편으로는 때로 "붉은 해가 변전소로 뻗은 철탑 사이에 걸려" 있고 소년의 자전거에 걸린 소년과 소녀의 가방들은 서로 부딪치며 가볍게 흔들린다. 소녀는 이따금 소년의 말을 듣다 말고 눈을 들어 아스라이 뻗친 방죽 위를 바라보기도 한다.

은척은 이 모든 것들의 대명사다. 그것은 똥이며, 바보 반편이다. 그것은 '이발소 그림' 같은 센티멘털이며 대자연과 인간에 대한 턱없는 낙관이다. 그것은 보잘것없고, 눈에 띄지 않으며, 여전히 운명의 행방을 확정지을 수 없는 미정형의 고치상태에 머물러 있다. 그것은 세속적이고 비속하며 심지어 저속하기까지 하다. 그러나 그것은 여전히 인간과 자연과 우주와 바람과 나무와 벌레에 대하여 무어라 말할 수 없는 신뢰를 간직하고 있다. 그들은 하나다. 우주다. 아니, 하나가 아니라는 것을, 하나가 될 수 없다는 것을 믿지 못한다. 그리하여 몰락이, 패배가, 좌절이, 종말이 다가온다 한들 누구를 탓할 것인가. 분명 그러한 세계가 있었고 그러한 세계에 대한 기억이 있으며 그러한 기억을 지금 이 순간 되살려내고 싶은 주체의 의지가 있는데. 그렇다면 무엇이 문제인가. 다만 '쓰면' 되지 않는가. '쓰기'가 '현존'으로 바뀌는 순간, 은척은 실재할 것이다. 은척은 영원히, 언제나, 새롭게 씌어질 것이고 또 씌어져야만 한다.

7. 죽음을 연기(延期/演技)하는 글쓰기

'쫓김'에 관한 모티프로 글을 맺자. 『도망자 이치도』의 처음과 끝에는 각기 동일한 삽화가 들어 있다. 먼저 처음 부분. 아비 봉달이 죽어가던 시각, 어린 이치도는 은척 읍내를 빠져나가 사방을 돌아 흐르는 냇가의 둑방에 다다른다. 시골 마을과 읍내 중심부를 가르는 경계선 노릇을 하던 그 둑방 말이다. 이 둑방을 가득 채우고 있는 것은 "먹줄을 쳐 놓은 듯" 어두운 암흑뿐이다. 이치도는 이 어둠의 한가운데 우뚝 버티고 있는 어떤 '물체'를 본다.

그 물체는 있는 듯 없는 듯했다. 없는가 하면 있고 있는가 하면 엷은 어둠 속으로 스며들었다. 이치도는 눈을 한껏 크게 뜨고 코를 벌름거리며 귀를 세웠다. 그런데 눈, 코, 귀가 훨씬 더 발달된 존재가 이치도에게서 이십여 미터밖에 떨어지지 않은 곳에 있었으니, 바로 이치도가 정체를 알려 하는 그 물체였다.

그건 개였다. 아니 늑대였다. 아니 여우였다. 아니 은척 근처에만 산다는 호랑이의 새끼, 지나가는 나그네의 머리 위를 건너뛰며 혼을 빼고 결국은 간만 빼먹고 간다는 개호주였다. 이치도는 온몸의 털이 곤두서는 것을 느꼈다. 일 분, 이 분, 이 분 삼십 초, 서로가 무엇인지 알아차리는 데 충분한 시간이 흘렀다. 그리고 두 존재는 각자 행동을 개시했다. 이치도는 주먹을 쥐고 오던 길로 내달리기 시작했다. 개호주는 이치도를 쫓았다.(29~30쪽)

이 대목은 소설의 마지막 장에서 다시 한번 그대로 반복된다. 몰락한 이치도는 서울에서 거지꼴이 되어 쫓기고 있다. 결국 더이상 버티기 힘들어진 그는 자신을 쫓는 사람들을 피해 은척으로 돌아온다. 이른바 귀향이다. 그러나 새로 생긴 고층 아파트가 "목가적이고 고리타분하며 원래의 은척다운 풍경"을 훼손한 채 그 위용을 자랑하고 있는 은척은 이미 예전의 은척이 아니다. 땅거미가 짙어진 방죽을 따라 걷던 이치도는 불현듯 다시 저 둑방의 한가운데, 저 깜깜한 완전한 어둠 속에 내던져져 있음을 깨닫는다. 그 다음 대목은 위에서 인용한 부분과 동일하다. 거의 글자 한 자 다르지 않다.(260쪽 참조) 한참 정신 없이 달리다가 결국 "원래 출발했던 자리"로 되돌아왔음을 깨닫는 것까지 똑같다. 소설의 처음에나 끝에나 이 '쫓김'의 끝에 왕확의 집, 즉 왕두련이 있다는 것도 그러하다.

사실 『도망자 이치도』의 소설 속 실제 시간은 쫓기던 이치도가 서울에서 은척으로 내려가기까지의 며칠인지 몇 시간인지 추정할 수 없는 '순간'이 전부다. 소설은 처음부터 끝까지 이치도의 쫓김에서 시작해 그의 쫓김으로 끝난다. "누가 이치도를 쫓는가. 이치도가 삼십여 년을 살아오면서 만난 대부분의 사람들이다. 쫓는 이유는? 천하의 도둑인 이치도가 그들에게서 뭔가를 훔쳤기 때문이다."(7쪽) 그는 끊임없이 쫓기고 또 쫓긴다. 지하도나 육교를 지날 때, 횡단보도를 건널 때, 주변을 경계하느라 그의 눈알은 잠시도 가만있지 못한다. 가스총을 휴대하고 한 방에 갈 수 있는 극약을 준비하고 있다고 해서 안심이 되는 것도 아니다. 추적의 불안은 『도망자 이치도』의 기본 정서다. 바로 뒤에서 목숨을 노리는 놈들이 떼거지로 몰려온다. 그들에게 걸리면 곧 죽음이다. 이치도가 피하고 있는 것은 바로 그 죽음의 맨얼굴이다. 흥미로운 것은 이 죽음을 눈앞에 둔 순간 '이야기'가 펼쳐지기 시작한다는 점이다. 그의 일대기, 즉 '이치도전'을 방불케 하는 그의 이야기는 생명을 담보로 한 필사적인 회상의 결과다. 이야기야말로 죽음을 연기(延期)

하고 보류하는 최고의 '약'인 셈이다. 그런 의미에서 이치도는 이야기(회상)에 의거해 목숨을 이어가는 셰에라자드다.

그렇다면 현실의 균열을 상상적으로 메워주는 '이야기'의 세계는 어떠한가. 위 인용문으로 되돌아가보자. 그의 이야기, 즉 그의 회상은 '개호주'의 쫓김에서 시작돼 다시 그것으로부터의 쫓김으로 마무리된다. 이야기 속에서도 이치도는 여전히 쫓기고 있다. 사실 쫓김은 도둑인 이치도의 운명의 형식인지도 모른다. 누가 그를 쫓는가. 개호주다.[4] 개호주는 무엇인가. 그것은 은척 근처에만 기생하는 동물로 '지나가는 나그네의 혼을 빼고 간을 먹고 간다'는 전설상의 괴물이다. '있는가 하면 없고 없는가 하면 있'는 것, '엷은 어둠 속으로 스며들어' 그 자체 어둠이 되고 있는 것, 그것은 어디에나 편재하고 어디에도 부재한다. 우리는 그것을 저 신화적인 태초의 어둠 그 자체로 보아도 좋겠다. 그것은 이야기를 낳는 원초적인 공포, 존재의 들림, 일종의 존재론적 질병에 다름아니다. 죽음은 이야기 속에서도 결코 추방되지 못한다. 그것은 아늑한 이야기의 세계 속까지 따라와 존재를 위협한다. 이야기가 죽음을 연기(延期)하는 동안 죽음은 다시 끈질기게 이야기에 들러붙었을 뿐이다. 우리는 다만 이야기가 죽음을 힐끗거리며 미끄러져내리는 그 순간을, 그 찰나를 '사는(生)'지도 모른다.

그렇다면 이제 남은 길은 끊임없는 죽음의 연기(演技)뿐이다. 이야

---

4) 『호랑이를 봤다』의 '호랑이'가 이 '개호주'와 밀접한 관련이 있음은 두말할 필요도 없다. 곶감이어도 좋고 개호주라고 해도 좋고 호랑이라고 해도 무방하다. 서양의 누구처럼 바람 소리라고 해도 좋다. 그것은 갖가지 이름으로 환유되는 '죽음'의 시니피앙일 뿐이다.

기가 벌려놓은 죽음의 심연을 내려다보며 필사적으로 그것을 모르는 척 연기(演技)하기, 성석제 소설은 바로 그것의 산물인지도 모른다. 이 연기에 대한 보다 구체적인 사실들을 확인하기 위해 다시 이치도의 쫓김이 시작되고 마무리되는 두 개의 장면으로 돌아가보자. 처음이나 마지막이나 이치도는 개호주에게 쫓기다가 왕확의 집에 이르러 정신을 수습한다. 그러나 두 경우, 그 양상은 판이하다. 소설의 처음, 그 집은 '동화' 속에 있었다. 그러나 소설의 마지막에 이르면 사정은 달라진다.

1) 그 집의 바람벽에는 이치도의 머리가 들어갈 만한 작은 들창이, 이치도의 머리 높이쯤에 나 있었다. 거기서 노란 호롱 불빛과 도란거리는 말소리가 흘러나왔다. 하나는 남자 어른의 굵직한 목소리였고 하나는 어린 여자아이의 목소리였다.(32쪽)

2) 이치도는 기시감에 사로잡혀 고개를 갸웃거린다. 마루에 켜진 형광등 불빛이 마당으로 비춰진다. 텔레비전을 켜두었는지 빠른 말씨로 무언가를 이야기하는 사내의 말이 들린다.(262쪽)

분명 이치도는 소설의 처음, '호롱 불빛'이 노랗게 밝혀진 작은 오두막에서 새어나오는 부녀의 도란거리는 목소리에 위안을 받는다. 그는 "이젠 살았다는 안도감, 단란한 가정, 인자로운 아버지, 따뜻한 불빛, 배고픔, 인간 본연의 서로움" 이 모든 것들이 비빔밥이 되어 있는 그 어떤 감정에 사로잡혀 '울기'까지 한다. 그것도 그냥 우는 것이 아니고

"막무가내로 눈물을 흘리며 구색을 맞춰 이잉잉, 소리까지" 내며 운다. 동화, 옛날이야기의 세계가 그를 구원하고 있는 것이다. 아니, 구원했다고 믿고 있는 것이다. 그러나 2)를 보라. '호롱 불빛' 은 어느새 '형광등 불빛' 으로 바뀌어 있고 '도란거리는 목소리' 는 '텔레비전의 소음' 에 묻혀 잘 들리지 않는다. 이 세계는 이미 동화의 세계가 아니다. 그것은 말 그대로 현실원리가 지배하는 산문의 세계다. 이야기가 죽음을 연기(延期)하는 동안 눈물나도록 따뜻했던 동화는 어느새 건조한 산문으로 대체되었다. 심지어 왕확은 태자관의 효험을 묻는 왕두련의 말에 "아니디, 아니야. 기건 내가 심심해서 만든 짜가야. 물건도 짜가, 이야기도 짜가, 짜가!"라고 실토하기까지 한다. 다 가짜다. 태자관도, 불빛도, 동화도, 따뜻함도, 구원도 모두 엉터리다. 다 '지어낸' 이야기에 불과하다. 무엇이 죽음으로부터 우리를 보호해줄 수 있을 것인가. 아무것도 없다. 다만 우리는 그것이 없다고, 죽음은 연기(延期)될 수 있다고 연기(演技)할 수 있을 뿐이다. 그것이 '이야기' 의 힘이다. 그것뿐이다. 이제 이 모든 가짜들, 이 환(幻)들 앞에서 어떻게 할 것인가. 분노하고 항거할 것인가, 진짜를 찾아 떠날 것인가. 그것 역시 또다른 환에 불과할지도 모르는데. 성석제는 말한다. 다만 웃을밖에. 그러니 그 웃음이 웃음일 것인가. 그것은 분명 눈물에 다름아니다. "이치도의 웃음소리는 점점 더 커지고 길어진다. 마침내 폭소로 변한다. 멈출 수 없다. 눈물, 콧물, 땀을 흘리며 계속 웃는다."(269쪽)

이제 마무리를 하자. 성석제의 소설적 욕망은 문자가 들어서는 순간 은폐되어버린 목소리를 복원하는 것이었다. 그의 소설은 잃어버린 목소리를 찾아 헤매는 과정이자 그 자체 이야기꾼의 향연, 살아 있는 입말의 만다라였다. 그것은 이제까지 우리가 알고 있던 소설의 경계를 넘어 무한히 뻗어 있는 구연의 전통 속으로 스며들고자 한다. 그것의 속스러움, 그것의 보잘것없음, 그것의 촌스러움에 이르기까지 소위 이야기의 전통은 그가 믿고 의지하는 몇 가지 원칙 가운데 하나였다. 그러나 한편으로 그의 소설은 자신이 불러일으킨 구연 욕망을 스스로 부정하고 비웃고 조롱하는 또다른 시선의 산물이기도 하다. 이제 이야기의 세계로 돌아갈 수는 없다. 아니, 순수한 목소리의 흔적만을 쫓는다는 것 자체가 이미 불가능한 욕망이다. 목소리를 기록하는 순간 목소리는 목소리가 아니다. 그것은 다만 문자일 뿐이다. 그는 그것을 안다. 그래서 어느 한쪽으로 끝까지 가지 않는다. 마지막 대목에서 그의 '이야기 소설'은 다시 뒤집힌다. 우리는 대단원에 이르러 자신의 이야기에 푹 빠져 있는 독자들을 향해 혀를 내미는 작가를 만난다. 이 웃음은 독자들의 상상력뿐만 아니라 작가 자신의 소설적 욕망마저도 동시에 조롱하는 태도의 산물이다.

그리하여 성석제의 소설은 이야기도 아니고 소설도 아닌 그 무엇으로 남는다. 그것을 '이야기/소설'이라고 할 수 있을까. 이야기와 소설을 가르는 경계는 영원히 소멸되지 않는다. 오히려 그 둘은 서로의 병치로 그 긴장감을 더하게 된다. 그것을 쉽사리 위악이라거나 장난이라고만 보지 말자. 나아가 '이거 장난치는 거야, 뭐야?'라고 그의 진정성을 의심하지도 말자. 우리는 알고 있기 때문이다. 그 웃음은 눈물, 콧물, 땀이 뒤섞인 울음이라는 것을. 구원이 불가능한 세계의 구원에 대한 갈망은 그렇게 온다. 『도망자 이치도』는 우리에게 그 장관을 이미 충분히 보여주었다.

개정판에 부쳐

초판을 내고 벌써 육 년이 흘렀다. 이치도는 아직도 자라고 있는 것 같다. 잘 살고 있기를 바란다. 왕두련이 그립다. 그들이 거닐던 길, 냇가가 그립다.

2007년 3월

성석제

초판 작가의 말

나는 이 소설에서, 내가 듣고 보고 겪었으며 앓고 갈무리한 현실의 순수한 재현보다는, 순정한 가짜를 선택했다. 내 생각이 틀렸다면, 그러지 않기를 바라지만, 이 소설은 순진한 척하는 나쁜 소설이다. 영리하고 바쁜 도둑들이 이 소설을 읽으며 한숨 돌리기를 바란다.

쓰는 동안 여러 사람이 알게 모르게 도와주었다. 특히 J에게 고맙다는 말을 하고 싶다. 얼마 전 술 한 동이로 은혜를 조금 갚았는데 당사자는 알았는지.

2000년 11월

성석제

문학동네 장편소설
도망자 이치도

1판 1쇄 | 2000년 12월 6일('순정' 이라는 제목으로 발행)
1판 10쇄 | 2004년 2월 25일
2판 1쇄 | 2007년 3월 28일
2판 7쇄 | 2018년 8월 1일

지은이 성석제
펴낸이 염현숙

제작처 영신사

펴낸곳 (주)문학동네
출판등록 1993년 10월 22일 제406-2003-000045호
주소 10881 경기도 파주시 회동길 210
전자우편 editor@munhak.com | 대표전화 031) 955-8888 | 팩스 031) 955-8855
문의전화 031) 955-3576(마케팅) 031) 955-8864(편집)
문학동네카페 http://cafe.naver.com/mhdn

ISBN 978-89-546-0290-7 03810

* 이 도서의 국립중앙도서관 출판예정도서목록(CIP)은 서지정보유통지원시스템 홈페이지(http://seoji.nl.go.kr)와 국가자료공동목록시스템(http://www.nl.go.kr/kolisnet)에서 이용하실 수 있습니다.(CIP제어번호: CIP2007000740)

www.munhak.com